Gaby Hauptmann
Eine Handvoll Männlichkeit

SERIE PIPER

Gaby Hauptmann, geboren 1957 in Trossingen, lebt als freie Journalistin, Filmemacherin und Autorin in Allensbach am Bodensee. Ihre Romane »Suche impotenten Mann fürs Leben« (1995), »Nur ein toter Mann ist ein guter Mann« (1996), »Die Lüge im Bett« (1997), »Eine Handvoll Männlichkeit« (1998), »Die Meute der Erben« (1999), »Ein Liebhaber zuviel ist noch zuwenig« (2000), ihr Erzählungsband »Frauenhand auf Männerpo« (2000) und »Mehr davon« (2001) sind Bestseller und wurden in zahlreiche Sprachen übersetzt.

Gaby Hauptmann
Eine Handvoll Männlichkeit

Roman

Piper München Zürich

Von Gaby Hauptmann liegen in der Serie Piper außerdem vor:
Suche impotenten Mann fürs Leben (2152)
Nur ein toter Mann ist ein guter Mann (2246)
Die Lüge im Bett (2539)
Die Meute der Erben (2933)
Frauenhand auf Männerpo (3114)
Ein Liebhaber zuviel ist noch zuwenig (3200)

Taschenbuchsonderausgabe
Mai 2001

Umschlaggestaltung: ZERO München
Illustration: Elke Ehninger
Satz: Uwe Steffen, München
Druck und Bindung: Clausen & Bosse, Leck
Printed in Germany ISBN 3-492-23111-X

Unserem Sieger,
damit er im Himmel etwas
zum Lesen hat,
und unserer Doris,
damit ihr Revuebein
bald wieder gesund ist.

*Dank dem toll*kühnen *Piper-Team,*
das eine Autorin wie mich
verkraften kann.

Sechzig ist doch kein Alter, bestätigt sich Günther an seinem Geburtstag und beobachtet aus den Augenwinkeln seinen fast gleichaltrigen Freund Klaus, der eng umschlungen mit Regine tanzt. Zumindest war heute morgen, als er aufwachte, alles wie immer. Bloß, daß er ein Jahr älter war, sonst nichts. Oder fast nichts, bis er zum Frühstückstisch kam. Irritierend deutlich stand ihm da zum erstenmal die Sechzig vor Augen: aufgespritzt auf der Geburtstagstorte, fast genüßlich in rosaroter Schrift auf brauner Schokosahne. Es versetzte ihm einen Stich, seine gute Laune sank, aber es war noch nicht entscheidend. Erst jetzt, hier auf seiner eigenen Gartenparty, nachdem er sich sechzigmal »herzlichen Glückwunsch zum Geburtstag« hat anhören müssen, oder »na, altes Haus, geht's noch?« oder »willkommen im Klub, alter Kumpel«, da wird es ihm schlagartig klar: Er wird nicht mitspielen, er wird sich aus dem allgemeinen Älterwerden ausklinken. Und wie er so überlegt, ob mit Sport, einer Insel in der Südsee oder einem neuen Hobby, und gleichzeitig Regine und Klaus, seinen Vermögensberater, beobachtet, weiß er plötzlich, wie er es anstellen wird: Er braucht eine neue Frau!

Der Gedanke durchzuckt Günther wie ein Blitz. Vor Aufregung schließt er kurz die Augen. Seine Gedanken wirbeln durcheinander, er spürt schon jetzt, wie sich sein Puls beschleunigt, seine Sinne erwachen.

Klaus lacht ihm zu: »He, Günther, was ist los? Stehst du Probe für ein Wachsfigurenkabinett? Du wirkst wie festgeklebt!« Günther löst sich aus seiner Starre, winkt ihm zu: »Mir ist eben etwas eingefallen, was ich dich dringend fragen muß!«

»Der Kerl hat nur Geschäfte im Kopf!« Klaus schüttelt spöttisch mißbilligend den Kopf, und Regine lacht.

Ich muß ihn fragen, wie er das mit Regine eingefädelt hat, denkt Günther und geht, ohne etwas um sich herum wahrzunehmen, zum Buffet. Er weiß noch genau, welchen Aufschrei es vor einem Jahr gegeben hat, als sich Klaus von heute auf morgen von seiner Frau getrennt und gleich darauf seine um sechsundzwanzig Jahre jüngere Sekretärin geheiratet hat. Alle waren schockiert. Die gesamte Kleinstadt-Frauenliga beschloß, ihn mitsamt seiner neuen Frau für diese Tat zu ächten, links liegen zu lassen, auf keine Gesellschaft mehr einzuladen.

Alle saßen sie damals bei Monika, um die so schmählich Verlassene zu trösten und über Klaus und Regine herzuziehen. Und jetzt? Wo war Monika?

Bei ihm würde das auch nicht anders laufen.

Zufrieden holt er sich ein Glas Champagner und stößt innerlich mit sich selbst an, auf sein eigenes geheimes Geburtstagsgeschenk.

Dann greift er nach einem Lachskanapee und schaut sich um.

Seine Frau hat alles perfekt arrangiert, ein kaltes Buffet aufbauen lassen, einen ausgezeichneten Barkeeper verpflichtet und einen Alleinunterhalter mit eigenem Synthesizer. Überall hängen bunte Lampions und Glühbirnen, und alles, was in der Kleinstadt Rang und Namen hat, hat sich eingefunden.

Günther gähnt. Wie langweilig. Genau wie Marion, seine Frau. Perfekt und langweilig.

Er nimmt sich ein weiteres Lachskanapee und läßt wieder seinen Blick schweifen. Die Kleine da, die neben Klaus und Regine mit dem Sohn vom Oberbürgermeister tanzt, wäre seine Kragenweite. Schlank, sexy, keine Dreißig. Die würde Feuer ins Bett bringen! Er mustert sie genauer. Ihr kurzes Kostüm rutscht bei manchen Tanzschritten etwas über die schwarzen Strümpfe nach oben. Sie lacht, biegt ihren Kopf zurück. Er sieht sie vor sich. In dieser Stellung, nackt, die vollen Brüste frei über ihm, während sie hingebungsvoll auf ihm reitet.

Ein Schlag auf den Rücken läßt ihn fast sein Brötchen verschlucken. »Na, alter Kumpel, wie fühlst du dich mit sechzig?«

Sein Parteifreund aus vergangenen Tagen, Manfred, steht neben ihm. Er spielt sich jetzt nur so auf, weil er zwei Jahre jünger ist. »Nicht anders als sonst auch! Vielleicht ein bißchen ärmer, weil ihr alle so viel trinkt!«

Manfred lacht süßlich und leert zur Bestätigung sein Bierglas in einem Zug. »Du hast es wahrhaftig nötig«, er wischt sich mit dem Handrücken über den Mund und wirft einen demonstrativen Blick zu Günthers neuem Haus hinüber, einem Dreieinhalb-Millionen-Bau.

Es ist später Nachmittag, das Wetter hat mitgespielt, obwohl Gewitter gemeldet waren. Marion schaut sich zufrieden um. Der Landschaftsarchitekt hat Wort gehalten, der Garten ist geradezu wie geschaffen für repräsentative Feste, er ist abwechslungsreich und doch großzügig angelegt. Wären die Bäume schon größer und würden Schatten spenden, dann hätte der Garten mit der Tanzfläche aus hellem Marmor, mit der kleinen Ebene für Buffet und Bistrotische und dem putzigen Goldfischteich mit Holzbrücke durchaus das Flair der Jahrhundertwende. Marion holt tief Luft. Und allen scheint es zu gefallen, alle unterhalten sich, stehen an den Bistrotischen oder tanzen. Sie lächelt befreit. Alles klappt, sie hat alles tadellos organisiert, sie kann stolz auf sich sein. Und Günther auch! Sie schaut sich nach ihrem Mann um und sieht ihn bei Manfred stehen. Marion schenkt ihm einen zärtlichen Blick. Sechzig ist er heute geworden. Fünfunddreißig Jahre sind sie jetzt schon verheiratet, haben so manches gemeinsam durchgemacht, er vorn, an der Geschäftsfront, sie dahinter, unsichtbar, aber unerschütterlich. Stets war sie da, hat ihm den Rücken freigehalten, seinen Willen gestärkt und seinen Kampfgeist geschärft. Jetzt ist es vollbracht, die Saat aufgegangen, jetzt würde die verdiente Erntezeit kommen. Ein Gefühl des Glücks und der Geborgenheit durchflutet sie, hinterläßt ein angenehm warmes Gefühl in der Magengegend. Sie hat den richtigen Weg im Leben gewählt, sie hat einen wunderbaren, dazu noch attraktiven Mann, der von allen geachtet wird, der sie liebt und verehrt – was kann sich eine Frau vom Leben mehr erhoffen?

Linda tanzt noch immer, obwohl die Musik nicht gerade ihrem Geschmack entspricht. Aber sie tanzt lieber einen Foxtrott nach dem anderen, statt irgendwo mit einem Sektglas in der Hand auf der Wiese herumzustehen. So registriert sie, während sie sich pausenlos mit Dirk im Rhythmus dreht, wer alles zu der Geburtstagsfeier gekommen ist, und sieht, was um sie herum geschieht. Auch Günthers musternde Blicke sind ihr nicht entgangen. Es stört sie nicht. Was kann der schon wollen, der alte Sack, denkt sie und schlingt ihre Arme etwas fester um Dirks Hals.

Dirk spürt es und sucht ihren Mund. Er wird ihr einen ganz altmodischen Heiratsantrag machen, nimmt er sich vor. Diesen Sommer noch, irgendwo unten am Fluß, wird er unter einer Trauerweide einen Tisch aufstellen lassen, einen großen Tisch, mit einer bis zum Boden reichenden weißen Tischdecke aus Leinen und Spitzen. Auf dem Tisch werden ein riesiger Sektkübel mit einer Magnumflasche Champagner, zwei geschliffene, langstielige Gläser, ein silberner Leuchter mit brennenden Kerzen und ein gigantischer Strauß roter Rosen stehen. Und er wird in seinem weißen Anzug vor ihr ins Gras sinken, sie mit einem Dichtervers bitten, seine Frau zu werden, und vielleicht würden sie sich dort dann auch lieben – nein, sicher sogar, denn er wird ihr ein hingebungsvoller Mann sein, ein Mann, der immer für sie da sein wird. Hingerissen schmiegt er sich an sie, küßt sie leidenschaftlich, verpaßt dabei den Takt und tritt ihr auf den Fuß. Linda lacht laut auf. Ihr Blick begegnet dem von Günther. Sie beginnt Dirk am Ohrläppchen zu knabbern. Soll der Alte nur glotzen, sie ist jung, sie ist begehrenswert, ihr Leben ist im Fluß, komme, was wolle, es wird gut.

Sechzig Gäste hat Marion zu Günthers rundem Geburtstag eingeladen, und exakt sechzig Gäste sind gekommen. Keiner hat abgesagt, keiner hat einen Überraschungsgast mitgebracht. Alle wissen, daß Marion ihre Feste strategisch plant und überaus ernst nimmt. Manchmal lächelt sie selbst darüber, aber sie kann nicht anders, sie kommt aus einer preußischen Familie, ihr Vater und dessen Vater und Großvater hatten alle eine militärische Laufbahn eingeschlagen und zielstrebig Orden und Titel gesammelt, waren stets Vorbilder an Kampfgeist, Disziplin und Geradlinigkeit. Sie war zur Enttäuschung der gesamten Familie als Mädchen auf die Welt gekommen. Eigentlich konnte sie ja nichts dafür, aber es wurde ihr früh beigebracht, daß sie von den wirklich wichtigen Dingen des Lebens durch ebendiese Mißlaune der Natur ausgeschlossen sei. Marion litt lange darunter, denn unglücklicherweise blieb sie auch noch das einzige Kind – dann aber fand sie ihren Weg, diese Schmach und ihr mangelndes Selbstbewußtsein zu kompensieren: Was immer sie plante, es wurde generalstabsmäßig durchgeführt!

Günther wird von seinen neuen Nachbarn in ein Gespräch verwickelt, und Manfred schlendert auf das Haus zu. Es ist zu protzig, zu weiß, neureich eben. Trotzdem. Wenn auch ungern, so muß er sich selbst eingestehen, daß Günther ihn um ein Vielfaches überflügelt hat. Der Gedanke hinterläßt ein seltsam nagendes Gefühl. Er ist sich nicht sicher, aber er befürchtet, daß es Neid ist. Purer, bloßer, nackter Neid. Dabei kann er Günther eigentlich ganz gut leiden. Lange Jahre saßen sie gemeinsam im Gemeinderat, bis Günther sich aus Zeitmangel nicht mehr aufstellen ließ. Sie hatten sich während dieser Jahre so manchen Ball zugespielt, und der Informationsvorsprung hatte sich oftmals für beide ausgezahlt. Sie profitierten gemeinsam. Doch trotz allem – er hätte sich diebisch gefreut, wenn Günthers letzte Spekulationen nicht ganz so präzise ins Schwarze getroffen hätten. Als Günther kurz nach der Wende seine Hoch- und Tiefbaufirma in den Osten ausweitete und sofort durch waghalsige Investitionen die Zahl seiner Maschinen verdoppelte, hielten sie ihn alle für verrückt. Aber er hatte offensichtlich, vor allem im Tiefbaubereich, aufs richtige Pferd gesetzt: Für jedermann klar ersichtlich steht nun ein Teil des Geldes, das vom Staat in die neuen Straßen gebuttert wurde, strahlendweiß, mit einem Säulenaufgang im Kolonialstil, mitten auf der grünen Wiese. Was soll's, denkt Manfred und versucht mit Macht, seine negativen Gefühle zu bekämpfen. Günther hat sich eben ein Denkmal gesetzt.

Günther Schmidt ist nicht besonders gebildet, dazu haben ihm die Ausdauer, der Wille und die Einsicht gefehlt. »Learning by doing« war lange Zeit der einzige englische Satz, den er beherrschte. Aber als Kriegskind hatte er eine Art Bauernschläue entwickelt, und mit den Jahren reifte sein Sinn für wirtschaftliche Zusammenhänge. Gepaart mit dem Opportunismus und der Emotionslosigkeit, die er sich von seinem Ziehvater angeeignet hatte, gab das eine Mischung, die ihn bis zum heutigen Tag vielen anderen überlegen machte. Er nimmt kaum auf Gefühle Rücksicht, seine Ideale heißen Geld und Macht – Loyalität kennt er nur sich selbst gegenüber. Günther fühlt sich weder seinem Staat noch seiner Familie verpflichtet. Nur was ihn weiterbringt, ist gut und richtig.

Günthers leiblicher Vater war aus Rußland nicht zurückgekehrt. Er war, wie Tausende andere auch, als Schütze an die Front geschickt und irgendwann vermißt gemeldet worden. Günther war damals vierjährig und konnte sich schon ein halbes Jahr später kaum noch an ihn erinnern, zumal nicht nur seine eigenen Erinnerungen verblaßt waren, sondern auch Erich, der neue Mann an der Seite seiner Mutter, alles daransetzte, um das Andenken von Günthers Vater zu schmälern.

Erich handelte mit Schrott, und das war, vor allem nach dem Krieg, ein gutes Geschäft. Bald hatte sein Stiefvater als einer der ersten in der Stadt ein eigenes Auto, und seine Mutter bekam einen Waschautomaten. Günther sollten damals durch einen Hauslehrer gute Manieren beigebracht werden, aber er wehrte sich, weil er in Erich kein direktes Vorbild hatte und außerdem viel lieber auf dem Schrottplatz herumstöberte. Dort brachte ihm sein Ziehvater die Grundgesetze der freien Marktwirtschaft bei: Halte die Nase stets in den Wind und die Ohren offen, verbrüdere dich mit allen, die dir nützlich sein könnten, verknüpfe die Fäden zu deinen Gunsten, und sei deiner Konkurrenz immer einen Schritt voraus!

Günther beobachtete alles, was Erich ihm vorlebte. Anfangs voll Bewunderung und später mit dem inneren Zwang, ihn überflügeln zu müssen. 1973 verkaufte sein Ziehvater das Gelände mit dem Schrottplatz zu einem Höchstpreis an die Betreiberfirma der neuen Kläranlage. Das Bauvorhaben scheiterte jedoch an einem Sturm der Entrüstung aus der Bevölkerung und dem Einspruch einer Bürgerinitiative. Erich konnte das egal sein, er stieg mit seinem neu erworbenen Kapital ins Immobiliengeschäft ein und baute Einkaufszentren und Baumärkte vor den umliegenden Städten. Als dieser Markt erschöpft war, sattelte er mit fünfundfünfzig noch einmal um und nannte sich kraft seiner Erfahrung Unternehmensberater. 1980 flüsterten ihm seine Sensoren, daß erneut eine Veränderung angebracht sei. Erich gründete mit zweiundsechzig Jahren eine Firma für die Entsorgung von Altlasten. Das war zu der Zeit, als Grün plötzlich keine Farbe mehr war, sondern Politik, und Erich erkannte, daß ganz Deutschland voll Altlasten steckte, insbesondere das Gelände um seinen ehemaligen Schrottplatz, auf dem inzwischen eine Schule gebaut worden war. Bereits im nächsten Jahr überreichte er einem Vertreter von Greenpeace für den Erhalt der Umwelt feierlich einen Scheck über eine fünfstellige Summe. Eine Spende, die er sich und seiner Firma sofort werbewirksam auf das Banner schrieb und ebenso schnell von der Steuer absetzte.

Günther tauscht einige Höflichkeitsfloskeln mit seinen Nachbarn aus und sieht sich ungeduldig nach Linda um. Sie ist nicht mehr auf der Tanzfläche, und die Menge seiner Gäste ist zu dicht, als daß er sie irgendwo im Gewühl entdecken könnte. Günther geht einige Stufen zum Haus hinauf. Von hier aus hat er einen besseren Überblick. Da, Linda und Dirk sind auf dem Weg zum Buffet. Ihr Gang ist schwebend, ihr schwarzes Kleid sitzt hauteng, gibt jedes Detail ihres Körpers preis. Günther schluckt. Er bildet sich ein, bei jedem ihrer Schritte das erotische Geräusch des aufeinanderreibenden Stoffes ihrer Strümpfe zu hören. Er spürt, wie sein Blut nach unten wandert, und hört gleichzeitig seinen Stiefvater »Behalte in jeder Lebenslage einen klaren Kopf« sagen. Aber Erich ist tot. Und blöderweise zwei Jahre zu früh gegangen, denn jetzt, endlich, könnte ihm Günther beweisen, daß er ihm ebenbürtig, nein, daß er ihm sogar überlegen ist! Er verdient viel Geld, er hat sich einen Millionenbau hingestellt, und er wird bald eine blutjunge Frau besitzen. Welch ein Triumph!

Linda geht an Dirks Seite zum Buffet und schickt ein strahlendes Lächeln und prüfende Blicke nach links und rechts. »Du bist die Schönste«, flüstert ihr Dirk plötzlich zu, »das ist unbestritten!«

»Bist du stolz?« fragt sie ihn leise, und er legt seine Hand im Gehen leicht auf ihren Poansatz.

»Und wie!«

Linda mustert amüsiert sein jungenhaft gerötetes Gesicht: »Und was gibt dir das?«

»Alles!«

»Und was gibt es mir?«

»Was du willst!«

Linda lacht belustigt auf: »Sei vorsichtig mit solchen Äußerungen!«

Marion sieht die beiden auf sich zukommen. Ein Paar, wie sie und Günther es nie waren. Unbesorgt, glücklich, zwanglos. Sie ordnet die Servietten und richtet das ohnehin akkurat daliegende Besteck aus. »Ich freue mich sehr, daß Sie beide gekommen sind, und«, sie wendet sich an Dirk, der eben nach einem Teller greifen will, »daß auch Ihre Eltern da sind!«

Er blickt auf und lächelt ihr zu: »Keiner möchte bei einem solchen Fest fehlen!«

»Sie haben ja auch einen wunderschönen Rahmen dazu«, mit einer Handbewegung zeigt Linda auf das Haus. »Ein Traumhaus! Man könnte direkt neidisch werden!«

Marion zuckt unter ihrem blaßblauen Leinenkostüm leicht mit den Schultern: »Es ist schon schön. Aber nichts ist so schön wie die Jugend. Und – *die* haben *Sie*!«

Linda nickt langsam.

»Stimmt!« Sie verzieht leicht den Mund: »Bloß – jung waren alle einmal, das wird einem geschenkt – im Gegensatz zu manchem anderen …«

Marion winkt lachend ab und legt Dirk eine Hand auf den Oberarm: »Sie werden ihr schon noch ein Schloß bauen, habe ich recht?«

Das Mikrofon wird knacksend eingeschaltet, alle recken die Köpfe. Der Oberbürgermeister hat sich neben den Synthesizer auf die kleine Holzbühne gestellt, es ist offensichtlich, daß er auf das Geburtstagskind eine Rede halten will.

»O nein, das ertrage ich nicht«, flüstert Dirk. Linda beobachtet, wie Günther vortritt und sich in Position stellt und wie Marion an seine Seite eilt. Die Gäste verstummen, alle treten näher. Der Oberbürgermeister hüstelt zweimal ins Mikrofon, aber darf noch nicht anfangen, weil die Videokamera erst noch auf das Stativ montiert werden muß. Als alles steht und auch der Akku vorsichtshalber ausgewechselt ist, schaut Joachim Wetterstein einmal in die Runde, bevor er sich auf Günther konzentriert: »Mein lieber alter Sportsfreund«, beginnt er, um sich gleich darauf lächelnd zu verbessern, »obwohl ich an diesem besonderen Tag vielleicht besser ›mein lieber, junggebliebener Sportsfreund‹ sagen sollte!« Einige lachen, andere spenden verhalten Beifall.

»Trag mich hier weg«, flüstert Dirk leise stöhnend.

»Warum?« fragt Linda. »Das ist doch witzig. Und außerdem gehört das eben dazu, wenn man dabei sein will!«

»Ich will ja überhaupt nicht dabei sein!«

Sie stößt ihm leicht ihren Ellenbogen in die Seite: »Aber ich! Stell dir mal vor!«

Günther fühlt die Meute in seinem Rücken. Sie gönnen ihm das nicht, er weiß es genau. Weder das Haus noch seinen Erfolg und schon gar nicht, daß jetzt auch noch der Oberbürgermeister höchstpersönlich eine Rede hält. Das einzige, was sie ihm vielleicht gönnen, ist seine biedere Frau in ihrem langweiligen Kleid. Und ganz sicher gönnen sie ihm auch seinen akuten Haarausfall, der ihm seit Wochen zu schaffen macht und der seine Stirn bereits empfindlich weit nach hinten ausdehnt. Manfred hat ihm daraufhin den sarkastischen Tip gegeben, seinen neuen Grund und Boden doch mal auf Schadstoffe untersuchen zu lassen. Und Klaus meinte augenzwinkernd, endlich ginge es mit seiner Potenz bergauf. Der hat gut reden mit seiner jungen Wespe! Unwillkürlich suchen Günthers Augen nach Linda. Ah, dort, noch immer am Buffet. Mit diesem Taugenichts von Bürgermeistersohn. Sozialkritischer Ewigstudent mit unersättlichen Weltverbesserungsallüren. Joachim hätte auch was Besseres verdient. Und Linda? Günther grinst den Oberbürgermeister an, ohne ihm zuzuhören, die wird's schon noch merken.

Als Marion in dieser Nacht zu Bett geht, ist sie glücklich. Schade, daß ihr Vater das nicht mehr erleben konnte. Es war ein gelungenes Fest, alles hat geklappt, keiner hat über die Stränge geschlagen, ein Stelldichein der wichtigsten Leute von Römersfeld. Sie hat sich im Badezimmer ein neues, fast durchsichtiges Negligé zurechtgelegt, denn heute wird sie Günther verführen, das gehört zu einem Geburtstag dazu, quasi als Abschluß eines schönen Tages. Marion schminkt sich gründlich ab, duscht, cremt sich mit einer duftenden Körperlotion von Kopf bis Fuß ein und mustert dabei im Wandspiegel ihre Problemzonen. Sachlich stellt sie fest, daß Oberschenkel und Bauch nicht mehr bikinitauglich sind, aber da ihr Bikinis schon früher zu gewagt waren und sie deshalb auch noch nie einen besessen hat, tut das ihrer guten Laune keinen Abbruch. Ihr Gesicht ist dank der rundlichen Form noch fast faltenfrei, und ihre Haare sind noch nicht gefärbt. Sie trägt das warme Kastanienbraun ihrer Jugend, auch wenn der Bubikopf längst einer Dauerwelle gewichen ist. In drei Wochen wirst du fünfundfünfzig, sagt sie sich und tupft eine Fingerkuppe Parfum hinter das Ohr, mal gespannt, was sich Günther für meine Schnapszahl einfallen läßt. Sie schlüpft in ihr Negligé, dreht sich kurz vor dem Spiegel hin und her, nickt zufrieden, fährt sich nochmals schnell mit dem Kamm durch die Haare und öffnet dann leise und erwartungsvoll die Tür zum gemeinsamen Schlafzimmer.

Lautes Schnarchen empfängt sie. Unentschlossen bleibt Marion stehen, dann tastet sie sich im Dunkeln zum Bett vor. Tatsächlich, Günther schläft schon! Enttäuscht knipst sie ihre Nachttischlampe an und setzt sich auf das Bett. Das ist noch nie passiert. Es war ein ungeschriebenes, aber heiliges Gesetz, daß man an Feiertagen und Geburtstagen nicht einfach so einschlief. Über fünfunddreißig Ehejahre hinweg, bis heute.

Ratlos überlegt Marion, ob sie Günther wecken soll. Es könnte Unglück bringen, wenn sie diese Tradition einfach so durchbrechen würden. Es könnte aber auch Unglück bringen, wenn sie ihren Mann jetzt einfach weckt und er nicht geweckt werden wollte. Sie betrachtet ihn eine Weile, wie er so in Embryostellung mit dem Rücken zu ihr daliegt, und ist sich nicht sicher, ob diese Haltung eher kindlich oder abweisend wirkt. Schließlich schlüpft sie unter die Decke und schmiegt sich eng an seinen Körper.

Günther hat sie kommen hören. Jedes Detail im Bad hat er im Geiste miterlebt, die gesamte Vorbereitung des Rituals, inzwischen selbst zum Ritual geworden. Als die Tür schließlich aufgeht, stellt er sich schnarchend schlafen. Er will sie jetzt nicht anrühren. Er will sie überhaupt nicht mehr anrühren. Er ist jetzt sechzig und hat ein Recht auf ein neues, frisches Leben, er hat es sich verdient. Günther fühlt, wie Marion ihn betrachtet, und er spürt, wie sie ins Bett gleitet. Bleib mir vom Hals, denkt er und sieht Klaus mit seiner jungen Frau vor sich. Marion preßt sich an ihn, und die Berührung ist ihm zuwider. Das warme Fleisch, das bald welk sein würde, der Busen, der immer weicher wurde, er will sie nicht eines Morgens ohne Zähne sehen oder sich über einen Pflegefall Gedanken machen müssen. Er will sie überhaupt nicht altern sehen, er muß sie loswerden. So schnell wie möglich.

Günther denkt an Linda, wie sie in ihrem hautengen Kleid aufreizend getanzt hat, er erinnert sich an seine Gedankenspielerei von heute mittag, vertieft sich nochmals in sie und treibt sie weiter. Er malt sich aus, wie Linda auf ihn zukommt, wie er ihr mit einem scharfen Ruck das Kleid vom Leib reißt, wie sie mit nichts als ihren schwarzen Strümpfen und hochhackigen Schuhen vor ihm steht, er sieht sich, wie er sie so auf das Bett wirft, und hört sie im Geiste stöhnen und wimmern, während er in sie stößt, stößt und stößt. Er sieht ihren offenen roten Mund vor sich und spürt, wie sein Glied erigiert. Kurz bevor er kommt, dreht er sich um und greift hart nach Marion.

Es ist Sonntag. Das Geburtstagsfest bei Schmidts hat lange bis in den Morgen hinein gedauert, und die Kirchenglocken läuten vergeblich nach der städtischen Prominenz. Selbst die, die es für politisch unumgänglich halten, sich an Sonn- und

Feiertagen in der Kirche sehen zu lassen, basteln sich heute eine Ausrede.

Klaus Raack ist immerhin aber schon aufgestanden. Regine hört das Ergometer in seinem Fitneßraum surren. Sie dreht sich im Bett um, schaut auf die Uhr. Acht! Viel zu früh, um nach so einer Nacht schon aufzustehen. Aber sie kennt das bereits. Klaus wird sich jetzt eine Stunde an allen möglichen Geräten heimlich quälen und sich dann, frisch geduscht, leise neben sie legen, um schließlich gegen zehn Uhr gemeinsam mit ihr aufzuwachen, als sei nichts geschehen. Sie zieht sich die Decke über den Kopf, damit sie dieses monotone Surren nicht hören muß. Es ärgert sie, denn es zeigt ihr, daß Klaus längst nicht so über dem Altersunterschied steht, wie er nach außen tut. Soll er sich doch ihr gegenüber zu seinen Junghalteübungen bekennen. Was ist schon dabei, andere halten sich auch fit! Aber da es für ihn wichtig zu sein scheint, macht sie mit und verkneift sich einen Kommentar. Wenn das alles ist, soll er sein kleines Geheimnis ruhig behalten!

Regine drückt die Augen zu und fällt kurz darauf wieder in einen traumreichen Frühmorgenschlaf.

Römersfeld mit seinen knapp fünfzigtausend Einwohnern hatte lange Zeit den Status einer Vorzeigegemeinde. Zum einen durch seine sonnige Lage und die sanfte Hügellandschaft, die den seit Jahrhunderten ansässigen Weinbauern hervorragende Trauben bescherten, zum anderen, und das erregte in den Nachbarstädten entschieden mehr Neid, durch zwei große Zuliefererfirmen für die Autoindustrie, die der

Gemeinde reichlich Geld brachten. Ende der achtziger Jahre kam als Sahnehäubchen für die Gemeindekasse noch eine große Computerfirma dazu, die den Bürgern nicht nur neue Arbeitsplätze verschaffte, sondern auch das Gefühl von Fortschritt.

Römersfeld, das früher ganz vom Weinbau gelebt hatte, gedieh seit Jahrzehnten prächtig, baute ein »Gymnasium der Avantgarde«, ausgestattet mit allem, was den Nachwuchs möglicherweise fördern könnte, gleich dazu ein Hallenbad und ein beheiztes Freibad. Wenig später kam die Mehrzweckhalle, die noch ein bißchen besser sein sollte als die der Nachbarstadt, und nach und nach schmückte man sich mit einem Konzerthaus, einer modernen Reitanlage, einem noblen Tennisklub und dachte intensiv über ein geeignetes Gelände für einen Golfplatz nach. Das war die Zeit, als am Rande von Römersfeld Einkaufszentren und Baumärkte aus dem Boden schossen, sich große Autohäuser und Autovermietungen ansiedelten und der Kleinstadt, zumindest von der Bundesstraße aus gesehen, ihre Idylle nahmen. Und es war die Zeit der Schmidts, die sich wenig um Idylle scherten, aber immer früh genug wußten, wann welcher Acker zu Bauland werden würde, und die stets genug gute Beziehungen hatten, um rechtzeitig alles für sich in die Wege zu leiten.

Das Telefon läßt Regine hochschrecken. Sie will eben danach greifen, als sie hört, wie ihr Mann im Nebenraum abnimmt. Das ist Regine sehr recht, denn sie hatte gerade einen schönen Traum, den sie gern weiterspinnen würde. So dreht sie sich wieder in ihre Schlafstellung, doch einige Sprachfetzen aus dem Fitneßraum lassen sie aufhorchen. »Wieso willst du dich denn jetzt plötzlich scheiden lassen?« hört sie ihren Mann laut sagen. Und nach einer Weile: »Das wird dich deinen Hals kosten! – Oder zumindest dein Haus!« Regine setzt sich langsam auf. »Laß den Blödsinn sein! Nimm dir eine Geliebte und basta!«

Mit wem redet er bloß? fragt sich Regine und ärgert sich gleichzeitig über den Ratschlag. War nicht sie auch einmal nur Geliebte? Was heißt denn da: Nimm dir eine Geliebte und basta?

Kurz darauf hört sie, wie Klaus ins Bad geht. Anscheinend ist ihm die Lust aufs Radfahren vergangen. Regine steht auf und geht ebenfalls ins Bad. Klaus steht prustend unter der Dusche. Regine schiebt die Glastür etwas auf und berührt seinen nackten Rücken. Klaus fährt herum: »Meine Güte, hast du mich jetzt erschreckt!«

»Du bist heute schon so früh auf, guten Morgen, mein Schatz!«

Sie wirft ihm einen Kuß zu und putzt sich an dem Doppelwaschbecken die Zähne, bis Klaus nach einem Badetuch greift und neben sie tritt.

»Das Telefon hat mich geweckt!« weicht er aus, und Regine lächelt ihm durch den Zahnpastaschaum hindurch zu.

»Ich hab's gehört«, sie greift nach dem Zahnputzbecher und spuckt aus. »Wer will sich denn scheiden lassen?«

Klaus stockt kurz, dann mustert er sie von der Seite. »Das kann ich dir leider nicht sagen. Berufsgeheimnis!«

»Bald wird es sowieso die ganze Stadt wissen!« Regine zuckt die Achseln und schlüpft aus ihrem dünnen Schlafanzug. »So wie bei uns damals!«

»Aber das war doch etwas ganz anderes!«

Regine setzt eine Duschhaube auf. »Scheidung ist Scheidung. Und daß du einem Ehemann dazu rätst, sich eine Geliebte zu nehmen und damit basta, finde ich geschmacklos. Frauenverachtend. Hört sich an, als sollte er sich beim Metzger ein Kilo Frischfleisch herunterschneiden lassen!«

Klaus greift nach seinem Bademantel. »Jetzt übertreibst du aber, mein Schatz. Ich wollte ihm damit nur sagen, daß er nicht vorschnell handeln und seine Karriere nicht zerstören soll!«

»T-t-t, du hast es nötig!«

Regine öffnet die Duschkabine, verhält aber nochmals kurz, um Klaus' Reaktion zu sehen.

»Aber Regine, ich bitte dich!«

Mehr fällt ihm dazu also nicht ein, denkt Regine, schließt die Kabine und duscht abwechselnd heiß und kalt.

Klaus sucht nachdenklich seine Badeschlappen und geht in die Küche. Sein Haus kann sich mit dem von Günther nicht messen, aber es ist ebenfalls ein Einfamilienhaus, ein Bungalow aus den siebziger Jahren, den er nach seiner Scheidung hat erweitern lassen. Danach war der Garten zwar erheblich kleiner, aber das bedeutet aufs Alter hin nur weniger Arbeit. Die Küche mußte er ebenfalls neu gestalten lassen. Merkwürdigerweise machte es Regine nichts aus, in Monikas Bett zu schlafen, aber in ihrer Küche wollte sie auf keinen Fall kochen.

Na, Junge, sagt er sich, während er nach Kaffee und Filter greift, und grinst vor sich hin, für deine Scheidung hast du gut Federn lassen müssen, auch wenn du ein junges Küken dafür bekommen hast. Bloß, Günther wird, so oder so, noch viel mehr abdrücken müssen, denn Monika hat im Gegensatz zu Marion eigenes Geld. Mehr Geld als er selbst sogar. Sie hatte vor Jahren die Lackiererei ihrer Eltern übernommen und war auf seine Unterstützung nicht angewiesen. Trotzdem hat sie über ihren Scheidungsanwalt natürlich um Kohle gekämpft, aber dabei ging es nur um die Ehre, nicht um die Mark. Daß seine Kinder ihn als Volltrottel hinstellten, tat mehr weh. Aber sein Sohn leitet mit seinen fünfunddreißig Jahren gemeinsam mit seiner Mutter den Betrieb, und seine vierunddreißigjährige Tochter versucht sich nunmehr in ihrem dritten Berufsanlauf als Modedesignerin. Beide sind also vollauf mit anderen Dingen beschäftigt und würden sich irgendwann schon wieder beruhigen.

Schlimmer ist es mit Regines Vater. Er ist zwei Jahre jünger als Klaus und behauptet bis heute, daß die Beziehung einem Inzest gleiche: Vater-Tochter-Beziehung. Klaus kann ihn zwar verstehen, wenn er an seine eigene Tochter denkt, aber bei sich selbst sieht das ganz anders aus. Er sei doch ein äußerst drahtiger, jugendlicher und aktiver Typ, hatte er bei der letzten Auseinandersetzung dagegengehalten. Aber Karl-Heinz hatte nur verächtlich gelacht: Das sei er selbst schließlich auch. Seitdem findet Klaus immer eine Ausrede, wenn Regine zu ihren Eltern fährt.

Der Kaffee läuft, Klaus deckt den Tisch im neuen Wintergarten, den Regine mit Bambusmöbeln und Palmen gestaltet hat und ihre »Sonneninsel« nennt. Eigentlich ein Wahnsinn, denkt er, während er in die Küche zurückkehrt und dem langsam in die Glaskanne rinnenden Kaffee zusieht. Eine Küche zum Preis eines gehobenen Mittelklassewagens. Und das, während in Römersfeld so nach und nach die Lichter wieder ausgehen. Die Computerfirma hat bereits zugemacht, die Autozulieferer entlassen mehr und mehr Leute, und es wird gemunkelt, daß die Firma für Kfz-Elektronik und Elektromotoren zur Komfortausstattung von Autos an die Verlegung ihres Standorts denkt. Näher ans Werk, keine Lagerhaltung mehr, keine Lkw-Lieferungen mehr, von der Fertigung direkt ans Auto. Die Gaststätten, die Baumärkte, die Einkaufszentren, alle leiden unter der schwindenden Kaufkraft. Und wer noch genug Geld hat, bunkert es, denn keiner weiß, was kommt. Nur die Angst vor Europa, die sitzt allen gemeinsam in den Knochen. Vor allem der Gedanke, daß andere Länder billigere Autositze liefern und damit den zweiten großen Arbeitgeber von Römersfeld auch noch in die Knie zwingen könnten. Von einem Konzerthaus kann keiner leben, so schimpfen nicht mehr nur die Stammtischbrüder. Auch nicht von Tennisplätzen und Freibädern. Die ersten Demos gegen Geldverschwendung und Energievergeudung hat es bereits im letzten Winter gegeben. Und wenn die Arbeitslosigkeit weiter wächst, wird der Unmut über die teure Unterhaltung der städtischen Luxusobjekte noch steigen.

Und da kauft Klaus eine Küche für sechzigtausend Mark.

Klaus seufzt. Auch er weiß nicht, wie seine Geschäfte weiterlaufen werden. Einige seiner besten Klienten hat er durch Wegzug bereits verloren. Die Computerfirma war ein guter Kunde, aber mit dem Konkurs war das auch vorbei. Nun hat er noch die Männer in der Chefetage der beiden anderen Firmen, die mit ihren Einnahmen ebenfalls keine städtischen Freibäder heizen wollen, sondern eher an Schiffsanleihen oder an staatlich gefördertes Eigentum denken. Sollten die auch noch wegfallen, wird er Regine nicht mehr viel bieten können. Ob sie bei der Trauung die schlechten Tage ernst genommen hat?

Klaus öffnet den Kühlschrank, stellt Butter, Marmelade und die Plastikschüssel mit der Wurst auf ein Tablett und trägt es in den Wintergarten. An der Tür bleibt er kurz stehen. Das Morgenlicht flutet herein, bricht sich in den Palmen, die ihren Schatten malerisch über den Tisch werfen. Das Haus hat wirklich gewonnen, denkt er. Trotzdem, der Umbau war nicht nötig. Er hat zu einem Zeitpunkt viel Geld ausgegeben, als es andere zurückhielten. Mit einem Seufzer stellt er das Tablett ab. Bis auf Günther, der hat wahrlich keine Probleme. Den schütten sie im Moment mit Geld nur so zu. Dagobert Duck von Römersfeld. Dem steckt das »Geschäftemachen« im Blut. Und jetzt noch was anderes. Aber Frühlingsgefühle sind schlecht für den klaren Kopf, das weiß jeder. Wenn sich das Blut in der Körpermitte sammelt, wird's oben hohl.

Klaus setzt sich und schenkt sich eine Tasse Kaffee ein. Was soll er tun? Er kann ihm abraten, oder er kann ihm helfen.

Wenn er ihm abrät, wird sich Günther einen anderen Vermögensberater nehmen. Damit wäre nichts gewonnen, es würde nur eine weitere gute Geldquelle versiegen.

Wenn er ihm hilft, hat er das Blatt in der Hand. Er kann es beispielsweise so kompliziert anlegen, daß selbst Günther den Durchblick verliert. Und dann wäre er unentbehrlich. Klaus stockt kurz der Atem. Noch nie ist ihm ein solcher Gedanke gekommen. Einen Moment lang sitzt er völlig unbeweglich am Tisch und denkt über die Ungeheuerlichkeit seiner Idee nach. Dann weicht die Starre einem Schulterzucken und einem leichten Grinsen. Eine Hand wäscht die andere, denkt er, und, das wirst du, lieber Günther, auch bald merken, junge Frauen sind teuer.

»Willkommen im Klub«, sagt Klaus leise und hebt seine Kaffeetasse.

Günther ist seit dem frühen Morgen durch sein Haus gegeistert. Er hat mehrere Tassen schwarzen Kaffee im Stehen getrunken und unruhig darauf gewartet, daß es endlich acht Uhr sein würde. Nach acht erschien ihm ein Telefonat an einem Sonntagmorgen vertretbar. Er mußte unbedingt Klaus anrufen, denn Klaus sollte ihm sofort einen Schlachtplan entwerfen, einen Schlachtplan, der ihm ermöglichen würde, als vollkommener Sieger aus der Scheidung hervorzugehen. Es durfte kein Geld mehr da sein, zumindest kein sichtbares. Das bedeutete, daß er Zeit brauchte, Zeit, um alles verschwinden zu lassen. Das bedeutete aber auch, daß Marion so lange nichts merken durfte. Da sie von seinen Geschäften sowieso nichts verstand, war das sicherlich nicht weiter schwierig. Schwierig war für ihn, seine Rolle als Ehemann durchzuhalten. Am liebsten hätte er heute morgen schon an Lindas Haustür geklingelt und mit ihr eine heiße Nummer geschoben.

Während er an Linda dachte, fiel ihm ein, daß er weder ihren Nachnamen kannte noch wußte, wo sie wohnte. Aber das reizte ihn um so mehr. Ein Spiel! Einer wird gewinnen! Und das war er, Günther Schmidt!

Das ersehnte Telefonat mit Klaus ärgert ihn. Der Kerl wirkte so zögerlich. Was sollte das Geschwafel von einer Geliebten. Er, Günther Schmidt, will sich doch nicht verstecken. Er will sich in seinem neuen Glück sonnen, die ganze Welt soll seine junge Errungenschaft sehen und ihn darum beneiden!

Eben ist er auf dem Weg in die Küche, um sich erneut eine Tasse Kaffee zu holen, da hört er Marion die Treppe herunterkommen. Er wird ihr jetzt den netten Ehemann vorspielen. Das Spiel beginnt ihm Spaß zu machen.

Marion ist ebenfalls schon lange wach. Sie hatte mit offenen Augen im Bett gelegen, zugehört, wie Günther ziellos im Haus herumlief, und nachgedacht. Über das Fest und was sich danach im Bett abspielte. Sie kann es nicht deuten. Zuerst empfand sie es als plötzliche Leidenschaft. Dann, weil es viel zu schnell vorbei war und er ihr sofort wieder den Rücken zudrehte, als Demütigung. Sie überlegt hin und her, aber sie findet keinen Anlaß für sein Verhalten. Alles hatte geklappt, es gab nicht die kleinste Panne, sein Ansehen war mit dieser Feier sicher gestiegen. Was konnte also seinen Unmut erregt haben? Einige Male war sie kurz davor, einfach hinunterzugehen, um ihn direkt darauf anzusprechen. Eine unbestimmte Angst hielt sie jedoch zurück. Dann hörte sie, wie das Telefon knackste. Er telefonierte! Mit wem konnte er morgens um acht Uhr telefonieren? Was konnte am Sonntag so wichtig sein?

Als sie jetzt die Treppe hinuntergeht, hat sie sich vorgenommen, so zu tun, als sei überhaupt nichts. Sie würde ein leckeres Frühstück zaubern, und sie würde mit leichtem Ton über das gestrige Fest reden. Dann würde sie schon sehen.

Monika Raak hat ebenfalls eine schlechte Nacht hinter sich. Nach dem lustlosen Aufstehen saß sie eine Weile untätig am Frühstückstisch, allein, wie bereits seit einem Jahr, schnitt anschließend Blumen, räumte Bücher um, und jetzt beschäftigt sie sich bereits seit einer Stunde mit den Ecken ihres großzügigen, modern und hell eingerichteten Drei-Zimmer-Appartements. Momentan ärgert sie sich lieber über die Putzfrau, die jede Ecke großzügig ausspart, als über gestern nachdenken zu müssen.

Daß Klaus mit Regine eingeladen war, nervt sie tierisch. Am liebsten hätte sie den beiden Gift in ihre Cocktails gemixt – welch ein Skandal, wenn sie auf Günthers famoser Geburtstagsparty einfach tot umgekippt wären. Allein zu sein, daran hat sich Monika mittlerweile gewöhnt. Im Gegenteil – heute würde sie Klaus um keinen Preis der Welt zurückhaben wollen. Sie braucht sich nur einige Dinge aus ihrem gemeinsamen Leben vor Augen zu führen, und schon ist sie über die Scheidung froh. Aber sie hat ihren Platz in der Gesellschaft verloren, und dafür könnte sie ihn lynchen. Es waren ihre gemeinsamen Freunde, es war ein gemeinsames Theaterabonnement, und es waren Traditionen, wie das Silvesterskifahren in Zermatt. Zwanzig Jahre waren sie, ohne eine einzige Unterbrechung, im selben Hotel gewesen. Klaus ist noch überall dabei, sie steckt zurück. Er sitzt mit Regine im Theater wie selbstverständlich auf ihren Plätzen, er wird weiterhin zu jeder Feier im Freundeskreis eingeladen, er fährt, ohne zu zögern, mit seiner Neuen nach Zermatt und läßt sich dort als toller Hecht feiern. Dagegen muß sie sich zu Silvester ein neues Hotel suchen, damit es nicht peinlich wird, wenn die derzeitige Frau Raak mit der ehemaligen Frau Raak zusammentrifft, und sie kann zu bestimmten Feiern aus demselben Grund nicht mehr eingeladen werden. Sie hat irgendwie eine aussätzige Krankheit: Sie ist die Ex.

Günther hat sich nach dem gemeinsamen recht gekünstelten Frühstück in sein Arbeitszimmer zurückgezogen. Von dort aus beobachtet er, wie Marion die Aufräumarbeiten im Garten beaufsichtigt, und überlegt, wie er an Lindas Nachnamen und an ihre Adresse kommen könnte. Joachim fällt ihm ein, der Oberbürgermeister. Er wird doch wohl wissen, wie das Gspusi seines Sohnes heißt.

Günther sucht in seinen Unterlagen. Joachim hat eine Geheimnummer. Die hat er sich erst kürzlich aufgeschrieben. Aber wo! Er geht sämtliche Schubladen seines wuchtigen Schreibtisches durch, zieht zahllose einzeln herumliegende Zettel und Blätter heraus, liest sie, legt einige zurück, zerknüllt die anderen und wirft sie weg. Blöderweise hat er manche Nummern ohne die dazugehörigen Namen aufgeschrieben. Das bringt ihn also auch nicht weiter! Aber er hat die Durchwahl ins Rathaus im Kopf, und bevor er lange darüber nachdenkt, wählen seine Finger bereits die Nummer. Zu seiner Überraschung wird sofort abgenommen: »Wetterstein.«

»Oha, das hätte ich nicht erwartet – grüß dich, ich bin's!«

»Günther!«

»Hast du jemand anders erwartet?«

»Nicht direkt … aber gut, daß du anrufst. Ich wollte mich auch schon melden, um mich für das schöne Fest zu bedanken!«

»Ich habe zu danken, für deine Ansprache. Sie war sehr gelungen, alle haben das gesagt!«

»Das freut mich! Marion hat mit der Feier aber auch Maßstäbe gesetzt. Andere werden es schwerhaben, dagegen anzukommen!«

»Ähm, ja! Was ich dich fragen wollte, Joachim, das Mädchen, das gestern mit deinem Sohn da war, die ...«

»Linda meinst du?«

»Ja, die war's, glaube ich. Es ist ein Schminktäschchen liegengeblieben, und Marion meinte, es könnte ihres sein! Hast du vielleicht ihre Telefonnummer? Oder besser noch die Adresse, dann können wir ihr die Tasche zustellen lassen!« Günther klemmt sich den Hörer zwischen Ohr und Schulter und hält Zettel und Bleistift bereit.

»Na, da wird sie sich aber freuen.« Joachims Stimme hat den vorsichtigen Unterton verloren. Herzlich fährt er fort: »So viel Mühe braucht ihr euch doch nicht zu machen. Ich sag's heute nachmittag meinem Sohn, dann kann er schnell bei Marion vorbeifahren. Und nochmals, Günther, besten Dank. Es war wirklich klasse!«

»Gern geschehen«, antwortet Günther, da hat Joachim schon aufgelegt.

Mist, schimpft Günther und knickt seinen Bleistift durch. Wo bekommt er jetzt ein Schminktäschchen her, und wie soll er das Marion glaubhaft in die Hand drücken? »Schau mal her, Schatz, das hat die Kleine vom Bürgermeistersohn gestern auf der Herrentoilette vergessen!« Oder gar der Bürgermeistersohn selbst? Er muß diese Blamage verhindern. Bloß wie?

Günther blättert im Telefonbuch. Er wird Dirk Wetterstein anrufen. Möglicherweise läßt der sich gern bedienen und will nicht quer durch die Stadt fahren.

Tatsächlich, er hat Glück. Dirk Wetterstein ist eingetragen. Wahrscheinlich damit ihm seine Kommilitonen sämtliche Demonstrationstermine durchgeben können, denkt Günther grimmig, während er wählt und seinen Bleistiftstummel bereithält.

Es dauert eine Weile, bis abgenommen wird.

»Bei Wetterstein.« Eine weibliche Stimme. Ist sie das?

»Ja, Günther Schmidt, guten Tag!«

»Tag. Wollen Sie Dirk sprechen?«

»Tja«, Günther bricht die Bleistiftspitze des Stummels ab, er zögert. »Waren Sie gestern mit Dirk bei meinem Geburtstagsfest?«

»Ja, es war sehr schön. Vielen Dank!«

Günther überlegt krampfhaft. Aber es fällt ihm nichts Besseres ein: »Haben Sie ein Schminktäschchen vergessen? Wir haben eines gefunden.«

»Nein. Sicherlich nicht. Soll ich Ihnen jetzt Dirk geben?«

»Vielen Dank, Frau … Frau …« Aber Linda steigt nicht darauf ein, sie hat bereits Dirk den Hörer in die Hand gedrückt.

»Herr Schmidt? Das überrascht mich aber!«

»Ich … eigentlich wollte ich Joachim anrufen und habe mich im Telefonbuch vertan …«

»Er hat eine Geheimnummer. Ist schließlich wichtig, der Mann! Also, wenn Sie mitschreiben wollen: 60606. Eine echte Prominummer.«

»Ja, danke, die kann ich mir auch so merken!«

»60606« kritzelt Günther mit dem minenlosen Bleistiftstummel auf seinen Zettel. Jetzt ist die Situation noch blöder, denkt er dabei. Joachim wird Linda die Geschichte von der Tasche erzählen, und sie wird ihm sagen, daß ich sie das doch bereits selbst gefragt hätte.

Ärgerlich über sich selbst steht er auf, um sich im Garten die Beine zu vertreten. Zwei Männer sind gerade dabei, den restlichen Müll wegzuräumen, die Bühne und das lange Holzgestell für das Buffet sind bereits abgeräumt. Marion klaubt hinter Büschen und Steinen Zigarettenkippen und sonstige Kleinabfälle auf. Günther beobachtet sie eine Weile, dann fällt ihm die Gästeliste ein. Klar, dort müßte sie draufstehen.

Irgendwie wird er doch wohl an dieses Mädchen herankommen. Das wäre doch gelacht!

Linda liegt in Dirks Studentenzimmer im Bett und träumt in die Zukunft. Gedankenverloren betrachtet sie dabei die vielen Bücher, die auf dem einfach geschnittenen Holzregal kreuz und quer übereinandergeschichtet lagern und sich auf dem Fußboden stapeln, und die politischen Magazine, die in Bündeln an der Wand entlang liegen. Auf dem Schreibtisch, einer schlichten Holzplatte auf zwei Böcken, stehen etliche benutzte Kaffeetassen zwischen mehreren aufgeschlagenen Büchern.

Weitere dicke Wälzer liegen um den Klappstuhl herum, auf dem Dirk sitzt und im Qualm einer Zigarette an seiner Seminararbeit schreibt. »Scheiß Jura«, flucht er zwischendurch.

»Sei zufrieden, du wirst bald ein berühmter Anwalt sein

und über alle Schmidts dieser Welt lachen!« Linda schließt träumerisch die Augen.

»Über die lache ich heute schon!«

»Mag sein«, Linda schweigt eine Weile. »Trotzdem«, fährt sie fort, »wenn du dir vorstellst, was nur diese Gartenparty gekostet haben mag und was wir uns dafür kaufen könnten ...«

Dirk drückt seine Zigarette aus. »Konsum! Mensch, Linda, es gibt doch ganz andere Werte – und außerdem, du verdienst doch gut!«

»Alles relativ!« Linda richtet sich auf, fährt sich mit allen zehn Fingern durch die langen schwarzen Haare. »Vielleicht hätte ich das Schminktäschchen doch nehmen sollen, wenn er schon extra deswegen anruft. Wäre möglicherweise ein Schnäppchen gewesen. Dior, Lancôme, Chanel, Joop, Jil Sander – was weiß ich.«

»Jetzt hör aber auf!« Dirk dreht sich nach ihr um. »Was ist denn in dich gefahren? Und – nur um dich daran zu erinnern – Günther hat nicht wegen des Täschchens angerufen, er hat sich schlichtweg verwählt, das ist alles.«

»Ist ja schon gut!« Linda schlägt die Decke zurück und mustert ihren Körper. »Ich könnte etwas Sonne vertragen. Kommst du mit? Ein bißchen radeln? Oder zum Fluß? Oder sonst was?«

Er mustert sie, und seine Gesichtszüge hellen sich auf. »Sonst was gern, aber zu allem anderen habe ich keine Zeit!«

»Nur, wenn du mir danach ein anständiges Frühstück ans Bett bringst!« grinst Linda und tätschelt ihren flachen Bauch.

»Alles, was der Kühlschrank hergibt!« Dirk nickt ihr zu und speichert seine Daten.

»Das kann nicht gerade viel sein!«

Zwei Stunden später fährt Linda mit ihrem roten Polo zu ihrer Wohnung. Während Dirk in einem Altbau mitten in der Fußgängerzone lebt, hat sie sich ein Appartement am Rande der Stadt im sogenannten »Neubauviertel« gemietet. Sechs fünfstöckige Mehrfamilienhäuser, die so ineinander verschachtelt gebaut wurden, daß nach italienischem Muster Innenhöfe mit Grünflächen für Spielplätze und Grillabende entstanden sind. Linda gefällt das, es ist anonym und trotzdem heimelig und zudem verdammt praktisch. Von der Tiefgarage führt ein Lift direkt vor ihre Wohnung, sie kann einkaufen, was sie will, es muß nicht erst über Straßen und Treppen in die Wohnung gewuchtet werden wie bei Dirk, zu dessen Wohnung noch nicht einmal ein eigener Stellplatz gehört und der auf der Suche nach einem Parkplatz manchmal wie ein Verrückter um das Altstadtviertel kreist und am Monatsende nicht selten mehr Geld für Strafzettel ausgegeben hat als Linda für ihre Garagenmiete.

Linda biegt in die Straße zu ihrem »Getto« ein, als ihr ein silberfarbener Mercedes entgegenkommt. Was hat denn so eine Staatskarosse bei uns zu suchen, denkt Linda, da fällt ihr Blick auf das Kennzeichen: GS 1. Und während sie ihr Tempo verlangsamt und dicht an den Straßenrand fährt, um die S-Klasse vorbeizulassen, dämmert ihr, wer drinsitzt: Günther Schmidt.

Er scheint sie im gleichen Moment auch erkannt zu haben,

denn er hält an und läßt seine getönte Scheibe heruntergleiten.

»Na sowas«, sagt er aus dem dunklen Innenraum heraus«, das ist ja eine Überraschung. Wohnen Sie etwa auch hier?«

Linda, die bei der Hitze sowieso mit offenen Fenstern gefahren ist, nickt. »Ja, wer denn noch?«

»Wieso, wer noch?«

»Nun, ich meine, Sie wohnen doch nicht hier. Also waren Sie doch bei jemandem, der auch hier wohnt, oder nicht?«

»Ach so, ja, natürlich. Ich wollte einen Geschäftspartner besuchen, aber er war nicht da.«

»Am Sonntag?«

»Ja, es ist wichtig.« Er lehnt sich etwas aus dem Seitenfenster heraus. »Ich habe mir eben überlegt, wo ich so lange warten könnte. Gibt's hier denn ein Café?«

Linda überlegt, schüttelt dann aber den Kopf. »In der Anlage nicht. Nur eine Pizzeria, die hat aber erst abends auf. Tut mir leid!«

Günther schiebt die Sonnenbrille etwas nach oben. »Dürfte ich Sie denn irgendwohin einladen? Dann komme ich in einer Stunde nochmals her, vielleicht ist mein Gesprächspartner bis dahin ja zurück.«

»Warum fahren Sie für diese Stunde denn nicht einfach nach Hause?«

»Tja, warum nicht ...«, murmelt Günther, und seine Sonnenbrille rutscht ihm auf die Nase zurück.

»Schön, Sie getroffen zu haben, ciao«, Linda winkt ihm zu, gibt Gas und fährt los.

»Sehr schön, wahrlich sehr schön!« Mit der flachen Hand schlägt Günther zuerst auf die Hupe und sich dann an den

Schädel. »Mann, du bist zu blöd, so eine Puppe aufzureißen. Völlig aus der Übung! Das darf doch nicht wahr sein! Dreißig Jahre Eheleben, und dich guckt keine mehr mit dem Hintern an! An allem ist nur Marion schuld!«

Wütend gibt er Gas, aber schon an der Kreuzung zur Innenstadt hat er sich einen neuen Schlachtplan zurechtgelegt. Er wird nicht so einfach aufgeben. Er wird sich auch keine andere suchen. Er muß es jetzt einfach wissen: Ist er mit seinen sechzig Jahren etwa nicht mehr attraktiv genug? Sollte seine sexuelle Anziehungskraft nachgelassen haben? Blödsinn! Er klappt die Sonnenblende nach unten, öffnet den Schminkspiegel. Er sieht gut aus. Männlich eben. Herb! Reif, aber nicht alt!

Entschlossen steuert Günther das nächste Café an.

Eine Stunde später fährt er mit einem bunten Blumenstrauß im Wagen zurück in das Neubauviertel. Wo Linda wohnt, weiß er ja jetzt. Wie sie mit Nachnamen heißt, auch. Dank der penibel geführten Gästeliste seiner Frau.

Er stellt den Wagen gut sichtbar im Innenhof ab, dann geht er langsam auf die große Eingangstür ihres Blocks zu. Im Geiste zählt er die Klingeltasten hoch. Ihre Klingel war ganz oben rechts. Unauffällig versucht er nach oben zu schauen. Der Balkon unter dem Penthouse müßte ihrer sein. Durch die Eisenstäbe des Geländers schlängelt sich ein gelb-weißer Stoff. Blickdicht. Wie schade. Er kann nicht sehen, ob jemand auf dem Balkon ist. Vielleicht sogar liegt.

Sonnenbadend.

Nackt.

Sich wollüstig auf dem Liegestuhl räkelnd.

Voller Verlangen.

Nach ihm.

Er sieht Linda vor sich und spürt sofort, wie sich bei ihm etwas regt. Sechzig! Ha! denkt er. Lächerlich!

Jetzt steht er vor der Tür und ist trotzdem keinen Schritt weitergekommen. Kein Arm hat ihm einladend vom Balkon aus zugewinkt. Im Gegenteil, er fühlt sich ziemlich deplaziert. Wo soll er jetzt klingeln? Bei wem seine Blumen abgeben? Vorhin war es ihm noch so leicht erschienen. Der Zufall würde schon helfen. Irgendwie würde Linda im entscheidenden Moment auftauchen. Bloß – jetzt ist sie nicht da, obwohl der entscheidende Moment gekommen ist. Langsam dreht sich Günther um. Der Innenhof ist völlig leer. Nicht einmal Kinderstimmen sind zu hören. Anscheinend sind alle ausgeflogen, bei dem herrlichen Wetter beim Baden oder Grillen oder Radeln. Es war idiotisch gewesen, hierherzukommen.

Günther macht auf dem Absatz kehrt, legt die Blumen auf den Rücksitz und startet den Wagen.

Langsam löst sich Linda aus dem Schatten der Tiefgarage. Sie schiebt ihr Fahrrad hinaus und schaut der silberfarbenen Limousine nach, bis sie nicht mehr zu sehen ist. Zu wem er bloß wollte? Mit Blumen? Jedenfalls hat sie keine Lust, ihm nochmals über den Weg zu laufen. Das hätte ja sonst noch nach Absicht ausgesehen.

Linda schwingt sich auf ihr Rennrad und tritt in die Pedale. Oh, das tut gut. Bewegung, Sonne, warme Luft, ein traumhaftes Gefühl. Wie es Dirk in seiner stickigen Bude bei einem solchen Wetter bloß aushält!

Sie beschließt, zu ihrer Freundin Irena zu fahren, um sie zum Mitradeln zu überreden.

Irena hat sich mit Richi bei ihrer Mutter eingefunden. Beide ahnten, daß es Monika nach einer solchen Nacht nicht besonders gut gehen würde, und unabhängig voneinander kamen sie auf die Idee, sie ein bißchen aufzumuntern.

»Wenn du es genau wissen willst, kann ich ja Dirk fragen«, schlägt Richi seiner Mutter eben liebenswürdig vor, »der war schließlich dabei!«

Irena wirft ihm einen schrägen Blick zu und tippt sich an die Stirn.

Monika, die in der zum Wohnzimmer offenen Küche eben eine Flasche Prosecco entkorkt, ruft: »Ich habe dich nicht verstanden, Richi, was willst du mir erzählen?«

»Daß es in der Firma klasse läuft«, antwortet Irena für ihn.

»Danke für die Information, ist mir bekannt«, Monika kommt mit der Flasche und drei Gläsern. »Lieb, daß ihr so rührend an mich denkt.« Sie stellt die Gläser auf dem kleinen Beistelltisch ab, füllt sie sorgfältig und hält jedem ihrer Kinder eines hin. »Trinken wir auf uns!« Dann setzt sie sich zu Richi auf die Couch. »Wie war's denn?«

»Wie war was?«

»Na, das Fest. Dirk hat dir doch sicherlich davon erzählt ...«

Richi wirft Irena einen triumphierenden Blick zu. »Noch

nicht, wir haben heute noch überhaupt nicht miteinander gesprochen. Aber wenn du willst, dann kann ich ihn ja anrufen …?«

»Tu, was du nicht lassen kannst!«

Richi steht grinsend auf und geht zum Telefon, Irena schüttelt den Kopf: »Aber Mutti! Mußt du dich damit denn so quälen?«

»Ich habe mich die ganze Nacht und den ganzen Morgen darüber geärgert, und bevor ich noch mal auf die Idee komme, meine Wohnung zu schrubben, schaue ich lieber den Tatsachen ins Gesicht!«

»Mama, diese Regine reicht überhaupt nicht an dich heran. Sie zockt unseren armen Trottel von Vater doch bloß ab, das weiß schließlich jeder!«

»Aber was sie macht, macht sie gut, das muß man ihr doch lassen!«

Monika greift nach ihrem Glas und betrachtet ihre Kinder.

Schön, daß sie sie hat. Und daß sie zu ihr halten. Richi mit seiner Stupsnase, die überhaupt nicht zu seiner männlichen Erscheinung paßt, und den strahlend blauen Augen und Irena, die ihr braunes Haar, wie in den zwanziger Jahren, kurz und streng gescheitelt trägt und die sich schon als Kind gern verwegen und geheimnisvoll gab.

Richi kommt zurück und läßt sich neben Monika auf die Couch plumpsen.

»Also«, beginnt er, »Dirk sagt, es war ein perfektes Fest, wie immer, die ganze Clique war da, wie immer, sein Vater hat eine blödsinnige Rede gehalten, wie immer, und Günther hat sich, wie immer, nicht um seine Frau gekümmert.«

»Na, ist ja großartig«, spöttelt Irena. »Dein Freund sollte Dichter werden, nicht Jurist. Was Mutti wissen will: Hat Regine Papi nun eins in die Eier getreten oder nicht? Hat sie heimlich mit einem anderen, einem blutjungen Wilden, geknutscht? Hat sich Klaus an irgendeiner Weiberbrust ausgeheult? Stand die gesamte Frauenriege da und skandierte: Wir wollen Monika?«

»Na, Irena, stell mich doch nicht so blöd hin. Ich wollte nur wissen: Lebt er noch?«

Richi prustet los. »Hätte Dirk ihn vielleicht killen sollen? Mutti, es ist *unser Vater*!«

»Nun, gut. Ich gönne ihn euch ja auch! Laßt uns das Thema wechseln. Was für ein Kleid trug Regine?«

Linda klingelt mehrmals vergeblich an Irenas Haustür. Die Nachbarn, die Vermieter, strecken neugierig die Köpfe hervor: »Sie ist nicht da.«

»Danke, das dachte ich mir bereits!«

»Sie ist mit dem Fahrrad weggefahren, kann also nicht weit sein!«

»Ach ja.« Linda geht langsam zum Gartentor zurück.

»Wahrscheinlich ist sie zu ihrer Mutter. Aber genaueres hat sie uns nicht gesagt!«

»Ach nein.« Linda öffnet die Holztür, setzt sich auf ihr Rad.

»Vielleicht versuchen Sie es in einer halben Stunde noch mal!«

»Vielen Dank für den Tip!«

»Wir werden ihr sagen, daß Sie da waren!«

»Sehr aufmerksam!«

Klar, das hätte sie sich denken können. Monika dürfte nach der gestrigen öffentlichen Ausgrenzung Beistand bitter nötig haben. Wer raus ist aus Marions Gästeliste, ist out in Römersfeld. Das ist eine bittere Pille für eine Geschäftsfrau wie Monika. Vor allem, weil sie als Kauffrau viele von denen in die Tasche stecken könnte. Aber gegen Marions gesellschaftliche Hackordnung kommt eine Frau ohne Mann eben nicht an.

Wir sollten Monika für das nächste Fest einen Latin Lover besorgen, denkt Linda und tritt in die Pedale. Dann hat sie einen Mann an ihrer Seite, und alle glotzen sich die Augen aus. Das muß sie Monika und Irena gleich erzählen! Voller Vorfreude rast sie durch die Stadt. Zehn Minuten später klingelt Linda an der Eingangstür des eleganten Appartementhauses. Auf dem Parkplatz steht Richis Cabrio, und daran lehnt Irenas orangefarbenes Fahrrad. Hat sie es sich doch gedacht. Selbst Sohnemann ist herbeigeeilt, um Muttern zu trösten. Mal schauen, was sie beisteuern kann.

In Günthers Märchenvilla ist alles wieder an seinem Platz, fast so, als hätte es nie einen Geburtstag gegeben. Die Geschenke, auf einem großen Tisch ausgestellt, hat Marion aufgelistet und dann verstaut. Sie wird für jeden eine persönliche Dankeskarte formulieren und Günther unterschreiben lassen. Ein Teil der Gaben kam gerade recht für die ständigen Tombolaaktionen, die für alle möglichen guten Zwecke Geld auftreiben sollen, und der andere Teil hilft, den Weinkeller wieder aufzufüllen. Eines der Geschenke, eine Zeitung vom Tag seiner Geburt 1938, hat sie sofort in der Altpapiertonne verschwinden lassen. Es hätte Günther sein Alter zu allem Überfluß auch noch bildlich vor Augen geführt, dabei schien er die runde Sechzig im Moment so schon nicht verkraften zu können.

Marion hört das elektrische Garagentor. Aha, das hat aber lange gedauert. Sie schaut sich noch mal schnell um. Die Wohnung ist tadellos. Sie geht durch die Küche zur Garage, das hat sie nach amerikanischem Vorbild so haben wollen, und öffnet die Durchgangstür. Günther steigt gerade aus, in der Hand einen Blumenstrauß.

»Oh, Günther, das ist aber lieb von dir!«

Er hatte ihn eigentlich in die Biotonne stopfen wollen, aber so ist es ihm auch recht, so muß er sich wenigstens keine Gedanken mehr darum machen.

»Weil du alles so großartig arrangiert hast. Darin bist du wirklich eine Meisterin!« Marion schlingt die Arme um ihn und küßt ihn auf den Mund, was er regungslos über sich ergehen läßt. Dann nimmt sie den bunten Blumenstrauß, schneidet die Stiele an, füllt eine Vase mit handwarmem Wasser, gibt Blumenfrisch dazu und stellt die Vase auf den Eßtisch. Günther hat sich in der Zwischenzeit in einen Sessel gesetzt und blättert im Telefonbuch.

»Suchst du jemanden? Kann ich dir helfen?«

Günther klappt das Buch zu: »Nein, nur so.« Linda hat keine Geheimnummer, prima, er wird sie ganz einfach anrufen.

»Hast du Hunger?« Marion geht um den Tisch herum auf Günther zu und bleibt dicht vor ihm stehen. Er schaut zu ihr hoch: »Was gibt es denn?«

Marion liegt ein kokettes »mich« auf der Zunge, aber angesichts seiner Laune verkneift sie es sich. »Was du willst«, lächelt sie statt dessen aufmunternd und streicht sich leicht über den blauen Faltenrock.

»Am liebsten Sauschwanz mit Sauerkraut. Hast du das?«

»Ich nicht ...«

»Dachte ich mir, dann gehe ich in die Kneipe!«

In seinem Arbeitszimmer brütet Klaus über Günthers Akten. Er hat sie kurz nach dem Frühstück alle aus seiner Kanzlei geholt und sich seither darin vergraben. Regine ist sauer, denn sie hätte an dem herrlichen Sonnentag lieber etwas unternommen, als nun allein im heimischen Garten zu sitzen, aber Klaus hat ihr erklärt, daß es dringend sei und er die ganze Woche über kaum Zeit dafür habe. So liegt sie jetzt zwischen Rosenbüschen im Liegestuhl und blättert in Frauenzeitschriften. Aber zufriedener macht sie das nicht. Im Gegenteil. Eben hat sie die neue Bademode aufgeschlagen, fotografiert am Strand von Saint Tropez: schlanke, braungebrannte Models in knappen Bikinis an einer Strandbar, beim Volleyballspielen, im Meer, tolle Typen um sie herum, römisch geschnittene Gesichter und knackige Figuren, kühle Cocktails in den Händen und heiße Rhythmen im Blut. Und sie, Regine Raak, geborene Meermann, liegt in Römersfeld hinterm Rosenbusch. Die andere Illustrierte ist noch schlimmer. Sie zeigt Sonneninseln und Ferienparadiese weltweit im Preisvergleich, Farbbild über Farbbild, eines grausamer als das andere. Vor allem für Regine, die den Sommer hier verbringen wird. Klaus hat ihr erst gestern auf Günthers Geburtstagsparty erklärt, daß er weder Zeit noch Geld habe, um mit ihr zu verreisen. Die Scheidung und der Umbau seien für solche Späßchen einfach zu teuer gewesen.

Erst müsse er wieder genügend Kohle auf dem Konto haben, dann sei an Urlaub zu denken. Auf Regines Einwand, sie habe noch etwas eigenes Geld und könne ja auch allein gehen, reagierte er fast aggressiv: Das käme nun schon mal überhaupt nicht in Frage, denn schließlich habe er nicht geheiratet, um allein in Römersfeld zu sitzen, während sich seine Frau irgendwo auf der Welt mit Gott weiß wem amüsiere.

Regine schlägt die Illustrierte zu und greift nach der nächsten. »Spannungen in der Ehe« lautet das Titelthema. Die hat sie nicht, denkt Regine und schleudert das Heft wütend in den Rosenbusch.

Klaus hat stundenlang in Günthers Akten gesucht und sich Zahlen herausgeschrieben. Seine Firma, Ost und West, seinen Immobilienbesitz, seine Aktien bei verschiedenen Banken, ebenso sein Festgeld, er hat alles fein säuberlich aufgelistet und kommt so auf ein Gesamtvermögen von einundzwanzig Millionen Mark. Es dürfte schwierig sein, das alles sang- und klanglos verschwinden zu lassen. Klaus stopft sich eine Pfeife, zündet sie an und beginnt im Zimmer hin und her zu gehen. Dabei beobachtet er, wie Regine in ihrem Liegestuhl zwischen den Rosenbüschen liegt und in einer Zeitschrift blättert. Ein malerisches Bild, findet er, und ein leichtes Lächeln entspannt seine Züge. Sie bringt ihm seine Jugend zurück, und er wird dafür sorgen, daß sie das Leben genießen kann. So wie jetzt, sorglos und wunderschön im Liegestuhl hingegossen, und das auf eigenem Grund und Boden. Besser kann es eine Frau doch wirklich nicht haben! Er versinkt einige Sekunden in ihrem Anblick, dann fällt ihm schlagartig eine

Lösung für Günthers Problem ein. Er hat für einen anderen Kunden bereits vor Jahren eine Aktiengesellschaft in Liechtenstein gegründet. Diese Gesellschaft wurde bisher nicht gelöscht, und die Aktien lauten inzwischen auf seinen eigenen Namen. Das könnte sich als Plattform für ein kompliziertes Finanzmodell eignen. Klaus setzt sich sofort an seinen Computer und entwirft einen ersten Plan.

Monika kreiert gerade gemeinsam mit ihrer Tochter eine Spaghettisauce. Sie haben Regine über Stunden in ihre Einzelteile zerlegt und über Lindas Vorschlag diskutiert. Monika lachte herzlich darüber und meinte, daß ein rassiger Latin Lover tatsächlich eine Überlegung wert sei. Aber dann, gegen Abend, knurrte ihnen der Magen, und Monika stellte einen Topf mit Wasser auf. Nun ist Linda für den richtigen Biß der Teigwaren zuständig und Richi für den Salat. Und während Monika die Gewürze und Zutaten bereitstellt, erklärt sie plötzlich, daß die Trennung überhaupt nicht Regines Schuld war.

»Wenn Klaus nicht für ein Abenteuer reif gewesen wäre, wäre es überhaupt nicht passiert. Es gehören immer zwei dazu. Vielleicht ist Regine, nüchtern betrachtet, ja auch ein ganz nettes Mädchen. Möglicherweise hat sie so etwas wie Klaus überhaupt nicht verdient!«

Irena brät gerade Hackfleisch, Pilze und Tomaten an und dreht sich, den Kochlöffel in der Hand, nach Monika um. »Wie meinst du das, Mutti?«

»Schuld ist eigentlich Marion. Sie tut so, als sei Regine alles und ich nicht mehr existent. Vielleicht war es aber auch Günther, der Marion verboten hat, mich einzuladen.«

»Was soll's, Mutti. Es war sowieso ein blödes Fest!« Richi schneidet Zwiebeln klein und schnieft sich auf den Handrükken. Monika wirft ihm mit einem mißbilligenden Blick die Küchenpapierrolle zu.

»Ich glaube nicht, daß sich Günther um so etwas schert«, Linda gibt die Pasta ins sprudelnde Wasser, stellt die Uhr und greift nach zwei Paprika und einem Messer. »Der würde es wahrscheinlich nicht einmal merken – oder glaubt ihr, der weiß, wer gestern alles da war? Glaub' ich nicht!«

»Verdammt!« Richi reißt sich Küchentücher von der Rolle und wischt sich damit die Augen aus. »Gib halt du eine Party und lade die beiden nicht ein, dann bist du quitt. Oder besser noch, lade Günther mit jemand anderem ein. Mit«, er schaut sich um, »Irena zum Beispiel!«

Irena jault auf und droht ihm mit dem Kochlöffel. »Idiot! Den Glatzkopf kannst du mir schenken. Da kann ich ja gleich mit meinem eigenen Vater gehen!«

Monika lacht und winkt mit der Weinflasche. »Ich decke schon mal den Tisch, paßt mir auf die Sauce auf!«

Es ist schon dunkel, als Linda nach Hause kommt. Richi hat sie gefahren, denn sie hat an ihrem Rennrad kein Licht. Gutgelaunt geht sie ins Bad und duscht. Während sie sich laut singend abtrocknet, hört sie das Telefon klingeln. Ach je, Dirk. Der hat sicherlich den ganzen Abend lang versucht sie zu erreichen. Zu blöd. Sie hätte ihn von Monika aus ja mal anrufen können.

Linda schlingt sich das Badetuch um den Körper und geht ins Wohnzimmer.

»Schätzchen, hallooo«, flötet sie in den Hörer und läßt sich dabei auf das Sofa sinken.

»Schätzchen? Das hört sich ja gut an!« Die Stimme ist tief und nie und nimmer die von Dirk. Linda fährt hoch und setzt sich kerzengerade hin. »Wer ... ich meine, ich dachte, es sei mein Freund.«

»Was nicht ist, kann ja noch werden«, ein dunkles Lachen, »nein, Entschuldigung, das war ein Witz. Ich war noch eben bei meinen Bekannten im Nachbarhaus, und da dachte ich, die Krönung des Abends sei es, jetzt noch mit Ihnen ein Glas Wein zu trinken.«

Linda stockt der Atem. »Herr Schmidt?« fragt sie zögernd.

»Aber, ich bitte Sie! Doch nicht so förmlich. Günther tut's auch!«

»Wo, wo sind Sie denn?«

»Im Auto vor Ihrer Wohnung. Wenn Sie mal auf den Balkon treten, gebe ich Lichthupe. So, sehen Sie? Ich sagte doch, ich wollte eben heimfahren, da hatte ich diese Idee!« Tatsächlich, dort steht sein Wagen.

»Ich verstehe bloß nicht ... ich meine, wissen Sie eigentlich, wie spät es ist?«

»Müßte ich das? In solchen Nächten, solchen lauen Sommernächten, denke ich an keine Uhrzeit.« So ein unsäglicher Blödsinn, denkt Linda und beschließt, das Gespräch schnellstmöglich abzuwürgen.

»Ich muß morgen früh arbeiten!«

»Lassen Sie den Vormittag ausfallen, dann können Sie gemütlich ausschlafen. Ich erstatte Ihnen den Verlust. Was arbeiten Sie? Was verdienen Sie? Ich schätze mal, fünfhundert Mark wären ein gerechtes Ausfallhonorar, habe ich recht?«

Linda steht wie versteinert auf dem Balkon und starrt die beiden Halogenscheinwerfer des Wagens an, der frech mitten im Innenhof steht.

Fünfhundert Mark? Für ein Glas Wein? Der muß total verrückt sein.

»Habe ich nicht recht? Verdienen Sie mehr an einem Vormittag? Vielleicht sechshundert Mark? Das ist in meiner Haushaltskasse für ein nettes Plauderstündchen auch noch drin. Überlegen Sie es sich. Ich drehe jetzt zehn Runden um mein Auto, und wenn Sie einverstanden sind, dann knipsen Sie das Licht zweimal kurz hintereinander aus. Erst dann klingle ich bei Ihnen. Ist das ein faires Angebot?«

Linda hört ihr Blut rauschen. Automatisch unterbricht sie die Leitung, hält den Hörer aber noch in der Hand und schaut wie gebannt auf den Mann, der jetzt dort unten aussteigt und langsam um das Auto herumzugehen beginnt. Der spinnt wohl! Er hält sie für eine Nutte! Eine Unverschämtheit, sie sollte sofort Dirk anrufen. Oder noch besser Marion! Ja, Marion, der Tugendwächterin, sollte sie stecken, was sie für einen feinen Mann hat! Linda denkt an die Gespräche vom Nachmittag und wie Monika mal so eben mit links von Marion öffentlich abserviert wurde. Jetzt wäre die Gelegenheit für eine Rache da: Sie könnte Günther heraufbitten und alles heimlich auf ein Tonband aufnehmen. Wer weiß, was Günther so zu erzählen hat? Bei einem Gläschen Wein? Für sechshundert Mark? Aus der Haushaltskasse? Allein das würde Marion mit einem Schlag vernichten. Zumindest emotional. Dessen ist Linda sich sicher.

Sie schaltet zweimal das Deckenlicht an und aus. Dann läuft sie ins Badezimmer, zieht sich schnell Jeans und T-Shirt an, fährt sich mit dem Lippenstift über die Lippen und, während es bereits klingelt, mit der Bürste durch ihr schwarzes Haar.

»Ja, vierter Stock, rechts«, sagt sie ins Haustelefon, drückt den Öffner, holt ihr Diktiergerät aus der Schublade, prüft die Kassette, schaltet auf »Aufnahme« und legt es unter den Sessel. Ihr Herz schlägt rasend, als es kurz danach an der Haustür klopft. Barfüßig öffnet sie.

Günther steht ihr gegenüber, größer und massiger, als sie ihn in Erinnerung hatte. Er trägt ein weißes, halbärmeliges Leinenhemd zur blauen Hose. Im Halbdunkel des Flurs sieht er direkt gut aus, und sein breites Lachen wirkt sympathisch.

»Ich habe Sie hoffentlich nicht erschreckt«, sagt er, während sie ihn hereinbittet. »Mir wurde erst jetzt bewußt, daß Ihnen das Ganze recht merkwürdig vorkommen muß. Aber machen Sie sich keine Gedanken, mir war wirklich nur nach einem Abschlußgläschen in angenehmer Gesellschaft. Ich wollte meinen vorangegangenen Besuch in Ihrer Nachbarschaft verdauen …«, er lacht herzlich und zeigt seine weißen Zähne.

»Ach, ja, ja«, Linda überlegt. »Bei wem waren Sie denn?«

»Nun, Geschäftsfreund. Für mich wichtig, aber für uns beide nicht von Bedeutung.« Er bleibt mitten im Raum stehen und schaut sich um.

Linda deutet auf den Sessel. »Wollen Sie sich nicht setzen? Der Sessel dort ist recht bequem.«

»Ach, ich setze mich mit Ihnen lieber an den Tisch dort.

Das ist nicht so förmlich. Außerdem kann man sein Glas besser abstellen.«

Mist, denkt Linda, jetzt liegt das Aufnahmegerät am falschen Platz!

»Haben Sie denn eine Flasche Wein da? Und Gläser?«

An ihr vorbei geht er in die Küche. »Oh, interessant eingerichtet. Sie haben Geschmack, sehr ausgefallen!« Er bleibt in ihrer Küche stehen, die aus losen Bestandteilen zusammengestellt ist, und schaut sich um. Linda folgt seinem Blick, der an einer zum Regal umfunktionierten Weinkiste hängengeblieben ist. »Ja, das habe ich bei meinem letzten Aufenthalt in Rom gesehen. Fand ich irgendwie gut, so für Flaschen mit Öl und Essig … und so.«

»Oh, wo waren Sie denn in Rom? Ich liebe Rom!«

»Nun, wo man eben so hingeht, wenn man in Rom ist!« Hoffentlich versteift er sich nicht auf das Thema. Linda war noch nie in Rom, aber das geht ihn schließlich nichts an. Günther tritt an die Kiste heran und fährt mit dem Zeigefinger langsam den eingebrannten Schriftzug nach. »War auch guter Wein drin, Barolo.« Er nickt ihr anerkennend zu. »Kein Wunder, daß man so etwas als kleine Erinnerung gern aufhebt.«

»Und praktisch ist es auch!«

»Ja, auch das!« Er wirft ihr einen Blick zu, und Linda wird verlegen. Warum ist er bloß in ihre Küche gekommen. Sie ist siebenundzwanzig Jahre alt, woher soll sie Geld für eine Einbauküche nehmen? Den alten Kühlschrank hat sie ihren Eltern abgeschwatzt, der Küchenschrank stammt vom Flohmarkt, und den Herd hat sie sich im letzten Jahr gekauft, als das Elektrofachgeschäft bei Dirk um die Ecke Totalausverkauf machte. Wenn sie Geld übrig hat, steckt sie es lieber in schöne Reisen als in Möbel.

»Meinen Sie, daß Sie eine Flasche Wein da haben?« Er lächelt ihr aufmunternd zu.

»Ach so, ach ja! Natürlich habe ich das!« Sie öffnet den Kühlschrank. »Rotwein, Weißwein, auch eine Flasche Sekt. Was Sie wollen!«

»Darf ich?« Er greift nach der Rotweinflasche. »Ein schöner Italiener. Aber es bekommt ihm besser, wenn er nicht in der Kälte steht. Lassen Sie ihn draußen.«

Ein Chianti Classico, das letzte Mitbringsel ihrer Eltern. Sie hat ihn nicht für besonders gut gehalten, Chianti trinkt doch jeder. »Wer trinkt im Sommer schon warme Weine? Dazu ist es doch viel zu heiß!«

»Diese Antwort hätte ich vor ein paar Jahren auch gegeben. Aber glauben Sie mir, Weißwein trinkt man kühl, Rotwein hält man auf Zimmertemperatur.«

Hat dir das Marion erzählt, wäre ihr fast herausgerutscht, aber sie greift statt dessen nach der Weißweinflasche im Kühlschrank.

»Na, dann dürfte diese ja passen!«

Er wirft einen kurzen Blick auf das Etikett und schmunzelt. »Mit einem heimischen Fabrikat kann man schwerlich etwas falschmachen. Gibt es dazu auch einen Korkenzieher und Gläser?«

Am Tisch öffnet er die Flasche und schaut sich dann suchend um.

»Fehlt jetzt noch etwas?« fragt Linda, schon leicht gereizt. »Vielleicht ein Temperaturmesser? Oder Eiswürfel für den Sektkübel?«

»Keine schlechte Idee fürs nächste Mal. Ich dachte nur eben an eine Kerze für den Tisch.«

Es wird kein nächstes Mal geben, schwört sich Linda. War sowieso schon mehr als idiotisch, daß ich auf diese blöde Tour hereingefallen bin.

Sie geht in ihr Schlafzimmer, um Kerzen zu holen.

Dort werde ich auch bald sein, denkt Günther und schaut ihr nach. Sie hat eine unverschämt gute Figur, stellt er zu seiner Freude fest, selbst in diesen unscheinbaren Klamotten. Dieser Apfelhintern in den Jeans. Wenn die Strapse trägt, werde ich wieder zwanzig!

Sachte, sachte, sagt er sich, als sie mit den Kerzen zurückkommt. Nicht verschrecken, das Kind. Es kommt, wie's kommt, und vor allem wird's mir kommen. Er grinst über diesen Gedanken.

»Ist was?« fragt Linda.

»Nein, ich freue mich nur, daß Sie sich Zeit für mich nehmen. Und ich frage mich, ob wir uns nicht setzen sollten.«

»Ja, bitte«, Linda deutet auf einen Stuhl und nimmt ihm gegenüber Platz. Es ist ein kleiner Tisch, als Frühstückstisch für zwei Personen gedacht. Linda zündet die Kerzen an und weiß nicht, was sie nun mit ihm reden soll. Wie konnte sie nur in eine so irrsinnige Situation geraten! Hoffentlich ruft Dirk bald an!

»Was arbeiten Sie denn, wenn ich fragen darf?«

Ach, jetzt will er um die Kohle feilschen. »Wegen des sogenannten Ausfallhonorars?«

»Gott behüte! Nein, das haben wir doch bereits ausgemacht. Nein, aus purem Interesse. Ich tippe, Sie haben etwas mit Schönheit zu tun – so wie Sie aussehen. Modeln Sie?«

Linda ist versucht aufzuschneiden. Sie hat tatsächlich etwas mit Schönheit zu tun, sie ist Verkäuferin in einem Parfümeriemarkt. Und sie modelt auch ein bißchen – verkauft nebenher Dessous. Aber muß sie ihm das auf die Nase binden, wo er sie doch so hoch ansiedelt?

»Ein bißchen, als Nebenjob.«

So stimmt's sogar.

»Das sieht man gleich. Sie sollten in professionelle Hände kommen. Einer richtigen Agentur vorgestellt werden. So schön wie die Mädchen in den Illustrierten sind Sie doch allemal.«

Er will ihr schmeicheln, er hat keine Ahnung! Nun gut, es kann ihr auch egal sein.

»Ich bin siebenundzwanzig Jahre alt, also zu alt, um richtig anzufangen. Außerdem mit hundertneunundsechzig Zentimetern zu klein. Und das war schon immer so, also hatte ich nie ein echte Chance. Aber was soll's, ich bin auch so glücklich!«

»Das ehrt Sie, nein wirklich! Und zudem hätte Römersfeld einen Stern weniger ohne Sie.«

Schwätzer!

»Es reicht doch, wenn Sie einen Stern an Ihrem Auto haben.« Sie greift nach dem Glas und prostet ihm zu.

»Ha, ha, ha«, lacht Günther los, »das war wirklich originell. Sie sind eine interessante Frau, Linda«, er hebt sein Glas, »wirklich außerordentlich.«

Dann greift er zur Brieftasche und blättert sechs Hundertmarkscheine auf den Tisch. »Darf ich wiederkommen? Es war nett bei Ihnen.«

»Sie ... Sie wollten doch eine Stunde bleiben? Die ist doch noch gar nicht um?«

»Ich gehe lieber heute etwas früher und komme dafür das nächste Mal etwas früher, ha, ha.« Linda versucht, nicht wie gebannt auf das Geld zu starren. Er hat tatsächlich sechshundert Mark auf den Tisch gelegt. Für eine halbe Stunde plaudern. Das verdient sie gerade mal in der Woche! Du lieber Himmel, muß der Mann reich sein! Stinkreich!

Langsam steht sie auf. Günther steht bereits, streckt ihr die Hand hin. »Also, dann. Und ich wünsche Ihnen für morgen einen gemütlichen Vormittag. Danke für den Wein.« Linda läuft wie hypnotisiert neben ihm zur Tür. Er hat den Wein kaum angerührt, wie kann er sich dafür bedanken.

»Was trinken Sie denn gern?« Er dreht sich im Gehen nochmals nach ihr um.

So schnell fällt ihr gar nichts ein. Tomatensaft, aber das klingt zu kindisch. »Champagner«, sagt sie aufs Geratewohl.

»Sie haben Geschmack«, er nickt ihr zu und geht zum Lift.

Linda schließt langsam die Tür, dann löscht sie alle Lichter und stellt sich im dunklen Zimmer an ihr Wohnzimmerfenster. Sie sieht, wie er zu seinem Wagen geht, einsteigt, sie zweimal kurz per Lichthupe grüßt und langsam davonfährt. Hat er geahnt, daß sie am Fenster steht?

Zögernd zündet sie die Kerzen an und betrachtet im flakkernden Licht die Scheine, die breitgefächert auf dem Tisch liegen. Da läutet das Telefon. Dirk! Was soll sie ihm bloß sagen? Du, hör mal, Günther Schmidt war hier und hat mir sechshundert Mark auf den Tisch geblättert – einfach so. Das glaubt kein Mensch! Sie muß zuerst das Diktiergerät abhören, ob überhaupt etwas drauf ist.

»Ja?« meldet sie sich.

»Es war schön bei Ihnen, ich möchte Ihnen nur eine gute Nacht wünschen!«

Günther Schmidt! Aus dem Auto!

»Ja, danke. Vielen Dank«, antwortet sie leise und legt auf.

Günther sitzt in seinem Wagen und triumphiert. Jetzt wird sie wie eine zahme Maus vor dem Geld sitzen und überlegen, was sie tun soll. Erst denkt sie, daß sie es zurückgeben muß, dann trinkt sie noch ein Glas, und wenn sie schließlich ins Bett geht, ist sie davon überzeugt, daß sie es sich redlich verdient hat! Er klappt im Fahren seine Sonnenblende herunter und öffnet den beleuchteten Schminkspiegel. »Phh, sechzig«, grinst er sein Spiegelbild an. »Frisches Blut von siebenundzwanzig Jahren ist wie eine Frischzellenkur. Und macht dazu noch Spaß!« Er legt eine Musikkassette ein und singt laut mit: »Schöne Maid, hast du heut' für mich Zeit, holadiaho...«, dann fährt er einen kleinen Umweg an dem Bungalow seines Vermögenberaters vorbei. Sieh an, im Arbeitszimmer brennt noch Licht. Klaus scheint die Message verstanden zu haben. Günther nickt zufrieden: Die Dinge nehmen ihren Lauf.

Am nächsten Morgen ist Linda bereits um sechs Uhr wach. Eine Stunde zu früh. Sie spürt eine seltsame Unruhe. Was ist bloß los, denkt sie und schaut auf den Wecker. Hat sie vergessen, die Uhr zu stellen? Dann schießt sie hoch. O Gott, das Geld! Der Schmidt! Hat sie das geträumt? Sie springt aus dem Bett und läuft in ihr Wohnzimmer. Nein, dort stehen noch die beiden halb leergetrunkenen Gläser und die Kerzen auf dem Tisch, und dazwischen liegen die Scheine. Sie hat nichts davon angerührt, sie wollte darüber schlafen. Aber nun ist sie auch nicht schlauer.

Langsam geht sie ins Bett zurück, schlägt ihr Kopfkissen mißmutig zurecht und rollt sich in die Decke ein. Sie wird nicht eine Stunde zu früh aufstehen, nur weil ihr Günther Schmidt sechshundert Mark auf den Tisch gelegt hat. Sie ist noch für nichts und niemanden zu früh aufgestanden. Ihr ganzes Leben lang nicht. Also wird sie es auch heute nicht tun. Diese Stunde wird sie noch schlafen! Ganz normal! Wie immer!

Regine ist eben aufgestanden, um für Klaus und sich das Frühstück zu richten. Sie wird sich nachher zwar wieder ins Bett legen, aber sie haben es sich zum Grundsatz gemacht, den Morgen in Ruhe gemeinsam zu verbringen. Während sie den Kaffee aufstellt, hört sie, wie Klaus ins Bad geht. Regine holt die Zeitung aus dem Briefkasten und überfliegt die Seiten. Juli, alles steuert auf die großen Ferien zu, das Sommerloch macht sich breit. Sie dreht die Zeitung um. Die letzte Seite wimmelt nur so von Reiseangeboten. Seufzend klappt sie sie zu und legt sie neben Klaus' Teller. Vielleicht sollte sie doch noch einmal mit ihm reden. Schließlich könnte sie ja auch mit einer Freundin verreisen. Da bräuchte er keine Angst um sie zu haben und könnte unbesorgt seinen Umbau abarbeiten.

Aber als Klaus endlich erscheint, sieht er zum erstenmal, seitdem sie zusammen sind, wirklich alt aus. Regine traut sich nicht, das Thema anzusprechen.

»Hast du schlecht geschlafen?« fragt sie erschrocken.

»Ich habe die halbe Nacht durchgearbeitet. Als ich im Bad war, war's drei!« Er gibt ihr einen Kuß und schiebt sich seinen Stuhl zurecht.

»Ich werde eben doch langsam alt. Früher hat mir so etwas nichts ausgemacht! Hoffentlich bereust du nicht eines Tages deine Wahl!«

»Aber Schatz, wie kannst du so etwas sagen!« Sie gießt ihm Kaffee ein und reicht ihm den Aufschnitt. »Ich kann auch wieder arbeiten gehen, wenn du so schuften mußt. Wir können das doch zu zweit schaffen!« Dann habe ich auch wieder mehr Rechte und kann in Urlaub, wann ich will, denkt sie dabei und schneidet zwei Scheiben Brot ab.

»Solange du mit mir zusammen bist, brauchst du nicht zu arbeiten. Ich hatte bereits einmal eine Karrierefrau an meiner Seite, das hat mir gelangt! Nie war sie da, nie hatte sie Zeit, selbst das Frühstück mußte ich mir allein richten. Ständig waren Fremde im Haus. Putzfrau, Büglerin, Wäscherin, Nachhilfelehrerin, Musiklehrer, Au-pair und was weiß ich noch alles.«

»Na ja, so schlecht ist das doch eigentlich nicht«, wirft Regine ein. »Es hat doch sicherlich alles gut funktioniert.«

»Funktioniert! Genau, du sagst es. Alle haben funktioniert. Selbst ich, das Familienoberhaupt, habe ›gut funktioniert‹. Ein Greuel. Ich möchte in meinem Leben niemals mehr gut funktionieren. Ich möchte leben. Und zwar so, wie es mir gefällt!«

Das habe ich nun davon, denkt Regine und klatscht wütend Frischrahm auf ihr Brot. Jetzt habe ich einen Egoisten, bloß weil ihn Monika nie ernst genommen hat! Sie hat mir den Mann versaut, die Kuh!

In Römersfeld bricht ein weiterer strahlender Sommertag an. Alles geht seinen gewohnten Gang, Günther fährt zu einer seiner großen Baustellen, um sich über den Fortgang der Arbeiten zu informieren, Marion bereitet ihren Bridgenachmittag vor, Dirk sucht gegen elf Uhr sein Auto, weil er wieder einmal nicht weiß, wo er es zuletzt abgestellt hat, und Monika erörtert mit ihrem Sohn Richi einen Brief vom Finanzamt, in dem eine Steuerprüfung angekündigt wird.

Nur Linda fühlt sich nach wie vor wie elektrisiert. Sie ist aufgestanden und hat ihr Diktiergerät geprüft, aber nur ein Rauschen mit zu weit entfernten Stimmen zeugt von der gestrigen Nacht. Nichts, womit sie Marion ärgern, geschweige denn Dirk etwas erklären könnte.

Und es ändert nichts daran, daß diese Scheine weiterhin auf ihrem Tisch liegen.

Schließlich steckt sie das Geld kurzentschlossen ein, fährt zu ihrem Arbeitsplatz und in der Mittagspause zum Tierschutzverein. Im Namen von Günther Schmidt zahlt sie die volle Summe als Spende ein und bittet um eine baldige Spendenbescheinigung an seine Adresse.

Anschließend fährt sie wieder zurück, kann sich aber weder auf ihre Kundschaft noch auf die Produkte konzentrieren. Ständig stellt sie sich das Gesicht von Marion vor, wenn sie den Brief vom Tierschutzverein erhält, und außerdem brennt sie darauf, die ganze Geschichte Irena zu erzählen.

Gegen achtzehn Uhr fährt Günther von seiner kleinen Rundreise von Baustelle zu Baustelle nach Hause. Er ist bestens gelaunt, seine Geschäfte laufen, seine Maschinen sind ausgelastet, von Flaute keine Spur.

Seitdem er im Auto sitzt, hat er den Telefonhörer nicht mehr aus der Hand gelegt, telefoniert mit seinen wichtigsten Auftraggebern, um sie über den Fortschritt der Arbeiten zu unterrichten, verabredet sich mit Klaus auf morgen nachmittag, sagt Marion, daß die Bridgedamen jetzt zu verschwinden hätten, denn er sei im Anrollen und wolle sein Abendessen pünktlich um sieben Uhr serviert haben, und ruft dann zum Schluß, sozusagen als persönliches kleines Dessert, seinen Weinhändler an und beauftragt ihn, eine Kiste Champagner an Lindas Adresse zu schicken. Lieferbar noch heute, möglichst gegen acht Uhr. Dann könnte er um neun Uhr mal unschuldig nachfragen, ob er ihre bevorzugte Marke getroffen habe. Er reibt sich die Hände über diesen Coup und zieht auf die Überholspur rüber.

Marion hat, um den lauen Sommerabend auszunutzen, auf der Terrasse gedeckt und, um Günther eine Freude zu machen, sein Lieblingsessen vorbereitet, Braten mit Sauerkraut und Weckknödeln. Günther verlangt zunächst mal nach einem kalten Bier und lehnt sich dann in seinem Stuhl zurück.

»Meinst du, das ist das geeignete Essen für einen Mann, der an einem heißen Tag den ganzen Tag unterwegs war?«

Marion, die ihm eben den Teller vollschöpft, hält irritiert inne. »Wieso? Was meinst du?«

»Ich denke, du könntest bewußter kochen. Ein Sommersalat wäre heute doch wohl das richtige gewesen!«

»Wie? Aber du magst doch gar keinen ...«

»Du könntest ruhig etwas an meine Figur denken!«

Marion läßt den Schöpflöffel sinken und starrt ihn an. »Aber du hast doch eine gute ...!«

»Schon mal was von Cholesterin gehört?« schneidet er ihr brüsk das Wort ab und schiebt den Teller von sich. »Genausogut kannst du mir auch eine Waffe auf den Tisch legen mit der genauen Anleitung zum Selbstmord!«

»Was um alles in der Welt ist denn bloß in dich gefahren?« Marion setzt sich und schüttelt ungläubig den Kopf.

»Ich bin sechzig geworden, Marion, falls dir das entgangen sein sollte, und ich will noch ein paar Jahre leben! Leben, verstehst du?«

»Nun gut«, Marion steht auf, um die Platte mit dem Braten, die Schüsseln mit Sauerkraut und Knödeln wieder abzutragen. »An mir soll's nicht liegen. Ich hab's ja bloß gut gemeint und ...« Die Haustürglocke läßt sie abbrechen. »Wer kann denn das noch sein?« wendet sie sich an Günther. »Erwartest du Besuch?«

»Vielleicht«, für einen Moment schießt Günther durch den Kopf, daß es Linda sein könnte, und sein Puls schlägt hoch. Blödsinn, sagt er sich dann, es gibt keinen Grund, weshalb sie herkommen könnte.

Marion ist schon an der Tür und öffnet. Eine Frau Mitte

Dreißig steht strahlend vor ihr. »Ich mußte einfach persönlich vorbeikommen, um mich bei Ihrem Mann zu bedanken!«

»Ja«, Marion überlegt krampfhaft, ob sie das Gesicht kennt, »wofür denn?«

»Nun, für die großzügige Spende, es passiert nicht alle Tage, daß jemand ein so großes Herz zeigt. Ist er denn da, darf ich hereinkommen?«

Marion geht voraus, ohne einen klaren Gedanken fassen zu können. Eigentlich gehen alle Spenden über ihren Tisch. Oder war es etwa wieder eine Parteispende, die irgendwann nur Ärger bringen wird?

An Günthers Gesichtsausdruck merkt sie, daß er auch nicht schlauer ist als sie selbst. Die Frau streckt ihm ihre Hand entgegen, und er steht zögernd auf, um sie anzunehmen.

»Im Namen des gesamten Tierschutzvereins danke ich Ihnen herzlich. Ihr Geld hilft uns, die Anlage zu erweitern, und wenn es irgendwann soweit sein wird und auch der noch fehlende Betrag zusammengekommen ist, darf ich Sie, Sie beide natürlich«, sie nickt Marion lächelnd zu, »zur Einweihung schon jetzt sehr herzlich einladen. Wir werden natürlich Schildchen mit den Namen der Spender an der Erweiterung anbringen.«

Günther weiß nicht, wie er reagieren soll. Wird er hier auf den Arm genommen? Dazu wirkt diese Frau zu euphorisch. Möglicherweise eine Verwechslung?

»Ja, danke«, sagt er vorsichtshalber und versucht ihr seine Hand zu entziehen, die sie immer noch begeistert festhält.

»Ach so, ja, und hier ist Ihre Spendenbescheinigung, damit alles seine Richtigkeit hat!« Sie lacht kokett, läßt ihn los, zieht einen Briefumschlag aus ihrer Umhängetasche und legt ihn auf den Tisch. »Und wenn es noch irgendwelche Fragen geben sollte, fragen Sie das nächstemal einfach nach mir, Annemarie Roser, ich bin die Vereinsvorsitzende!«

»Ach ja. Ja, danke!« Aus den Augenwinkeln heraus mustert er den Umschlag. Eine Briefbombe? Die sähe aber wahrscheinlich anders aus und würde wohl auch kaum persönlich überbracht werden. Ob Klaus dahintersteckt? Womöglich hat er mit seinem Geld jetzt das Tierheim aufgekauft. Die Millionen garantiert sicher im Hundekot verborgen?

Annemarie Roser legt ihre Visitenkarte neben den Briefumschlag. »Ja, dann will ich nicht länger stören. War nett, Sie kennengelernt zu haben, und nochmals vielen Dank. Alles Gute fällt irgendwann auf einen zurück!«

Marion hat es eilig, sie an die Tür zu bringen. Sie will Günther diesen ominösen Briefumschlag nicht allein überlassen. Sie will wissen, von welcher Summe diese Frau gesprochen hat. Günther hat ihn bereits aufgerissen, als sie zurückkommt. Ihm ist mit einem Blick klar, um welche Transaktion es sich gehandelt hat.

Aha, denkt er, kleines Biest.

»Ach Gott«, lacht er, als Marion auf die Terrasse tritt. »Das habe ich ja total vergessen. Und deswegen machen die so einen Aufstand!«

Marion nimmt ihm den Beleg aus der Hand. »Sechshundert Mark«, liest sie ungläubig. »Sechshundert Mark für den Tierschutzverein? Wieso denn das? Gibt's dafür einen Grund?«

Günther schenkt sich Bier nach und trinkt den Schaum ab, bevor er antwortet. »Eine Wette, ich habe gegen Klaus eine Wette verloren. So einfach ist das. Aber ich hab's total vergessen!«

Marion hält ihm die Spendenbescheinigung vor die Nase. »Da steht aber das heutige Datum der Spende. Wie kann man so etwas vergessen?«

»Was soll's, Marion, Klaus hat das für mich erledigt. Glaubst du etwa, ich hätte für solch einen Firlefanz Zeit? Reich mir lieber die Knödel rüber!«

Linda ist ihre Neuigkeit nicht losgeworden. Irena ist zu einer Fortbildung nach München gefahren, und Dirk ist für so eine Geschichte nicht der richtige Gesprächspartner. Er würde gleich alles viel zu ernst nehmen und ihr damit den ganzen Spaß verderben. Monika wäre noch möglich, aber irgendwie fühlt sie sich in ihrer Rolle einer gestandenen Frau gegenüber unwohl.

Immerhin hat sie Günther spät abends hereingelassen, und schließlich hat er ihr viel Geld dafür auf den Tisch geblättert. Nein, solche Geschichten taugen nur für Busenfreundinnen.

So fährt sie nach der Arbeit bei Dirk vorbei, schaut ihm beim Studieren über die Schulter und schlägt ihm einen Kinobesuch vor.

»Kino«, stöhnt er. »Als ob ich hier nicht genug Kino hätte! Zumindest hatte ich heute bei der Klausur einen Filmriß nach dem anderen! Wenn ich das Examen nicht schaffe, rastet mein Alter aus!«

»Was heißt da, dein Alter!« Linda setzt sich ihm auf den Schoß und schlingt ihre Arme um seinen Hals. »Vor mir solltest du eigentlich mehr Angst haben. Schließlich muß sich ein Bratkartoffelverhältnis auch irgendwann einmal umkehren!«

»Ein was?« Dirk streicht sich seine halblangen braunen Locken zurück, seine grauen Augen wirken müde.

»Bratkartoffelverhältnis«, wiederholt Linda, steht auf und zieht sich ihren kurzen Rock zurecht. »Wollen wir nicht doch vielleicht wenigstens ein Glas Rotwein miteinander trinken? Dann lasse ich dich auch in Ruhe weiterarbeiten!«

Dirk streckt sich auf seinem Stuhl aus und gähnt. »Wenn du meinst«, sagt er und dreht sich nach ihr um. »Schau im Kühlschrank nach, ob noch einer da ist.«

Linda geht um den großen Ölofen herum in das kleine, provisorisch zur Küche umfunktionierte Nebenzimmer. »Rotwein stellt man nicht in den Kühlschrank«, ruft sie.

»Was ist denn das für ein Schwachsinn«, erwidert Dirk und legt seine Beine auf den Schreibtisch. »Jetzt redest du wirklich schon wie meine Alten! Wer will im Sommer schon pißwarmen Wein trinken?«

Linda kommt mit einer Flasche und zwei Gläsern zurück. »Nun ja, Kenner eben«, sagt sie unbestimmt und drückt ihm die eiskalte Flasche zwischen die nackten Oberschenkel.

»Au, verdammt!« Er zieht mit einem Ruck die Beine vom Schreibtisch und springt auf. »Bist du heute auf dem Sadotrip?«

»Na ja, wenn's dir gefällt ...«, grinst sie und zieht im Stehen an seinen gekringelten Beinhaaren.

»Die Reaktionen sind aufschlußreich!« Dirk deutet auf seine Shorts.

»Was kalter Rotwein doch alles vermag«, Linda bohrt ihren Zeigefinger spielerisch in seinen Bauchnabel.

»Du solltest das lassen, wenn du ernsthaft an einem Rechtsanwalt interessiert bist!«

»Ach, eigentlich verdiene ich ja doch ganz gut«, Linda zieht mit ihrem Fingernagel eine zarte Kratzspur vom Bauchnabel bis zum Hosenbund.

»Wenn du meinst«, Dirk faßt in ihr dichtes Haar und beugt sich zu ihrem Ohrläppchen.

Punkt halb elf Uhr nachts fährt Linda ihren Wagen in die Tiefgarage. Sie hat einen leichten Schwips und hätte eigentlich überhaupt nicht mehr fahren dürfen. Aber da Dirk, der mit ihr noch im einzigen Biergarten von Römersfeld war, auch getrunken hat, kam es seiner Meinung nach aufs gleiche raus. Zudem war er im Vorteil, weil er bequem durch die Innenstadt nach Hause laufen konnte.

Linda kichert im Lift vor sich hin.

Witzig, wie die Geschäftswelt in Römersfeld die Honneurs macht, wenn der Sohn des Oberbürgermeisters kommt. Als ob er irgendwem irgendwelche Vorteile verschaffen könnte. Und wie er sich jedesmal von neuem darüber aufregt, weil er mit seinem Vater auf keinen Fall in einen Topf geworfen werden will.

Als der Lift hält, sieht sie vor ihrer Tür etwas liegen, das da nicht hingehört. Hat sie bei irgendeinem Versandhaus etwas bestellt? Sie kann sich nicht erinnern. Beim Näherkommen erkennt sie, daß es kein Paket, sondern ein Getränkekarton ist. Linda bückt sich und liest die Aufschrift. Sechs Flaschen

Champagner. Sie richtet sich auf, bleibt regungslos stehen und reibt sich die Arme, eine Gänsehaut hat sich an ihnen hochgeschlichen. Jetzt ist es klar. Günther Schmidt hat gestern nicht einfach nur einen Geschäftspartner besucht. Günther Schmidt hegt feste Absichten. *Sie*, Linda Hagen, ist sein Geschäftspartner.

Am anderen Ende der Stadt hat Günther Schmidt eben zum zehntenmal das Telefon in Lindas Wohung durchklingeln lassen. Verdammt nochmal, irgendwann muß sie doch nach Hause kommen! Er ist versucht, einfach hinzufahren, aber er befürchtet, daß Marion mißtrauisch werden könnte. Diese Geschichte mit dem Tierschutzverein hat er zwar noch einmal abbiegen können, aber Marion weiß natürlich genau, daß er eher ein Kriegsveteranenheim vergolden lassen würde, als eine Hundehütte zu bauen.

So setzt er sich zu den *Tagesthemen* zu Marion ins Wohnzimmer und schimpft über die Politik. Das tut er immer, und somit ist es unverdächtig. Verdammt, da schickt er dem Mädchen Champagner, und dann ist sie noch nicht einmal zu Hause! Was sie wohl gerade treibt?

Wilde Phantasien durchzucken ihn, während er blicklos auf den Fernseher starrt.

»Die arme Frau«, hört er Marion sagen.

»Was?« Er versucht sich auf den Bildschirm zu konzentrieren.

»Hörst du gar nicht zu?« Marion liegt mit ihrer Mohairdecke auf der Couch und schaut zu Günther herüber, der in ihrem letztjährigen Weihnachtsgeschenk sitzt, einem ledernen Fernsehsessel. Zwischen ihnen steht der Couchtisch, beladen mit Knabbereien, einer Flasche Weißwein im Kühler und zwei unbenutzten Gläsern.

»Was hast du gesagt?« Günther fängt ihren Blick auf, gibt ihn aber unbefangen zurück. »Ich hab' dich nicht verstanden!«

»Na, die Frau, die Fünflinge kriegen soll. Ist doch entsetzlich!«

»Woher willst denn du das wissen?« Günther zieht an einem Hebel und läßt mit einem Ruck das Fußteil hochschnappen, »du hast es doch nicht einmal zu einem einzigen gebracht!«

Linda hat in der Zwischenzeit den Champagner mitten in ihre Küche gestellt und bleibt unentschlossen davor stehen.

Was bildet der sich eigentlich ein! Er weiß doch genau, daß sie mit Dirk zusammen ist.

Auf der anderen Seite hat ihr noch nie ein Mann Champagner geschenkt. Und schon gar nicht im Sechserpack.

Am besten packt sie die ganze Kiste gleich in ihren Wagen und legt sie dem Schmidt einfach vor die Haustür. Mit den besten Grüßen von Marilyn Monroe aus dem Jenseits. Oder besser noch, sie stellt jede Nacht eine einzelne Flasche exakt zwischen die weißen Säulen des herrschaftlichen Eingangs und stülpt jeweils ein Kondom über den Flaschenhals. Mal schwarz, mal rot, mal mit Bananengeschmack und zum Schluß mit Noppen. Garantiert gefühlsecht und für die Augen des Zeitungsjungen geeignet.

Grinsend beginnt sie in ihrem Schrank nach Präservativen zu suchen. Es war noch ein Päckchen da, sie weiß es genau. Aber als sie es findet, ist sie enttäuscht. Es sind einfache Allerweltsdinger, für jede Größe, aber nicht für jeden Anlaß geeignet. Und das Haltbarkeitsdatum ist auch schon abgelaufen. Sie feuert das Päckchen in den Abfalleimer und überlegt weiter, aber schließlich beschließt sie, das Problem auf morgen zu vertagen. Linda geht ins Bad und danach direkt ins Bett. Als das Telefon kurz nach Mitternacht noch einmal anhaltend klingelt, hört sie es schon nicht mehr.

Zwei Kilometer Luftlinie weiter liegt Klaus wach neben Regine und läßt sich alles noch einmal durch den Kopf gehen. Seit gestern kann er nicht mehr schlafen, sein Plan ist einfach gut, aber verursacht ihm auch Gewissensbisse. Noch nie hat er einen Freund betrogen. Noch nicht einmal in Gedanken.

Klaus seufzt und dreht sich auf die andere Seite. Im schwachen Licht sieht er seine Frau, bis zum Kinn vergraben unter ihrer Daunendecke. Ihre Gesichtszüge sind entspannt, wirken kindlich weich, fast puppenhaft. Er denkt an die Zeit zurück, als er seine eigenen Kinder am Wochenende zu Bett gebracht hatte und noch lange neben ihnen sitzengeblieben war, obwohl sie bereits eingeschlafen waren. Er konnte sich an ihren friedlichen Gesichtern einfach nie satt sehen. Wie Engelchen sahen sie aus, kleine Putten mit vollen, weichen Lippen. Sein Herz wollte ihm übergehen, wenn er sie so betrachtete, aber nach einer kleinen Weile schlich sich stets das bedrückende Gefühl der Vergänglichkeit ein. Irgendwann einmal, dachte er damals, würde das alles nur noch Erinnerung sein.

Günthers Erwartungen an den neuen Tag sind immens hoch. Heute nachmittag wird er bei Klaus die Weichen für seinen neuen Lebensabschnitt stellen, und am Abend wird er auf dieses Ereignis mit Champagner anstoßen. Mit Linda, seiner wilden Braut, ohne sie allerdings über den wahren Grund der kleinen Feier zu unterrichten.

Gutgelaunt fährt er durch die Stadt. Es ist kurz nach neun, und er beschließt, noch schnell zum Friseur zu gehen. Ein bißchen frischer könnte der Schnitt sein, kürzer, dynamischer. Heiner Lauterbach hat schließlich auch eine hohe Stirn und sieht nicht schlecht damit aus.

Er grinst vor sich hin, während er einen Parkplatz sucht. Vor dem Parfümeriemarkt wird gerade einer frei. Ein Wink des Schicksals, denn ein neues Rasierwasser könnte auch nicht schaden. Sicherlich haben sich die Düfte in den vergangenen Jahren völlig verändert, und er riecht hoffnungslos altmodisch.

Günther parkt ein, überlegt, ob er einen Parkschein ziehen soll, entscheidet sich aber fürs Risiko und geht durch die offene Tür.

Linda berät eben eine Kundin in der hinteren Ecke der Parfümerie und erstarrt, als sie im Spiegelregal Günther Schmidt erkennt, der mit forschem Schritt auf die nächstbeste Verkäuferin zusteuert. Wie peinlich, wenn er sie hier im weißen Arbeitsmantel entdecken würde. Sie kommt sich wie eine Hochstaplerin vor und sucht nach einem Schlupfloch. »Könnten Sie mich bitte kurz entschuldigen, mir ist gar nicht gut«, haucht sie ihrer Kundin zu und verschwindet in der nächsten Tür. Dahinter bleibt sie stehen, um wieder einen klaren Gedanken zu fassen. Eigentlich könnte sie ihm jetzt klipp und klar sagen, daß er seinen blöden Champagner abholen und sie in Ruhe lassen soll. Es wäre die Gelegenheit dazu. Sie schiebt die Tür einen Spalt auf und späht hindurch.

Günther Schmidt hat derweil schon zwei Verkäuferinnen mit Beschlag belegt. Die eine sucht das Parfumregal nach passenden Herrendüften ab und sortiert sie der Reihe nach auf einem Präsentiertisch, die andere stellt alle entsprechenden Begleitdüfte dazu auf.

Alle sind hochbeschäftigt, nur Lindas eigene Kundin steht von allen dienstbaren Geistern verlassen in der Ecke und schaut dem Treiben zu. Schließlich geht sie ohne ein Wort. Es fällt nicht groß auf, denn Günther Schmidt hält den Laden eine geschlagene Viertelstunde auf Trab. Schließlich trägt er eine randvoll gepackte Tüte hinaus.

»Solche Kunden könnten wir öfter gebrauchen«, meint Renate und klopft auf die Kasse. »Der allein hat jetzt mehr Umsatz gebracht als der ganze gestrige Tag!«

Linda schaut sich den Beleg an. Zwei Damenparfums für je neunzig Mark, Körperlotion und Duschgel für weitere hundert und eine Herrenserie für zweihundertfünfzig Mark.

»Gestern war's auch echt mies«, sagt sie dazu.

»Schon klar«, Renate räumt die Flaschen zurück. »Aber bar bezahlt hat er auch. Es gehen also noch nicht mal Prozente ab. Ich meine, das ist schon verdammt gut!«

»Der wird 'ne Freundin haben«, die zweite Verkäuferin

kontrolliert ihre langen, schwarzlackierten Fingernägel. »Barzahlung! Typisch! Keine Karte, keine Belege, keine Beweise!«

»Du mußt es ja wissen!« Renate verzieht das Gesicht. »Zeichnet lieber mal die neue Ware aus. Möglicherweise bleibt er ja nicht der einzige Kunde heute!«

Marion befindet sich ebenfalls auf dem Weg durch die Stadt. Sie hat das unbestimmte Gefühl, daß irgend etwas in der Luft liegt. 1989, kurz nach der Wende, war es ähnlich. Günther war abweisend und oft übel gelaunt, und Marion rätselte, ob eventuell eine andere Frau im Spiel sei. Schließlich mußte sie durch Klaus, nein, eigentlich durch Monika, erfahren, daß er mit waghalsigen Spekulationen im Osten ihre ganze Existenz aufs Spiel gesetzt hat. Kein Wort hatte er ihr davon gesagt! Monika, damals noch mit Klaus verheiratet, rief sie eines Abends an und wollte ohne große Umschweife wissen, ob sie, unabhängig von Günther und seinen Geschäften, finanziell gut abgesichert sei. Marion fand es unverschämt, daß Monika in ihrem Privatleben herumstocherte, aber zumindest war sie gewarnt, obgleich sie Monika diese Indiskretion und vor allem den Informationsvorsprung niemals verziehen hat.

Die Spende an den Tierschutzverein geht ihr nicht mehr aus dem Kopf. Ohne Hintergrund würde Günther so etwas nie tun. Aber was könnte dahinterstecken? Eine Wette jedenfalls nicht, da ist sie sich ganz sicher. Weder Klaus noch Günther kämen jemals auf die Idee, bei einer solchen Gelegenheit einen Tierschutzverein zu begünstigen. Es wäre höchstens denkbar, daß das Gelände um das Tierheim für die beiden von Nutzen sein könnte und sie deshalb irgendein Geschäft aushecken. Marion möchte sich das einmal näher anschauen.

Auch Regine ist unterwegs. Sie ist sauer. Seit Sonntag verkriecht sich Klaus jede Nacht in seinem Arbeitszimmer, erscheint morgens gerädert am Frühstückstisch und ist auch den restlichen Tag über nicht ansprechbar. Und wenn doch, so reagiert er auf das Wort Urlaub sofort allergisch, selbst in Verbindung mit dem Vorschlag, auf eigene Kosten mit einer Freundin zu fahren.

Wozu habe ich denn eigentlich geheiratet, fragt sie sich an diesem Vormittag, nachdem das Haus aufgeräumt und sonst nichts mehr zu tun ist. Sie schaut eine Weile in den Garten, dann ruft sie Klaus im Büro an.

»Klaus, möchtest du ein Kind?«

»Wie bitte?«

»Ob wir ein Baby haben wollen. Dann würde ich jetzt nämlich die Pille absetzen!«

»Regine, entschuldige, ich bin mitten in einer Besprechung!«

»Möchtest du?«

»Ich bitte dich!«

»Möchtest du?«

»Nein!«

»Dann wenigstens einen Hund!«

»Was?«

»Ich bin so allein! Du bist ja nie da!«

»Ich …«

»Sonst Baby!«

»Regine!«

»Dann Hund!«

»Meinetwegen ...«

Wie damals bei ihren Eltern! Regine schüttelt den Kopf über sich selbst. Eigentlich ein entwürdigender Zustand, ständig um etwas bitten zu müssen und keine Entscheidung mehr allein treffen zu können.

Trotzdem! Sie hat erreicht, was sie wollte. Bis Klaus heute nacht nach Hause kommt, wird ein Hund da sein. Ganz ohne Rückgaberecht. Sie schnappt sich die Autoschlüssel zu ihrem kleinen Wagen und fährt zum Tierheim.

Marion und Regine begegnen sich an der Kreuzung, von der eine Schotterstraße zum Römersfelder Tierheim abgeht.

Was macht denn die da, denkt Marion, und in ihrem Kopf beginnen sich alle Rädchen zu drehen. Anscheinend wurde Regine von ihrem Mann in die neuesten Pläne eingeweiht, wie damals Monika. Nur sie steht wieder blöd da. Sie darf sich nichts anmerken lassen.

Regine winkt und lacht und läßt Marion die Vorfahrt. Es ist ihr klar, daß Marion andernfalls vor lauter Sorge um den Lack ihres schönen Wagens sterben würde. Dann fährt sie hinterher. Die Kieselsteine prasseln gegen ihren Kühler, und eine Staubwolke hüllt sie ein. Es macht Regine nichts aus. Gleich wird ihr Kindheitstraum in Erfüllung gehen: ein eigener Hund! Zuerst wollten ihre Eltern keinen, dann mußte sie arbeiten und hatte keine Zeit für ein Tier – aber jetzt, jetzt ist er zum Greifen nah.

Trotzdem wundert sie sich, was Marion in dieser Gegend sucht. Sie kann sich nicht vorstellen, daß sich die Schmidts in irgendeiner Form, es sei denn gebraten oder gegrillt auf dem Tisch, für ein Tier interessieren.

Vor dem großen Eingangstor aus Eisenstäben parken sie nebeneinander und begrüßen sich. »Unsere Männer sind ja jetzt Ehrenmitglieder«, sagt Marion und schüttelt Regines Hand.

»Ach so?« erwidert Regine verwundert, »und ich dachte, sie machen Geschäfte!«

Also doch, denkt Marion und beschließt, erst einmal abzuwarten. Ehrenmitglieder, Regine seufzt innerlich, immer kommt sie mit diesem alten Militärquatsch. Ehrenmitglied, Ehrenspalier, Ehrensalut, Ehrenbataillon, ob Günther zu Hause die Flagge hissen muß, wenn er einen hochkriegt? Sie klingelt.

Sofort setzt ein vielstimmiges Jaulen, Kläffen und Bellen ein. Beim zweiten Klingeln öffnet ein junges Mädchen, lädt sie mit einer Handbewegung ein, einzutreten, kümmert sich dann jedoch nicht weiter um sie. »Schauen Sie sich ruhig um, wir haben noch Arbeit«, schreit sie gegen den Lärm an und ist auch schon wieder in einer der Baracken verschwunden.

Solchen Leuten schmeißen wir nun also sechshundert Mark in den Rachen, denkt Marion und freut sich, daß Günther anscheinend ganz andere Pläne hat, als einen weiteren Zwinger bauen zu lassen. Sie mustert die Umgebung. Wiesen und Äcker, aber auf der rückwärtigen Seite steht eine große, leere Halle. Sie wirkt wie ein alter Flugzeughangar und scheint nicht besonders gut erhalten zu sein. Marion nickt innerlich. Klar, Günther und Klaus sind an etwas dran, machen sich im Tierheim beliebt, sondieren so unbehindert die Lage, warten auf die Genehmigung und walzen dann alles nieder. Sie kann beruhigt wieder gehen. Diesmal scheint es sich wirklich um keine existentielle Bedrohung zu handeln, allenfalls um ein kleines Geheimnis.

»Wenn hier keiner Zeit für uns hat, gehe ich wieder«, ruft sie Regine zu, streicht sich über ihr helles Leinenkleid, als sei es schon durch die Nähe zu den Zwingern schmutzig geworden, und läuft zum Tor.

In diesem Moment kommt Annemarie Roser aus dem Büro. »Oh, Frau Schmidt, einen Augenblick bitte, halt!« Aber Marion hat schon das Tor hinter sich zugeschlagen.

»Das tut mir leid, ich hätte unserer Gönnerin so gern die Anlage gezeigt und ihr erklärt, wofür wir ihr schönes Geld verwenden wollen«, sagt sie mit betroffener Miene zu Regine.

»Gönnerin?« fragt Regine verdutzt und schaut zu dem zugeschlagenen Tor, hinter dem jetzt ein Motor angelassen wird. Sie ist sicher, sich verhört zu haben. »Das war Marion Schmidt!«

»Ja, eben. Zu dumm, daß mir Sonja nicht gleich Bescheid gesagt hat! Was hat sie jetzt für einen Eindruck von uns!«

»Na, den gleichen wie ich! Nur, daß ich Ihnen gern einen Hund abkaufen würde. Klein bis mittelgroß, schmusig, aber trotzdem wachsam. Haben Sie da etwas?«

Zwei Stunden später fährt Regine mit einem ausgewachsenen Hirtenhund los. Er heißt Bobby, ist etwa drei Jahre alt, hat langes, helles Fell und wurde während der Osterfeiertage gefunden, angebunden an den Fahrradständer eines Supermarktes. Regine weiß inzwischen, daß Schmidts sechshundert Mark gespendet haben, sie weiß, daß der Tierschutzverein gern die alte Halle mit entsprechendem Gelände gekauft hätte, um ausgemusterten Großtieren eine letzte Heimat zu geben, und sie hat versprochen, sich dafür einzusetzen. Sie hat ja Zeit. Besser, als die Knospen an ihren Rosenbüschen zu zählen.

In seiner Kanzlei, mitten in Römersfeld, hat Klaus alles vorbereitet. Doch als Günther Schlag vier Uhr zur Tür hereinkommt, kann er seine Nervosität nur noch mit Mühe unterdrücken.

»So, dann laß sehen!« Günther steuert direkt auf den Schreibtisch zu, auf dem Klaus seine Papiere ausgebreitet hat. »Läßt du das anschließend wieder fein säuberlich verschwinden, ja?« sagt er mit einer Handbewegung und weist über den ganzen Tisch.

»Das ist doch wohl keine Frage!« Klaus tritt neben ihn. »Ich werd's dir gleich erklären! Jedenfalls kann ich dir mit meiner Arbeit garantieren, daß du in Kürze ein armer Mann sein wirst, ha, ha, ha!«

»Ich hoffe, du weißt, was du tust. Dann lache ich mit!«

»Und ob! Du wirst staunen!«

Klaus und Günther setzen sich an den Tisch. »Du hast doch dieses halb fertiggebaute Bürogebäude in Berlin. Wenn du jetzt deine Aktien verkaufst, kannst du die Hypothek von diesem Projekt tilgen. Der Clou ist, daß ich noch eine Aktiengesellschaft in Liechtenstein habe, die dein Bürogebäude kaufen könnte.«

»Und was haben wir damit gewonnen?«

»Na, die Immobilie ist doch noch nicht ganz fertig. Kein Mensch kann somit kontrollieren, ob der Kaufpreis, den du dafür ansetzt, angemessen ist. Deshalb verkaufst du zu einem Schleuderpreis an die Liechtensteiner Aktiengesellschaft. Auf diese Weise macht dein Bauunternehmen einen Riesenverlust, weil es ja nichts berechnen kann.«

»Hört sich schon mal gut an! Und diese … Aktiengesellschaft gehört dir?« fragt Günther und muß erst mal einen Schluck Wasser nehmen.

»Ach, eine reine Briefkasten-AG, deren Aktien auf meinen Namen laufen«, beschwichtigt Klaus ihn.

»Aha!« Ganz geheuer ist Günther die Sache noch nicht. »Und wie käme ich dann wieder an meine Kohle ran, und was ist mit meinem Bauunternehmen?«

»Die Liechtenstein AG kauft dein dadurch angeschlagenes Bauunternehmen und deinen ostdeutschen Tochterbetrieb gleich dazu. Und was ist eine Gesellschaft mit Verlust schon wert?« lacht Klaus und zuckt demonstrativ die Achseln.

Günther nickt. »Nun gut, das ist klar«, stimmt er zu. » Aber die Kohle?«

Klaus senkt die Stimme: »Du erhältst ein notarielles Kaufangebot für alle Aktien der Liechtenstein AG. Das wird selbstverständlich in einer separaten Notarurkunde vereinbart.«

»Dann werden die Aktien zu einem späteren Zeitpunkt auf mich übertragen?«

»Richtig!« Klaus nickt. »Und zwar zu einem Preis, den wir am besten gleich hier vereinbaren. Was hältst du davon?«

Günther steht auf, läuft mehrere Male quer durchs Zimmer und überlegt. Er hat durch diese Abmachung die

Möglichkeit, sein gesamtes Vermögen zu einem symbolischen Preis zurückzuerhalten. Klaus hat recht, das hört sich wirklich gut an. Und daß auf diese Weise die Grunderwerbsteuer aus dem Immobilienkauf geringer ausfällt und er keine Ertragsteuer bezahlen muß, sind weitere Bonbons auf dem Weg in die Freiheit. Er bleibt vor Klaus stehen. »Okay, let's go!«

»So sehe ich das auch!« Klaus steht auf und geht zum Computer.

»Und der Rest?« fragt Günther. »Was machen wir mit den Festgeldern?«

»Die Million? Die hebst du ab. Vaduz ist doch eine schöne Stadt, warum sollte man sie nicht mal besuchen?«

»Da gebe ich dir recht. Ich wünsche dir viel Spaß dabei!« Günther grinst ihn mit einem Augenzwinkern an und überdenkt das Ganze noch mal. So wie es jetzt aussieht, wird sein gesamtes Vermögen tatsächlich nach und nach ins Ausland wandern. Und irgendwann wird er mit seinem Püppchen hinterherreisen und auf einem Geldkoffer mit Düsenantrieb ausfliegen. An die Côte d'Azur, nach Marbella, nach Malibu und überall dorthin, wo er ihren Körper mit möglichst wenig Kleiderstücken bewundern und das pralle Leben genießen kann.

Klaus beobachtet ihn. »Dir scheint der Plan zu gefallen!«

»Sieht man das?«

»Ich schon!«

»Na denn, mein Freund, entkorke die Cognacflasche und laß uns darauf anstoßen – auf alle Regines und ...«, fast wäre ihm Lindas Name herausgerutscht, »und alle jungen Frauen dieser Welt!«

»Und auf uns«, ergänzt Klaus und geht zum Wandschrank. Als er die kleine Bar herunterklappt, sieht er im beleuchteten Innenspiegel sein Gesicht wie das eines Fremden. Seine Augen glänzen, Erleichterung und Freude zeigen sich darin, aber auch der Ausdruck von Macht und Sieg. Klaus mustert sein Spiegelbild. Es stimmt, die erste Schlacht ist geschlagen! Wie sagte Günther doch eben noch so schön? Für alle Regines dieser Welt – et voilà!

Klaus hat sein Notebook auf den Tisch gelegt, und die beiden feilen an den Details ihres Plans. Plötzlich klopft es an der Tür. Erstaunt blickt Klaus auf. »Wo ist denn bloß Frau Zeller schon wieder?«

Günther schaut auf seine Armbanduhr. »Die dürfte schon Feierabend gemacht haben, mein Lieber!«

»So?« Es klopft erneut. »Herein!« ruft Klaus.

Die Tür wird langsam aufgeschoben, eine große Hundeschnauze erscheint, zieht sich aber sofort wieder zurück.

»Was ist denn das?« Klaus starrt auf die Tür.

»Los, Bobby, nur Mut«, hört er eine helle Frauenstimme.

»Regine?«

»Nein, Bobby!« Die Tür fliegt auf, Regine steht mit dem Riesen von Hund im Rahmen und lacht: »Darf ich dir unseren neuen Hausgenossen vorstellen, Bobby, der fliegende Berberteppich!«

»Aha!« Klaus fällt nichts darauf ein.

»Ist der nicht ein bißchen groß?« fragt Günther und steht auf, um Regine zu begrüßen. »Ist es noch möglich, dir ungefährdet die Hand zu schütteln?«

Regine kommt mit Bobby an der Leine herein. »Wir müssen es halt ausprobieren!«

Klaus steht ebenfalls auf. »Günther hat recht. Ich habe mir eher einen, äh, na, irgendeinen kleineren Hund vorgestellt. Einen, ja, Rehpinscher zum Beispiel!«

»Mit hat aber Bobby gut gefallen!« Regine krault ihn im Nacken. Dazu muß sie sich nicht einmal bücken.

»So ein großer Hund macht viel Arbeit!« startet Klaus einen weiteren Versuch.

»Bist du die Hausfrau oder ich?« Regine schüttelt verständnislos den Kopf. »Was ist jetzt. Freust du dich denn überhaupt nicht? Willst du Bobby nicht in unserer Familie begrüßen?«

Klaus wirft Günther einen hilflosen Blick zu. »Na ja!«

Günther lacht aus vollem Hals.

»Wart nur ab, was deine Frau nach Hause bringt«, wirft Regine ein.

»Wieso?« Augenblicklich erstirbt sein Lachen. »Was meinst du damit?«

»Nun, sie war ebenfalls im Tierheim. Irgendwelche Ambitionen scheint sie also auch zu hegen!«

»Marion im Tierheim?« Günther schaut sie ungläubig an.

»Glaubst du's etwa nicht?« Bobby macht einen langen Hals, um an ihm zu schnüffeln.

Günther schaut auf den Hund, dann auf Regine. »Doch, schon. Es wundert mich nur.«

»Übrigens, hast du heute eine Parfümerie leergekauft?«

»Ich?« Abweisend verschränkt Günther die Arme. »Wie kommst du denn auf so etwas?«

Der Hund niest und dreht sich weg.

»Du riechst danach. Alles ziemlich durcheinander. Bobby mag es auch nicht!« Die beiden Männer schauen sich an.

»Na denn! Komm Bobby, wir gehen! Kannst dir ruhig Zeit lassen, Klaus, wir spazieren noch eine Runde durch den Park.« Sie drückt ihrem Mann einen Kuß auf.

»Aber – ich bin jetzt gleich fertig!«

»Es eilt nicht ...«, damit ist sie draußen.

»Das sind ja ganz neue Töne! Bisher war sie wegen jeder Minute verärgert, die ich zu spät kam.« Klaus geht kopfschüttelnd an den Computer zurück.

»Du hast einen Platzhalter gefunden. Ist doch praktisch. Und dazu noch völlig ungefährlich!«

»Das sagst du!«

»Jedenfalls besser als ein Nebenbuhler, oder nicht?«

»Solange er mich nachts noch ins Haus läßt!«

Eine halbe Stunde später sitzt Günther im Auto und denkt über Marion nach. Ganz offensichtlich spioniert sie hinter ihm her. Und wenn sie mit dieser Roser gesprochen hat, weiß sie jetzt auch, wie das Mädchen ausgesehen hat, das den Scheck überbracht hat. Jedenfalls kaum wie Klaus.

Die Ampel vor ihm schaltet auf Rot. Günther hält an und überlegt weiter. Es hätte eine von Klaus' Mitarbeiterinnen sein können. Sei's, wie's will, eine Ehekrise wäre jetzt denkbar ungünstig. Viel zu früh. Er muß verhindern, daß die Dinge eine Eigendynamik entwickeln. Hinter ihm hupt es zweimal. Trottel! Er blickt auf. Die Ampel ist grün, und er fährt an. Dann wirft er einen Blick in den Rückspiegel. Es ist Regine, die ihm jetzt von hinten zuwinkt. Die ist auch nicht ohne, denkt er. Die hat genügend Zeit, um alles zu sehen, und jede Menge eigene Erfahrung, um den Braten zu riechen. Er muß wirklich aufpassen. Günther hebt die Hand zum Gruß und biegt ab.

In ihrer kleinen Wohnung im »Getto« deckt Linda gerade den Tisch. Sie möchte mit Dirk über Günther Schmidt sprechen, und deshalb hat sie Dirk am späten Nachmittag angerufen und zum Abendessen eingeladen. Dirk fragte zweimal nach, ob das nicht auch bei ihm ginge, denn er hätte durch seine bevorstehende Klausur einfach keine Zeit für einen gemütlichen Abend. Aber Linda war klar, daß er in seiner Bude nur über seinen Büchern hocken und ihr kaum richtig zuhören würde. »Ich koche dir auch ein echtes Risotto, mit Pilzen und Käse und allem, was dazugehört«, hat sie ihn gelockt.

»Was gehört denn noch dazu?« fragte er, hellhörig geworden.

»Du wirst schon sehen ...«

»Hast du einen Schwung neuer Dessous?«

»Du bist gut, ich habe noch nicht einmal die alten verkauft!«

Stimmt, in ihrem Nebenjob war sie momentan nicht besonders aktiv. Sie hat ein Arrangement mit der größten Wäscheboutique in Römersfeld und zeigt bei Hausbesuchen die neuesten Kollektionen und führt sie auf Verlangen auch vor. Und das geht dann im Schneeballsystem weiter. Meistens veranstalten anschließend die Frauen, die als Gäste dabei waren, selbst Wäscheabende und laden dazu ihre eigenen Freundinnen ein. Jedenfalls ist es für die meisten ein riesiger Spaß, und für sie ist das Geschäft recht lohnend. Das letztemal hat sie in der Nachbargemeinde sieben Teile verkauft – bei nur fünf anwesenden Frauen. Das konnte sich schon sehen lassen. Vielleicht müßte sie wieder mal ein bißchen kurbeln.

Sie geht in die Küche, um das Risotto vorzubereiten, und macht dabei einen Bogen um den Karton mit den sechs Champagnerflaschen, der noch immer mitten im Raum steht. Sie nimmt zwei Beutel mit Fertigrisotto aus dem Schrank und reißt sie auf. Dirk wird den Unterschied nicht merken. Dann öffnet sie, zur Verfeinerung, eine Dose mit Champignons und holt eine Tüte mit geriebenem Parmesan aus dem Kühlschrank.

Günther fährt zum Abendessen nach Hause. Marion ist bestens gelaunt, sie fühlt sich jetzt in Günthers Pläne eingeweiht und damit gegen seine Attacken geschützt. Sie lobt seinen neuen Haarschnitt und erzählt den neuesten Stadttratsch. Von ihrem Tierheimbesuch sagt sie nichts, und auch Günther beschließt, das Thema vorerst zu übergehen. Marion hat einen bunten Salat zubereitet und eine Vesperplatte dazugestellt, beladen mit verschiedenen Leberwürsten, Speck, Parmaschinken, Radieschen und Peperoni. Günther hat schon das dritte Wurstbrot gegessen, aber den Salat noch nicht angerührt.

»Möchtest du keinen Salat?« fragt Marion und füllt ihren Teller. »Ich dachte ...«

»Nachher«, schneidet Günther ihr das Wort ab. Er weiß, worauf sie anspielt – auf seinen gestrigen Ausbruch.

Ab morgen wird er streng auf seine Linie achten.

Klaus hat sein Büro noch immer nicht verlassen. Nachdem er Günther zur Tür begleitet hat, stellte er fest, daß die Kanzlei tatsächlich menschenleer war, alle waren bereits gegangen. Er war mit sich und seinen Gedanken allein. Überschwenglich schenkte er sich einen weiteren Cognac ein, ließ sich befreit in seinen breiten Ledersessel sinken und legte die Füße auf den Schreibtisch.

Und so sitzt er jetzt, gedankenverloren, noch immer. »Auf die Zukunft«, sagt er gerade laut zu sich selbst, nimmt einen tiefen Schluck, lehnt sich zurück und schließt die Augen. Die Vereinbarung mit Günther bedeutet für ihn bares Geld. Wenn er es richtig anstellt, kann er aus der Sache beträchtlich Kapital schlagen. Klaus denkt dabei nicht nur an die hohen Beratergebühren, sondern auch an das zusätzliche Salär, das ihm durch seine Geschäftsführertätigkeit bei der Aktiengesellschaft zustehen wird. Und das über Jahre hinaus.

Er prostet sich erneut zu, die Verkrampfung in seinem Magen, die er genaugenommen seit der Scheidung von Monika spürt, löst sich langsam, er atmet tief durch. Seine finanziellen Ängste gehören seit heute nachmittag der Vergangenheit an, er hat seinen Kopf aus der Schlinge gezogen. Selbst wenn die zweite Zuliefererfirma schließen oder wegziehen sollte, kann ihm das jetzt nicht mehr viel anhaben.

Klaus läßt dieses wohlige Gefühl der Befreiung durch seinen Körper rauschen, und dann gestattet er sich noch einen winzigen Gedanken daran, was passieren würde, wenn Günther das Vorkaufsrecht für die Aktien nicht mehr ausüben könnte. Klaus leert das Glas in einem Zug. Das wäre der Gipfel seines finanziellen Erfolgs. Aber es würde voraussetzen, daß Günther etwas zustößt.

Linda läuft seit einer geschlagenen Stunde in ihrer Wohnung hin und her. Dann setzt sie sich wieder auf den Balkon und schaut, wer die Straße zum »Getto« hochfährt. Um acht Uhr öffnet sie den Champagnerkarton und legt eine Flasche in das Eisfach. Sie braucht jetzt einen Schluck, denn sie spürt, wie der Ärger in ihr hochkriecht. Dirk sollte längst da sein. Will er sie etwa versetzen? Nur gut, daß sie das Risotto nicht gleich gekocht hat. Es wäre längst eine pampige Masse. Um halb neun klingelt das Telefon. Linda reißt den Hörer herunter: »Ja?«

»Schätzchen, es tut mir leid, ich habe mein Auto überall gesucht, aber ich befürchte, es ist abgeschleppt worden!«

Linda holt tief Luft. »Wo hast du es denn geparkt?«

Er zögert. »Das ist es ja, ich hab's vergessen ...«

Linda knetet das Hörerkabel. »So etwas kann auch nur dir passieren. Dann nimm das Fahrrad!«

»Linda! Die Strecke mit dem Fahrrad? Das ist doch nicht dein Ernst!«

»Dann ruf ein Taxi!«

»Bist du verrückt? Was das kostet!«

»Es ist aber wichtig!«

»Schätzchen, du kannst mir das aber doch sicherlich auch erzählen, wenn du morgen kommst!«

»Dann bleib, wo der Pfeffer wächst!« Wütend knallt Linda den Hörer auf und läuft, den Tränen nahe, zum Kühlschrank. So ein blöder Kerl, wo ist er, wenn sie ihn mal braucht? Auto abgeschleppt! Billige Ausrede! Wetten, daß sie den Wagen sofort finden würde? Sie entkorkt die Champagnerflasche mit einem lauten Knall. So, die wird sie jetzt trinken! Ganz allein! Und dabei auf alle Kerle dieser Welt fluchen!

Das Telefon klingelt.

Soll es doch, sie geht nicht mehr ran. Wenn ihm etwas an ihr liegt, wird er einen Weg finden, um zu ihr zu kommen. Möglichkeiten gibt es immer, wenn man nur will!

Sie schaltet den Fernseher an und zappt sich mehrmals durch alle Programme. Aber es spricht sie nichts an, denn sie ist mit ihren Gedanken ganz woanders. Vielleicht sollte sie ihren Kleiderschrank aufräumen. Sie hätte jetzt die nötige Wut dazu, alles auf den Boden zu schleudern, und die Energie, alles neu einzusortieren. Aber sie läßt es, denn sie befürchtet, daß ihr die Lust vergeht, sobald alles auf dem Boden liegt.

Das Telefon klingelt wieder lang und nervtötend. Linda trinkt ihr Glas aus und hört zu, schließlich zieht sie mit einem Ruck den Stecker aus der Wand. Wenn ihm nichts anderes einfällt, als sich an die Strippe zu hängen, dann soll er es eben ganz bleiben lassen. Sie schenkt sich noch ein Glas ein und setzt sich vor den Fernsehapparat. Der Champagner perlt, schmeckt kühl und verschwenderisch, beim erneuten Durchschalten bleibt sie an einer Liebesklamotte hängen. Hoffentlich gibt es kein Happy-End, das könnte sie jetzt nicht ertragen.

Während einer Werbepause geht sie in die Küche, um

sich erneut ein Glas einzuschenken. Sie hat noch nichts im Magen, und der Alkohol steigt ihr in den Kopf. Sie schaut auf die Uhr. Zehn Uhr, genau die richtige Zeit für einen Teller Risotto. Sie füllt einen Kochtopf mit der angegebenen Menge Wasser, rührt einen Beutel Risotto hinein, gibt Butter dazu und schaltet den Herd ein. So! Jetzt wird sie den Abend eben allein genießen.

In diesem Moment klingelt es an der Tür.

Na, also doch! Freudig greift sie nach ihrem Champagnerglas und läuft zur Tür. Sie drückt den automatischen Türöffner, aber es klopft bereits.

Linda reißt die Tür auf und streckt das Glas mit einem lauten »Prost« hinaus.

»Das ist aber ein netter Empfang!« Günther nimmt ihr das Glas ab.

»Sie!« Linda starrt ihn an, dann fällt ihr ein, daß sie die Tür auch zuschlagen könnte. Sie überlegt, ob sie es überhaupt will.

»Schmeckt er Ihnen denn?«

Linda weiß noch immer nicht, was sie tun soll. Das Licht im Gang geht aus.

»Das ist aber kurz geschaltet«, Günther schüttelt den Kopf. »Ein echtes Schwabenhaus, was?« Er sticht mit seinem weißen Hemd gegen die Dunkelheit ab.

Linda steht unentschlossen da, sagt kein Wort.

»Haben Sie jemand anderes erwartet?« Günther hebt spielerisch das Glas und grinst.

Seine Überheblichkeit ärgert Linda.

»Ja, allerdings! Meinen Freund!«

»Aha, und wo ist er?«

Gute Frage! »Und was wollen Sie?« fragt Linda und weicht keinen Schritt aus dem Türrahmen.

»Fragen, wie Ihnen der Champagner schmeckt. Sie haben die Frage noch nicht beantwortet.«

»Hätten Sie nicht anrufen können?«

»Ich habe mehrmals durchklingeln lassen, aber es ist niemand rangegangen!«

Also war er es. Dirk hat es noch nicht einmal für nötig gehalten, nochmals bei ihr anzurufen!

»Kommen Sie herein«, sie tritt zur Seite, und er geht lächelnd an ihr vorbei.

»Vielen Dank!« Hinter ihr bleibt er stehen und schnuppert. »Mhh, das duftet aber gut!«

»O ja«, Linda entspannt sich. »Ich koche gerade Risotto. Mögen Sie das? Wollen Sie mitessen?«

»Wenn ich darf?«

Selbst schuld, du bornierter Bürgermeistersohn. Jetzt futtert ein anderer aus deinem Napf! »Na, dann kommen Sie!«

»Kann ich Ihnen irgend etwas helfen?«

»Sie könnten mir ein Glas Champagner einschenken!« Sie deutet auf ihr Glas, das er weiterhin in seiner Hand hält.

»Mit Vergnügen!« Mit zwei Handgriffen hat Günther ihr ein Glas eingeschenkt, den Karton auf die Seite geräumt und eine weitere Flasche kaltgestellt. Linda gefällt es, wie er die Dinge in die Hand nimmt. Dirk hätte das alles schön ihr überlassen. Sie stößt mit ihm an.

»Warum tun Sie das?« fragt sie dann.

»Was meinen Sie damit?« Er stellt sein Glas ab.

»Sie wissen genau, was ich meine. Geld, Champagner, all das!«

»Von dem Geld hatten Sie ja nicht gerade viel«, er grinst. Also weiß er es schon. Sie sagt nichts darauf, sondern rührt ihr Risotto. »Frau Roser hat sich sehr über die Spende gefreut und die Spendenbescheinigung auch gleich höchstpersönlich vorbeigebracht«, fährt Günther fort.

»Tja, die Frau hat was drauf!«

»Sind Sie ein solcher Tierfreund, oder hatte das andere Gründe?« Günther mustert sie, wie sie in ihrem kurzen Sommerkleid aus giftgrünem Stretch vor ihm steht. Der Stoff schmiegt sich wie eine zweite Haut an ihren Körper, und die knallige Farbe sticht von ihrer braunen Haut und den schwarzen Haaren ab. Sie hat lange, schlanke Beine und schöne Füße, die Nägel dunkelrot lackiert.

»Welche Gründe haben Sie?« Linda dreht sich schnell zu ihm um. Sie schauen sich an. »Die Antwort steht in Ihrem Gesicht!« sagt sie langsam und legt den Kochlöffel weg. Günther fühlt sich ertappt und kratzt sich am Kopf. »Sie wissen aber schon, daß ich mit Dirk Wetterstein zusammen bin. Ich liebe ihn, und ich werde ihn heiraten.« Werde ich das?, fragt sie sich, während sie das sagt.

»Ich will Ihnen in keiner Weise zu nahe treten«, Günther hebt abwehrend die Hände. »Sie gefallen mir, und ich möchte mich einfach ein bißchen mit Ihnen unterhalten!« Unter anderem, denkt er, verzieht aber keine Miene.

»Nun ja«, Linda runzelt die Stirn und wendet sich dem Kochtopf zu. »Das können wir ja jetzt auch, das Essen ist fertig!« Günther sucht nach einer geeigneten Flasche Rotwein, findet aber nichts, was ihn angesprochen hätte. »Schade, daß der Chianti Classico schon weg ist«, er hebt bedauernd die Schultern, als er mit einer billigen Flasche Kalterer See und zwei Gläsern zum Tisch kommt. »Darf ich Ihnen Rotwein schicken lassen? Ich habe einen sehr guten Weinlieferanten!«

Linda zündet gerade die Kerzen an, die von vorgestern noch da stehen. Sie sagt nichts, denn sie weiß nicht, was sie darauf antworten soll. Sagt sie ja, wirkt es wie eine Eintrittskarte in ihr Leben, sagt sie nein, entspricht es auch nicht ganz ihrer Überzeugung. Es ist eine neue Erfahrung, verwöhnt zu werden, und eigentlich ganz schön.

Sie schöpft die beiden Teller voll, und Günther schenkt den Wein dazu ein. Als sie die Gläser heben, schiebt Günther mit der anderen Hand ein in Geschenkpapier verpacktes kleines Päckchen über den Tisch. Linda kennt das Papier, es stammt aus ihrer Parfümerie.

»Ist das für eine kleine Plauderstunde nicht ein bißchen üppig?« Sie stippt mit ihrem Zeigefinger gegen die verschwenderisch gebundene Schleife.

»Ich komme ungern mit leeren Händen«, winkt Günther ab, »es ist nur eine Kleinigkeit. Statt Blumen.«

Linda kennt die Kleinigkeit, die beiden Parfums für je neunzig Mark. Und zudem hat sie schließlich den Kassenzettel gesehen. Sie ist versucht ihm zu sagen, daß er das nächstemal über sie einkaufen soll, denn sie bekommt Mitarbeiterrabatt. Aber sie läßt es und packt aus. »Eigentlich habe ich ja erst im April Geburtstag. Das ist noch eine Weile hin.«

»Es könnte ja auch ein nachträgliches Geburtstagsgeschenk sein ...«

Linda bedankt sich und sprüht eine Probe auf ihr Handgelenk. Ihre Kolleginnen haben ihn gut beraten, es ist einer der neuen frischen Düfte. Soll sie sich morgen bei ihnen dafür bedanken? Das gäbe einen Spaß, ist aber leider unmöglich, denn wie sollte sie das erklären?

Wieder bleibt Günther nur knapp eine Stunde. Linda schaut ihm nach, wie er zu seinem Auto geht. Wie das letztemal hat er den Wagen einfach mitten auf dem Platz abgestellt. Irgendwann muß das jemandem auffallen, denn so viele silberfarbene Mercedes-Limousinen gibt es nicht in Römersfeld. Schon gar nicht mit dieser einfachen Nummer: GS 1. Aber anscheinend ist ihm das völlig egal.

Sie geht auf den Balkon und hebt die Hand zum Gruß, als er den Wagen startet. Er blinkt ihr kurz zu und fährt davon.

Er legt sich mächtig ins Zeug, das muß sie ihm lassen.

Mit gemischten Gefühlen schaut sie ihm nach.

Das Rätsel um das Tierheim läßt Marion keine Ruhe. Die halbe Nacht hatte sie, während Günther neben ihr schnarchte, überlegt, wer ihr Informationen liefern könnte. Als sie die Kirchturmuhr in der Ferne vier schlagen hört, hat sie die Lösung. Manfred Büschelmeyer muß es wissen, er sitzt im Gemeinderat, er wird ihr sicherlich Auskunft geben. Die Aussicht, einmal nicht unwissend danebenzustehen, beflügelt sie jedoch so, daß sie nun vollends wach ist.

Kaum ist Günther gegen acht Uhr aus dem Haus, setzt sich Marion ans Telefon und ruft den Baumarkt an, in dem Manfred Geschäftsführer ist. Sie hat Glück, er ist schon da.

»Marion?« Er ist hörbar erstaunt.

»Ja. Es mag dir seltsam vorkommen, Manfred, aber ich

habe da eine Frage, die wahrscheinlich nur du beantworten kannst.«

»Ach ja?« Manfred überlegt. »Wie lautet die Frage denn?«

»Kennst du das Gelände am Tierheim?«

»Ja, natürlich. Ziemlich außerhalb, viel Wiesen und Äcker und eine baufällige alte Halle. Warum?«

Marion räuspert sich. Hoffentlich weckt sie jetzt keine schlafenden Hunde. Günther würde sie umbringen. »Ist dir bekannt, ob es neue Pläne für das Gelände gibt? Ich meine, in Richtung Wohngebiet? Oder vielleicht Gewerbegebiet?«

Manfred zieht die Stirn in Falten. »Gewerbegebiet? Wo momentan alles den Bach runtergeht? Das kann ich mir nicht gut vorstellen.« Während er es sagt, überlegt er gleichzeitig, ob es nicht *doch* vorstellbar sei. Könnte Günther wirklich einer Sache auf der Spur sein, von der er noch nichts weiß? Und wenn ja, wie könnte das angehen? Hat er beim letzten Mal, als er bei der Gemeinderatssitzung fehlte, womöglich etwas Wichtiges verpaßt?

»Du denkst, das sei nicht möglich?« hakt Marion nach.

»Möglich … möglich ist alles. Ich weiß es nur nicht.«

»Kannst du dich schlau machen?«

Marion klingt aufgeregt. Es scheint also tatsächlich um eine Menge Geld zu gehen. Damit sich Günther als nächstes ein Schloß bauen kann? Er muß dringend dahinterkommen, was da Geheimes abläuft.

»Du kannst dich drauf verlassen, Marion. Aber … warum fragst du eigentlich nicht Günther selbst?«

Sie räuspert sich erneut und senkt die Stimme. »Du weißt doch, wie Günther ist, Manfred. Ich will nicht noch einmal von nichts eine Ahnung haben, verstehst du?«

»Klar«, sagt Manfred nachdenklich. Wenn sie vor solchen Dimensionen wie nach der Wende, als er alles auf ein Pferd setzte, Angst hat, dann muß es sich um ein gewaltiges Projekt handeln. Danke, Marion, für diesen Tip!

»Du kannst dich auf mich verlassen, Marion. Ich rufe dich an.«

»Ja, Manfred, am besten vormittags nach acht Uhr – du verstehst?«

»Ich verstehe!«

Annemarie Roser hat sich auf den Weg gemacht. Angestachelt von Regines Versprechen, sich für den Kauf der Halle einzusetzen, hat sie die finanzielle Situation des Vereins nochmals durchgerechnet und ist zu dem Schluß gekommen, daß es möglich sein müßte. Eine kleine Straßenaktion, vielleicht einige Patenschaften für die Gnadenbrotpferde, ein Entgegenkommen des Eigentümers, dann müßte das Projekt machbar sein. Vor allem könnte sie die Schmidts als soziales Aushängeschild benutzen, das würde sicherlich ziehen: »Sehen Sie, Herr und Frau Schmidt haben sich mit sechshundert Mark für diese armen Tiere eingesetzt, was ist *Ihnen* das Schicksal dieser Pferde wert?«

Dieses Geld war wirklich ein Glücksfall!

Sie hat sich bei dem Landwirt, dem das Grundstück und die alte Halle gehört, angemeldet. Um bei seiner Frau einen guten Eindruck zu machen, fährt sie noch bei der Bäckerei vorbei und kauft einen Hefezopf. In ihren Kindheitserinnerungen gehören Hefezopf und Bauernhof irgendwie zusammen. So wie die heiße Milch mit der dicken Haut und im Winter der bullernde Holzofen in der Wohnküche, während in allen anderen Zimmern Eisblumen an den Fenstern blühten. Aber es ist Sommer, die Gespenster ihrer Vergangenheit sind weit weg, sie würde einen Kaffee trinken und verhandeln.

Max Dreher ist erstaunt. Eigentlich hat er nie daran gedacht, das Grundstück mit der alten Halle zu verkaufen. Früher, als er den Hof noch stärker bewirtschaftete und seine jungen Söhne ihm noch halfen, hatte er sie für seine großen Maschinen gebraucht, manchmal auch, um überschüssiges Heu und Stroh aufzubewahren. Aber die Zeiten sind längst vorbei. Die Söhne sind in der Stadt, er geht auf die Siebzig zu und denkt schon seit einiger Zeit daran, den Hof aufzugeben, aber Bertha, seine Frau, will davon nichts wissen. Hier hat sie seit ihrer Hochzeit gelebt, hier hat sie ihre Kinder geboren, und hier will sie sterben, selbst wenn die Arbeit sie unter sich begräbt und alles über ihr zusammenbricht.

Annemarie Roser schwenkt um und versucht, den Verkauf seiner Frau schmackhaft zu machen. »Mit dem Geld könnten Sie zur Kur. Sich einmal richtig ausruhen und sich rundherum pflegen lassen.«

Die Bäuerin, die auf Annemarie völlig erschöpft wirkt, schüttelt entschieden den Kopf. »Ich brauche keine Kur. So ein neumodisches Zeug! Früher gab es auch keine Kur, und die Leute waren gesund! Und außerdem, wenn ich zur Kur gehe, wer versorgt dann die Viecher?«

Gute Frage, das weiß Annemarie Roser auch nicht. »Haben Sie keine Kinder?«

»In der Stadt!« Max Dreher winkt ab und läßt sich von Bertha einen Kaffee einschenken.

Annemarie Roser hat richtig getippt. Der Zopf kommt an,

die Bäuerin hat ihn gleich mit Butter und selbstgemachter Himbeermarmelade auf den blankgescheuerten Holztisch gestellt. Zur Ehre für den Gast wurde ausnahmsweise in der Stube gedeckt.

»Was wollen Sie mit der Halle überhaupt machen? Die taugt doch zu nichts mehr!« Bertha tunkt ihr Stück Zopf in den Kaffee und schaut Annemarie aus kleinen, dunklen Augen an. Annemarie erklärt ihr Vorhaben, erntet bei Bertha aber nur ein verständnisloses Kopfschütteln. »So ein Aufheben für ein paar Gäule. Zum Schlachter müssen doch alle einmal!«

»Ja«, versucht Annemarie die Situation zu retten, »aber hier geht es um Tiere, die eben noch nicht schlachtreif sind und trotzdem, aus Profitgier, zum Abdecker geschickt werden sollen.«

»Wenn man an Tieren nichts verdient, braucht man auch keine! Wozu soll das denn gut sein?«

Annemarie rührt in ihrem Kaffee. Jetzt bloß nicht die Nerven verlieren. »Wir wollen den Tieren einfach helfen oder sie gegebenenfalls schützen. Deshalb heißen wir auch Tierschutzverein.«

Bertha brockt sich ein weiteres Stück Hefezopf in den Kaffee.

»Helfen! Uns hilft auch keiner«, bellt sie. »Jedes Tier hat seine Aufgabe. Der Hund bellt, die Katze fängt Mäuse, und die anderen liefern Eier und Fleisch. Das ist das Gesetz! Gott wollte das so, sonst wäre es anders!«

Annemarie fällt nichts mehr dazu ein.

Der Bauer verlangt von seiner Frau noch eine Tasse Kaffee, dann stützt er seinen Kopf auf. »Jetzt laß es uns halt mal überlegen, Bertha. Wir brauchen das Land nicht. Aber wir müssen den Silo reparieren, und zwar noch vor dem nächsten Winter. Vielleicht ist das eine gute Gelegenheit, dann müssen wir nicht zur Bank!«

Ein Blick aus den kleinen, braunen Augen trifft die Tierschutzvereinsvorsitzende von unten herauf.

»Wieviel Land wollen Sie überhaupt, und was wollen Sie bezahlen? Es steht ja immerhin ein Gebäude darauf. Das ist auch was wert!«

»Es ist baufällig, Bertha«, wirft der Bauer ein und schlürft seinen Kaffee.

»Aber es steht noch!«

»Wir könnten doch gleich mal zusammen hinfahren?« Annemarie möchte so schnell wie möglich handelseinig werden. »Dann zeige ich Ihnen das Gelände, das ich mir vorgestellt habe, ich schätze mal, es ist etwa ein Hektar, und Sie sagen mir Ihren Preis. Wenn der im Rahmen meiner Möglichkeiten liegt, lasse ich sofort den Vertrag aufsetzen.«

»Ehrliche Leute regeln so etwas mit Handschlag«, wirft Bertha ein und wischt die Brotkrumen vom Tisch.

»Das gehört natürlich auch dazu«, stimmt Annemarie Roser zu. »Aber ich werde trotzdem zusätzlich einen Notar mitbringen, damit alles seine Richtigkeit hat!«

»Aber mehr als den Hektar verkaufen wir nicht!« funkelt Bertha sie an. »Alles geben wir nicht her!«

»Gut, Bertha, ist gut. Wir fahren mit der Frau mit.« Mit der Hand im Rücken und einem leisen Seufzer steht Max Dreher auf.

Dirk schaut auf die Uhr. Es ist bereits nach drei, und Linda hat sich noch nicht gemeldet. Ob sie wegen gestern abend tatsächlich sauer ist? Er hat sie angeschwindelt, gut. Er hatte einfach keine Lust, wegen eines Abendessens so einen Umstand zu machen. Außerdem war er gerade so gut drin im Lernen, da konnte er doch nicht so einfach abbrechen. Das muß sie verstehen, denn schließlich geht es ja auch um ihre Zukunft.

Er zündet sich eine Zigarette an, lehnt sich in seinem Stuhl zurück und schaut aus dem Fenster. Sonst ist sie doch auch nicht so zickig. Er nimmt einige tiefe Züge. Trotzdem, so ganz wohl ist ihm nicht. Eigentlich ist es nicht ihre Art, sich überhaupt nicht zu melden. Die ganze Mittagspause lang schon nicht. Vielleicht möchte sie ihn damit ja herausfordern, das hat sicherlich etwas mit weiblicher Psyche zu tun. Dirk steht auf und geht zu seinem übervollen Bücherregal. Bald hat er gefunden, was er sucht: den Ratgeber über Frauen. Er schlägt unter »Verweigerung« nach. Was steckt dahinter, was will die Frau damit sagen, und wie kann der Mann dem begegnen? Dirk drückt seine Zigarette aus und vertieft sich in das Kapitel.

Annemarie Roser ist völlig aufgeregt in ihr Büro zurückgekehrt. Die Summe ist machbar, der Quadratmeterpreis von einer Mark pro Quadratmeter hat ihre kühnsten Hoffnungen übertroffen. Der Preis ist so niedrig, daß sie so schnell wie möglich zugreifen muß. Zehntausend Mark müßten doch für den Hektar Land inklusive Gebäude irgendwie aufzutreiben sein. Die Hälfte etwa könnte der Tierschutzverein aus eigener

Kasse stemmen. Für den Rest haben die Schmidts schon eine Anzahlung geleistet. Wären also noch viertausendvierhundert Mark übrig. Kurz entschlossen ruft sie Regine Raak an.

»Sind Sie mit Bobby zufrieden? Geht alles glatt?« beginnt sie und wird, bevor sie weitersprechen kann, von Regine spontan eingeladen.

»Kommen Sie doch einfach her, und schauen Sie es sich an, wir würden uns sehr freuen, Bobby und ich!«

Ohne lange nachzudenken, springt Annemarie in ihren Wagen und fährt los. Vor Regines Bungalow stellt sie den Wagen in den Schatten, streicht sich durch die streichholzkurz geschnittenen dunkelblonden Haare und steigt aus. Sie hat einen feuchten Rücken, denn in ihrem Wagen war es heiß und stickig, aber sie ignoriert es, die Bluse wird schon wieder trocknen.

Dann klingelt sie. Regine öffnet ihr in T-Shirt und kurzen Hosen. Bobby kommt aus dem Hausinneren herbeigetrabt und begrüßt Annemarie schwanzwedelnd. Sie hatte eine besondere Zuneigung zu dem großen Burschen. Wenn sie gekonnt hätte, hätte sie ihn selbst behalten. Aber eine kleine Etagenwohnung ist nun eben mal kein Bungalow.

»Kommen Sie doch herein«, Regine geht voraus in den Garten. Dort hat sie unter einem Sonnenschirm einen kleinen Tisch gedeckt. »Mein Gott, haben Sie es idyllisch hier. Wirklich zum Beneiden!« Annemarie setzt sich auf den angewiesenen Stuhl und schaut sich um. »Ein Haus mit Garten, wer träumt nicht davon!«

Regine nickt. »Doch, und vor allem für Bobby ist es toll!

Darf ich Ihnen einen Campari-Orange anbieten? Der erfrischt jetzt so richtig!«

Annemarie stimmt zu und erzählt Regine von ihrer erfolgreichen Verhandlung mit den Drehers.

»Donnerwetter«, meint Regine, »das ist aber erstaunlich, die gelten doch als so unzugänglich und stur. Wie haben Sie das denn geschafft?«

Annemarie schildert die Begegnung. Dann schaut sie Regina an. »Der wahre Grund, weshalb ich gekommen bin, ist eigentlich Ihr Versprechen, etwas für den Verein bewegen zu wollen. Haben Sie gute Verbindungen zu Sponsoren, oder haben Sie eine Idee für eine Aktion?«

»Wie wäre es mit einem Stand in der Fußgängerzone? Zusätzlich könnte ich meinen Bekanntenkreis etwas aktivieren, was halten Sie davon?«

Annemarie packt ihren Notizblock aus, und sie schreiben alles auf, was ihnen einfällt. Zum Schluß läuft Regine ins Haus und kommt mit ihrem Scheckbuch zurück. »Wissen Sie was? Eigentlich wollte ich ja in Urlaub fliegen, aber das hat sich zerschlagen und«, sie wirft einen zärtlichen Blick auf Bobby, »jetzt sowieso nicht mehr! Ich habe so viel Freude mit Bobby, daß ich unsere ›Aktion‹ hiermit starte und meinen Flug spende!«

»Wie meinen Sie das?«

»So!« Regine schreibt schwungvoll eine Zahl auf das Blatt und reicht es Annemarie. »Ich möchte gern meinen Teil dazu beitragen, schließlich haben nicht alle Tiere so viel Glück wie Bobby!«

Annemarie schaut auf den Scheck und wird rot. »Tausend Mark? Das ist ja Wahnsinn!«

»Das ist eine Woche Urlaub irgendwo. Ich denke, bei Ihnen ist das Geld besser angelegt als bei irgendeinem Reiseveranstalter.«

»Sie haben recht«, Annemarie steckt den Scheck vorsichtig in ihre Tasche. »Ich habe zwar nicht so viel Geld, aber ich werde ebenfalls auf meinen Urlaub im Bayerischen Wald verzichten. Wandern kann ich auch hier. Dann lege ich fünfhundert Mark dazu, und es fehlen uns nur noch zweitausendneunhundert. Wenn das keine Bilanz ist?«

»Ich sag's ja«, lacht Regine und krault Bobby, »wenn Frauen was wollen, erreichen Sie es auch!«

Es vergehen einige Tage, ohne daß sich Linda bei Dirk gemeldet hätte.

Dirk hat sich an die Regeln aus seinem Buch gehalten. Frauen brauchen Freiräume, hat er da gelesen, und Frauen halten gern an Gewohntem fest. Selbst wenn alle äußeren Umstände dagegen sprechen, wird die weibliche Psyche, hauptsächlich aus Verlustangst, unbeirrt versuchen, das Beste daraus zu machen. Eigentlich kann ihm also nichts passieren, denkt Dirk. Er muß nur abwarten, denn Linda wird unter allen Umständen versuchen, das Beste aus ihm zu machen.

Regine hat in der Zwischenzeit die Werbetrommel gerührt und im Kreis ihrer ehemaligen Arbeitskollegen weitere fünfhundert Mark eingetrieben. Marion wartet gespannt auf Manfreds Anruf, doch Manfred recherchiert längst in eigener Sache. Das Gelände ist landwirtschaftliche Nutzfläche, auch die Halle wurde landwirtschaftlich genutzt, das steht fest. Quadratmeterpreis eine bis drei Mark, je nachdem. Ein Schnäppchen für Günther, denn sollte der Boden, wie Günther wohl bereits aus irgendeinem Grund weiß, zu Gewerbegebiet werden, könnte er das unerschlossene Gelände an die Stadt weiterverkaufen. Quadratmeterpreis fünfunddreißig bis vierzig Mark. Das würde bei zwei Hektar Land, einem Einkaufspreis von zwei Mark und einem mittleren Verkaufspreis von siebenunddreißig Mark schon mal einen Gewinn von 700 000 Mark bedeuten. Sollte er das Gelände selbst erschließen wollen, natürlich noch viel mehr. Du bist ein Fuchs, denkt Manfred, aber nicht schlau genug. Diesmal krieg' ich dich!

Linda hat sich in den letzten Tagen bewußt zurückgezogen. Sie wollte Günther nicht sehen und Dirk schon gar nicht. Er hält es nicht einmal für nötig, bei ihr anzurufen oder im Geschäft vorbeizukommen. Nicht zu fassen! Dabei weiß sie genau, daß er sie angelogen hat.

Als sie am nächsten Morgen in die Parfümerie fuhr, hat sie einen kleinen Umweg gemacht, und siehe da, sein Wagen stand brav vor seinem Haus geparkt. Noch nicht einmal mit Strafzettel, geschweige denn abgeschleppt! Am liebsten hätte sie mit ihrem bloßen Zeigefinger »Ich bin ein Schwein« auf die schmutzige Kühlerhaube geschrieben, aber sie wollte sich die Schmach nicht antun, von irgend jemandem dabei gesehen zu werden.

Auch Günther überlegt sich seine weitere Strategie. Die

Million hat er bereits abgehoben und in einem abschließbaren Köfferchen Klaus übergeben. Es ist jetzt sein Part, das Geld irgendwie nach Liechtenstein zu bringen und für ihn arbeiten zu lassen. Bisher hat sich alles gut entwickelt, noch sind keine Hindernisse in Sicht – bis auf eines: Lindas Standhaftigkeit. Er muß das Eis brechen. Wenn er anruft, nimmt sie nicht ab. Zweimal war er an der Haustür, aber es wurde nicht geöffnet, obwohl oben Licht brannte. Er war schon soweit, zu überlegen, ob sie überhaupt die Richtige sei. Aber dann schüttelte er diesen Gedanken ab. Jetzt geht es um die Ehre.

Er ist ein ganzer Mann, und er will sich als solcher noch im Spiegel betrachten können. Also muß die Bastion Linda fallen, egal um welchen Preis.

Am Montag geht Regine kurz entschlossen auf die Bank und hebt vom gemeinsamen Konto dreitausend Mark ab. Es zieht sich alles zu sehr in die Länge; wenn die Drehers nicht bald Geld zu sehen bekommen, könnten sie es sich nochmals anders überlegen. Sie bringt es direkt Annemarie, die beim Arbeitsamt arbeitet und vor lauter Freude fast aus dem Häuschen gerät.

»Mein Gott, tun Sie mir gut! Haben Sie die lange Warteschlange gesehen? Nur Frust! Den ganzen Tag nur Frust!«

»Sind Sie eigentlich nicht verheiratet?« fragt Regine und schaut auf den Schreibtisch, als müßte dort das obligatorische Foto mit Ehemann und zwei Kindern vor dem Einfamilienhaus stehen.

»Nein, keine Lust«, wehrt Annemarie schroff ab, lächelt

dann aber doch. »Mir sind die Vorteile einer Ehe noch nicht so ganz klar …«

»Nun«, grinst Regine frech, »beispielsweise habe ich eben dreitausend Mark abgehoben. Das wäre mit meinem eigenen Konto nicht gegangen. Eigentlich nie, wenn ich es mir genau überlege.«

»Ja gut«, Annemarie wiegt den Umschlag in den Händen, »aber ist das Grund genug für eine Ehe? Ich habe immer gehofft, daß ich selbst mal soweit kommen könnte …«

»Gibt es in einem Arbeitsamt denn Aufstiegschancen für eine Frau? Ich meine, könnten Sie es theoretisch bis zur Präsidentin der Bundesanstalt für Arbeit bringen?«

Annemarie lacht herzhaft. »Das ist ein politisches Amt, da könnte ich auf diesem Weg hier nie hinkommen!«

»Dann sollten Sie kündigen und es auf einem anderen Weg versuchen!«

»Ja, möglicherweise haben Sie recht. Aber ich befürchte, daß ich irgendwo auf halber Strecke hängenbleiben würde. Damit wäre niemandem gedient. Am wenigsten mir selbst!«

»Okay«, Regine wendet sich zum Gehen, »ich kann ja auch gut reden, ich darf das Geld ja nur ausgeben und muß nichts verdienen. Apropos, sobald wir unsere Aktionen durchgeführt haben, zahle ich es wieder zurück. Ich habe es unserem Konto leihweise entnommen, denn ich will, daß der Vertrag endlich geschlossen werden kann.«

In dem Bauernhof am Rande der Stadt, dessen morbide Stattlichkeit von besseren Zeiten erzählt, deckt Bertha Dreher den Tisch. Sie ist zufrieden, obwohl sie insgeheim überlegt, ob nicht doch mehr Geld herauszuholen gewesen wäre. Aber es war ihr Mann, der den Preis festgesetzt hat.

»Was soll's, Bertha«, hat er gesagt, »die sind doch auch nicht reich. Und zehntausend Mark sind eine Menge Geld für so einen nutzlosen Boden!«

Sie hat es auf sich beruhen lassen, aber die hätten auch zwölftausend Mark gezahlt, das weiß sie genau. Aber als Annemarie Roser und Regine Raak eine halbe Stunde später zehntausend Mark auf den Tisch blättern, ist sie dann doch zufrieden.

Max Dreher hat eigenen Most und dickbauchige Gläser bereitgestellt, dann liest er in Ruhe den Vertrag durch, den der Notar, ein alter Jugendfreund von Annemarie Roser, der sich für seine alte Liebe kurzfristig Zeit nehmen konnte, vorbereitet hat, und setzt sorgfältig seinen Namen darunter. »So, meine Damen«, nickt er anschließend, »und Sie, Herr Notar, jetzt können wir auf das Geschäft anstoßen. Bertha, schenk ein!«

Peter Lang, der Notar, verabschiedet sich gleich danach, er hat es eilig, weil der nächste Termin bereits wartet.

Regine und Annemarie fahren zwanzig Minuten später fröhlich in die Stadt zurück.

»So, darauf müssen wir jetzt aber einen trinken!« Annemarie ist so glücklich, als hätte sie sich eben ihr Traumhaus gekauft.

»Darauf und aufs Du«, schlägt Regine vor, die am Steuer sitzt. »Ich glaube, es wird Zeit!«

»Sehr gute Idee! Beides! Aber wo?« Annemarie schaut sie fragend an.

Regine blickt kurz auf die Uhr und zwinkert ihr zu. »Kurz

nach sechs, das ist ideal. Vor acht Uhr kommt Klaus heute nicht nach Hause! Also, wir holen uns aus unserem Keller eine kalte Flasche Sekt und zwei Gläser und taufen unsere neue Halle und die Freundschaft! Ist doch klar!«

Linda läuft soeben aus der Parfümerie zur Post. Sie hat zwei Pakete für Kundinnen vorbereitet und möchte sie heute noch loswerden. Auf dem Rückweg kommt ihr Günther entgegen. Es sind viele Menschen unterwegs, und Linda überlegt, ob sie nicht noch schnell die Gehwegseite wechseln soll. Vielleicht hat er sie ja noch nicht gesehen.

Aber da winkt er schon, geht auf sie zu und bleibt vor ihr stehen.

»Das ist aber eine willkommene Überraschung!«

Wenn Linda nicht unhöflich wirken will, muß sie auch stehenbleiben. Sie zögert, und am liebsten hätte sie sich in Luft aufgelöst.

»Ich finde es sehr schade, daß wir uns so lange nicht gesehen haben«, sagt er und runzelt die Stirn.

»Es sind erst einige Tage!« Linda verschränkt unwillig die Arme.

»Sie sehen umwerfend aus!«

Linda fühlt sich überhaupt nicht umwerfend. Die Situation ist ihr auf den Magen geschlagen; daß Dirk sich nicht meldet, kann sie schwer verdauen. Aber ihr Gesicht ist sonnengebräunt, einige Sommersprossen geben der kleinen Nase ein lustiges Aussehen, die hellen Augen bilden einen interessanten Kontrast zu den schwarzen Haaren. Ihre seelische Beklemmung ist ihr nicht anzusehen.

Sie ist es, denkt Günther, sie ist es einfach! Ich muß mir was einfallen lassen!

»Darf ich Sie heute abend zum Essen einladen? In ein tolles Restaurant Ihrer Wahl?«

Linda überlegt. Warum eigentlich nicht? Ein bißchen Ablenkung kann nicht schaden, sonst grübelt sie heute abend schon wieder über Dirks Verhalten nach. Und in einem Restaurant kann schließlich nichts passieren.

»Ich kenne keines!«

»Ich werde eines aussuchen, sagen wir, ich hole Sie um halb acht Uhr ab?«

»Das ist zu knapp. Um acht, bitte!«

»Ich freue mich sehr, Linda!« Er freut sich wirklich. Irgendwie muß er das nur noch Marion beibringen, sie hat für heute abend Theaterkarten besorgt. Ein Stück nach Texten von Karl Valentin. *Ein Mitternachtsständchen* heißt es, wenn er sich recht erinnert. Das wird er heute nacht auch ohne Karl Valentin haben. Vielleicht sogar ein Mitternachtsständerchen. Er lächelt sie an.

Linda nickt, geht an ihm vorbei, dreht sich aber noch mal nach ihm um. »Und, Herr Schmidt, daß Sie mich recht verstehen: Ich bin im Preis nicht enthalten, klar? Ich sehe mich weder als Zabaione noch als Milchschnitte, und ich tauge auch sonst nicht für ein Abenteuer!«

Günther erstarrt. Hoffentlich hat das niemand gehört. Er geht dicht an sie ran: »Ich suche kein Abenteuer, das kann ich Ihnen versichern. Keine Sorge! Ich hole Sie ab, bringe Sie zurück und tue Ihnen nichts. Ist das ein Wort?«

Sie nickt und geht wortlos weiter. Günther hatte eigentlich vor, morgen abend mit zwanzig Baccararosen einen neuen

Angriff vor ihrer Haustür im »Getto« zu starten, aber nachdem ihm das Schicksal so wunderbar geholfen hat, kann er jetzt umdisponieren. Er kauft einen bunten Rosenstrauß für Marion. »Drachenfutter«, murmelt er spöttisch, als er ihn auf den Beifahrersitz legt.

Regine und Annemarie haben den Wagen auf dem Parkplatz vor dem Tierheim abgestellt und die Flasche Sekt in einer Kühltasche zu der Halle getragen. Bobby springt aufgeregt um sie herum, läuft als erster in die kühle Halle und stöbert herum. Jede Menge Abfall liegt da, rostige Maschinenteile, alte Reifen, verfaultes Heu.

»Au, Mann«, stöhnt Regine, »alles Sondermüll. Das gibt noch was! Wir hätten die Halle nur unter der Bedingung kaufen sollen, daß sie vorher von den Drehers geräumt wird!«

»Da hättest du lange warten können, die packen das doch nicht mehr. Die sind doch schon mit ihrem eigenen Hof überlastet!« Annemarie breitet die Arme aus und dreht sich mehrmals um ihre eigene Achse. »Egal, jetzt haben wir sie schon mal, und alles weitere kommt nach, da mache ich mir keine Sorgen!«

»Du hast recht!« Regine schwenkt die Tasche. »Komm, laß uns darauf trinken!«

Sie setzen sich in dem schattigen Eingang direkt auf den staubigen Betonboden, Regine lehnt sich mit dem Rücken an den einen Torrahmen, Annemarie an die andere Seite, Bobby legt sich längs zwischen sie.

»So, dann laß es knallen«, sagt Annemarie und lacht glücklich.

Sie trinken ein Glas auf die Halle und taufen sie *Anngine*. Regine schenkt nach. »Sag das bloß keinem, die halten uns sonst für alberne Gören!«

Annemarie kichert und hat in ihrer Jeans und der karierten kurzärmeligen Bluse jede Ähnlichkeit mit der Beamtin vom Vormittag verloren.

Plötzlich knurrt Bobby und springt auf. Regine greift sofort nach seinem Halsband. »Was hast du denn, Bobby?«

Annemarie schaut neugierig um die Ecke nach draußen, zieht aber sofort den Kopf zurück. »Da kommt ein Mann auf uns zu!«

Regine kann es nicht sehen. »Wer?«

»Keine Ahnung, ich kenne ihn nicht. Was der wohl will?«

Regine geht mit Bobby zu Annemarie hinüber, und während die langsam aufsteht, späht Regine um die Ecke.

»Das ist Manfred Büschelmeyer«, sagt sie leise. »Ein Freund von Günther Schmidt, Chef im Baumarkt, Gemeinderat und so. Immer auf der sicheren Seite …«

»Vielleicht will er was spenden?«

»Spenden? Der? Genausowenig wie die Schmidts, wenn du mich fragst. Die sechshundert Mark wundern mich ja bis heute!«

»Vielleicht hatten sie ja einen sozialen Tag?«

»Eher einen tierischen …«, Regine linst nochmals um die Ecke. »Er kommt näher!«

»Was sollen wir tun?«

»Schauen, was er vorhat!« Regine zieht sich mit Bobby bereits in die Dunkelheit der Halle zurück. »Pssst, Bobby, schön leise, nicht bellen!«

Annemarie folgt ihr mit der Tasche, der Flasche und den

Gläsern. »Das ist ja spannend«, flüstert sie und stellt sich neben Regine und Bobby hinter einen ausrangierten alten Anhänger.

Manfred schaut sich das Gelände genau an. Die Halle interessiert ihn nicht, höchstens, was der Abbruch kostet. Aber das geht in der großen Summe des möglichen Gewinns sowieso unter. Eigentlich ist die Sache klar. Die Abzweigung von der Bundesstraße ist schon da, muß nur verbreitert und geteert werden, das Gelände liegt im Einzugsbereich der Nachbargemeinden und zwar genau entgegengesetzt zu dem östlichen Gewerbegebiet, das wegen des angrenzenden Landschaftsschutzgebiets nicht erweitert werden kann. Hier droht keine Gefahr durch Beschränkungen und Auflagen. Es gibt nur einfache Wiesen und Äcker. Keiner von irgendeinem grünen Verein käme auf die Idee, hier einen Riegel vorzuschieben. Eigentlich erstaunlich, daß die Stadt zuerst den Osten erschlossen hat.

Manfred macht sich eifrig Notizen und schreitet das Gelände in jeder Richtung ab, einen Meterzähler auf einem Einrad vor sich herschiebend.

Regine und Annemarie haben sich mit Bobby an der Halle entlanggeschlichen und schauen ihm zu. »Spinnt der?« fragt Annemarie und tippt sich an die Stirn. »Was macht er denn da mit dem komischen Rad? Sieht aus wie ein Eisbär, der seinen Auftritt übt!«

»Ich weiß nicht, ich weiß nicht!« Regine zieht die Stirn kraus. »Irgendwas stimmt da nicht. Er vermißt das Gelände – mir ist bloß nicht klar, warum?«

Als Klaus um acht Uhr nach Hause kommt, gesteht ihm Regine ihren spontanen Überfall auf das gemeinsame Konto.

Klaus wälzt derzeit aber so große Summen in seinem Kopf, daß er darüber nur lachen kann. »Ich finde es gut, wenn du dich für so etwas einsetzt!« sagt er und hebt sie zur Begrüßung in die Luft.

»He, was ist denn los?« lacht Regine.

»Ich liebe dich eben«, er wirbelt sie durch die Luft, küßt sie und stellt sie mit Schwung wieder auf ihre Füße. Bobby tanzt bellend um die beiden herum.

»Dann bist du nicht entsetzt? Ich dachte, du bekommst bestimmt einen Erstickungsanfall!«

»Hältst du mich etwa für so einen alten Spießer?«

Regine tänzelt ihm voraus in den Garten, wo sie auf einem blau-weiß gedeckten Tisch das Abendessen gerichtet hat. »Nein«, sie lacht, »ich habe nur den Kontostand gesehen, und ich war, ehrlich gesagt, etwas erschrocken!«

Klaus setzt sich und öffnet genüßlich eine kalte Flasche Bier, während er sie mit einem versteckten Lächeln anschaut. »Mach dir keine Gedanken. Manche Dinge ändern sich ganz schnell. Ich habe einen großartigen neuen Kunden! Mit viel Glück können wir sogar in Urlaub fliegen, Karibik, Sri Lanka, Malediven, egal was! Das heißt«, er deutet auf Bobby, der sich neben dem Tisch längs ausgestreckt hat, »mit ihm kommen wir natürlich nur bis zum Bregenzer Wald!«

»Ich war schon immer ganz scharf auf den Bregenzer Wald!«

Um die gleiche Zeit ist Günther auf dem Weg zu Linda. Hinter ihm schließt sich gerade das Garagentor, und vor ihm liegen alle Möglichkeiten einer Nacht. Er hat Marion von einem fürchterlich wichtigen Geschäftstermin erzählt, der in absehbarer Zeit viel Geld brächte, und das Blaue vom Himmel heruntergelogen, bis er den Eindruck hatte, daß Marion die Wichtigkeit dieses Treffens einleuchte. Marion ließ ihn um halb acht Uhr gehen, aber sie sah nur, daß heute ein wichtiger Abschluß bevorstand, Manfred mit seinen Recherchen aber noch keinen Zentimeter weitergekommen war.

Wütend ruft sie ihn, kaum daß Günther weg ist, im Büro an, aber es nimmt niemand mehr ab. Dann versucht sie es, entgegen allen Abmachungen, zu Hause. Ein Anrufbeantworter meldet sich, was sie noch mehr ärgert. Kein Wunder, daß ihn bisher noch keine geheiratet hat und er noch immer als Angestellter in diesem dämlichen Baumarkt sitzt – er bekommt augenscheinlich nichts auf die Reihe! Dabei hatte er wahrlich genug Zeit, in der Sache zu recherchieren.

Während sie noch wütend durch das Zimmer läuft, kommt ihr ein weiterer, vernichtender Gedanke. Möglicherweise war Manfred ja in alles eingeweiht und sitzt jetzt bei den Verhandlungen um das Grundstück dabei, denn daß es bei diesem geheimnisvollen Termin heute nacht um dieses Projekt gehen muß, ist klar. Alles, was Günther zu ihr gesagt hat, wies deutlich darauf hin. Hat Manfred sie deshalb nie angerufen, weil er bereits dick mit drinsitzt und sich heimlich über sie kranklacht?

Sie muß Günther hinterherfahren, sie muß herausbekommen, wo dieses konspirative Treffen stattfindet und wer alles daran teilnimmt. Das ist sie ihrer Ehre schuldig! Kurz entschlossen nimmt sie ihren Autoschlüssel und geht in die Garage. Mit etwas Glück kann sie ihren Mann noch einholen.

Die Straße vom Römersfelder Villenviertel in die Stadt ist lang und schnurgerade. Marion braust los und erkennt ganz in der Ferne aufleuchtende Bremslichter. Sie überlegt, ob sie von Günthers Mercedes stammen könnten, aber es ist zu weit entfernt, um sicher sein zu können. Marion fährt schneller als sonst, der Tacho zeigt achtzig Stundenkilometer. Der Wagen vor ihr biegt ab. Marion beschleunigt. Noch nie ist sie mit satten hundert Stundenkilometern durch Römersfeld gebrettert. Aber noch nie zuvor hatte sie auch einen so triftigen Grund dazu. Der grelle Blitz blendet sie, und erschrocken tritt sie voll auf die Bremse. Mit flatterndem Puls hält sie am Randstein an. Auf ihrer Straße eine Radarfalle! Das hat es ja noch nie gegeben!

Sie dreht sich nach der Anlage um. Ein fest montierter Starenkasten, gut getarnt zwischen einigen Bäumen, kein mobiles Kästchen mit roter Kelle. Wenn die Polizei das Filmmaterial auswertet, ist sie ihren Führerschein los. Das kann sie sich nicht leisten – zudem ein gefundenes Fressen für die Presse: Marion Schmidt als unverantwortliche Raserin! Mit hundert Sachen durch die Stadt! Ausgerechnet sie! Wie soll sie das Günther erklären?!

Marion schaut die Straße rauf und runter, im Moment ist zwar nicht viel los, aber es ist in jedem Fall zu früh und viel zu hell, um sich an staatlichem Eigentum zu vergreifen. Zudem sieht das Ding viel zu stabil aus, um es mit bloßen Händen zu vernichten. Marion überlegt. Die Situation ist neu für sie, jetzt gilt es, einen kühlen Kopf zu bewahren. Langsam fährt sie in Richtung Stadtmitte. Günther hat sie jetzt aus den Augen verloren, aber das ist das kleinere Übel. Sie schaut auf die Uhr. Kurz vor acht. Sie braucht noch eine Eisensäge, klein, handlich, für dicke Eisenstangen tauglich und akkubetrieben. Die nächste sichere Quelle für so etwas ist Manfreds blöder Baumarkt. Sie gibt Gas und schafft es gerade noch vor Ladenschluß. Auf gut Glück spricht sie den nächstbesten Verkäufer an. »Ist Herr Büschelmeyer denn noch im Haus?«

Sie erntet einen unwilligen Blick. »Der Chef ist schon gegangen.« Dann nach einer Pause, wohl einem inneren Stoßseufzer, sagt der Verkäufer ohne große Begeisterung: »Kann ich Ihnen vielleicht weiterhelfen?«

Das wollte sie ja nur, und außerdem weiß sie jetzt mit Bestimmtheit, daß Manfred sie für dumm verkauft. Na warte, sie wird der Sache schon noch auf den Grund kommen. »Ich brauche für meinen Mann eine Eisensäge, klein, handlich, leicht, mit Akkubetrieb. Und zudem eine kleine Alu-Trittleiter. Stabil und trotzdem leicht zu transportieren, verstehen Sie?«

Er schaut sie an, als hätte sie ihn eben um eine gemeinsame Nacht gebeten. »Um Ihnen alle Produkte zu erklären, ist es tatsächlich schon etwas spät, wir haben eine große Auswahl, verstehen Sie?« Er holt tief Luft. »Können Sie nicht morgen noch mal kommen?«

»Keineswegs«, winkt Marion ab. »Bringen Sie mir einfach das Beste! Ich gehe schon mal zur Kasse!«

Viertel nach acht fährt sie mit einer Eisensäge und einer Trittleiter im Kofferraum los. Ganz gut, daß Manfred nicht da war. Garantiert wäre diese Neuigkeit ebenfalls schnellstens an Günthers Ohr gelangt. Alter Tratschverein, diese Männerwirtschaft!

Zunächst mal ist Marion zufrieden. Bis jetzt ist es perfekt gelaufen. Nun wird sie auskundschaften, wo dieser Altherrenverein tagt, und anschließend wird sie Günther mit den Tatsachen konfrontieren. Vielleicht erkennt er dann endlich, daß es ein Fehler ist, sie wie ein dummes junges Ding von allem Geschäftlichen auszuschließen.

Günther hat im *Seerestaurant* einen Tisch für zwei reserviert. Der »See« ist ein kleiner Baggersee, und der Fisch wird eingeflogen, aber trotzdem ist es Römersfelds beste Adresse, und Günther ist dort Stammgast, weil er oft mit Geschäftsfreunden kommt und einmal im Jahr mit seiner Frau. Der Tisch ist feierlich gedeckt, ein Gesteck mit roten Rosen steht auf dem Tisch, und die Chefin, Katrin Christiansen, kommt höchstpersönlich, um die Gäste zu begrüßen und zwei Kerzen im silbernen Leuchter anzuzünden.

Linda läßt es sich nicht anmerken, aber beeindruckt ist sie schon. Das *Seerestaurant* gilt in ihren Kreisen als »Bonzenkneipe«, und keiner von ihren Freunden hat bisher auch nur die Speisekarte dieses Nobelschuppens gelesen. Und jetzt sitzt sie mittendrin – und kann es keinem erzählen.

Günther gibt sich weltmännisch. Er spürt, daß er Linda imponieren kann, und so bestellt er zunächst einmal zwei Gläser Champagner, um sich anschließend vom Chefkoch die Tagesspezialitäten aufzählen zu lassen. Schließlich wählt Günther eine Kaninchensülze mit Tomatencoulis zu Blattsalaten als Vorspeise, dann ein geeistes Melonensüppchem mit Estragon als Zwischengang, anschließend als Hauptgang das Zwergwelsfilet in Thymiankruste mit Petersilienkartoffeln und zum Dessert ein Grand-Marnier-Flan mit Zitronellenbutter.

Schließlich hat er vier Gänge zusammengestellt, jeweils den passenden Wein ausgesucht und strahlt Linda an.

»Woher kennen Sie sich so gut aus?« fragt sie und nimmt den Aperitif in Empfang, der eben serviert wird.

»Das nennt man einfach Lebensart«, sagt Günther geschmeichelt und hebt das Glas zum Anstoßen. »Manche haben sie, andere nicht!« Er kann ihr ja schlecht erzählen, daß Marion ihn von Kurs zu Kurs gejagt hat, um seine Lebensart aufzumöbeln. Und daß er darauf überhaupt nur unter dem Druck seines Schwiegervaters, dieses alten Militaristen, eingegangen ist.

Doch siehe da, er schickt Linda ein gewinnendes Lächeln über den Tisch, jetzt macht es sich bezahlt. Wie Klavierstunden in der Kindheit. Man erinnert sich erst wieder an sie, wenn man sie schon fast vergessen hat.

Linda hat beschlossen, die Dinge auf sich zukommen zu lassen. Was hat es für einen Sinn, hinter Dirk herzuheulen, wenn der es noch nicht einmal für nötig hält, bei ihr anzurufen? Und warum soll sie Günther eine Abfuhr erteilen, wo er doch momentan der einzige Mensch ist, der sich um sie kümmert? Sie hat sich ein enges Sommerkleid aus dunkelroter Rohseide angezogen und schwarze Riemchenstilettos. Alles für besondere Anlässe im letzten Sommerschlußverkauf ergattert und in der hintersten Ecke ihres Schrankes gebunkert.

Und siehe da, ihre Weitsicht macht sich bezahlt. Wie die fast vergessenen Benimmregeln ihrer Mutter: Denk daran, bei feinen Menüs liegt das Besteck stets den einzelnen Gängen entsprechend von außen nach innen. Du fängst beim ersten Gang mit dem äußersten Besteck an, und vergiß nicht, dir den Mund mit der Serviette abzutupfen, bevor du trinkst, Kind!

Sie fand ihre Mutter damals hoffnungslos überholt. Wenn sie sie jetzt sehen könnte …

»So läßt es sich doch leben«, sagt Günther schließlich, als das Amusegueule serviert wird. »Ziegenfrischkäse mit Radieschensprossen«, erklärt der Ober, »mit Empfehlung der Küche.«

Haben wir das überhaupt bestellt, denkt Linda, und schüttelt über sich selbst den Kopf. Was heißt da »wir«? Er bestellt, und er bezahlt. Das hat nichts mit »wir« zu tun!

Aber sie muß ihm recht geben. So läßt es sich tatsächlich leben! Es ist, als ob sie Geburtstag hätte.

Schon wieder!

Marion fährt die Stadt ab. Zunächst ist sie zum Tierheim gefahren, denn ein Treffen direkt am fraglichen Grundstück erscheint ihr am wahrscheinlichsten. Aber sie kann kein ihr bekanntes Auto entdecken, und so fährt sie weiter.

Das Vereinsheim am Fußballplatz, wo die Männer ihre Gemeinderatsversammlungen regelmäßig bis in den frühen Morgen hinein verlängern, ist ihr nächstes Ziel. Der ganze Parkplatz ist vollgestopft, dicht an dicht stehen unzählige Autos da, selbst Campingbusse. Irgendeine Veranstaltung wird stattfinden, mutmaßt Marion und grummelt: Unterliga Römersfeld gegen Unterliga Kennichnicht. Es könnte natürlich auch sein, daß Günther sie angeschwindelt hat, weil er unbedingt zu diesem Proletenereignis wollte. Marion hatte noch nie etwas dafür übrig und geriet sich früher deswegen mit Günther immer in die Haare.

Erst jetzt fällt ihr auf, daß dies seit Jahren nicht mehr der Fall war. Das soll nicht heißen, daß er nicht mehr hingegangen ist. Das soll heißen, daß er ihr nichts mehr davon erzählt hat. Grimmig fährt sie die Reihen der parkenden Autos ab. Das wird der Abend der Offenbarung. Irgendwo wird sie ihn schon entdecken!

Günther und Linda sind beim geeisten Melonensüppchen angekommen. Sie sind glänzender Laune, lachen über alles mögliche, selbst wenn es überhaupt nicht zum Lachen ist. Katrin Christiansen öffnet bereits die zweite Flasche Wein und fragt, ob alles zu ihrer Zufriedenheit sei. Darüber muß Linda schon wieder lachen, denn es kommt ihr irre vor, daß so eine Frage überhaupt gestellt wird. Sollte mal Giovanni fragen, wenn er eine seiner teigigen Pizzen serviert. Die nächste Teiginsel wird sie ihm hinterherwerfen. Der Gedanke reizt sie noch mehr zum Lachen.

Sie wirft ihre schwarzen Haare zurück, die Wangen glühen, ihre Augen blitzen, und Günther sieht sein Ziel ganz nah vor Augen. Er hebt das Glas: »Du bist wunderschön, Linda. Ich würde dich so gern verwöhnen, gib mir eine Chance.«

Linda hält einen Moment inne. Er hat sie geduzt, einfach so, ohne Vorwarnung. Günther spürt die leichte Veränderung. Vorsicht, du alter Hengst, sagt er sich. Langsam mit den jungen Stuten.

»Darf ich das Du anbieten?« Er hält das Glas noch immer hoch. »Ich glaube zumindest, ich bin der Ältere ...« Er lacht über seinen Witz, aber Linda zögert noch. Sie hält zwar ebenfalls das Glas hoch, aber es fällt ihr schwer, ihn einfach zu duzen. Schließlich ist er dreiunddreißig Jahre älter. Außer ihrem eigenen Vater und einigen Verwandten hat sie bisher noch nie einen Mann in diesem Alter geduzt.

»Was heißt verwöhnen?« sagt sie und stößt mit ihm an.

»Nun«, Günther will geheimnisvoll lächeln, es gerät aber eher vieldeutig, »so, daß du Freude am Leben hast. Dinge, die Spaß machen. Leben eben!«

»Freude am Leben habe ich so auch«, sie stellt das Glas neben den leeren Suppenteller, der sofort abgeräumt wird. »Ich freue mich jeden Tag übers Leben«, fährt sie fort, »ich bin jung und gesund, ich habe eine gute Arbeit, einen liebevollen Freund, es geht mir gut – was brauche ich noch?« Was redest du bloß für einen Schwachsinn, denkt sie gleichzeitig, ich jobbe nebenher, um zusätzlich mühsam Kohle zu verdienen, ich habe einen idiotischen Freund, dem ich schlichtweg egal bin – dabei hätte ich jetzt wirklich eine Chance, ich könnte meine Jugend einsetzen, ein eigenes Geschäft haben, eine Eigentumswohnung besitzen und einen Alfa Spider fahren.

Und in der Badewanne enden wie die Nitribitt.

»Linda?«

»Wie?«

»Träumst du?«

Sie schreckt auf. Günther tätschelt ihre Hand. Sie zieht sie automatisch zurück und greift erneut nach dem Glas.

»Trinken wir auf das Leben!«

»Das gefällt mir!« Günther stößt mit ihr an. »Warst du eigentlich jemals in Paris?«

»Paris?«

»Ja, das macht Spaß. Einkaufen in Paris, Sommermode, Wintermode, was gerade ansteht. Auf den Eiffelturm, ins Centre Pompidou, zur Sacré Cœur – hast du das schon einmal gemacht?«

Günther Schmidt und Shopping, sie glaubt's ja nicht.

»Nein, eigentlich nicht!«

Er lacht siegessicher, da fällt sein Blick durchs gegenüberliegende Fenster auf den Parkplatz, und er sieht, trotz der zunehmenden Dunkelheit, einen BMW vorfahren, ein Cabrio, das er kennt. Seine Frau!

Vor Schreck verschluckt er sich, dann überlegt er fieberhaft. Warum ist sie überhaupt hier? Hat sie einen anderen? Oder spioniert sie ihm nach?

Eine Konfrontation kann er sich nicht leisten.

Er beugt sich über den Tisch. »Reg dich nicht auf«, sagt er leise zu Linda, »meine Frau ist eben vorgefahren, sie weiß nicht, daß wir zusammen hier sind. Es ist wohl besser, wir verschwinden mal eben kurz auf die Toilette!«

Auf die Toilette? Genauso hat sie sich ein Liebesabenteuer vorgestellt. Eben noch in Paris und jetzt auf der Toilette.

»Es ist doch überhaupt nichts vorgefallen«, versucht sie ihn zu beruhigen, aber es kommt ihr selbst dämlich vor. Natürlich ist etwas. Sie sitzen hier im besten Restaurant der Stadt, sie essen und trinken bei Kerzenlicht, was soll eine Ehefrau da denken, wenn nicht *das*?

Marion hätte nie gedacht, daß sie ihn im *Seerestaurant* finden könnte. Und eigentlich wollte sie auch schon zu ihrem Starenkasten zurück, denn jetzt wurde es endlich dunkel. Aber die silberne Limousine war schon von der Straße aus zu sehen, Günther hat seinen Wagen, wie eh und je, mitten vor den Eingang gestellt, als gäbe es keine Parkbuchten.

Dieser Mann ist dumm, denkt Marion, als sie auf den Parkplatz fährt. Oder er hat nichts zu verstecken. Sie schaut sich um. Kein anderer Wagen, der ihr bekannt vorkommt. Mit wem ist er bloß hier?

Sie parkt ordnungsgemäß, fährt sich kurz durch die Haare, legt frisch hellroten Lippenstift auf, nimmt ihre Handtasche und geht zum Eingang.

Katrin Christiansen kommt ihr bereits entgegen. »Das tut mir aber leid, daß sie ihren Mann so knapp verpaßt haben«, sagt sie leise und hebt bedauernd beide Hände.

»Wieso?« fragt Marion und läßt ihre Augen umherschweifen.

Das Restaurant ist schwach besetzt, sie zählt fünf volle Tische und einen kleinen Tisch, der offensichtlich eben verlassen wurde.

»Wo ist er denn hin?« fragt sie und mustert den kleinen Tisch aus der Ferne.

»Er hat ein Taxi gerufen, ist vor zehn Minuten mit den anderen Herren gegangen.« Katrin Christiansen deutet auf einen sauberen, aufgeräumten Tisch.

Günther ist schon mit zehn Promille heimgekommen, aber noch nie mit dem Taxi.

»Sind Sie sicher, daß *das* mein Mann war?« fragt Marion nach.

»Kann ich Ihnen etwas anbieten? Zur Erfrischung vielleicht?« Die Wirtin macht eine einladende Geste.

»Und wem gehört der kleine, unbesetzte Tisch?« Marion geht nicht darauf ein.

»Der? Ich bitte Sie, einem jungen Paar, die hatten es plötzlich eilig, verstehen Sie?«

»Nein, verstehe ich nicht«, Marion schaut nochmals genau hin. Aber es liegt nichts dort, was auf Günther schließen ließe. Und überhaupt, warum sollte es auch? Ihr eigenes Mißtrauen ist ihr rätselhaft. »Entschuldigen Sie«, sagt sie zu Katrin Christiansen und: »Gute Nacht!«

Zwei Minuten später fährt ihr BMW vom Hof, und drei Minuten später steht Günther in der Küche.

Katrin Christiansen hat sich eben einen Schnaps genehmigt und geht mit dem leeren Glas auf ihn zu. »Wissen Sie, Herr Schmidt, Sie sind ein sehr guter Kunde. Aber so etwas übersteigt meine Kräfte. Ich möchte keinen Skandal!«

»Gab's da nicht mal die unliebsame Sache mit den Parkplätzen?«

Katrin Christiansen stellt ihr Glas hart ab. »Wir haben Parkplätze!«

»Ja, nur gemessen an der Anzahl ihrer Stühle zuwenig. Es gibt da nämlich eine Landesbauordnung mit gewissen Richtsätzen, die ...«

»Wir wissen das, Herr Schmidt, und wir wissen auch Ihre Hilfe von damals zu schätzen. Aber ich denke auch, daß wir uns über all die Jahre bei Ihren Diners für Ihren Beistand erkenntlich gezeigt haben. Trotzdem möchte ich deswegen nicht zur Lügnerin werden!«

Günther dreht sich zur Tür um und zuckt die Schultern. »Ich denke, Frau Christiansen, jetzt wäre uns der Hauptgang genehm!«

Marion fährt langsam durch die Stadt nach Hause. Sie wird jetzt in der Garage die Gebrauchsanweisung zu dieser Eisensäge lesen und sie dann ausprobieren. Wenn es sein muß, an Günther. Denn falls er sie betrügen sollte, wird er das nicht überleben. Das ist sie nicht nur ihrer Familienehre schuldig, sondern vor allem sich selbst.

Das Haus ist dunkel. Sie hat es sich gedacht. Günther Schmidt ist nicht mit dem Taxi nach Hause gefahren. Frau Christiansen hat die Unwahrheit gesagt. Aber warum? Oder ist er mit dem Taxi irgendwohin gefahren, wo sein Wagen nicht gesehen werden dürfte? Was könnte das sein? Eine Nachtbar? In den Puff?

Fast muß sie lachen. Günther hat, solange er Stadtrat war, wie besessen gegen das unscheinbare kleine Haus am Stadtrand gekämpft. Die Moral der Bürger stehe auf dem Spiel, hat er gewettert, Jugendliche würden durch diese Sittenlosigkeit verführt und ehrbare Familienväter gefährdet. Sollte er jetzt etwa selbst gefährdet sein?

Marion öffnet die Garage mit der Fernbedienung, fährt hinein und packt ihre Beute aus. Ein feines Maschinchen. Sie schwingt sie einige Male durch die Luft und klettert damit auf die Trittleiter. Kein Problem, sie hat Kraft genug. Marion schaut auf die Uhr. Halb elf, noch zu früh für ihren Anschlag. Aber sie könnte sich vielleicht etwas Praktischeres anziehen. Sie entscheidet sich für einen schwarzen Hosenanzug, Leinenschuhe mit Gummisohle und eine schwarze Wollmütze. Dann fährt sie los.

Zwischenzeitlich ist es elf Uhr geworden, und in Römersfeld ist der Friede eingekehrt. Um diese Zeit sind die meisten schon im Bett.

Sie fährt auf der Parallelstraße auf einen kleinen Parkplatz, der an das mit Bäumen bestandene Grundstück grenzt. Wenn sie es richtig berechnet hat, müßte sie, wenn sie es einfach durchquert, genau an der Radaranlage herauskommen. Die nächsten Häuser stehen erst jeweils hundert Meter entfernt. Wenn sie schnell ist, hat sie den Kasten abgesägt, bevor jemand durch den Lärm aufgewacht ist.

Aber ganz so einfach ist es nun doch nicht, mit Trittleiter und Eisensäge nachts durch das Wäldchen zu gehen. Ständig stößt sie irgendwo an, und sie kommt schnell ins Schwitzen.

Als sie endlich vor dem Starenkasten steht, überlegt sie sich, wie sie Starenkasten, Eisensäge und Trittleiter überhaupt zurücktragen kann. Alles auf einmal geht unmöglich.

Aber wie auch immer, das Ding muß weg.

Sie stellt die Leiter auf, steigt hinauf, bringt die Eisensäge in Position. Gerade will sie den Motor starten, da nähern sich Autolichter. Sie klettert schnell herunter und verbirgt sich mit Leiter und Säge im Gebüsch. Das passiert dreimal, und sie überlegt gerade in ihrem Versteck, ob sie die Aktion nicht noch um zwei Stunden verschieben soll, da kommt ein Wagen angerast. Marion sieht ihn kommen, einen silbernen Mercedes mit überhöhter Geschwindigkeit. Offensichtlich war Günther in der Zwischenzeit zu Hause und ist jetzt auf der Suche nach ihr. Marion schließt die Augen, als der

Blitz losgeht. Wie sie einige Stunden zuvor, tritt auch Günther voll auf die Bremse und rast dann im Rückwärtsgang zurück. Keine drei Meter von ihr entfernt steigt er aus und taxiert die Anlage. Marion beobachtet ihn. Was er jetzt wohl unternimmt, der Herr Geheimnisträger? Im Moment wirkt er vor allem ratlos. Schließlich steigt er in seinen Wagen, knallt die Tür zu und fährt weiter.

Als gute Ehefrau wäre es jetzt doppelt angebracht, den Starenkasten abzusägen und verschwinden zu lassen. Aber will sie ihm den Gefallen überhaupt tun? Er hatte mindestens so viel drauf wie sie. Günther ohne Führerschein wäre wie ein flügellahmer Habicht. Sie hätte ihn voll unter Kontrolle. Und die Schlagzeile gilt durch seine Nachbesserung nun auch nicht mehr ihr, sondern ihm. Er hätte sich besser nicht mit ihr angelegt!

Sie schleift Eisensäge und Trittleiter zurück durch das Wäldchen in ihr Auto und fährt nach Hause. Eineinhalb Stunden später, sie liegt bereits im Bett, hört sie das elektrische Garagentor. Ob er sie fragen wird, wo sie war? Dann will sie aber auch wissen, wie sein Wagen vom *Seerestaurant* nach Hause gelangen konnte, wenn er doch angeblich mit dem Taxi gefahren ist.

Lindas gute Stimmung war mit dem Aufkreuzen von Marion dahin. Welche Schmach, auf der Toilette zu sitzen, während draußen die eifersüchtige Gattin das Lokal inspiziert. Dabei hätte sie ihr locker die Hand schütteln können, denn außer einer Duzbrüderschaft war zwischen Günther und ihr ja nichts vorgefallen. Günther tat anschließend so, als hätte er alles unter Kontrolle, aber daß er immer wieder wachsam auf den Parkplatz blickte, entging ihr nicht. »Hast du eigentlich Angst vor deiner Frau?« fragte sie zum Dessert.

Günther wollte sich vor Lachen ausschütteln. »Ich bitte dich! Das ist ja zu komisch! Welcher Mann hat schon Angst vor einer Frau!«

»Vor der eigenen möglicherweise schon.«

»Über so etwas solltest du dir dein hübsches Köpfchen wahrlich nicht zerbrechen.«

»Du kannst ganz nett sein, Günther Schmidt, aber manchmal neigst du zur Großspurigkeit, findest du nicht?«

Günther fiel nichts dazu ein. Er bestellte die Digestifkarte und orderte zwei Mirabellenschnäpse. Das hat ihm noch niemand gesagt. Er ist nicht großspurig, sondern ganz einfach groß. Das ist ein gewaltiger Unterschied. Aber das wird sie schon noch merken.

Als er sie vor ihrer Haustür in den Arm nahm, um sie zu küssen, drehte sie schnell den Kopf so, daß Wangenküsse daraus wurden. »Es war ein wunderbares Abendessen, Günther, vielen Dank, aber wir haben ja ausgemacht, daß ich im Preis nicht inbegriffen bin!«

»Jetzt bin ich aber gleich beleidigt«, er trat einen Schritt zurück. »Bin ich denn so widerlich, daß ich noch nicht einmal einen Gute-Nacht-Kuß bekomme?«

»Doch, den bekommst du schon«, sie küßte ihn leicht auf den Mund und schlüpfte schnell durch die Haustür.

Na warte, dachte Günther. Du kannst dich zieren, wie du willst, ich bekomme dich schon noch!

Kurz nachdem er aus dem Innenhof herausgefahren war, gingen an einem anderen Wagen die Lichter an. Dirk hatte genug gesehen. Das Warten hat sich gelohnt. Kein Wunder, daß sie sich nicht mehr bei ihm gemeldet hat – Günther Schmidt, dieser ekelhafte Fettbolzen, hat jetzt die Finger drauf. Das werden die beiden mir büßen, schwor er sich, während er in einem Taumel von Schmerz, Hilflosigkeit und Rachegedanken in die Innenstadt zurückfuhr.

Der nächste Morgen bringt den ersten Regen seit Wochen. Dem Garten tut's gut, denkt Marion, als sie sich im Badezimmer die Zähne putzt. Sie ist noch müde und hätte gern weitergeschlafen, aber sie ist es gewohnt, sich keine Blöße zu geben. Günther wird auch gleich aufstehen. Ob er sie nach der gestrigen Nacht fragen wird? Als er ins Bett kam, hat er nicht einmal mehr das Licht eingeschaltet. Sie tat ihm den Gefallen und stellte sich schlafend. Aber jetzt wird er es doch wohl wissen wollen. Und sie auch. Schluß mit dem Rätselraten um das Gelände am Tierheim, Schluß mit merkwürdigen Zusammenkünften, sie ist seine Frau, sie hat ein Recht auf Offenheit.

Marion deckt gerade den Frühstückstisch im Wohnzimmer, als sie ihn die Treppe herunterkommen hört. »Für mich nicht«, ruft er ihr zu, während er bereits nach seinem Trenchcoat greift, »ich habe einen eiligen Termin!«

Wäre sie jetzt in der Küche, könnte sie ihn stellen. »Günther!« versucht sie ihn zurückzuhalten, aber sie hört bereits das Garagentor. »So nicht!« Ärgerlich läuft sie ihm in die Garage nach, doch er sitzt bereits im Wagen und fährt hinaus, als ob er sie nicht sehen würde. Das Tor schließt sich langsam wieder. Sie steht in der Dunkelheit, und die Wut kocht in ihr hoch. Er hat sie genau gesehen. Er wollte sie nicht sehen. Warum nur? Was brütet er aus?

Sie will sich eben zur Küchentür umdrehen, da stutzt sie. Aus den Augenwinkeln heraus hat sie einen merkwürdigen Kasten gesehen, der gestern noch nicht in dieser Ecke lehnte. Marion greift zum Lichtschalter. Fast muß sie lachen, es ist einfach zu blöd. Da lehnt die Radaranlage abgesägt in der Ecke und glotzt sie mit ihrem Kameraauge böse an.

Nun gut, hat er ihr einen Gefallen getan, ohne davon zu wissen. Aber sich selbst natürlich den größeren. Deshalb kam er so spät.

Was sie bereits im Kofferraum hatte, mußte er ja erst noch organisieren. Und er hat sie viel zu weit unten abgesägt. Der halbe Stiel hängt ja noch dran. Völlig unfachmännisch, das Ganze!

Trotzdem, staatliche Diebesbeute macht sich nicht so gut im Haus eines seriösen Bauunternehmers. Sie geht ins Wohnzimmer und ruft seine Sekretärin im Büro an. »Wenn mein Mann kommt, so sagen Sie ihm doch bitte, er hätte den Starenkasten zu spät und am falschen Platz aufgestellt. Die Brutzeit sei schon vorüber!«

Manfred Büschelmeyer sitzt mit roten Ohren am Telefon. Eben mußte er erfahren, daß ihm der Tierschutzverein zuvorgekommen ist. Diese dumme Tussi, die außer Friskas und Leckerlis nichts im Kopf hat, hat ihn ausgebootet. Max Dreher hat ihm sachlich erklärt, daß das Geschäft für ihn erledigt sei. Er habe sein Geld, und damit gut! Und mehr Gelände stünde zur Zeit nicht zur Disposition!

Noch nicht einmal den Quadratmeterpreis wollte er ihm sagen.

Zum Verrücktwerden. Es besteht nur noch die Chance, daß diese Roser von ihrem Glück nichts weiß. Für diesen Fall muß er sofort zuschlagen, denn wenn sich Günther erst dahinterklemmt, ist es für ihn und seinen Geldbeutel zu spät.

Das Telefon läutet, und er erkennt auf dem Display, daß es eine interne Nummer ist. Es ist der junge Verkäufer, der ihm berichten will, daß eine Frau Schmidt gestern kurz vor Geschäftsschluß nach ihm gefragt habe.

Manfred bricht der Schweiß aus. Sicherlich wollte sie ihm das gestern abend persönlich mitteilen. Vielleicht steckt sie aber sogar selbst hinter dieser Roser und will mit dieser Aktion den Preis in die Höhe treiben? Das sähe ihr ähnlich. Schmidt bleibt Schmidt, egal ob männlich oder weiblich.

»Ich muß mal dringend weg«, sagt er seiner Sekretärin. »In zwei Stunden bin ich wieder da. Ich bin auch nicht über Handy zu erreichen – überhaupt nicht!«

Damit ist er weg.

Bei der Bank will er sich über sein mögliches Kreditvolumen erkundigen, aber er findet trotz mehrmaligen Kreisens in der Nähe keinen Parkplatz und fährt dann ohne die Sicherheit seiner Bank zum Tierheim. Annemarie Roser sei allerdings erst ab 16.30 Uhr da, erklärt ihm eine junge Tierpflegerin. Und da hätte sie auch schon gleich einige Termine. Er könnte also frühestens um 17.30 Uhr mit ihr sprechen.

Aha, das sagt ihm alles. Er muß den anderen zuvorkommen.

»Arbeitet Frau Roser nicht an der Tankstelle?«

»Tankstelle? Nein, im Arbeitsamt!«

Zwanzig Minuten später steht er mit seinem Wagen vor dem Arbeitsamt. Da kann er ihr gleich mal sagen, daß sie ihm immer nur Pfeifen schickt. Er braucht Leute, die auch was tun fürs Geld. Keine, die sich ständig in den Ecken herumdrücken und auf die Pausen warten. Aber vielleicht ist es auch besser, er sagt gar nichts.

Die lange Schlange vor der Tür Nummer 25 ignoriert er. Er klopft einmal laut und tritt ein, ohne eine Reaktion abzuwarten.

Ein mißbilligender Blick trifft ihn.

»Bitte warten Sie draußen! Wie die anderen auch!«

»Dazu habe ich aber keine Zeit. Ich bin *Arbeitgeber* und muß mit Ihnen etwas besprechen!«

»Ich bin beschäftigt, wie Sie sehen. Ich werde Sie rufen!«

Wie er diese kurzgeschorenen Flintenweiber haßt, diese Emanzen, die seit Alice Schwarzer wie eine Plage übers Land rollen. Er stellt sich auf den Flur vor die Tür und versucht, die spöttischen Blicke der anderen zu übersehen. Gut, er ist rausgeflogen, na und? Am Schluß wird er lachen.

Manfred wartet zwanzig Minuten. Wenn es nicht um so viel Geld gehen würde, wäre er schon weg. Zwei Männer hat sie vor ihm drangenommen und jetzt auch noch eine Frau. Es wird immer besser!

Beim nächsten »Ja, bitte?« meint sie offensichtlich ihn.

Er geht hinein und bemüht sich, freundlich zu wirken. Sie hat alle Trümpfe in der Hand, also muß er seine Gefühle unterdrücken. Er bringt ein gequältes Lächeln zustande, während er ihr die Hand gibt.

»So, Sie sind also Arbeitgeber«, sagt sie, und in seinen

Ohren hört sich das an, als handle es sich um eine besondere Abart menschlicher Existenz.

»Ja, aber deswegen bin ich nicht da«, versucht er das Thema abzukürzen.

»Ach, nein? Suchen Sie etwa einen Job?«

»Auf den Arm nehmen kann ich mich selbst!«

»Entschuldigen Sie, aber worum geht es dann?«

Sie deutet mit der Hand auf den alten braunen Stuhl, der vor ihrem Schreibtisch steht. Er wird einen Teufel tun, sich auf so ein Sünderbrett zu setzen.

Manfred winkt ab und bleibt stehen. »Es geht um das Gelände, das Sie von Max Dreher gekauft haben. Ich würde Ihnen gern ein Angebot machen.«

»Ein Angebot?« Ihr Gesicht ist ein einziges Staunen. »Wieso denn das?«

Blöde Frage, denkt Manfred. »Weil ich's haben möchte«, sagt er freundlich.

»Wozu?«

Ja, wozu? Was soll er sagen? So halt?

»Meiner Mutter ihren letzten Wunsch erfüllen, ihr ein Haus bauen.«

»Neben dem Tierheim? Haben Sie eine Ahnung, was das bedeutet? Die Hunde? Der Krach? Das können Sie einer alten Frau doch nicht zumuten!«

Verdammt, aufs falsche Pferd gesetzt. Er hätte sich das vorher besser überlegen sollen.

»Sie will's trotzdem!«

Annemarie Roser läßt sich mit der Antwort Zeit. Sie sitzt in ihrem Schreibtischsessel und dreht ihren Bleistift.

»Interessant«, sagt sie schließlich, denn jetzt hat sie ihn

erkannt. Es ist der Mann, der das Gelände abgemessen hat, während Regine Raak und sie in der Halle saßen. Was kann er nur wollen? Das mit der Mutter war gelogen, das spürt sie.

»Das Grundstück ist leider unverkäuflich«, sagt sie und lächelt ihn an.

»Auch wenn ich Ihnen ein gutes Angebot mache?« Manfred holt tief Luft. Es ist seine einzige Chance. Irgendwie muß er sie packen.

»Wie gut?«

Das hört sich schon mal besser an.

»Zehn Mark pro Quadratmeter?«

Annemarie Roser muß sich beherrschen, daß sie nicht die Farbe wechselt. Sprudelt dort eine Ölquelle? Oder eine Mineralquelle? Oder sonst irgendwas, wovon sie keine Ahnung hat? Haben sie einen Schatz gekauft? Sie muß gleich Regine anrufen.

»Zehn Mark?« wiederholt sie gedehnt.

»Fünfzehn«, sagt Manfred, und jetzt schießt ihm die Röte ins Gesicht. »Aber dann müßten Sie mit mir sofort zum Notar.«

»Haben Sie den etwa schon benachrichtigt?«

Manfred greift nach der Stuhllehne. Er spürt seinen Herzschlag. Wenn sie jetzt ja sagt, hat er zwar mehr bezahlt, als er wollte, aber immer noch einen satten Gewinn. Und wenn die Roser zu dem Preis verkauft, steckt keiner der Profis hinter ihr! Das ist das Schönste dabei: Er hat die Schmidts ausgeschmiert!

»Nein, aber das lassen Sie mal ruhig meine Sorge sein!«

»Draußen warten noch Leute, die haben auch ein Recht …«

»Es geht ganz schnell!« Er sieht sich bereits suchend nach dem Telefon um. »Haben Sie Angst, daß ich bis morgen sterben könnte?« Annemarie rechnet im Kopf nach. Fünfzehn Mark pro Quadratmeter bedeuten bei einem Hektar 150 000 Mark. Sie würden einen Gewinn von 140 000 Mark in nur einem Tag einstreichen. Aber warum? Was steckt dahinter?

Annemarie steht auf. »Ich überleg's mir.«

Nervös wischt sich Manfred die rechte Hand an seiner Hose ab und streckt sie ihr zum Gruß hin. »Wann darf ich Sie anrufen?«

»Morgen früh!«

»Meine Mutter hat morgen Geburtstag, den siebzigsten, ich möchte sie damit schon in aller Frühe überraschen, Sie wissen, alte Menschen sind Frühaufsteher, geht's nicht nachher?«

Annemarie schüttelt seine Hand ausgiebig.

»Ich bin auch eine Frühaufsteherin. Sie können mich morgen früh um sechs Uhr anrufen. Ich stehe im Telefonbuch!«

Als Manfred wieder in seinem Auto sitzt, legt er in der Aufregung den Rückwärts- statt den Vorwärtsgang ein. Das ist ihm in seinem ganzen Leben noch nicht passiert, aber er war ja auch noch nie so kurz davor, den großen Günther Schmidt auszutricksen. Ob Marion ihn jemals wieder zu einer Gartenparty einladen wird? Feixend fährt er durch Römersfeld in seinen Baumarkt.

Monika Raak schaut zufällig aus dem Fenster ihres Büros, als ein kleiner, zerbeulter Wagen auf den großen Hof ihres Lakkierbetriebs fährt. Sie beobachtet ihn gedankenverloren, denn eigentlich hätte das Wägelchen einen neuen Lack nötig, andererseits wird der Besitzer eine solche Verschönerung wohl kaum bezahlen können, sonst sähe das Vehikel nicht so bemitleidenswert aus. Trotzdem zeigt der Fahrer ein gesundes Selbstbewußtsein. Er parkt direkt auf dem Chefparkplatz und steigt dann aus. Jetzt erkennt sie ihn, es ist Richis Freund, Dirk Wetterstein. Soweit sie sich erinnern kann, war er noch nie hier, die beiden treffen sich meist privat, und seitdem Dirk an seinem Examen herumbastelt, kaum noch.

Sie ist gerade vom Fenster zurückgetreten, als es auch schon klopft. Dirk steht in der Tür, blaß, naß und völlig übernächtigt.

»Dirk, das ist aber eine Überraschung«, sie begrüßt ihn mit festem Händedruck.

»Ja.« Er schaut sich um. »Ist Richi nicht da?«

»Richi hat ein eigenes Büro, hier schräg gegenüber. Aber er ist unterwegs, kommt wohl in einer halben Stunde wieder. Kann ich dir helfen?«

»Glaub' ich nicht!« Er schaut sie mit einem Blick an, der sie an Schneewittchen im Wald erinnert.

»Komm, setz dich erst mal!« Sie führt ihn zu der Couch in der Ecke. »Kaffee? Was zu essen? Croissant vielleicht? Sind frisch vom Bäcker!«

»Nein, danke, mir ist schon schlecht!«

Was kann denn das zu bedeuten haben? Das Telefon klingelt. »Entschuldigst du mich bitte?« Monika nimmt ab. Es ist Irena, die ihr den neuesten Schwank aus der Modeszene erzählen will.

»Irena, sei nicht bös, aber ich habe Besuch. Dirk ist da!«

»Dirk? Den kannst du gleich mal fragen, wo Linda eigentlich immer steckt. Ich versuche ständig, sie anzurufen, und erreiche sie nie. Hat er sie eingeschlossen?«

»Frag ihn selbst!«

Monika reicht Dirk den Hörer.

»Schöne Freundin hast du«, sagt Dirk zur Begrüßung.

Ach, daher weht der Wind, denkt Monika und bittet über das Haustelefon um Kaffee und Croissants.

»Das interessiert mich alles nicht«, hört sie Dirk sagen. »Das ist für mich passé – aus und vorbei, verstehst du? Schnee von gestern, völlig uninteressant, sie existiert für mich überhaupt nicht mehr, hat sich erledigt, völlig erledigt, die Frau ist tot, mausetot, verstehst du? Ich habe selten so 'ne tote Frau gesehen, alles klar? Nein? Na, dann eben nicht!« Er reicht Monika den Hörer wieder. »Ich habe momentan keinen Nerv für begriffsstutzige Frauen. Wenn Richi nicht kommt, gehe ich wieder.«

»Aber dein Kaffee wird doch eben frisch gemacht. Der wird dir guttun!«

»Was soll das heißen, guttun? Geht's mir etwa schlecht? Sehe ich vielleicht so aus? Mir geht's glänzend, super, nie besser gegangen. Wenn Richi nicht bald kommt, gehe ich wieder!«

Monika überlegt. In seinem Zustand ist nichts Vernünftiges aus ihm herauszubekommen. Es scheint nur klar zu sein, daß Linda ihm den Laufpaß gegeben hat. Das ist zwar schade, aber es wundert Monika nicht. Es war nur eine Frage der Zeit, bis sich mal der richtige Typ in die Parfümerie verirren würde. Dirk ist einfach noch nicht erwachsen genug für eine Frau wie Linda.

Die Tür geht auf, ein junger Mann serviert Kaffee und Croissants auf einem Tablett. »Habt ihr keine anständige Sekretärin?« fragt Dirk ketzerisch.

»Wieso, gefalle ich Ihnen nicht?« fragt der Junge zurück.

»Marc ist unser Quotenmann im Sekretariat«, lacht Monika. »Ich hätte nicht gedacht, daß du so altmodisch bist, Dirk!«

»Ich ...«, Dirk setzt sich kerzengerade hin, bricht dann aber ab und sackt in sich zusammen, »ach, vergessen wir's. Ist doch sowieso egal. Wir werden doch sowieso schon überall von den Frauen regiert. Im Beruf, in der Liebe, und jetzt genehmigen sie sich auch schon Quotenmänner. Sieh dich doch selbst an, Monika, bist du eine Frau oder nicht?«

»Das will ich meinen«, Monika schenkt ihm Kaffee ein.

»Und gehört dir der Schuppen oder nicht?«

»Das kann man so sehen!«

»Na also. Ich geh' jetzt!«

Als Richi zehn Minuten später kommt, ist Dirk schon wieder weggefahren. Monika fängt ihn auf dem Hof ab, um ihm von dem kurzen Besuch seines Freundes zu erzählen, begleitet ihn zu seinem Wagen zurück und hält ihm die Autotür auf. »Also geh, du mußt ihn suchen. Er kam mir vor wie betrunken, völlig neben sich. So wirr, als hätte er Drogen genommen!«

Günther sitzt zur selben Zeit in seinem Büro. Er hat schlechte Laune und Mühe, sich auf die Dinge zu konzentrieren, die sich vor ihm auf dem Schreibtisch türmen. Verdammt, der Abend hat gestern so gut angefangen, und dann funkt ihm seine eigene Frau dazwischen. Verpfuscht ihm die Liebesnacht, auf die er so erfolgreich hingearbeitet hat. Und dann noch die Sache mit dieser Radaranlage. Diese idiotische Aktion, dieses Ding heute nacht noch vom Sockel holen zu müssen. Nur gut, daß er die Werkstattschlüssel dabeihatte. Und das alles nur, weil seine Alte kurz vor Mitternacht noch in der Stadt herumschwirrte und er befürchtete, sie würde an Lindas Haustür Sturm klingeln. Hätte ja sein können, daß sie auf dem Parkplatz hinter einem Busch hockte und sie beobachtete. Einer Offizierstochter wie ihr ist alles zuzutrauen. Nur gut, daß die Kohle weg ist, wenn die eigentliche Schlammschlacht losgeht. Da wird sie ihre Munition schnell verschossen haben. Kriege kosten nun mal Geld.

Er starrt in den Regen. Er war seinem Ziel so nah! Es ist zum Verrücktwerden. Und auch die Message seiner Alten mit dem Starenkasten. Er wollte ihn heute nachmittag verschwinden lassen, aber er kann ja schlecht mit einer herausragenden abgesägten Eisenstange im Kofferraum durch die Stadt fahren. Zumal die Tat morgen groß in der Zeitung stehen dürfte. Aber typisch für Marion, daß sie ihre Nase direkt draufhalten mußte. Wer wie sie stets mit vierzig Stundenkilometern durch die Stadt schiebt, kann durchgehende männliche Energien eben nicht nachvollziehen.

Günther sortiert die Anfragen, Notizen und Briefe. Das interessiert ihn im Moment herzlich wenig. Den Druck im Kopf kriegt er erst wieder los, wenn er mit Linda im Bett war. Er greift nach dem Telefonhörer, läßt sich mit dem besten Blumengeschäft in Römersfeld verbinden und Linda dreißig rote Rosen schicken. Langstielig, sagt er dazu, wie ich.

Regine hat eben die Gartenmöbel regensicher untergebracht, als das Telefon klingelt. Sie läuft schnell aus dem Garten ins Haus, Bobby freudig hinterher. »O nein«, sagt sie, als sie das Telefon abnimmt.

»O nein?« fragt Annemarie Roser am anderen Ende, »bin ich damit gemeint?«

»O nein, Bobby! Er schleppt mir den ganzen Dreck aus dem Garten herein. Bobby, Platz! Und ich hatte vorhin erst naß aufgewischt, ich glaube, ich werde nie fertig mit diesem doofen Haus!«

»Sitzt du schon?«

»Jetzt schon!«

»Was hältst du von einem Gewinn in Höhe von 140 000 Mark in nur einem Tag?«

»Hat die russische Mafia im Arbeitsamt Jobs angeboten?«

»Kein Witz, Regine!« Und Annemarie erzählt ausführlich von ihrem morgendlichen Besuch.

»Manfred Büschelmeyer, sieh an. Nicht zu fassen!«

Regine überlegt. »Soll ich meinen Mann fragen, was davon zu halten ist? Er ist schließlich Vermögensberater, der wird wohl eine Ahnung haben, was dahinterstecken könnte.«

Annemarie zögert. Sie kennt den Klüngel in der Stadt, zu viele »Wenn-du-mir-dann-ich-dir«-Abkommen, und sie fürchtet den Sumpf dieser schulterklopfenden Männerfreundschaften. Und sie ist sich nicht sicher, ob Klaus Raak da auszuschließen ist. Ihrer Einschätzung nach eher nicht.

Regine hat ohne Worte verstanden. Sie haben die Dinge zu zweit ins Rollen gebracht, und sie werden das Spiel nicht aus der Hand geben.

»Wollen wir uns treffen? Hier?« fragt sie.

»Gern«, stimmt Annemarie zu. »Ich komme gern!«

»So, Bobby«, sagt Regine, nachdem sie aufgelegt hat, zu ihrem Hirtenhund, der mit seinem nassen Fell auf dem Boden liegt und mit der Rute eifrig die Fliesen klopft, »dann hol schon mal Eimer und Schrubber. Ich stelle derweil eine Flasche Sekt kalt, denn ich ahne jetzt, warum Marion beim Tierheim war. Irgendwie scheint da ein dickes Ding vergraben zu sein. Und Annemarie und ich sitzen mitten drin, ohne es zu ahnen. Jetzt müssen wir nur noch herausfinden, wie weit wir pokern können, dann stellen wir Römersfeld auf den Kopf!«

Richi fährt direkt zu Dirks Wohnung. Wie immer fndet er keinen Parkplatz und läßt den Wagen nach der dritten Umrundung des Viertels entnervt im Halteverbot stehen. Die fünf Minuten wird's schon gutgehen. Außerdem glaubt er nicht, daß Dirk überhaupt zu Hause ist. Seinen Wagen hat er jedenfalls nicht gesehen. Er klingelt Sturm, und wie vermutet, rührt sich nichts.

Dafür notiert sich gerade eine Politesse sein Nummernschild, als Richi gleich darauf wieder um die Straßenecke biegt. »Der Wagen fällt mir häufiger auf«, sagt sie und wirft ihm einen vorwurfsvollen Blick unter ihrer nassen Mütze hervor zu.

»Cabrios gibt's viele in Römersfeld!«

»Aber nicht mit dieser Nummer!«

»Lassen Sie sich doch erklären …«

Sie schreibt unverdrossen weiter, steckt den Schein sorgfältig in eine regensichere Plastikhülle und klemmt ihn hinter den Scheibenwischer. »Wenn Sie unbedingt erklären wollen, können Sie das auch schriftlich tun.« Ein kurzes Lächeln, und sie ist einen Wagen weiter.

Zähneknirschend zieht Richi das Ticket hervor und steigt ein.

Dreißig Mark sind schon mal weg, tolle Rettungsaktion!

Richi fährt noch zwanzig Minuten kreuz und quer durch die Stadt, sieht aber nirgends Dirks Wagen. Vor der Parfümerie überlegt er kurz, ob er Linda fragen soll, aber das erscheint ihm nach kurzem Überlegen unangebracht. Was geht ihn Lindas Liebesleben an. Und außerdem schüttet es gerade wie aus Kübeln. Schließlich fährt er wieder zurück ins Büro.

Inzwischen ist Annemarie Roser bei Regine angekommen. Sie stellt ihren nassen Regenschirm vor der Haustür ab und zieht die Schuhe aus.

»Aber ich bitte dich«, wehrt Regine ab, doch Annemarie lacht nur. »Ein Bobby im Haushalt genügt!«

Die beiden Frauen setzen sich in den Wintergarten und rätseln, was es mit dem Grundstück auf sich haben könnte.

»Also 140 000 Mark kann sich der Tierschutzverein nicht entgehen lassen, Grundstück hin oder her. Eine Wiese für unsere Tiere finden wir auch woanders. Und mit dem Geld können wir top Stallgebäude bauen. Und manches noch dazu. Wir werden ein Vorzeigetierheim werden!« Annemarie Roser schüttelt den Kopf. Sie kann es immer noch nicht fassen.

»Der Haken ist nur, daß Manfred Büschelmeyer keine 140 000 Mark investiert, wenn da nicht noch sehr viel mehr zu holen wäre. Er ist im Gemeinderat, er hört das Gras wachsen!«

Regine öffnet die Flasche mit einem Ruck und schenkt mit Schwung ein. »Wow, jetzt geht mir ein Licht auf«, sagt sie und übersieht, daß der Sekt über das Glas hinausschießt. »Klar! Das Gebiet soll erschlossen werden! Da liegt das Gold vergraben!« Sie stellt die Flasche mit einem Knall ab. »Und Marion weiß es auch. Deshalb taucht sie bei euch im Tierheim auf. Das Ganze ist ein Wettstreit zwischen Schmidt und Büschelmeyer!« Sie setzt sich langsam. »Das ist ja ein Ding!«

Die beiden schauen sich an.

»Und wir sitzen mittendrin!«

Annemarie lacht schallend los. »Wir haben ihnen das Gelände weggeschnappt! Wetten, daß die bei Drehers angerufen haben? Bloß wir waren früher da!«

»Nichtsahnend!«

»Unglaublich! Darauf stoßen wir an!«

Sie heben die Gläser. »Und auf uns!«

Beide nehmen einen tiefen Schluck.

»Ooh, das tut gut!« seufzt Annemarie.

»Stimmt!« bestätigt Regine. »Aber was machen wir jetzt?«

»Gute Frage!«

Der Regen prasselt monoton auf das Dach des Wintergartens und übertönt damit die ratlose Stille.

Regine schaut zu, wie sich ganze Ströme von Regentropfen ihren Weg an den gläsernen Seitenwänden bahnen. »Irgendwo müssen wir den Hebel ansetzen!« sagt sie schließlich.

»Aber wo?«

»Wieviel kann man mit so einem Grundstück überhaupt verdienen?« Regine greift nach der Flasche und schenkt gedankenverloren die erst halbleeren Gläser wieder voll.

Annemarie zuckt die Schultern, nimmt einen Schluck und

überlegt. »Keine Ahnung«, sagt sie schließlich, »aber es muß viel sein, sonst würden die sich nicht so ins Zeug legen!«

»Und wenn wir sie gegeneinander ausspielen?«

»Auch gut, aber dazu brauchen wir zumindest ein solides Grundwissen!«

Eine Weile ist es still.

»Der Mutter zum siebzigsten Geburtstag, t-t-t!« sagt Annemarie und schüttelt den Kopf. »So eine Verarschung!«

Regine schaut auf. »Du bringst mich da auf was! Ich rufe meine Mutter an! Die hat früher bei der Gemeinde gearbeitet, die muß schließlich Ahnung davon haben!«

Dirk ist nach Stuttgart gefahren. Er hat beschlossen, seinen Ärger bei einer Prostituierten abzuladen. Dann weiß Linda auch gleich, welchen Stellenwert sie für ihn hat. Selbst wenn sie es nicht erfährt. Als er in der City ankommt, ist es früher Nachmittag, und er ist sich nicht sicher, wo das berüchtigte Rotlichtviertel ist. Und außerdem fragt er sich, ob es um diese Zeit überhaupt jemanden gibt, der in diesem Metier arbeitet.

Dirk fährt eine Weile kreuz und quer durch das Zentrum, dann stellt er seinen Wagen in einem Parkhaus nahe der Königstraße ab und beschließt, sein Glück zu Fuß zu versuchen. Aber schon der Blick auf den Parktarif verdirbt ihm die ungetrübte Freude an der Rache. Das wird ein teures Vergnügen werden. Er zieht den Kopf ein und stapft durch den Regen. Für alle Fälle zieht er an einem Geldautomaten auf der Königstraße noch vierhundert Mark. Damit dürfte sich sein Konto endgültig von ihm verabschiedet haben. Dirk schaut sich um und geht einige Treppen hinunter in eine andere

Straße. Irgendeine Willige wird er schon finden. Linda wird schon noch merken, daß er sich so etwas nicht gefallen läßt. Schmidt – wer ist schon Schmidt! Außer Kohle hat der doch nichts im Sack!

Regine hat ihre Mutter unterdessen erreicht und kennt nun die marktüblichen Grundstückspreise. Grinsend legt sie auf und zieht die Stirn kraus. »Eigentlich bräuchten wir nur abzuwarten, bis die Stadt auf uns zukommt. Wenn die an dem Gelände Interesse hat, liegt der Quadratmeterpreis für unerschlossenes Gelände bei fünfunddreißig Mark. Das wären eben mal 350 000 Scheine …«

»Und wenn sie nicht kommt?« Annemarie faßt sich ans Herz. »Das ist ja grausam aufregend. Wenn die Stadt nicht kommt, haben wir nichts. Hoch gepokert und alles verloren. Wenn wir es dagegen morgen verkaufen, haben wir das Geld in der Tasche, und der Rest kann uns egal sein.«

»Und wenn dein Tierheim dadurch weichen muß?«

Annemarie lehnt sich im Stuhl zurück. »Dann lassen wir uns das bezahlen und bauen woanders!«

Sie holt tief Luft, kramt in ihrer Tasche nach der Visitenkarte von Manfred Büschelmeyer und bittet Regine um das Telefon. Regine reicht es ihr mit fragendem Blick.

»Ich kürze das jetzt ab, denn der Spatz ist mir … und so weiter!« Sie wählt bereits.

»Ja, prima, Herr Büschelmeyer, daß ich Sie so schnell erreiche, hier spricht Annemarie Roser, und ich habe ein kleines Problem. Es gibt da nämlich noch eine Dame, die ganz unvermittelt Interesse an diesem Grundstück zeigt. Sie möchte dort einen Pferdestall bauen, was unseren Wünschen natürlich näher käme als ein Einfamilienhaus für Ihre Frau Mutter, ich denke, Sie haben Verständnis, wenn wir Ihnen hiermit leider absagen müssen!«

Regine schlägt sich die Hand vor den Mund und lacht.

»Ja, da weiß ich nicht, ob die Dame noch mithalten möchte«, sagt in diesem Moment Annemarie ernsthaft. »Aber ich werde sie natürlich fragen und Ihnen das Ergebnis umgehend mitteilen.«

Sie zwinkert Regine zu.

»Nein, das kann ich Ihnen nicht sagen. Eine Dame der Gesellschaft, aber Namen nenne ich nicht. Ihren gebe ich ja auch nicht preis, Herr Büschelmeyer. Ich rufe Sie an, bis später!«

Damit legt sie auf.

»Siebzehn Mark hat er geboten. Ich denke, ich schlage ein!«

»Er glaubt, Marion bietet mit.« Regine hebt das Glas. »Das war meisterlich! Aber ich schätze, er würde vor lauter Gier auch zwanzig Mark bezahlen!«

Dirk hat die erste Kneipe gefunden, die anrüchig wirkt. Zögernd geht er hinein. Schmuddelkneipen sind normalerweise nicht sein Fall, aber da muß er jetzt durch. Er geht langsam zum Tresen. Viel erkennen kann er nicht um sich herum, seine Augen müssen sich erst an das Halbdunkel gewöhnen. Zwei Männer stehen an der einen Seite der Theke. Nicht gerade vertrauenerweckend, aber sicherlich vom Fach.

Er setzt sich auf einen der Barhocker und wartet ab. Einer der beiden dreht sich schließlich nach ihm um. »Was soll's denn sein?«

»Ein Bier und 'ne Braut«, antwortet Dirk kühn.

Ein wieherndes Lachen antwortet ihm. »Ne Braut, Mann, denkst du, das hier ist 'n Puff?«

Dirk ist überfragt und läßt mit der Antwort auf sich warten.

»Also was jetzt?«

»Ein Bier!«

Hier hätte er sowieso kein Mädchen angefaßt. Da kann man sich ja alles holen. Er wird sein Bier schnell trinken und sich danach nach etwas Besserem umsehen. »Hast du mal ein Telefonbuch da?« fragt er den Kellner, der mit Boxergesicht und stoppeligem Kurzhaarschnitt eben sein Pils zapft.

»Willste bei der Telekom 'n Mädchen bestellen? Ich geb dir 'ne Adresse, Mann, wenn's so nötig ist!«

Dirk hätte sowieso nicht genau gewußt, worunter er hätte nachschlagen sollen. Unter »Bar«? Unter »Etablissement«?

»Ja, gut«, sagt er deshalb und streckt die Hand aus.

»Wie? Gratis?« Er blökt zu dem anderen Typen am Tresen hinüber. »Kost 'n Fuffi, Mann! Die Puppe ist erste Sahne. Solche Möpse und dafür so 'ne Muschi!« Er unterstreicht gestenreich. »Wirst deinen Spaß haben!«

Den Spaß hat Dirk eigentlich jetzt schon nicht mehr. Fünfzig Mark für die Auskunft?

»Was soll die ... ähm ... Maus denn so kosten?«

»Kommt drauf an, was du willst!«

Jetzt ist er auch nicht schlauer. Das Ganze beginnt ihn zu nerven. Was will er überhaupt mit so einer Frau, von der er nicht weiß, wie sie aussieht und was sie kostet! Dirk schaut sich sein Gegenüber genau an. Er scheint beim Boxen nicht immer der Sieger gewesen zu sein. Aber das zerschlagene Nasenbein zeigt auch, daß er bei einigen Schlägereien real dabei war. Und nicht nur darüber gelesen und es anschließend gesellschaftspolitisch analysiert hat. Pech für ihn. Dirk weiß nicht, wie er aus der Geschichte heil herauskommen soll.

»Was is'?« Der Kerl steht breit vor ihm, sein Kumpan starrt herüber.

»Ich … ich überleg's mir noch!«

Er verzieht sein Gesicht zu einer Grimasse. »Komm mir doch nicht mit so 'ner Scheiße!«

Dirk ist froh, daß Linda ihn nicht sieht. Vielleicht war dieser Feldzug ja doch keine so gute Idee.

Er hält gespannt den Atem an. Dann bekommt er einen Schlag auf die Schultern, den er als Signal zur Gegenwehr deutet, aber erstens ist er kein Kämpfer und zweitens Pazifist.

»Laß es einfach!« sagt der Mike Tyson von Stuttgart gönnerhaft und grinst ihn an.

Dirk atmet aus. Das hört sich ja direkt gut an.

»Noch 'n Bier?«

Er hat seines noch nicht einmal bis zur Hälfte getrunken.

»Nein, zahlen bitte!«

»Fünfzehn Mark!«

Dirk glaubt es nicht und fühlt sich auf den Arm genommen, auf der anderen Seite ist er froh, sich mit fünfzehn Mark aus der Affäre ziehen zu können. Er wird zwanzig hinlegen und dann nichts wie weg. Er greift nach seiner Gesäßtasche. Er fühlt nichts. Der Geldbeutel ist nicht da. Mit der Hand greift er den dunklen Tresen ab. Hat er ihn vielleicht schon daraufgelegt? Die dunkle Ahnung treibt ihm den Schweiß in den Nacken. Er tastet auch sein linkes Hinterteil ab. Nichts.

Die beiden Männer beobachten ihn dabei mißtrauisch.

»Was ist denn das für 'ne Nummer?« sagt schließlich der Boxer und fletscht im Halbdunkel die Zähne.

»Ich kann nicht zahlen«, Dirk hebt kleinlaut die offenen Hände nach oben, »mir wurde offensichtlich mein Geldbeutel geklaut!«

Günther Schmidt hält es im Büro nicht mehr aus. Egal wie, er muß jetzt diese Radaranlage entsorgen. Er nimmt sich einen der kleinen Lieferwagen und fährt ins Villenviertel. Er wird den Film rausnehmen, das Gerät einpacken und später in den Fluß werfen. Bei dem Wetter wird dort niemand unterwegs sein, und es wird anschließend auch keiner nachvollziehen können, denn Handschuhe hatte er getragen, und gar so akribisch werden die Römersfelder Polizisten wegen einer abgesägten Blitze nicht vorgehen. Und im Notfall kennt er auch ein paar maßgebliche Leute oder zumindest deren Neigungen. Bisher konnte er sich in allen Fällen gut auf sich selbst verlassen.

Und heute abend wird er schauen, wie seine langstieligen Rosen angekommen sind. Und ein bißchen von Paris schwärmen, von den Boutiquen mit dieser Mode, die mehr sehen als ahnen läßt, von den Kabaretts wie dem Moulin Rouge oder dem Lido, von den First-class-Hotels mit den King-Size-Betten, eingeschäumt mit Champagner und Alain Delon im Nebenzimmer.

Die Gedanken gefallen ihm, und es geht ihm schon wieder

besser, zumal er jetzt auch sieht, daß Marion offensichtlich nicht zu Hause ist. Er fährt rückwärts auf die Garage zu, öffnet sie automatisch und stellt den Lieferwagen dicht davor. Langsam beginnt ihm das Husarenstück Spaß zu machen. Wenn die abgesägte Radaranlage morgen groß in der Zeitung steht, kann er Linda zeigen, was er für ein toller Kerl ist. Für kein Abenteuer zu alt – oder gar zu müde.

»Junge, jetzt schieb die Kohle rüber. Erst den großen Maxe spielen und uns dann verscheißern wollen – das kann ganz schön ins Auge gehen!« Der Boxer streckt Dirk die geballte Faust unter die Nase. Dirk schluckt. Er denkt an seine Zähne. Sie sind der Schmuck seines Gesichts. Gerade und ebenmäßig gewachsen und strahlend weiß. Fernsehbilder drängen sich ihm auf, er sieht im Geiste eine zu Brei geschlagene Masse vor sich.

»Mein Geldbeutel ist mir geklaut worden, dafür kann ich schließlich nichts«, versucht er den Kerl vor sich zu beruhigen. »Ich will ja bezahlen, ich weiß im Moment bloß nicht, wie!«

Er spürt einen festen Griff an seinem Handgelenk. »Was ist denn jetzt los?« Bevor er sich recht versieht, liegt seine Armbanduhr auf dem Tresen.

»So, die bleibt da, bis du die Mücken rausgerückt hast. Kannst aber auch eine gebrettert haben, wenn dir das lieber ist. Eine für fünfzehn Mark eben. 'ne Art Zwergewerfen.«

Dirk steigt die Röte ins Gesicht. »Das ist eine Uhr für fünfhundert Mark, Mensch! Hier geht es um fünfzehn. So etwas nennt man räuberische Erpressung oder zumindest die

Anwendung unverhältnismäßiger Mittel«, er sieht das Gesicht seines Gegenübers und fügt automatisch, aber leise hinzu, »Paragraphen 253, 255 StGB.«

»Ach, einen kleinen Juristenscheißer haben wir vor uns? So was wie du will uns ficken?« Dirk kann bereits seinen Atem riechen, denn die Plattnase rückt seiner eigenen bedrohlich näher.

»Ist gut, ist gut, ihr behaltet die Uhr bis morgen, und ich löse sie morgen wieder aus. Könnt ihr mir dann wenigstens noch fünfzig Mark draufgeben? Ich habe nämlich keinen Sprit mehr, um nach Hause zu fahren!«

Aber er fühlt nur noch eine Faust an seinem Kragen und als nächstes die unsanfte Landung auf der Straße. Die Tür knallt hinter seinem Rücken zu. Zwei Passanten weichen ihm aus, als sei er eine Schnapsleiche. Benommen rappelt er sich wieder auf.

»Und unterschreiben müßt ihr das auch noch«, murmelt er und versucht, sich den nassen Straßenschmutz abzuklopfen. Schließlich war die Uhr von Linda. Ein Geschenk ihrer Liebe, wie sie damals gesagt hat. Was heißt damals, das ist keine zwei Monate her. Er spürt, wie ihm die Tränen kommen, und am liebsten hätte er sich in den Rinnstein gehockt und einfach geheult.

Richi will gerade aus seinem Büro in den Feierabend gehen, als der Anruf von Dirk kommt. Dirk hat sich zur Polizei geflüchtet, aber die haben keine Zeit für Sentimentalitäten, nur für Fakten. Die Brieftasche ist weg, klar, Trickdiebstahl, passiert täglich dutzendfach. Der Beamte schlägt ein Buch auf, da kann Dirk selbst sehen, wie viele Leute heute schon auf diesem Stuhl saßen. Das Geschäft mit Brieftaschen muß glänzend florieren. Sein Fehler war, daß er das Geld öffentlich gezogen hat. Er muß beobachtet worden sein und dann … er kann darüber nachdenken, solange er will, ihm ist nichts aufgefallen. Aber zumindest ist das Resultat klar. Sein Konto ist überzogen, die Kohle weg, die Uhr vermutlich auch und Linda ebenfalls. Fehlt nur noch, daß er durchs Examen fliegt, die Wohnung gekündigt und sein Wagen geklaut wird. Nein, wenigstens das wird nicht passieren. Sein Auto klaut niemand freiwillig, der Wagen ist seine Trutzburg gegen die Welt. Und wenn er aus Geldmangel schon nicht mehr damit fahren kann, kann er im Notfall immer noch darin schlafen.

Aber zunächst muß er irgendwie nach Hause kommen, und da fällt ihm nur Richi ein. Der Beamte schreibt sich die Nummer auf, läßt sich über die Zentrale mit Richi verbinden und meldet sich, als Richi abnimmt, mit »Polizeirevier Innenstadt, Buchholz«.

Richi fällt vor Schreck fast der Hörer aus der Hand. Warum ruft ihn die Polizei aus Stuttgart an? Er überdenkt blitzschnell alle möglichen Straftaten, die er begangen haben könnte, da fährt ihm der Schreck noch mehr in die Glieder, als der Beamte sagt, es ginge um Dirk Wetterstein.

Er hat sich umgebracht, ist sein erster Gedanke.

Aber dann hört er bereits Dirk am anderen Ende der Leitung, mit seltsam dünner Stimme.

Selbstmordversuch, ist Richis nächster Gedanke.

»Richi, entschuldige, aber könntest du mich vielleicht abholen? Ich bin ausgeraubt worden!«

Ein Raubüberfall! Richi fährt von seinem Stuhl hoch,

er sieht die schlimmsten Szenen von Gewaltverbrechen vor sich.

»Das ist ja fürchterlich!« ereifert er sich, »klar hol' ich dich ab. Bist du okay? Kannst du gehen? Alles noch dran?«

»Halb so schlimm, Richi, nur das Geld ist weg, und ich hab' kein Benzin mehr und kann nicht tanken!«

»Ach so!« Richi läßt sich auf die Kante des Schreibtischs sinken. »Hast du mir einen Schrecken eingejagt. Kein Problem, ich fahr' gleich los, wenn du mir genau sagen kannst, wo ich dich finde!«

Dirk erklärt es ihm und sagt dann leise: »Und bring noch ein bißchen mehr mit, ich muß meine Uhr auslösen.«

»Im Pfandhaus?«

»Quatsch. In so 'ner Kneipe, bei so einem Schläger, einem ehemaligen Boxer oder sowas!«

»Oder sowas«, brummelt Richi, während er beunruhigt auflegt.

Günther hat die Radaranlage im Fluß entsorgt, die Wagen getauscht und fährt gutgelaunt ins Neubauviertel. Es ist kurz vor acht, der Regen hat aufgehört, und die Anlage wirkt durch das strahlend harte Licht, das durch die Wolken fällt, wie frisch gewaschen. Günther ist bester Laune, er hat das Radio laut aufgedreht, singt einen Schlager mit und freut sich auf Linda.

Linda sitzt auf ihrem Balkon und lackiert sich die Fußnägel, als sie den Wagen um die Ecke biegen sieht. Ihr erster Impuls ist, sich so klein wie möglich zu machen und einfach nicht zu reagieren. Sehen kann er sie von dort unten nicht. Dann denkt sie an den riesigen Rosenstrauß, der auf dem kleinen Frühstückstisch steht und ihr schier die Sinne geraubt hat. Dreißig Baccararosen zusammen hat sie höchstens einmal in einem Blumengeschäft gesehen, aber noch niemals irgendwo privat. Einfach so, ohne Anlaß.

Sie zögert und schaut vorsichtig über die Balkonverkleidung. Zumindest danke könnte sie sagen, sich mit einem Glas Champagner erkenntlich zeigen. Was heißt da erkenntlich zeigen, sagt sie sich im selben Augenblick, der Schampus ist ja auch von ihm.

Das Telefon klingelt. Klar, das ist er, das alte Spielchen. Ich sitze im Wagen, und Rapunzel, laß bitte den Zopf herunter.

Und wenn ich jetzt einfach keine Lust habe, fragt sie sich, ertappt sich aber schon beim Aufstehen. Sie grüßt kurz über die Brüstung, die Lichthupe des Mercedes antwortet. Dann verschwindet der Wagen in der Tiefgarage, das Klingeln erstirbt, bevor Linda am Telefon ist. Donnerwetter, das ist das erstemal, daß er sein Auto versteckt. Linda schaut sich, auf den Fersen laufend, um die frische Farbe an den Nägeln nicht zu verschmieren, noch schnell in ihrer Wohnung um, sorgt im Schrank-auf-und-alles-rein-Verfahren schnell für Ordnung und drückt dann den Türöffner, weil es bereits klingelt.

Kurz darauf springt Günther mit jugendlichem Elan aus dem Lift, läuft auf sie zu, küßt ihre Hand und fragt sie lachend: »Ist das nicht ein herrlicher Tag heute?«

»Herrlicher Tag?« fragt sie, während sie die Tür hinter ihm schließt. »Es hat fast den ganzen Tag über geregnet!«

»Das ist mir überhaupt nicht aufgefallen, so habe ich mich auf den Abend gefreut!«

»Woher wußten Sie denn«, es fällt ihr ein, daß sie sich ja duzen und korrigiert sich schnell, »woher wußtest du denn, daß ich da sein würde?«

Er bleibt vor dem voluminösen Rosenstrauß stehen. »Meine innere Stimme hat es mir eingeflüstert!«

»Vielen Dank für die herrlichen Rosen!« Linda haucht ihm einen Kuß auf die Wange. »Ich habe in meinem Leben noch nie einen solchen Strauß gesehen! Er ist phantastisch!«

»Es war mir eine Freude, und ich freue mich, daß er dir gefällt – allerdings ist der Eimer vielleicht nicht ganz stilgemäß«, grinst er.

Linda schaut auf den blauen Putzeimer, in den sie die Rosen gestellt hat.

»Es war die einzige Möglichkeit, die ich hatte, weil ich nämlich ...«

»Ich bringe dir morgen einen Champagnerkübel mit«, schneidet Günther ihr das Wort ab, »der paßt für alle Gelegenheiten. Vom Sektkühler über Blumenvase bis zum Nachttopf.« Er lacht schallend über seinen Witz.

Linda räuspert sich. »Magst du was trinken?«

»Rotwein aus dem Kühlschrank?«

»Es könnte auch Champagner sein ...«

»Gibt's denn was zu feiern?« fragt Günther und wirft ihr den Blick zu, von dem seine Frau vor Jahren mal sagte, damit könne er Eisberge zum Schmelzen bringen.

Linda zögert. Sie weiß, worauf es hinausläuft, wenn sie jetzt ja sagt. Sie schaut ihn an. Leonardo DiCaprio ist er nicht gerade. Aber dafür ist er über den Egoismus der Flegeljahre hinausgewachsen. Die Beweise dafür werden ihr täglich geliefert.

»Vielleicht«, sagt sie mit einem leichten Lächeln. »Wer weiß schon, wie das Leben spielt.«

Blödsinn, denkt sie dabei, es ist doch offensichtlich, wie's spielt.

Es wird so spielen, wie ich es will, denkt Günther und nickt ihr zu. »Lassen wir uns einfach überraschen!«

Er öffnet eine Flasche und füllt zwei Gläser, während Linda einen zweiten Stuhl auf den Balkon stellt. Halböffentlich wird er mir nicht gleich an die Wäsche gehen, sagt sie sich und lächelt Günther entgegen, der mit den beiden Gläsern nachkommt.

»Sehr romantisch«, neckt er.

»Gestern war's auch romantisch – bis zu dem kleinen, unwesentlichen Schnitt«, kontert sie und nimmt ihm ihr Glas ab.

»Ehefrauen haben eben im allgemeinen wenig Sinn für Romantik.« Er prostet ihr zu.

»Für Romantik mit anderen Frauen, willst du doch wohl sagen.« Linda nippt an ihrem Getränk und setzt sich dann.

»Na, so streng heute?« Günther setzt sich ihr gegenüber hin. Sein Gesicht ist gebräunt, sein blaues Polohemd mit den weißen Streifen auf dem geöffneten Kragen gibt ihm etwas Frisches, er sieht nach Freizeit und Sonne aus und verströmt den Wohlgeruch guten Lebens.

Linda denkt an Dirk, an ihr Verlangen nach ihm, das ständige Ziehen im Bauch – aber darüber hinaus? Sie sollte für alles sorgen, möglichst alles finanzieren, sie sollte verfügbar sein, wenn der Herr Zeit hatte, aber hatte er jemals Zeit für sie? Das, was ihr am Herzen lag, interessierte ihn nicht, aber das, was ihn interessierte, hatte sie automatisch mit zu interessieren.

Eigentlich war sie nur doof.

Befriedigt, aber doof.

»Ich denke nach«, sagt sie und schaut Günther ins Gesicht. »Ich denke darüber nach, was daraus wird.«

Günther hält die Luft an. Es geht schneller, als er dachte. Er lehnt sich etwas zu ihr über den Tisch und legt seine Hand auf ihre.

»Das ist deine Entscheidung«, sagt er leise. »Ich habe mich vom ersten Augenblick an, als ich dich auf meiner Geburtstagsfeier gesehen habe, in dich verliebt. Du läßt mich nicht mehr schlafen, nicht mehr essen, nicht mehr denken. Aber es ist deine Entscheidung!«

Linda weiß nicht, was sie sagen soll, und greift nach ihrem Glas. Sie ist kein bißchen in ihn verliebt. Aber kann sie ihm das sagen? Ist das nicht verletzend, vor allem jetzt, da er seine Gefühle so preisgibt?

»Ich«, sagt sie, bricht ab und nimmt einen Schluck. Sie betrachtet ihn über den Glasrand hinweg und fühlt sich wie eine von der Schlange belauerte Maus.

»Ich weiß es einfach nicht!« Sie stellt ihr Glas ab. »Es geht mir zu schnell. Du bist verheiratet, ich bin liiert, ich bin für klare Sachen.«

»Für mich ist klar, daß du die Frau bist, die ich mir immer erträumt habe!«

»Aber was bedeutet das? Ich meine, für mich?« Linda zieht die Beine hoch und schlingt die Arme darum. Sie ist aufgeregt und friert. Was macht sie da gerade? Etwa um ihr Leben schachern?

»Daß ich dich auf Händen tragen werde, wenn du mich läßt!«

Wenn du mich läßt? Klar, das wird die Voraussetzung dafür sein.

»Ich muß darüber nachdenken, ganz ehrlich, Günther, so etwas kann ich nicht von jetzt auf nachher entscheiden. Ich meine, da gehören ja auch Gefühle dazu ...«

»Die habe ich«, unterbricht er sie, »tiefe, ehrliche Gefühle.«

Linda zieht ihre Hand zurück.

»Was ich sagen will, ist, daß es auch um meine Gefühle geht!«

Günther verschränkt die Hände. »Laß dir Zeit. Ich sag' dir ja, daß die Entscheidung bei dir liegt.«

Sie betrachten sich eine Weile schweigend, bis Linda den Blick über die Balkonbrüstung schweifen läßt. Sie schaut in Richtung Stadt, dort, unter einem der Dächer, wohnt Dirk. Was er wohl macht? Warum er sich nicht mehr gemeldet hat?

»Liebst du ihn noch?« fragt Günther unvermittelt und hält dabei unwillkürlich den Atem an. Wenn sie jetzt »ja« sagt, kann er einpacken. Dagegen kämen seine stärksten Geschütze nicht an.

Aber Linda zögert.

Liebe, denkt sie, keine Ahnung. Ich weiß wirklich nicht mehr, welche Gefühle ich ihm gegenüber hege. Ärger? Nein, eigentlich fühlt sie sich nur verletzt. Sehnsucht? Vor allem möchte sie gern wissen, was in ihm vorgeht, wie er sich einfach so von heute auf morgen ohne ein Wort verabschieden konnte. Als wäre nie etwas zwischen ihnen gewesen.

Nein, Liebe ist es nicht. Oder nicht mehr.

Aber deswegen kann sie diesen Begriff ja nicht gleich auf Günther umprogrammieren.

Sie läßt die Frage unbeantwortet, und Günther hakt nicht nach. »Hast du morgen abend Zeit?« fragt er sie statt dessen. Morgen fährt Klaus mit seiner Million nach Liechtenstein, damit ist der Grundstein gelegt.

»Es gibt etwas zu feiern, und ich würde dich gern groß ausführen.« Er lächelt, und ein vergnügter Ausdruck tritt in seine Augen. »Gewissermaßen als kleine Einstimmung auf Paris.«

Linda sagt nichts darauf. Sie nimmt einen kleinen Schluck aus ihrem Glas, dann nickt sie bedächtig. »Das könnte sicherlich schön werden!«

»Es wird vielleicht noch schöner, wenn du dir für morgen abend ein tolles Kleid kaufst.« Mit Zeige- und Mittelfinger zieht er aus seiner Brusttasche einen Fünfhundertmarkschein und legt ihn neben ihr Sektglas.

»Das ist …«, wehrt Linda ab, aber Günther steht schon auf.

»Ich habe noch einen Termin und kann leider nicht diskutieren. Nimm's, wie's ist, und denk dabei, daß es für uns beide ist.« Er geht um den Tisch herum zu ihr, bückt sich und küßt sie auf die Stirn.

Linda steht langsam auf. Er schließt sie in die Arme, Linda schmiegt ihren Kopf an seinen, riecht ihn, atmet seinen Duft nach herbem Gras ein und denkt, es wäre nicht schwer, weich zu werden.

Sie löst sich von ihm und küßt ihn auf beide Wangen.

»Vielen Dank. Bis morgen!«

Minuten später schaut sie ihm vom Balkon aus nach, wie er aus der Tiefgarage fährt.

Marion sitzt schon am Frühstückstisch, als Günther am nächsten Tag um sieben Uhr herunterkommt. Wortlos legt sie ihm die Lokalseite hin. »Radaranlage abgesägt«, prangt da in fetten Lettern als Aufmacher. »Offensichtlich waren Rowdies am Werk«, zitiert Marion genüßlich und lächelt ihm entgegen. »Günther Schmidt als Rowdy, das macht sich gut!« Mit einem Hieb köpft sie ihr Ei.

»Was willst du?« Günther zieht sich seinen Stuhl zurecht. Marion hat einen eisblauen Hosenanzug an und ist bereits um diese Uhrzeit perfekt frisiert und geschminkt. Genauso, wie sich Günther das über die Jahre hinweg stets erbeten hat.

»Nichts will ich«, sagt sie und reicht ihm den Korb mit den frisch aufgebackenen Brötchen. »Ich amüsiere mich nur. Es gibt Züge an dir, die ich nicht für möglich gehalten hätte. Und dabei sind wir nun doch schon lang genug verheiratet!«

»Du sagst es«, murmelt er, während er sich ein Brötchen aussucht. Dann blickt er schnell auf. »Was meinst du damit?« will er wissen. Ist sie mir schon wieder nachgefahren, fragt er sich und überlegt gleichzeitig, was er wohl übersehen haben könnte.

»Nun, daß du Starenkästen absägst, zum Beispiel!«

»Ach so, das!« Beruhigt schneidet er sein Brötchen auf.

»Was hast du denn gedacht?« Marion wirft einen nachdenklichen Blick auf ihn und spürt, wie etwas in ihr wächst. Das Gefühl kennt sie schon: Mißtrauen.

»Ich dachte, du meinst meinen jüngsten Deal!« versucht

Günther abzulenken und überlegt, was für einen Deal er ihr nun auftischen könnte, falls sie nachfragen sollte.

Aber Marion hat verstanden. Er spricht von diesem Gelände. Anscheinend ist da bereits schon wieder mehr gelaufen, als Manfred mitbekommen hat. Oder ihr mitteilen will. Sie wird heute im Grundbuchamt nachfragen, wem das Gelände gehört, und die Sache selbst angehen. Schließlich gehört ein Teil des Geldes auf dem Konto ihr. Sie hat es mit in die Ehe gebracht, und sie braucht sich deshalb von ihm nie sagen zu lassen, daß sie völlig mittellos sei. Geld, mit dem sie machen kann, was sie will. Und selbst wenn sie damit ihren eigenen Mann austricksen wollte!

Klaus sitzt um diese Uhrzeit bereits in seinem Wagen, denn er will früh in Liechtenstein ankommen. Im Kofferraum liegt der abschließbare Aktenkoffer, den Günther ihm in seinem Büro feierlich überreicht hat. Gemeinsam haben sie die Scheine durchgezählt, sie bündelweise sortiert, in den Aktenkoffer gestapelt und eine Geheimnummer eingestellt. Irgendwie kamen sie sich vor wie nach einem besonders geglückten Coup. Wie die englischen Posträuber von 1963 oder wie Huckleberry Finn und Tom Sawyer nach der Flucht vor Indianer-Joe. Es macht sie stark, ein Geheimnis zu haben. Kameraden eben, Männer unter sich.

Eine Weile schwang das heroische Gefühl noch nach, doch jetzt legt Klaus eine Klassik-CD ein und genießt ganz einfach das Gefühl, eine Million in bar im Rücken zu haben. Was er jetzt alles tun könnte. Sich in das nächste Flugzeug setzen, nach Südamerika abhauen, mit einer milchkaffeebraunen Schönheit den Rest seiner Tage genießen. Bloß, ob das Geld für den Rest seiner Tage hält? Und ob ihm Günther den Rest seiner Tage nicht vermiesen würde?

Er fährt über die A8 nach Ulm und von dort aus auf die Autobahn in Richtung Bregenz. Am Bodensee war er schon lange nicht mehr, und er nimmt sich vor, auf dem Rückweg nach Lindau hineinzufahren und sich ein gutes Restaurant zu suchen. Dann hat er ja auch allen Grund, sich etwas Gutes zu gönnen. Im österreichischen Pfändertunnel staut sich der Verkehr, und Klaus steht eingekeilt zwischen anderen Autos und stellt sich vor, daß dies ein inszenierter Stau sei. Was würde er tun, wenn ihn jetzt bewaffnete Männer umzingeln würden? Flucht undenkbar, Angriff auch, er ist nicht Pierce Brosnan. Klaus lockert seine Krawatte, stellt die Klimaanlage kühler und beobachtet angestrengt seine Umgebung. Aber vor ihm steht ein grüner Kadett undefinierbaren Alters und hinter ihm ein Familienvan. Wenig furchteinflößend. Oder doch? Hätten in einem Van nicht mindestens sechs Personen Platz? Er versucht im Rückspiegel das Gesicht des Fahrers durch die Windschutzscheibe zu erkennen. Eine Frau, wie schön, Klaus entspannt sich. Doch halt, sind nicht gerade in der Terrorszene die Frauen die brutalsten und grausamsten und mitunter auch die Anführerinnen? Da sieht er, wie die Beifahrertür aufgeht und ein Mann aussteigt. Sein Puls beginnt zu hämmern, der Typ geht an seinem Kofferraumdekkel vorbei und ganz offensichtlich entschlossen auf Klaus zu. Vorsichtshalber drückt Klaus den Zentralverriegelungsschalter. Das sanfte »Plop« um ihn herum beruhigt ihn zuerst, aber dann fällt ihm ein, daß die Fenster nicht aus Panzerglas sind. Jeder Trottel kann hindurchschießen. Hat der Kerl was in den

Händen? Er sieht jetzt geradewegs in das bärtige Gesicht, das sich an sein Seitenfenster preßt.

»Weg!« schreit er und fuchtelt mit den Händen. Gleich wird es knallen. Abgesägte Schrotflinten sollen fürchterliche Löcher machen. Ein Gesicht einfach auslöschen! Er wollte das Geld doch nicht klauen. Er hatte doch nichts Schlechtes vor. Nur leben, noch ein paar schöne Jahre mit Regine, um Himmels willen, der Kerl schreit was, jetzt geht es zu Ende!

»Machen Sie endlich den Motor aus, Sie Stinker!«

Völlig erstarrt bleibt Klaus sitzen.

Der Mann schlägt mit der Faust gegen sein Fenster.

»Motor aus, Mann, das ist ein Stau, Sie Schnapsnase!«

Motor aus? Langsam dämmert Klaus, daß er nicht das Opfer eines Raubüberfalls wird. Die anderen sehen sich als Opfer seiner Autoabgase.

»O ja, selbstverständlich, sofort, natürlich, entschuldigen Sie vielmals«, sein Herz schlägt immer noch bis zum Hals, der Typ hat ihm den Mittelfinger gezeigt und ist wieder zurückgegangen, aber so schnell läßt sich das Transpirieren nicht einstellen. »Es war keine Absicht«, sagt Klaus noch mal mehr zu sich selbst. »Wirklich nicht!« Dann sieht er, wie sich der Wagen vor ihm in Bewegung setzt. Zittrig dreht er den Schlüssel und vermeidet, während er anfährt, den Blick in den Rückspiegel.

Manfred Büschelmeyer sitzt in seinem Büro und spitzt Bleistifte. Diese Arbeitsamtskuh hat noch immer nicht angerufen. Will sie ihn mürbe machen, oder was? Mehr als siebzehn

Mark kann er nicht bieten. Da schneidet er sich sonst ins eigene Fleisch. Alles über siebzehn Mark wäre Risiko.

Das Telefon klingelt.

Jetzt! Endlich! Schnell nimmt er ab.

»Schmidt, grüß dich, Manfred!«

Au Mann, wenn er das geahnt hätte, hätte er sich glatt verleugnen lassen.

»Was gibt es denn Neues an der Front?«

Als ob sie gedient hätte, die untaugliche Offizierstochter. Und als ob sie das nicht selbst genau wüßte. Macht ihm Konkurrenz und stellt sich unwissend, um ihn auszuhorchen.

Er versucht, möglichst gleichgültig zu antworten: »Es scheint doch kein so heißes Objekt zu sein. Zumindest kümmert sich im Gemeinderat keiner darum!«

Oha, denkt Marion. Jetzt versucht er dich einzuwickeln. Sie schaut in den Garten hinaus, der Tag verspricht schön zu werden, und eben sieht sie, wie der Gärtner durch das Tor kommt.

Der Gärtner ist immer der Mörder, fällt ihr ein. »Also heiße Luft?« fragt sie nach.

»Völlig heiße Luft«, antwortet Manfred und knickt die Bleistiftspitzen wieder ab, die er eben angespitzt hat. »Das kannst du wirklich vergessen, Marion, tut mir leid!« Ob sie den Zuschlag schon hat? Ob sie tatsächlich über siebzehn Mark geboten hat? Ob sie weiß, daß er der Gegenbieter ist? Ob sie sich an seiner Niederlage nur weidet, ihn vorführt, sich an seinem Ausweichmanöver ergötzt?

»Schade«, sagt Marion langsam. »Vielleicht das nächstemal, Manfred. Satz und Sieg, du weißt ja.«

Ich weiß überhaupt nichts, denkt er, während er wütend

auflegt, ich weiß nur, daß diese Arbeitsamtsschlampe nicht anruft. Und sie wird deshalb nicht anrufen, weil sich die Sache schon erledigt hat. Satz und Sieg für Marion! So viel Geld einfach in den Wind geschossen. Es hätte sich so leicht verdienen lassen. Endlich mal ein As für ihn! Man sollte sie ausrotten, die Schmidts!

Annemarie Roser ruht entspannt in ihrem Schreibtischsessel im Arbeitsamt und träumt vor sich hin. So verdient man also Geld. 160 000 Mark mal eben so an einem Nachmittag. 160 000 Mark, dafür müßte sie bei ihrem Gehalt drei Jahre und acht Monate arbeiten und dürfte nie etwas davon ausgeben. 160 000 Mark bedeuteten aber auch ein neues Wohnzimmer, eine neue Küche und ein neues Auto. Oder gleich eine völlig andere Wohnung. Möglicherweise sogar ein kleines Häuschen im Grünen. Oder aber jedes Jahr eine Weltreise und im Winter Skifahren. Eigentlich gefällt ihr diese Version am besten. Sie schließt die Augen, legt die Füße auf den Tisch und hängt ihren Sehnsüchten nach, bis ein heftiges Klopfen sie weckt. Ach richtig, die Leute sitzen ja da draußen, weil sie Arbeit suchen. Am liebsten hätte sie direkt ihren Arbeitsplatz angeboten und wäre in ein neues Leben entschwebt.

Klaus nähert sich der Grenze. Im österreichischen Feldkirch klopft sein Herz schon wieder bis zum Hals. Warum, kann er auch nicht genau definieren, denn eigentlich kann ihm nichts passieren, wenn er jetzt nach Liechtenstein einreist, Bargeld ist nicht anmeldepflichtig. Erst wenn es im Ausland angelegt wird, ist das für die Zahlungsbilanzstatistik anzumelden, genauso wie die Erträge daraus. Klaus weiß auch, daß dieses Meldewesen ausschließlich die außenwirtschaftlichen Aktivitäten beziehungsweise den internationalen Leistungsaustausch erfaßt. Und er weiß, daß es eine Regelung für diese Statistik im Datenschutzbereich gibt. Meldungen dürfen demnach für einen anderen Zweck, sei es für das Finanzamt, sei es für andere Behörden, nicht zur Verfügung gestellt werden.

Doch obwohl er sich mit seinem Wissen zu beruhigen versucht, flattern ihm die Nerven, denn die große Unbekannte in seiner Rechnung ist der Zollbeamte. Er weiß nicht, wie ein Zöllner reagieren wird, wenn er in seinem Aktenkoffer eine Million Mark in gebündelten Scheinen vorfindet. Ihm selbst wird zwar nichts passieren, weil er anhand der Bankbelege den legalen Besitz der Scheine nachweisen kann. Aber trotzdem könnte es unangenehm werden, denn sicher würde der Beamte überprüfen, ob nicht doch Erpressung, Entführung, Raub oder Rauschgift dahintersteckt. Und selbst ohne Ergebnis wäre es denkbar, daß anschließend irgendwelche Vermerke irgendwelche verschlungenen Wege nehmen. Aber ein solch offizieller Fährtenplan liegt, obwohl die Million in seinem Kofferraum bereits versteuert ist, eben gerade nicht in seiner Absicht.

Klaus bricht bei dem Gedanken der Schweiß aus, und er beschließt, sich erst etwas abzureagieren. Er ist sich sicher, daß ein Dollarzeichen in seinen Pupillen steht. Jeder halbwegs geschulte Grenzbeamte wird ihm ansehen, daß er eine Million im Kofferraum spazierenfährt. Er stellt seinen Wagen auf einen Parkplatz und läuft auf und ab, um seine Nerven in den Griff zu kriegen. Weit weg kann er nicht, sonst wird ihm womöglich das Fahrzeug geklaut. BMWs sind beliebt – sogar ohne eine Million als Dreingabe.

Ich muß nur an etwas völlig Nebensächliches denken, versucht er es mit autogenem Training. Aber es fällt ihm nur die Scheidung von seiner ersten Frau ein, Regines Wunsch, in Urlaub zu fliegen, sein mieses Konto, und schon ist er wieder bei der Million. Nach der dritten Runde fühlt er, daß ihm das nichts bringt. Sein Hemd klebt bereits am Rücken, es ist einfach zu heiß, um lange ums Auto zu kreiseln.

Er setzt sich wieder in den Wagen, lauscht den *Haydn-Variationen* von Johannes Brahms und spürt, wie er langsam zur Ruhe kommt. Nach achtzehn Minuten ist das Stück zu Ende, und Klaus hört es sich erneut an. Zu Beginn der dritten Runde startet er den Wagen und fährt zur Grenze. Mit Brahms im Rücken passiert er locker den österreichischen Zoll und grüßt dann überschwenglich wie Alice im Wunderland die Schweizer Zollbeamten. »Nichts zum Verzollen dabei«, sagt er und darf einreisen. Während er die Straße nach Vaduz entlangrollt, legt sich ein breites Grinsen auf sein Gesicht. Es ist geschafft, das Geld ist unterwegs ins Nichts.

Als Linda in ihrer Parfümerie ans Telefon gerufen wird, befürchtet sie schon, es könnte Günther sein. Das würde ihr gerade noch fehlen, daß er weiß, wo und wie sie ihr Geld verdient.

Aber es ist Greta Kremer, die sie an die Dessousparty bei ihr zu Hause in Kirchweiler erinnert.

»Ich hätte Sie auch so nicht vergessen!« Linda lacht befreit.

»Ich wollte nur sichergehen, denn wir haben eine ansehnliche Runde zusammengekriegt, sicherlich wird es wahnsinnig lustig, und ich denke, Sie machen einen guten Umsatz!«

»Danke, den kann ich gut gebrauchen!«

»Na, denk' ich doch!«

Linda legt langsam auf. Günther blättert ihr mit zwei Fingern das auf den Tisch, wofür sie eine halbe Nacht lang rakkert, sich den Mund fusselig redet, über dusselige Witze lacht und sich begaffen läßt.

Du denkst auf Nuttenniveau, rügt sie sich gleich darauf, paß auf, Linda, daß du beim Aufstieg nicht abrutscht!

Dirk hat eine schlaflose Nacht hinter sich. Richi hat sich gestern als echter Freund erwiesen, holte ihn vom Polizeirevier ab und marschierte gemeinsam mit ihm in einer Art Formation geballter jugendlicher Manneskraft zur Kneipe. Dirk fand sie auf Anhieb wieder und ging schwungvoll hinein. Wieder sah er zunächst einmal nichts, aber als sich seine Augen an die Dämmerung gewöhnt hatten, raunte er über seine Schulter Richi zu, der auf alles gefaßt hinter ihm stand: »Das ist sie!«

»Na, prima, dann los!«

»Hier sind Ihre fünfzehn Mark«, sagte Dirk daraufhin zu dem Barkeeper, der mit dem Rücken zu ihm hinter dem Tresen stand. Der drehte sich um, musterte ihn kurz aus tiefliegenden Augen und streckte die Hand hin. »Danke!«

Dirk zögerte. Sein Gegenüber schnippte kurz mit den Fingern, öffnete und schloß die Hand dann schnell und auffordernd. »Na, laß sie schon rübertanzen, die Mücken. Ich weiß zwar nicht wofür, aber wenn du Geld loswerden willst, Kleiner, bei mir immer!«

Sollte das ein schlechter Witz sein?

»Ich habe eben bei Ihrem Kollegen meine teure Uhr als Pfand gelassen, weil mir der Geldbeutel geklaut wurde und ich die Zeche nicht zahlen konnte.« Dirk versuchte klar und deutlich zu reden, um damit seine Aufregung zu verbergen. »Die Zeche machte fünfzehn Mark. Hier sind sie. Und jetzt möchte ich meine Uhr wiederhaben!«

»Meinem Kollegen? Was soll die Scheiße! Ich habe keinen Kollegen, Mann, das ist eine Ein-Mann-Baustelle!«

»Das ist doch nicht wahr!« ereiferte sich Dirk. »Vor einer guten Stunde war hier so eine Boxernase, der hat mich bedient. Und die Uhr eingesackt. Und die will ich wiederhaben!«

Der Kerl ihm gegenüber musterte ihn kalt, gleich darauf verengten sich seine Augen zu kleinen Schlitzen, und er lachte schallend. »Wenn ich ihm das sage, hast du auch bald eine Boxernase, du Wicht! Das war Eddy, Kleiner, und wenn du mit dem 'ne Rechnung offen hast, dann kannst du die auch mit dem begleichen. Der ist hier Gast, wie du auch!«

»Eddy wer?« mischte sich Richi ein.

»Eddy heißt Eddy. Mal kommt er, mal kommt er nicht. Wenn er jetzt eine teure Uhr hat, wird er wohl die nächste Zeit nicht kommen. Aber ihr könnt ja warten. Mir ist egal, wer hier die Zeche macht.«

»Ich gehe zur Polizei!« Dirk machte auf dem Absatz kehrt.

»Dann laß aber die Kohle da, Kleiner, oder willst du als Zechpreller zu den Bullen marschieren?«

Dirk ist nicht zur Polizei gegangen, weil er sich dabei zu blöd vorkam, und liegt jetzt noch immer im Bett, fühlt sich dabei aber jämmerlich und wie gerädert. Ein angehender Jurist, der einmal harte Fälle bearbeiten will und schon an einem einfachen Brieftaschendiebstahl scheitert. Akten gegen Leben, welche Ironie. Die gestrigen Szenen wollen ihm nicht aus dem Kopf: der Typ mit seinen verschlagenen Augen und das deutliche Gefühl, daß dieser Eddy während ihres Gesprächs im Nebenzimmer saß und die beiden sich anschließend über ihn totgelacht haben. Dirk, die Lachnummer. Er hat wahrlich schon bessere Zeiten gehabt. Aber an allem ist nur Linda schuld.

Sie hat sich nicht mehr gemeldet.

Einfach so getan, als ob er nicht existierte!

Er wälzt sich eine Weile hin und her, zieht die Decke über sich, schiebt sie wieder runter, legt sich auf den Bauch, dreht sich auf den Rücken; es bohrt und zuckt in ihm.

Und dann setzt er sich plötzlich kerzengerade auf.

Er hätte ihre Einladung zum Abendessen nicht so einfach übergehen dürfen. Möglicherweise hat sie das ja wirklich gekränkt. Mehr als er ahnte.

Er fährt sich mit allen zehn Fingern durch die Haare.

Soll er sie anrufen?

Ein Blick auf die Uhr zeigt ihm, daß sie gleich Mittagspause hat. Vielleicht … mit einem Satz ist er aus dem Bett, springt unter die Dusche, trocknet sich in Windeseile ab und schlüpft feucht und unrasiert in Jeans und T-Shirt. Kurz danach reißt er sich die Kleider wieder herunter, die schwarze Jeans und das schwarze Poloshirt mag sie lieber.

Und unrasiert ist auch nicht ihr Fall.

Vor Aufregung schneidet er sich zweimal, dann läuft er, drei Stufen auf einmal nehmend, die Treppen des Altbaus hinunter. Wer weiß, warum Schmidt bei ihr war. Sicherlich hatte das einen völlig harmlosen Grund. Er wird diesen Psychoschmöker über Frauen wegwerfen. Woher soll so ein Buch wissen, wie es in seiner Linda aussieht. Er biegt gerade in die Straße ein, die zur Parfümerie führt, da sieht er sie auf der anderen Seite. Für einen Moment stockt sein Atem. Sie ist atemberaubend schön. Wie sie sich bewegt, ihr selbstbewußtes Auftreten, ihre wundervollen schwarzen Haare, alles an ihr gehorcht einem geheimnisvollen Rhythmus, fließt, schwingt. Und dieses Gesamtkunstwerk gehört mir, denkt Dirk stolz und winkt ihr freudig zu, aber Linda verschwindet in einem Ladeneingang. Sie hat ihn nicht gesehen. Und anscheinend hat sie auch nicht gespürt, daß er in der Nähe ist. Sagt man Liebenden für so etwas nicht einen siebten Sinn nach?

Dirk geht weiter und bleibt auf der gegenüberliegenden Straßenseite stehen. Er mustert ungläubig das Ladenschild. *Indra's* – ausgerechnet in Römersfelds teuerste Inboutique ist sie gegangen. Was will sie denn dort? Sucht sie einen neuen Arbeitsplatz? Hat sie etwa ihren Job verloren, und er weiß von nichts?

Von der anderen Straßenseite aus kann Dirk nicht erkennen, was sie in dem Geschäft treibt. Also geht er unauffällig weiter, überquert die Straße, geht schnell wieder zurück und nähert sich dem großen Schaufenster der Boutique.

Die letzten Schritte macht er verhalten und vorsichtig, aber gerade als er davorsteht und hineinschauen kann, dreht sich Linda, einen Traum aus schwarzer Spitze vor sich hinhaltend, vor dem großen Spiegel einmal um ihre Achse. Dabei schauen sie sich für den Bruchteil einer Sekunde in die Augen, Linda drinnen, Dirk draußen. Linda verharrt kurz mit dem Rücken zu ihm, dann wendet sie zunächst den Kopf und schließlich den ganzen Körper zum Schaufenster und zu Dirk hin, das Kleid wie ein Schutzschild vor sich haltend. Dirk steht wie angewachsen und starrt sie unbeweglich an. Linda wartet auf eine Reaktion. Aber in seinem Gesicht kann sie keine Regung ablesen. So dreht sie sich langsam wieder um, geht zu den an einer langen Stange hängenden Kleidern und schaut sich eines nach dem anderen an.

Dirk ist völlig gelähmt. Er fühlt sich wie ein geschlagener Hund, weiß aber nicht, warum. Weshalb ist Linda nicht freudig herausgestürzt? Was liegt zwischen ihnen, außer dieser dicken Schaufensterscheibe? Ich könnte ja hineingehen und fragen, überlegt er, aber wäre das der richtige Weg? Sie kümmert sich ja ganz offensichtlich lieber um neue Kleider als um ihn.

Linda sieht ihn aus den Augenwinkeln heraus weggehen. So endet also eine große Liebe. Er hält es noch nicht einmal für nötig hereinzukommen, um mit ihr darüber zu sprechen. Es interessiert ihn keinen Dreck, wie es ihr geht. Oder was sie denkt oder fühlt. Er starrt sie einfach an und läuft davon. Einfach so.

Die Lust auf ein Kleid ist ihr vergangen. Sie geht hinaus, sieht Dirk aber nicht mehr. Der Schmerz sitzt, sie spürt ihn zwischen Herz und Magen. Er hat sich nie wirklich auf sie eingelassen, die Erkenntnis tut weh. Wahrscheinlich hat er bereits eine andere in seiner schäbigen Bude hocken, und die glaubt jetzt ebenfalls, mit ihm das große Los gezogen zu haben. Idiot!

Linda geht zur Parfümerie zurück. Arbeit hilft gegen Liebeskummer am besten, und wenn es nur auspacken und einsortieren ist.

Klaus hat mittlerweile in einer Vaduzer Bank ein Konto eröffnet und die Million einbezahlt. Das war die kleinere Übung, diese Summe hat den liechtensteinischen Banker noch nicht einmal zu einem Lidzucken veranlaßt. Das Treffen mit einem Kollegen, einem liechtensteinischen Vermögensberater, wird da schon schwieriger. Der soll, um die Anonymität zu wahren, den Vorstand der AG übernehmen. Die Spur wäre andernfalls zu einfach zu verfolgen. Und das will Klaus gerade verhindern. Egal, wie sich die Dinge entwickeln, die Aktien sollen zwar auf seinen Namen laufen, aber der Überbau soll ihn decken.

Schlag vier greift Annemarie Roser nach dem Telefon. Feierabend, endlich! Dafür braucht sie noch nicht einmal auf ihre Uhr zu schauen, nach all den Jahren hat sie das im Gefühl. Langsam wählt sie die Nummer von Manfred Büschelmeyer. Schon nach dem ersten Klingeln wird abgenommen. Annemarie lächelt still in sich hinein. Er hat also auf ihren Anruf gewartet.

»Herr Büschelmeyer? Ja, im Prinzip steht unserem Handel nichts im Weg.«

Sie hört ihn zögern.

»Aber?« fragt er schließlich.

»Sie haben, wie gesagt, eine Mitbieterin.« Annemarie fixiert gespannt einen Punkt an der gegenüberliegenden weißen Wand.

Kurz ist es still, dann fragt er atemlos: »Und was heißt das?«

»Gegen eine kleine Prämie könnte ich mich für Sie entscheiden!«

»Wie klein?«

Annemarie kommt ihre Forderung selbst ungeheuerlich vor, aber das muß sie jetzt durchstehen. Nur wer pokert, gewinnt.

»Zehntausend Mark.«

»Verdienen Sie an dem Deal nicht schon genug?«

»Ich bin nur die Vermittlerin zwischen Ihnen und dem Tierschutzverein. Oder auch zwischen …«

Manfred Büschelmeyer weiß, was sie sagen will. Zwischen Marion Schmidt und dem Tierschutzverein. Aber ob Marion Schmidt eine Vermittlungsgebühr in dieser Höhe zahlen würde? Er kann sie nicht fragen. Und es auszuschließen wäre gefährlich.

»Augenblick bitte«, sagt er, während er den Rechner herzieht. Bei einem mittleren Verkaufspreis von siebunddreißig Mark pro Quadratmeter für das unerschlossene Gelände hätte er, bei einem Hektar und einem Kaufpreis von siebzehn Mark pro Quadratmeter plus zehntausend Mark Vermittlungsgebühr, noch immer satte 190 000 Mark Gewinn.

Trotzdem sagt er: »Ziemlich hoch, Ihre Vermittlungsgebühr.«

»Makler nehmen mehr!«

Das stimmt allerdings.

»Nun gut...«, er grinst dabei, »es fragt sich zwar, ob's das überhaupt wert ist – aber Sie wissen ja, meine Mutter... und Mütter gehen Söhnen eben über alles!«

»Ja, sogar über die Hutschnur!«

»Bitte?«

»Ich hoffe, sie wird in ihrem Häuschen neben dem Tierschutzverein glücklich werden!«

»Da ist auch mein innigster Wunsch!« Er räuspert sich. »Wann und wo wollen wir den Vertrag aufsetzen?«

»Peter Lang, mein Notar, wird den Vertrag aufsetzen, und wenn Sie einverstanden sind, ist das Geschäft, je nach Absprache mit Herrn Lang, morgen abend bereits perfekt. Und ehe ich's vergesse, bar natürlich, Herr Büschelmeyer!«

»Die Vermittlungsgebühr bar – oder was?«

»Die Vermittlungsgebühr bar, und wenn Sie mir über den Rest einen Scheck geben wollen, werde ich diesen natürlich erst prüfen lassen, bevor ich den Vertrag unterzeichne. Dann kann es einen Tag länger dauern, ich nehme an, Sie haben Verständnis!«

Bar? Wo krieg' ich jetzt so schnell so viel Kohle her? Manfred Büschelmeyer zeichnet eine Ziffer nach der anderen auf ein Blatt Papier: 180000.

»Natürlich«, sagt er und malt drei dicke Ausrufezeichen dahinter.

Dr. Jürgen Berger ist ein absoluter Profi, das sieht Klaus auf den ersten Blick. Sie haben sich in seinem Büro in Vaduz verabredet, und Klaus verspätet sich fast, weil er es nicht gleich findet. Es ist in einem modernen Gebäude untergebracht, ein Namensschild unter vielen weist Berger aus. Als er endlich auf dem großen Flur vor der richtigen Tür steht, macht ihm sein liechtensteinischer Kollege nach dem Klingeln selbst auf und führt ihn durch einen engen Gang direkt rechts in die nächste Tür. Die angrenzenden Räume bekommt er nicht zu sehen, er hört nur, daß ziemlich viel los sein muß, denn unablässig klingeln Telefone. Dr. Berger, ganz Geschäftsmann im grauen Anzug mit dezent gestreifter Krawatte, wirkt seriös auf Klaus – bis auf den Siegelring am linken kleinen Finger. Schmuck an Männern, das stimmt Klaus sofort skeptisch. Aber der hier ließe sich möglicherweise auf ein Familienwappen zurückführen, so kann Klaus es gerade noch tolerieren. Ansonsten scheint er tadellos zu sein. Volles, streng gescheiteltes Haar, hohe Stirn, ein energisches Kinn und kein zu weiblicher Mund. Volle Lippen an Männern sind auch so ein Punkt, den Klaus nicht mag. Das sind seiner Einschätzung nach unausgegorene Jünglinge, sentimental und unzuverlässig, Weicheier eben. Berger scheint ihm, zumindest vom ersten Eindruck her, genau richtig für sein Unternehmen zu sein.

Berger kommt gleich zur Sache. Er bietet Klaus auf einem lederbezogenen Stuhl Platz an und setzt sich selbst hinter einen Schreibtisch. Dann läßt er sich von Klaus nochmals kurz schildern, was er am Telefon schon von ihm gehört hat, und macht sich einige Notizen. Schließlich blickt er auf: »Ich sehe kein Problem, Ihre AG zu reaktivieren«, sagt er. »Sie, Herr Raak, sind alleiniger Gesellschafter und stellen außerdem zusammen mit zwei Liechtensteinern, die ich heute noch benennen werde, den Aufsichtsrat. Ich bin der Vorstand und damit der Vertretungsberechtigte der AG, ich werde die Ankäufe und Verkäufe tätigen.«

Berger blättert kurz in seinem Notizblock. »Das Grundkapital beträgt derzeit 100 000 Franken, ist das so richtig?«

»Exakt!«

»In Ordnung«, Jürgen Berger greift zu seinem Kugelschreiber. »Der nächste Schritt wird jetzt also sein, daß die AG bei einer Liechtensteiner Bank ein Darlehen aufnimmt, um die Firmen und die Immobilie zu finanzieren, die wir Günther Schmidt abkaufen werden.«

Klaus nickt.

»Über welche Summe sprechen wir?« Jürgen Berger schaut auf.

»Etwa 500 000 Franken!«

Er macht sich einen Vermerk, klappt seinen Notizblock zu und wirft Klaus einen schnellen Blick zu. »Mein Gehalt als Vorstand der AG beträgt tausend Franken im Monat, die beiden Herren im Aufsichtsrat bekommen je dreitausend Franken Aufwandsentschädigung. Dies einmalig pro Jahr.«

»Wenn wir schon dabei sind«, ergänzt Klaus, »sollten Sie auch wissen, daß ich als Aufsichtsratsvorsitzender mit zehntausend Franken im Jahr dabei bin!«

Berger quittiert die Information mit einem Nicken. »Gut, da wir in allem einig zu sein scheinen, werde ich meinen Namen als Vorstand der AG beim Registergericht eintragen lassen.«

»Wie lange wird das dauern?« Klaus wirft einen Blick auf seine Uhr, wobei ihm das im gleichen Moment selbst unsinnig erscheint.

Jürgen Berger winkt ungeduldig ab. »Das ist hier in Liechtenstein keine langwierige Angelegenheit. Für Deutschland organisieren Sie«, er schaut schnell auf seinen Notizblock, »in Römersfeld so rasch wie möglich einen Notartermin für mich und Günther Schmidt. Herr Schmidt muß allerdings zunächst einmal die Grundlagen zum Verkauf schaffen, sprich, mit den Banken regeln, ob die überhaupt einem Verkauf zustimmen. Ich weiß ja nicht, wie hoch seine Immobilie und seine Grundstücke belastet sind. Sobald das geklärt ist, kauft die AG Herrn Schmidt die Firmen und die Immobilie zum vereinbarten Preis ab. Wenn alles einigermaßen schnell über die Bühne geht, ist die Liechtenstein AG bereits in einer Woche steinreich!« Er lacht und entblößt große, unregelmäßige Zähne.

Klaus lacht mit. Die Vorstellung gefällt ihm gut, und noch besser findet er den Gedanken, was danach kommen könnte. Sollte sich Günther bei Linda nämlich übernehmen und einen Herzinfarkt bekommen oder sonstwie aus dem Leben scheiden, könnte er seinen Vorstand Dr. Jürgen Berger ganz einfach und problemlos wieder entlassen.

Gegen fünf Uhr erfaßt Günther eine unbestimmte Unruhe. Er denkt voll Vorfreude an heute nacht. Er hat im *Palace* gebucht, einem First-class-Hotel mit einem Drei-Sterne-Restaurant, das weit genug von Römersfeld weg ist, um Bekannten aus dem Weg zu gehen, aber auf der anderen Seite nah genug dran, um auf dem Rückweg nicht die Lust zu verlieren. Oder sollte er besser gleich für die Nacht dort buchen? Linda erschien ihm gestern verdammt zugänglich, um nicht zu sagen, außerordentlich offen für seine Wünsche. Er versucht die Situation in Gedanken durchzuspielen, aber er bleibt jedesmal an Marion hängen. Wenn er nachts nicht nach Hause kommt, wird sie die nächsten Tage wie eine urie hinter ihm her sein. Er braucht ein Alibi. Wo könnte er so plötzlich über Nacht hin müssen? Und wer könnte ihm den Hintergrund dazu liefern? Und weshalb könnte er unter seiner Alibi-Nachtadresse für Marion nicht erreichbar sein?

Günther sitzt in seinem Wagen, auf dem Weg von einer seiner Baustellen zum Büro, und kommt zu keinem Ergebnis. Welchen Freund könnte er einweihen? Manfred Büschelmeyer fällt ihm ein, der alte Kämpe. Aber ist er überhaupt ein Freund? Hat sie nicht nur der Gemeinderat und das Spiel um die geschicktere Informationsauswertung zusammengeschweißt?

Das er im übrigen immer gewonnen hat.

Kurz vor Römersfeld stockt der Verkehr. Ganz vorn kann Günther einen Traktor erkennen, aber die Fahrer direkt dahinter trauen sich offensichtlich nicht zu überholen, und an zwanzigster Position ist jeder Versuch aussichtslos. Günther schleicht hinterher und flucht laut vor sich hin, schließlich schaltet er das Radio ein, um sich abzulenken. Nachrichten und anschließend die üblichen Staus in den Verkehrsnachrichten. Er hört nur halb hin, bis es ihm plötzlich siedend heiß wird.

»A81 Stuttgart Richtung Singen, vor Sindelfingen zwei Kilometer stockender Verkehr.«

Stockender Verkehr, welche Schmach, wenn ihm das heute nacht passieren würde.

Er versucht sich krampfhaft zu erinnern, wie es das letztemal bei Marion war. An seinem Geburtstag ging's noch. Aber ist das von Bedeutung bei einem solch eigenwilligen Organ?

Was, wenn *er* nicht will?

Die Schande würde er nicht überleben, das wäre einfach zu peinlich.

Aber wäre es zu befürchten?

Er versucht, sich Linda nackt vorzustellen. Oder in Strapsen, mit rundem Po und oben ohne. Mensch, kürzlich ging's doch noch auf Abruf. Allein der Gedanke an ihre feuchte Erwartung auf dem Balkon hat einen granatenmäßigen Ausschlag verursacht. Obwohl überhaupt nichts in Erwartung war. Weder feucht noch sonstwie.

Und jetzt?

Günther schaut mißtrauisch an sich hinunter.

Es tut sich nichts, außer daß der Traktor vor ihnen in einen Feldweg einbiegt. Los, der Verkehr fließt wieder, sagt er laut zu seinem Hosenladen.

Dann tröstet er sich. Ich bin halt noch nicht in Stimmung. Den ganzen Tag auf der Baustelle, verschwitzt, müde, wie soll man da einen Ständer kriegen. Heute nacht wird das anders sein!

Er passiert das Ortsschild von Römersfeld.

Und wenn nicht? fragt sein zweites Ich. Soll er sich die Blöße geben?

Günther greift nach dem Telefon und ruft seine Apotheke an. Frau Mattuscheck ist dran, der kann er seinen Wunsch nicht auf die Nase binden.

»Ist Ihr Mann vielleicht zu sprechen, Frau Mattuscheck?«

»Worum geht's denn?«

Verdammt!

»Oh, entschuldigen Sie, ich fahre gerade in ein Funkloch, gleich wird die Leitung unterbrochen sein, ich rufe später noch mal an!« Er reibt den Hörer ein bißchen auf der Hose hin und her und unterbricht dann das Gespräch. Frau Apothekerin wird sicherlich keine hochspezialisierte Handybenutzerin sein und ein echtes von einem falschen Funkloch schwerlich unterscheiden können. Wenn sie sich unter einem Funkloch überhaupt etwas vorstellen kann.

Nachdem er aufgelegt hatte, vollführte Manfred einen kleinen Freudentanz rund um seinen Schreibtisch. Das war's, und jetzt konnte er wieder beruhigt seinem Tagesgeschäft nachgehen. Zunächst machte er einen Rundgang durch den Baumarkt, um sich physisch abzureagieren, dann bat er im Sekretariat um einen Kaffee und ließ sich den neuesten Baumarktklatsch erzählen – seine spezielle »Big-brother-is-watching-you«-Methode –, und jetzt, eine Stunde später, ist Manfred wieder in seinem Büro. Er wirft einen Blick auf die Arbeitsplatte, auf der sich neben der unbearbeiteten Unterschriftenmappe Briefe, Faxe und Statistiken stapeln, und bleibt davor stehen. Die einzige Frage, die jetzt noch offen ist, ist die nach seiner Kreditwürdigkeit bei seiner Bank. Es geht ja um ein schnelles Geschäft, das muß er dem Sachbearbeiter klarmachen. Nur weiß er nicht, wie die Banken momentan über schnelle Geschäfte denken. Blöderweise kam Annemarie Rosers Anruf so spät, daß sich das heute auch nicht mehr nachprüfen läßt. Nach vier Uhr kann er an einem Mittwoch höchstens noch seine Kontoauszüge ausdrucken lassen, und die bringen ihn auch nicht weiter.

Mit einem Seufzer setzt er sich, greift nach den Faxen und überfliegt das erste. Eine Bewerbung. Per Fax. Nicht zu fassen. Aber in einem hat er recht, der junge Mann, nämlich mit seiner ehrerbietenden Anrede. Sehr geehrter Herr Geschäftsführer, steht da, und damit hat er, verdammt noch mal, recht. Er ist der Geschäftsführer des größten Baumarkts in Römersfeld. Welche Bank sollte ihm da einen kleinen Kredit verwehren?

Günther fährt zum fünftenmal um die Altstadt herum. Er braucht einen Parkplatz in der Nähe der Apotheke, und zwar bald, denn die Zeit läuft ihm davon. Und er muß irgendwie an Herrn Mattuscheck herankommen, ohne daß seine Frau danebensteht oder über zwei Regale hinweg die Ohren spitzt. Ein Anruf wird doch am unverfänglichsten sein. Notfalls kann er dann behaupten, er sei es gar nicht gewesen. Ein Scherz. Von einem, der seine Stimme nachgemacht hat. Wahrscheinlich von einem Sozi. Noch besser von einem Grünen, der aus seiner Apotheke einen Müsliladen machen will. Dritte Welt und so. Typische rote Socke mit grünen Streifen. Antrag liegt dem Ausschuß schon vor.

Die Wahlwiederholung arbeitet bereits, Günther hat Glück, Arno Mattuscheck ist selbst am Apparat. Während der Apotheker seinen Begrüßungsspruch aufsagt, hat Günther blitzartig eine Idee, wie er sich selbst aus der Schußlinie bringen kann.

»Herr Mattuscheck, Sie wissen doch, daß unser OB bald Geburtstag hat!«

»Hat er das? So?«

»Ja, sicher, das hat er. Wir haben uns eine besondere, na, sagen wir mal, Variante der Stärkung für ihn ausgedacht!«

»So? Ja, da hätte ich was, warten Sie mal – mehr in Richtung Vitamine oder …«

»Sex, Herr Mattuscheck, mehr in Richtung Sex!«

Auf der anderen Seite ist es still. Ist er jetzt etwa doch in ein Funkloch gefahren? Günther schaut hektisch auf die Anzeige, nein, volle Leistung. »Herr Mattuscheck, haben Sie mich verstanden?«

»Ist das nicht …« Herrn Mattuscheck fällt offensichtlich nichts dazu ein, vielleicht steht auch seine Frau neben ihm. Günther fährt an den Straßenrand und schaltet die Warnblinkanlage an, denn jetzt hat er Angst, daß die Leitung tatsächlich schlechter werden könnte.

»Sie wissen, daß Sie dazu ein Rezept benötigen!«

»Aber doch nicht als Überraschung für den Oberbürgermeister, Herr Mattuscheck, ich bitte Sie. Wir sind alle seriöse Spender, wir legen zusammen für so eine Packung. Was soll sie denn kosten?«

»Eintausendeinhundert Mark für dreißig Stück!«

»Na, sehen Sie«, im Rückspiegel sieht Günther einen Polizeiwagen herannahen, der bereits auf seine Spur wechselt, »das ist uns unser Oberbürgermeister doch wert! Kann ich's gleich abholen?« Er fährt an, bevor die Beamten hinter ihm anhalten können, und winkt ihnen entschuldigend zu, als sie aufholen und neben ihm herfahren. Offensichtlich beraten sie, ob und wie sie reagieren sollen. Günther schaut nochmals rüber. Den einen kennt er. Soll sich nicht so anstellen, in der Not müssen Männer zusammenhalten.

»Ich krieg' da wirklich Probleme«, hört er Mattuscheck durchs Telefon.

»Ich auch, und zwar in doppelter Hinsicht!« Der wird ihm doch jetzt nicht die rote Kelle zeigen wollen? Das wäre ja noch schöner!

»Wie meinen Sie das?«

»Na, der OB wünscht sich die Viagra zum Geburtstag, und wir scheitern an einem Rezept. Seine Frau wird stinksauer sein. Wie peinlich für Sie!«

»Ach, seine Frau …?«

»Sie denken aber trotzdem ans Berufsgeheimnis, Herr Mattuscheck, ja? Schweigepflicht?« Der Polizeiwagen überholt ihn langsam, Günther atmet auf.

Mattuschecks Stimme klingt gedämpft und rauh: »Geburtstagsnacht und so?«

»Und so! Ganz recht!«

»Hätte ich nicht von ihr gedacht!«

Günther grinst und stellt sich Ilse Wettersteins nächsten Besuch in der Apotheke vor. »Wir auch nicht, aber wir gönnen ihr die kleine Freude.«

»Aber am Hintereingang, Herr Schmidt, in zehn Minuten, wenn das paßt, und bitte bar!«

Manfred hat die Post durchgesehen und sich einen Arbeitsplan für morgen zurechtgelegt. Heute ist er einfach zu unkonzentriert, ständig schleichen sich Gedanken ein, die ihn ablenken. Er wird noch ein paar Unterschriften verteilen und dann gehen. Ein Teil der Dokumente, die ihm seine Sekretärin zur Prüfung und zur Unterschrift vorgelegt hat, sind

Briefe, ein anderer Teil Angebote und schließlich einige Überweisungen. Die Angebote wird er sich heute nicht mehr antun, dafür hat er morgen früh einen klareren Kopf. Die Briefe sind in Ordnung, er krakelt sein MB darunter, dann schaut er sich die Überweisungen an. Es geht vor allem um den Umbau, den erweiterten Gartenbereich, von dem sie sich einen enormen Umsatz versprechen. In Römersfeld wird gern gegartelt, jeder mißt seinen Vorgarten an dem des Nachbarn, und wenn jetzt einige Herrschaften, bedingt durch die schlechte Wirtschaftslage, mehr Zeit haben, werden sie Frust, Wut und überschüssige Energie sicherlich im Garten abarbeiten. Darauf hat Manfred bei seinen Überlegungen gesetzt, und er ist sich sicher, daß er recht behält. Schwungvoll setzt er seinen Namen unter die ersten Schecks, dann hält er inne.

Einige Sekunden sitzt er regungslos, dann blättert er die Schecks kurz durch und überschlägt die Summe im Kopf. Rund 240 000 Mark.

Er legt die Überweisungen zurück und starrt ein Loch in die Luft, bis er sich gestattet, das zur Kenntnis zu nehmen, was sich in seinen hintersten Gehirnwindungen zusammenbraut.

Er schaut nach den Daten der Rechnungen. Die Buchhaltung hat früh reagiert, weil sie sich überall das Skonto sichern will. Bei den Summen gerechtfertigt. Doch – welche Firma bezahlt schon in der Kürze dieser Zeit? Sechs Wochen ist die Norm, also hätten die Zahlungen noch gut drei bis vier Wochen Spielraum.

In drei bis vier Wochen aber hätte er seinen Deal mit der Gemeinde sicherlich durch.

Aufgeregt greift Manfred nach dem Rechner.

Ein Darlehen von derzeit sechs Prozent kostet auf die Summe von 180 000 Mark etwa neunhundert Mark Zinsen im Monat. Das ist zwar nicht die Welt, aber es ließe sich vermeiden, wenn er Schecks mit der Gesamtsumme von 180 000 Mark auf sein Konto umleiten würde. Als Zeichnungsberechtigter wäre das keine Schwierigkeit für ihn. Sobald die Gemeinde dann bezahlt hat, gleicht er die Konten wieder aus.

Manfred kritzelt seinen Schreibblock mit Phantasiefiguren voll.

Er muß in Ruhe darüber nachdenken. Machbar wäre eine solche Transaktion. Bloß nicht über sein Konto und besser ausgeklügelt als das, was er jetzt so im Vorbeigehen entworfen hat.

Er legt die Überweisungen zurück, klappt die Mappe zu und lehnt sich in seinem Drehsessel zurück.

Aber würde sich das Risiko rentieren, fragt er sich und gibt sich auch gleich darauf die Antwort: Nur wenn die Bank ihm einen Kredit verweigern würde.

Als Günther Linda sieht, wie sie in ihrem schulterfreien schwarzen Kleid über den Innenhof auf seinen Wagen zukommt, muß er über sich und seine Ängste fast lachen. Sie wirkt so erotisch, wie sie geht, wie sich das lange Kleid bei jedem Schritt an ihre Beine schmiegt, wie sich die Brüste unter dem feinen Stoff abzeichnen, daß Günther sich wundert, wie er jemals an seiner Potenz zweifeln konnte. Schließlich denkt er, seitdem er sie bei seiner Gartenparty gesehen hat, an nichts anderes. Er steigt aus und geht ihr entgegen.

»Du siehst atemberaubend aus«, sagt er zur Begrüßung und küßt ihre Hand.

»Danke«, sie lächelt ihm zu. »Du machst dich auch gut!«

Das ist zwar nicht gerade eine feurige Liebeserklärung, denkt er, während er sie um den Wagen herum zu der Beifahrertür führt, aber ausbaufähig.

»Entschuldige, daß ich mich etwas verspätet habe«, er öffnet die Tür und läßt sie einsteigen, »aber ich kam heute einfach nicht aus dem Büro raus.«

Marion wird das Büro gewesen sein, denkt Linda, sagt aber nichts. Sie läßt das jetzt einfach auf sich zukommen. Nein sagen kann sie immer noch.

Günther setzt sich hinters Steuer und betrachtet Linda nochmals kurz und genießerisch von oben bis unten, bevor er startet. »Du hast einen guten Geschmack«, sagt er anerkennend. »Wo findet man in Römersfeld ein so aufregendes Kleid?«

»Bei *Indra's*!« Daß sie dafür zwei Anläufe benötigt hat, verrät sie nicht. Wozu auch. Dirk hätte seine Chance nutzen können. So war's nun eben seine letzte.

Sie fahren langsam aus dem Viertel hinaus. Linda registriert, daß er sofort nach links abbiegt, um möglichst schnell aus dem gefährlichen Bereich der Stadt herauszukommen, ärgert sich aber nicht darüber. Sie genießt es, so komfortabel durch die Landschaft zu rollen, die Außenwelt schwebt vorbei, die Geräusche sind gedämpft, der Motor ist kaum zu hören, alles um sie herum bekommt eine andere Dimension.

Es ist schon schön, Geld zu haben, denkt Linda, und lehnt sich behaglich zurück.

Die kleine Raubkatze wird sanft, Günther beobachtet sie aus den Augenwinkeln, hoffentlich wird sie nicht zu sanft. Ein bißchen animalisch wäre schon schön.

Klaus ist von der Autobahn abgefahren und fährt nun, schon ziemlich müde, den kürzesten Weg über die Landstraße nach Römersfeld. In Gedanken läßt er den heutigen Tag nochmals Revue passieren. Den silberfarbenen Mercedes registriert er erst, als er schon fast an ihm vorbei ist. Im Rückspiegel wirft er einen schnellen Blick auf die Nummer. GS 1. Schmidt. Wohin der wohl um diese Zeit unterwegs ist? Und mit wem? Ob er mit der Kleinen schon so weit ist? Zuzutrauen wär's ihm ja. Klaus konzentriert sich wieder auf die Straße und erschrickt: Ein roter Kleinwagen kommt ihm aus der unübersichtlichen Kurve, in die er eben hineinfährt, auf der Mittellinie entgegengeschossen. Im letzten Moment reißt Klaus das Steuer herum, weicht nach rechts aus, kommt dem Graben zu nah, lenkt dagegen, gerät ins Schleudern und kann den Wagen nur noch mit Mühe abfangen.

Mit abgewürgtem Motor und flatternden Nerven bleibt er in entgegengesetzter Fahrtrichtung stehen. Ein Glück, daß die Straße nach diesem Chaoten über die ganze Breite frei war. Jetzt ist von dem Kerl nichts mehr zu sehen. Er muß mit Vollgas davongerast sein. Am liebsten wäre Klaus ihm nachgefahren, um ihn zur Rede zu stellen, aber sein Adrenalinspiegel ist noch so hoch, daß er es kaum schafft, den Wagen zu starten.

Marion sitzt zu Hause vor dem Fernseher und ärgert sich. Sie war heute in der Stadtverwaltung auf dem Grundbuchamt gewesen, um sich nach dem Grundstück am Tierheim zu erkundigen, hat aber nur erfahren, daß der zuständige Mann erst morgen wieder da sei. Kein anderer konnte angeblich Auskunft geben, was Marion noch mehr in ihrem Verdacht bestärkte, das Ganze sei ein abgekartetes Spiel. Morgen früh um acht Uhr wird sie diesem Herrn auf den Schlips treten und nicht eher gehen, bevor sie weiß, was da vor sich geht.

Andernfalls muß sie ihren Anwalt beauftragen, ihr Hab und Gut in Sicherheit zu bringen, denn falls Günther gerade wieder so einen teuflischen Plan ausheckt wie vor Jahren und ihr gemeinsames Konto plündert, möchte sie nicht die mittellose Verliererin sein, wenn er das Geld mit einem unsinnigen Projekt in den Sand setzt.

Außerdem gehen ihr seine ständigen Meetings auf den Nerv. Mag ja sein, daß heute einem Uralt-Kegelmitglied in einer Feierstunde die begehrte Auszeichnung des Ober-Ehrenkeglers verliehen wird, aber warum Günther da unbedingt die Laudatio halten muß und dann auch noch bei dem idiotischen Festgelage dabei sein soll, ist ihr unbegreiflich. Männer sind eben so, hat ihr Günther vorhin noch gesagt, die brauchen so was zwischendurch.

Weshalb er ständig von anderen spricht, wenn er selbst es offensichtlich genauso braucht, versteht sie schon gar nicht. Wenn er es nicht brauchen würde, würde er schließlich nicht hingehen.

Und weshalb braucht ein Mann eine solche Kinderei, hat sie ihn gefragt, während er sich seinen türkisfarbenen Schlips zum dunkelblauen Anzug festzog. »Weil wir eben gern spielen«, gab er achselzuckend zur Antwort. Noch ein Punkt, den sie nie verstehen wird. Mädchen legen spätestens mit achtzehn ihren Spieltrieb ab, Männer dagegen entwickeln ihn offenbar ab achtzehn erst so richtig und steigern ihn bis ins Greisenalter. Der Endpunkt dürfte erreicht sein, wenn sie Petrus nach seinem Einsatz fragen.

Marion schaltet den Fernseher ein, um sich von ihren Gedanken abzulenken. Es ist zwanzig nach acht, und sie zappt sich durch, bis sie bei einem Spielfilm hängenbleibt. Ein Film mit Günter Strack, das läßt sich aushalten. Sie drückt die *tv-aktuell*-Taste auf ihrer Fernbedienung und liest den Titel *Der Betrogene*. Ich werde dafür sorgen, daß es nicht »Die Betrogene« werden wird, denkt Marion, holt sich ein Glas Wein und richtet sich auf einen einsamen Abend ein.

Günther hat seinen Wagen zwischen all den anderen Limousinen vor dem festlich geschmückten schloßähnlichen *Palace* geparkt, ist mit Linda erwartungsvoll die Freitreppen zur zweiflügeligen Eingangstür hinaufgeschritten und wartete dann mit ihr im breiten, rot ausgelegten Flur ab, bis der Maître de salle kam, um sie an ihren Platz zu geleiten. Jetzt geht Günther langsam hinter Linda durch die beiden gut besetzten antik eingerichteten Räume zu ihrem Tisch und ergötzt sich an der Aufmerksamkeit, die Linda erregt. Er möchte nicht wissen, wie viele Männer jetzt gern mit ihm tauschen würden. Oder besser, eigentlich würde er es gern wissen, das wäre ihm eine Saalrunde wert. Sicherlich überlegen die Glotzaugen auch, warum gerade *er* eine solche heiße Maus hat. Weil er eben ein superpotenter Kerl ist, that's life!

Dirk hat aus seiner Kiste herausgefahren, was er herausfahren konnte, immer den silberfarbenen Mercedes mit Schmidt, diesem Schwein, und Linda, der Verräterin, vor Augen. Aber in dieser idiotischen Stadt, in der er sich nicht auskennt, hat er sie plötzlich verloren. Eine Kreuzung, bei der sich ein paar Autos zwischen ihn und den Benz schoben, und schon waren sie weg. Seit einer halben Stunde fährt er jetzt schon ziellos die Straßen ab. Was, wenn sie längst ganz woanders sind?

Nach weiteren fünf Minuten hält er an. Dirk, sagt er sich, du mußt planvoll vorgehen. Es muß ein Ziel für die beiden geben. Fürs Theater ist es zu spät, also Kino oder Restaurant. Kino ist zu profan, also Restaurant, und wenn Restaurant, dann irgendein besonderes Restaurant, und das können ihm die Leute hier sagen.

Sollte es ein Hotel sein, bringe ich die beiden um.

Günther hat zum Aperitif zwei Gläser Champagner bestellt und prostet Linda mit vor Freude geröteten Wangen zu. Linda registriert es und stößt lächelnd mit ihm an. Günther hat nicht nur einen Tisch am Fenster bestellt, sondern auch gleich zwanzig langstielige Rosen geordert, die der Kellner nun, um Platz zu schaffen, von der Tischmitte auf einen kleinen Beistelltisch umarrangiert.

»Es ist wunderschön hier, Günther, vielen Dank!«

Dann schaut Linda hinaus, und Günther folgt ihrem Blick.

Auf der Terrasse mit der Balustrade aus Sandstein sitzen an weiß gedeckten Tischen noch einige Gäste, aber Günther hatte sich bei seiner Reservierung für drinnen entschieden, denn er wollte unbedingt verhindern, daß Linda ihren Körper in einer Jacke versteckt.

»Ist der Park nicht herrlich?« Linda würde am liebsten barfuß hinauslaufen, denn das satte Grün des kurzgeschnittenen Rasens verlockt sie unendlich. »Die Mischung zwischen edel und wild ist genial!« Sie mustert die Anlage mit ihren knorrigen alten Bäumen, stufig geschnittenen Hecken und ungezähmt wuchernden Sträuchern und Blumen.

»Da kann ich dir nur recht geben, diese Mischung ist wahrlich genial!« Günther hebt sein Glas. Vielleicht sollte ich heute versuchsweise doch mal so eine Pille einwerfen, denkt er dabei, wer weiß, ob ich dieser Mischung standhalte. Und dann noch mit Alkohol ...

»Die Zimmer müssen sündhaft teuer sein!«

Was, jetzt schon? Kann sie Gedanken lesen?

Linda hebt ebenfalls das Glas.

Diese Verheißung, ihm wird fast schwindelig.

Sie lacht ihn vergnügt an. »Aber die Preise brauchen uns ja nicht zu interessieren. Wir haben ja Gott sei Dank jeder ein eigenes Dach über dem Kopf!«

So Gott-sei-Dank findet Günther das nicht. Er hat sich sehr wohl für die Preise interessiert, und nicht nur das, er hat bereits eine Option laufen.

Der Kellner unterbricht ihn in seinen Gedanken, er legt die Speisekarten und die Weinkarte vor und zählt die Tagesempfehlungen auf.

»Gibt es bei Ihnen kein Liebesmenü Surprise?« will Günther am Ende wissen und freut sich diebisch über sein gutes Gedächtnis. Das hat Marion mal bei einem Dinner zu einem ihrer Hochzeitstage gefragt, und er fand es damals sehr beeindruckend, wenn er es auch nicht zugegeben hat.

»Die Küche wird Ihnen sicherlich mit Freude etwas Passendes zusammenstellen«, nickt der Ober und sammelt die Speisekarten wieder ein.

»Ist dir das recht?« fragt Günther.

Das weiche Abendlicht fällt durch die großen Fensterscheiben und läßt Lindas Teint bronzen schimmern. Linda streicht ihr schwarzes Haar zurück und schaut ihn schräg an. »Das klingt wunderbar!«

Lieber hätte sie gefragt, was da auf sie zukommt, aber die Blöße, kein Französisch zu verstehen, will sie sich nicht geben. Dagegen scheint Günther tatsächlich nicht der ignorante Bauer zu sein, für den sie ihn stets gehalten hat. Trotzdem, sie weiß, was er will, aber sie weiß noch immer nicht, was *sie* will. Vielleicht bringt der Abend sie ja weiter.

Dirk hat das *Palace* gefunden. Mit einsetzender Dunkelheit schleicht er zum Parkplatz und pinkelt als erstes gegen das Kennzeichen der silbernen Mercedes-Limousine. GS 1. Der kann sich sein GS 1 gleich sonstwohin stecken, denkt er wütend und springt über die hüfthohe Hecke in den Park. Dabei kratzt er sich die entblößten Unterarme auf, aber der Schmerz macht ihm nichts aus, er unterstützt eher sein selbstquälerisches Gefühl zutiefster Verletztheit.

Schritt für Schritt schleicht sich Dirk an das Hauptgebäude heran. Die Terrassen des Prunkbaus sind leer, die

Fenster hell erleuchtet, die Menschen von außen leicht zu sehen, und durch die geöffnete Terrassentür stinkt es nach Geld und Gier, Eitelkeit und Machtstreben. Dirk steht regungslos. Es schüttelt ihn: Keine zwanzig Meter von ihm entfernt sitzen Günther Schmidt und Linda an einem Tisch, lachen, reden, prosten sich zu.

Es ist also wahr.

Dirk läßt sich ins Gras sinken, während hinter der Glasscheibe eben der Hauptgang aufgetragen wird.

Der Kellner serviert Günther und Linda Ente mit Ingwer, und dazu hat sich Günther einen passenden Rotwein empfehlen lassen. Nun genießen sie und ergehen sich in Nichtigkeiten, um nicht über Ernsthaftes wie Marion und Dirk oder die Jobs sprechen zu müssen. Günther hängt an ihren Lippen, egal, was Linda erzählt, er fragt nach, gibt sich verständnisvoll und versucht ganz nebenbei immer wieder die Stimmung zu testen. Ist es soweit? Wird sie mit ihm nach oben gehen? Dann darf das Dessert nicht mehr allzulange auf sich warten lassen, denn sonst wird es zu spät. Marion könnte sonst auf die Idee kommen, seinen Kegelverein suchen zu gehen.

»Wie fühlst du dich?« fragt er Linda, nachdem sie das Besteck weggelegt hat, und greift über den Tisch nach ihrer Hand.

»Wie im Märchen«, antwortet sie spontan, und es ist ehrlich gemeint. Das Essen ist phantastisch, war in Kreation und Qualität bis heute außerhalb ihrer Vorstellungskraft, der Wein bringt sie in eine gelöste, zufriedene Stimmung, das Ambiente mit der Pracht der alten Möbel, den üppigen Blumenarrangements und den silbernen Kerzenleuchtern begeistert sie. Es ist tatsächlich alles etwas unwirklich, wie das Märchen vom Aschenputtel, das sich für eine Nacht goldene Schuhe übergestreift hat und weiß, daß es am nächsten Morgen wieder Böden fegen muß.

»Gäbe es denn noch eine Steigerung, was meinst du?« Günther drückt ihre Hand. Überrascht schaut Linda auf: »Paris könnte ich mir auch toll vorstellen!«

»Ja, sicherlich, Paris werden wir zusammen erleben, ganz sicher – aber ich meine *jetzt*. Heute. Hier!« Er schaut sie flehend an. Linda wendet den Blick ab und schaut hinaus. Was liegt denn dort im Gras? Schlecht zu erkennen, das Fensterglas spiegelt so, sie sieht sich selbst, Günthers Doppelkinn und den gesamten Raum, der sich langsam leert. Trotzdem, vorhin war der dunkle Fleck noch nicht dort. Ein großer Hund?

»Linda!« setzt Günther nochmals nach. »Du bist so wunderschön, es ist kaum auszuhalten für mich!«

Für mich schon, denkt Linda und wird allmählich wieder nüchtern. Jetzt will der Herr also seinen Obolus.

Sie drückt seine Hand, die noch immer auf ihrer liegt, und entzieht sie ihm gleich darauf. Günther ist ratlos. Hat sie damit ihr Einverständnis erklärt? So kommt er nicht weiter.

»Hast du nicht auch Lust?« startet er den Frontalangriff.

Linda schaut sich im Raum um, diesem Raum mit dem königlichen Mobiliar, und unterdrückt einen Seufzer. Sie verliert den goldenen Schuh schneller als gedacht. »Weißt du«, beginnt sie ihre besänftigende Abwehrrede, »du bist ein wahnsinnig interessanter Mann und für dein Alter noch unglaublich gut drauf«, Günther fühlt den Einbruch in der Hose, »aber mir geht das alles viel zu schnell!«

Jetzt bloß nicht aufgeben, denkt Günther, das Ziel ist einfach zu nah.

»Nur ein bißchen kuscheln, den schönen Abend schön beschließen, ein klein wenig Zärtlichkeit, nichts Großes, nur einfach Gernhaben, in den Armen liegen ...«, erwartungsvoll schaut er sie an.

»Vielleicht hast du recht«, Linda lächelt ihm zu. »Nach dem Dessert das Dessert, ich verstehe schon. Wir werden sehen. Aber jetzt muß ich mal kurz«, sie läßt den Satz unbeendet und steht auf. Während Günther ihr nachschaut, wie sie auf ihren High heels durch den Raum geht, sich das rückenfreie schwarze Kleid an ihre Figur schmiegt und der Po bei jedem Schritt aufreizend schwingt, greift er in seine Brusttasche und nimmt sich eine blaue Pille heraus. In einer Stunde wird sie wirken, mit etwas Glück hat er genau das richtige Timing. Linda wird einen Tiger, einen reißenden Wolf im Bett erleben. Spätestens dann kann sie ihrem traurigen Helden, diesem Don Quichotte der Rechtsverdreherei, den Todesstoß geben.

Dirk wartet ab, bis Linda wieder zurückkommt. Als sie sich gerade hinsetzen will, springt er auf und wirft mit voller Kraft. Der Stein knallt gegen das Fenster, das Glas zerspringt in tausend Splitter, platzt aber nicht. Entsetzt ist Linda weggesprungen, und auch Günther hat sich in Sicherheit gebracht. Völlig ratlos schauen sie auf das Fenster, dessen Splitter ihnen in die Haut hätten fahren können, wenn es kein Sicherheitsglas gewesen wäre.

Andere Gäste sind aufgestanden, das Personal läuft zusammen. »Das kam von außen!« stellt der Maître de salle aufgeregt fest, »einer muß nachschauen, was das war!«

Aber es traut sich niemand. »Von der Geschäftsleitung ist keiner mehr da«, sagt eine junge Frau im Kostüm. Sie tritt auf Linda und Günther zu, die sich dicht nebeneinandergestellt haben. »Wir müssen uns sehr bei Ihnen entschuldigen, das ist in unserem Haus noch nie vorgekommen. Aber ich werde umgehend unseren Geschäftsführer anrufen, der sofort alles weitere veranlassen wird. Sie bekommen selbstverständlich einen anderen Tisch und sind für heute abend Gäste unseres Hauses!« Sie verabschiedet sich mit einem kleinen Kopfnicken.

Linda zittert am ganzen Körper. Wäre diese riesige Scheibe geborsten, läge sie jetzt mit unzähligen Glassplittern in Gesicht und Dekolleté da. Sie wäre für ihr Leben entstellt. Die Lust auf ein Dessert ist ihr vergangen, sie bestellt einen Schnaps. Günther schließt sich ihr an. Er rätselt, ob dieser Anschlag Zufall oder bewußt gegen ihn, Günther Schmidt, gerichtet war. Wenn es so wäre, würde das bedeuten, daß Marion dahintersteckte.

Unwillkürlich schaut er zum Fenster, aber außer der zerborstenen Scheibe ist nichts zu sehen, kein Gesicht dahinter, das ihm eine Fratze schneidet, und auch kein Gewehrlauf, der auf ihn zielt.

Der Schnaps wird serviert, und Linda und Günther trinken ihn im Stehen.

»Ich weiß nicht«, Linda schaut Günther bedauernd an,

»mir ist die Lust irgendwie vergangen! Ich glaube, am liebsten möchte ich nach Hause!«

Günther denkt an *seine* Lust. In einer Stunde geht's los, was heißt hier eine Stunde, in fünfundvierzig Minuten hat er voraussichtlich einen Ständer, und wo soll er dann hin damit?

Dirk befindet sich bereits wieder auf der Heimfahrt. Halb triumphierend, halb deprimiert, denn er ist sich selbst nicht so ganz im klaren darüber, was er eben gemacht hat. Aufgeschreckt hat er sie, gesprungen sind sie wie die Kaninchen, das ist klar. Aber was wäre, wenn sie blutüberströmt auf dem Boden gelegen hätten? Er als eingeschworener Pazifist möchte darüber lieber nicht nachdenken. Ging nicht eine der Fragen, als es darum ging, ob er als Kriegsdienstverweigerer anerkannt werden würde, in diese Richtung? »Was würden Sie tun, wenn Ihre Freundin im Wald überfallen und vor Ihren Augen vergewaltigt werden würde? Zuschauen? Reden? Handeln?«

Es ist schließlich nichts passiert, beruhigt er sich. Aber eigentlich wollte ich ja, daß etwas passiert, denkt er kurz darauf, ich will es mir nur nicht eingestehen. Und dieser Gedanke beunruhigt ihn dann doch.

Günther und Linda sind zwanzig Minuten später ebenfalls auf dem Nachhauseweg. Linda ist schweigsam, der Zwischenfall hat ihr nicht nur die gute Laune verdorben, sondern sie auch ins Grübeln gebracht. Was tut sie hier eigentlich? Ist es das, was sie will? Ein Verhältnis mit einem verheirateten

Mann, den sie nicht liebt, der ihr aber Dinge bieten kann, die sie bisher nicht kannte?

Günther sieht seine Felle davonschwimmen. Er versucht alles, um Linda aufzuheitern.

»Das war der Postbote, ich schwör's dir – ich habe heute morgen ein Liebestelegramm an dich aufgegeben, und er hat versucht, es möglichst direkt zuzustellen ...«

Er wirft ihr einen Blick zu, aber sie schaut geradeaus, als läge des Rätsels Lösung im Scheinwerferlicht des Wagens vor ihr auf der Landstraße.

»Das war ein Zufall, Linda, was nimmst du daran so schwer? Die Polizei ist verständigt, alles weitere geht uns nichts an!«

»Aber es hätte uns für den Rest unseres Lebens zeichnen können. Es wäre sogar klar gewesen, daß es uns beiden gleichzeitig passiert ist!« Ihr Tonfall ist aggressiv, aggressiver, als von ihr beabsichtigt.

Günther legt eine Hand beschwichtigend auf ihren Oberschenkel. »Ich habe sowieso vor, unser Verhältnis offiziell zu machen!«

»Welches Verhältnis!!??« Es kommt wie aus der Pistole geschossen.

Stimmt, da waren seine Gedanken der Realität einen Schritt voraus gewesen. Das war wohl nicht so glücklich. Er fährt am Ortsschild vorbei auf die Landstraße. »Wenn es zu einem Verhältnis käme«, präzisiert er schließlich, »wäre das für mich ein Grund, mein Leben zu ändern!«

»Das kann viel bedeuten«, antwortet Linda stumpf. Sie starrt vor sich hin, irgendwie fühlt sie sich gelähmt, wie abgeschaltet, völlig energielos.

Da hat sie allerdings recht, denkt Günther und beschleunigt. Die Straße vor ihm ist leer, er schaltet das Fernlicht ein, das weit voraus leuchtet und die Bäume rechts und links der Straße anstrahlt.

»Es soll nur bedeuten, daß ich keine Kompromisse eingehen würde«, sagt er schließlich.

Linda schaut aus ihrem Seitenfenster auf die vorbeisausende dunkle Landschaft.

»Du würdest dich scheiden lassen?« Sie meint es provokativ und sagt es einfach nur, um ihn damit aus seiner Reserve zu locken.

»Wenn du mich liebst, ja!«

Auf diese Antwort war Linda nicht gefaßt. Sie wirft ihm einen erstaunten Blick zu.

Günther lächelt ihr bestätigend zu, so als sei dieser spontane Satz eine Entscheidung, zu der er ab jetzt – ein Mann, ein Wort – stehen würde. Aber er lächelt noch über etwas anderes, denn ihm war die Doppeldeutigkeit dieses Satzes bewußt geworden, und während er noch darüber nachdenkt, fällt ihm seine Potenzpille ein, die eigentlich gleich wirken müßte.

Eine halbe Stunde später steigt Linda mit gemischten Gefühlen vor ihrer Wohnung aus.

»Darf ich noch mit? Nur auf einen Kaffee?« Günther ist um den Wagen herumgegangen und legt beide Hände auf Lindas Schultern.

Linda schaut ihn an. »Ich kapier's nicht! Du würdest dich wirklich scheiden lassen? Warum bloß – doch nicht wirklich wegen mir?!«

»Einen anderen Grund könnte es in meinem Leben nicht geben!« Er schaut ihr direkt in die Augen.

»Sei mir nicht böse, aber es ist mir im Moment alles etwas zuviel!« Linda drückt ihm rechts und links einen Wangenkuß auf. »Vielen Dank für alles, auch für diesen Abend und für das«, sie macht eine vage Handbewegung zu ihrem Kleid hin, »aber ich brauche jetzt einfach etwas Luft!«

»Luft?« Günther schaut sie fragend an.

»Zum Atmen, meine ich. Freiraum. Zeit zum Nachdenken, nenn es, wie du willst!«

»Schade! Ich hätte gern mit dir darüber gesprochen!«

»Ein anderes Mal! Sei nicht böse, im Augenblick passiert mir einfach zuviel!«

Günther faßt sie um die Schulter und begleitet sie bis zu ihrem Hauseingang. »Du kannst es dir ja noch überlegen, wenn du oben bist, meine Mobilnummer hast du ja! Ich komme sofort zurück, das garantiere ich dir!«

Linda ist sich überhaupt nicht sicher, ob sie das garantiert haben will, schließt auf und geht hinein.

Marion hat schon geschlafen, als sie im Unterbewußtsein das Garagentor hört, es zunächst in ihren Traum einbaut, dann aber doch davon wach wird. Sie schaut nach der Uhr. Mitternacht vorbei, aber noch nicht zu spät. Das spricht für ihn und auch dafür, daß er ihr mit dieser Kegelveranstaltung keinen Bären aufgebunden hat. Immerhin schon mal beruhigend. Sie beschließt, sich schlafend zu stellen, um nicht den Anschein zu erwecken, sie warte wie eine eifersüchtige Hyäne auf ihn.

Günther ist froh, als er seinen Wagen endlich in der Garage stehen hat. Seine Wahrnehmung scheint ihm einen Streich zu spielen, alles ist mit einem blauen Schleier überzogen, und sein Herz schlägt wie verrückt. *Mors in coitu*, fällt ihm ein, während er aussteigt.

Der Begriff ist ihm, als Nichtlateiner, deswegen hängengeblieben, weil es den plötzlichen Tod beim Beischlaf beschreibt. Etwas, worüber er bisher immer gelacht hat: Wer beim Bumsen stirbt, ist selber schuld. Aber mit dieser blauen Pille im Blut? Möglicherweise stirbt er schon vorher? Gab es durch Viagra nicht schon einige Todesfälle? Wenn er nun der nächste wäre, ohne daß er sein Ziel, Lindas junges Fleisch, überhaupt erreicht … Günther versucht die Gedanken abzuschütteln, während er durchs Haus nach oben geht.

Und wenn die Pille nun überhaupt nicht wirkt? Bisher spürt er nichts, außer einer getrübten Wahrnehmung. Das wäre bei Linda eine schöne Pleite geworden. Vielleicht hätte sich das bei ihrem Anblick aber auch geändert. Heißt es nicht, daß die Schwellkörper erst dann reagieren, wenn man erregt ist?

Im Bad testet er seine Phantasie, streichelt sich ein bißchen, obwohl ihm das eigentlich peinlich ist, und beobachtet dann voll Stolz, wie sein edelstes Teil sich reckt und dehnt und ungeahnt hart wird. Oh, Linda, denkt er, jetzt hätte ich etwas für dich. Er stellt sich seitlich vor den Spiegel, dreht sich nach links, dann etwas nach rechts, schaut von vorn und bewundert sich ausgiebig. Aber Linda ist nicht da, wie ärgerlich. So ganz ungesehen und ungenutzt möchte er seine Supererektion aber nicht abebben lassen, und fotografisch kann er sie der Nachwelt ja nun auch schlecht hinterlassen. Ob vielleicht Marion?

Linda hat sich, kaum war Günther um die Ecke gebogen, ihren Wagen aus der Tiefgarage geholt und ist in die Innenstadt gefahren. Eine unbestimmte Sehnsucht drängt sie, Dirk nah zu sein, und sei es nur seiner Wohnung. Zunächst sucht sie sein Auto und fährt eine Straße nach der anderen ab, ohne seine zerbeulte Mühle zu finden. Schließlich parkt sie im Halteverbot vor seiner Tür, greift nach seinem Schlüssel, den sie immer noch hat, und schließt die Eingangstür auf. Ihr Herz schlägt gewaltig, während sie Stufe für Stufe höhergeht, ihm ein Stockwerk nach dem anderen näherkommt. Was, wenn er über sie lacht, nichts mehr wissen will, eine andere in seinem Bett liegt? Sie hätte sich vielleicht auch besser umziehen sollen, denn das Kleid wird ihm einen Schock versetzen. Aber während sie noch überlegt, schließt sie bereits seine Tür auf und geht leise hinein. Er wird denken, ich bin ein Einbrecher! »Dirk!« ruft sie leise und tastet nach dem Lichtschalter, »Dirk, nicht erschrecken, ich bin's, Linda. Ich muß mit dir reden!« Linda geht auf Dirks ungemachtes Bett zu und tastet die Decke ab. Liegt er irgendwo darunter? Enttäuscht setzt sie sich schließlich drauf und starrt ins Leere. Wo könnte er um diese Zeit nur sein? Nach einer Weile steht sie auf, geht zum Kühlschrank und schaut hinein. Eine Untertasse mit Aufschnitt, dessen Ränder sich schon nach oben biegen, ein halbes Paket Butter, einige Joghurtbecher, eine Flasche Weißwein und eine Flasche Rotwein. Sie überlegt sich, ob sie sich ein Glas Weißwein einschenken soll, läßt es dann aber und geht statt dessen ins Bad. Dort wird ihr so richtig bewußt, wie wenig sie in ihrem teuren Kleid in diese Umgebung paßt. Dirk würde ihr befremdet gegenüberstehen, und damit wäre jedes Gespräch von vornherein unmöglich. Aber sie kann sich trotzdem nicht darüber klar werden, ob sie nun gehen oder bleiben soll. Schließlich legt sie sich angezogen aufs Bett und denkt nach. Über sich, über das Leben, über Dirk, über die Zukunft und über das, was sie ursprünglich mal wollte. Darüber schläft sie ein.

Marion versteht die Welt nicht mehr. Seit Tagen behandelt Günther sie, als hätte sie Ausschlag oder, schlimmer noch, die Pest, und jetzt das! Soll sie es als Liebesbezeugung nehmen? Als Wiedergutmachung? Als Bitte um Vergebung? Oder will er sich einfach abreagieren? Seitdem er zu ihr ins Bett gekrochen ist, versucht er sie zu überreden. Zuerst hat er ihren Busen einfühlsam gestreichelt, dann glitt seine Hand tiefer und wurde fordernd. Schließlich grunzte er: »Komm doch, Marion, komm doch – du bist doch meine Frau!« Marion weiß nicht, wie sie reagieren soll. Eigentlich hätte sie nicht übel Lust, ihn einfach aus dem Bett zu werfen. Aber was wird dann werden? Der Gedanke an die nächsten Tage hindert sie daran. Während er versucht, sie zu stimulieren, mehr schmerzhaft als angenehm, denkt sie plötzlich, daß ihr Mißtrauen ihm gegenüber möglicherweise doch unbegründet ist und sie ihm mit ihrer Abweisung Unrecht zufügt. Und kurz darauf sagt sie sich, während sie sich zu ihm umdreht, daß sie es lange nicht gehabt und außerdem ein Recht darauf hat.

Dirk war viel zu aufgewühlt, um direkt nach Hause zu fahren. Er fuhr zu seiner Stammkneipe und hatte Glück, denn ein paar späte Gäste machten noch Kasse und hielten den Wirt bei Laune. Er bekam noch ein Pils und noch eins, und beim dritten gelang es ihm langsam, das Vorgefallene zu verdrängen. Erst stand er allein am Tresen, aber nach und nach gesellten sich ein paar Leute zu ihm, die nicht mehr sitzen wollten, und so kam er mit einer Dunkelhaarigen ins Gespräch, die ihn irgendwie an Linda erinnerte, wenn sie auch längst nicht so hübsch war. Sie stellte sich mit Petra vor, und da sie auch studierte, erzählten sie sich bald gegenseitig Geschichten über Kommilitonen, Professoren und überfüllte Hörsäle.

Jetzt, um vier Uhr morgens, wirft der Wirt sie endgültig hinaus. »Ich könnte dir noch einen Kaffee anbieten«, lädt sie Dirk auf der Straße völlig harmlos ein, weil er genau das denkt, was er sagt. »Ich wohne nicht weit von hier!«

Petra dreht sich zu ihren Bekannten um und verabschiedet sich. Die Jungs grinsen, da wird Dirk erst klar, was alle denken. Was soll's, sagt er sich, als toller Hecht dazustehen ist ja auch nicht schlecht.

Als Linda wach wird, hat sie zunächst Schwierigkeiten, sich zurechtzufinden. Bei Dirk? Dann dämmert ihr, daß sie ohne sein Wissen in seine Wohnung eingedrungen ist. Es muß am Alkohol gelegen haben oder an sonst was – mit einem Satz ist sie aus dem Bett, streicht ihr Kleid glatt und sucht ihre Schuhe. Nichts wie weg. Wie konnte sie auf die Idee kommen, damit etwas zu ändern. Oder zu retten. Oder – sie weiß selbst nicht. Hoffte sie auf eine Art Vergebung? Vergebung für was? Neuanfang? Mußte das unbedingt von ihr kommen?

Sie geht zur Tür und will beim Hinausgehen eben den Lichtschalter für den Flur drücken, als das Licht von selbst angeht. Linda zuckt zurück. Dann hört sie Stimmen von unten. Eine tiefe und eine hohe, äußerst angeregt, beide lachend und scherzend.

Linda bleibt wie angewurzelt stehen und lauscht. Sie ist sich nicht sicher und versucht, durch das Treppenhaus etwas zu erspähen, aber der Schacht ist zu eng. Verdammt! Sie beugt sich weit über das Geländer vor, aber es nützt nichts. Die Figuren bleiben außerhalb ihrer Sichtweite, nur die Stimmen kommen näher. Aber kurz bevor sie um die letzte Ecke biegen, ist es endgültig klar: Es ist Dirk. Mit einer Frau. Linda holt tief Luft und überlegt. Soll sie ihnen entgegengehen und ihm eine knallen? Soll sie cool zwischen ihnen durchgehen, als sei gar nichts? Solche Szenen liegen ihr nicht, und außerdem will sie wissen, was da läuft. Linda geht leise ein Stockwerk höher. Dort kauert sie sich hin und schaut durch das Geländer nach unten. Und während sie wartet und die Wortfetzen, die zu ihr nach oben dringen, zu entschlüsseln versucht, wird ihr heiß und kalt bei dem Gedanken, sie würde noch friedlich schlummernd in Dirks Bett liegen. Naiv, wie sie war, hatte sie gedacht, mit einem Gespräch alles klären und regeln zu können, aber sie hätte sich nur lächerlich gemacht.

Dirk fühlt sich seit langem wieder einmal so richtig wohl. Er kann aus tiefster Seele lachen, und selbst wenn es dem Alkohol zuzuschreiben ist, so tut es ihm doch gut. Und er hat eine Frau an seiner Seite, die zwar nicht gerade Linda ist, aber doch sehr amüsant und wenig kompliziert zu sein scheint. Während er mit ihr die Stockwerke zu seiner Studentenbude erklimmt und ein Witz den anderen jagt, denkt er darüber nach, was wäre, wenn die Jungs von vorhin recht hätten. Was, wenn Petra scharf auf ihn ist? Hat er überhaupt noch ein paar Präser im Haus? Vor seiner Haustür, als er gerade den Schlüssel aus seiner Jeans fischt, passiert es dann: Er riecht Linda. Irritiert bleibt er kurz stehen, denn er traut seinen Sinnen nicht. Eben hat es intensiv nach Linda gerochen. Er schaut sich um, während Petra ihm den Zeigefinger in die Brust bohrt: »Stimmt was nicht, Robin Hood? Ist ein Sheriff in Sicht?« Sie lacht schallend über ihren Witz, Linda duckt sich noch tiefer, und Dirk schließt die Tür auf. »Nein, alles klar, die Nacht gehört uns«, sagt er, mehr zu sich selbst und im Tonfall einer Verschwörungsformel, um den bösen Zauber zu besiegen.

Linda bleibt noch einige Minuten still auf ihrem Treppenabsatz sitzen, bis das automatische Licht von selbst ausgeht. Sie kann nicht glauben, was sie eben gesehen hat, denn daß Dirk eine andere hat, ist nun endgültig klar, und daß diese andere weit unter ihrer Klasse liegt, ebenfalls. Was kann er an der nur finden, fragt sie sich und beginnt tastend die Treppen hinunterzusteigen. Mit Grausen stellt sie sich vor, was sich nun hinter dieser Tür abspielt, an der sie gerade vorbeigeht. Ob er seine graue Allerweltsunterhose anhat? Oder sich für diesen hocherotischen Anlaß eine neue zugelegt hat? Ob er ihr Rotwein aus dem Kühlschrank anbietet oder sie gleich an sich selbst schlürfen läßt? Mit bösen Gedanken und Verwünschungen geht Linda noch ein Stockwerk tiefer, bevor sie das Flurlicht einschaltet. Dann fährt ihr ein weiterer Adrenalinstoß durch die Adern. Wo hat sie denn ihren Schlüssel gelassen? Und was, wenn sie ihn in Dirks Wohnung vergessen hat und die Eingangstür unten abgeschlossen ist? Dann kommt sie vor morgen früh um sechs Uhr hier nicht mehr raus. Aber er findet sich in ihrer Tasche, und sie hätte sich auch getrost auf Dirks Nachlässigkeit, auf sein Anti-Spießer-Behaviour, kurz ASB, wie er es selbst immer nennt, verlassen können: Die Tür ist offen, ihrer Flucht aus Dirks Leben steht nichts im Wege.

Ein Donnerschlag läßt Marion am Donnerstag morgen hochfahren. Was war das? Einbrecher? Dann hört sie das tiefe Grummeln eines Gewitters und kurz darauf wieder einen ohrenbetäubenden Krach. Das Zentrum muß direkt über Römersfeld sein. Sie steht auf und öffnet den dichten Vorhang einen Spaltbreit. Dunkle, schwere Wolken hängen tief über dem Garten, und jetzt beginnt es zu hageln. Was für ein Ärger, denkt Marion und schaut den prasselnden Eiskörnern zu, das schlägt mir jetzt die ganzen Blumenbeete kaputt. Seufzend läßt sie den Vorhang zufallen und sieht nach der Uhr. In zwanzig Minuten klingelt der Wecker. Vom Nachttisch gleitet ihr Blick zu Günther, doch der Platz an ihrer Seite ist schon leer. Wie ungewöhnlich, er ist vor ihr aufgestanden.

Marion greift nach ihrem Morgenmantel und geht ins

Bad. Er rasiert sich gerade und wirft ihr durch den Spiegel einen nicht gerade freundlichen Blick zu.

»Guten Morgen.« Marion zwingt sich zu einem heiteren Tonfall und geht zu dem Waschtisch neben ihm.

Seine Antwort ist kaum zu verstehen.

»Du grummelst wie das Gewitter draußen, stimmt etwas nicht?«

Er steht in Unterhose und Unterhemd breitbeinig vor dem Spiegel und verzieht sein Gesicht in jede Richtung. »Du siehst doch, daß ich mich rasiere«, meint er schließlich.

»Ist etwas Besonderes los, daß du so früh aufstehst?« fragt Marion, während sie nach der Zahnbürste greift.

Er klatscht sich Rasierwasser ins Gesicht, Marion nimmt ihm die Flasche aus der Hand. »Aha, *Cool Water*, das Rasierwasser für den Mann mit dem gestählten *body*!« Sie wirft ihm einen spöttischen Blick zu, denn in der Unterwäsche kann er seinen Bauch auch durch Einziehen nicht mehr verstecken. Er wölbt sich merklich über den breiten Bund seines Slips.

»Ich sage dir ja ständig, du sollst nicht so fettes Zeugs kochen. Das hast du jetzt davon!« schnaubt er und greift nach dem Kamm. Er macht ihn naß, um seine wenigen Haare nach hinten zu kämmen.

Marion schaut ihm aufmerksam zu.

»Ist etwas?« herrscht er sie jetzt zunehmend wütend an.

»Ich werde mir doch meinen Mann mal anschauen dürfen, ich habe ihn ja schließlich geheiratet«, sagt Marion und staunt im selben Moment über ihre lockere Zunge. Günther fällt nichts darauf ein, er geht an ihr vorbei ins Schlafzimmer, um sich anzuziehen. Marion folgt ihm. »In fünf Tagen habe ich Geburtstag, Günther, was wollen wir unternehmen?

Ein verlängertes Wochenende für zwei? Gäste? Oder einfach abends essen gehen?«

Günther dreht sich nach ihr um. Sie steht mit verschränkten Armen an den Türrahmen gelehnt. Was ist denn mit der los, denkt Günther, und während er noch sprachlos zum Schrank geht und ein weißes Hemd herausnimmt, fällt ihm eine mögliche Erklärung für ihre plötzliche forsche Art ein. *Sie* war das tatsächlich mit dem Stein, ganz so, wie er es gleich vermutet hat. Sie hat ihn mit Linda gesehen und denkt nun, sie wüßte alles und hätte ihn somit in der Hand. Da hat sie sich aber geschnitten.

»Denkst du vielleicht ans *Palace*?« fragt er bittersüß und faltet das Hemd auseinander.

»Gute Idee«, Marion lächelt ihm entspannt zu. »Da waren wir tatsächlich schon lange nicht mehr. Ich werde gleich für nächsten Dienstag reservieren.«

Günther sagt nichts mehr, denn er weiß nicht mehr, was er denken soll. Spielt sie ihm etwas vor? Oder glaubt er nur, daß sie ihm etwas vorspielt?

Um acht steht Manfred bereits vor seiner Bank und ist der erste Kunde, kaum daß die Gitterstäbe nach oben gefahren sind. Um Geld zu betteln, ist ihm zuwider, aber da er sich keine 180 000 Mark aus dem Ärmel schütteln kann, bleibt ihm nichts anderes übrig als der kümmerliche Weg in die Kreditabteilung. Er ist pünktlicher als der zuständige Mann, auf den er trotz Dienstbeginn zehn Minuten warten muß. Herr Biber, im dunkelgrauen Anzug mit gelber Krawatte und einem mit Gel unterstützten Bürstenhaarschnitt, entschuldigt sich für seine Verspätung mit einer unvorhergesehenen kurzen Besprechung, was Manfred so interpretiert, daß er mit *Auto-Motor-Sport* auf der Toilette war. Dann wird es ernst, Herr Biber vertieft sich in den Computer, holt alles, was das System über Manfred Büschelmeyer weiß.

»Welche Sicherheiten könnten Sie uns für 180 000 Mark denn bieten?« fragt er schließlich, und an der Art, wie er das sagt, erkennt Manfred genau, was kommen wird.

»Nichts, was 180 000 Mark wert wäre«, sagt er deshalb langsam, »sonst bräuchte ich Sie ja nicht. Ich benötige das Geld aber nur für einen kurzen Zeitraum, höchstens acht Wochen. Ich investiere damit in ein absolut sicheres Geschäft!«

Der Blick, der ihn trifft, sagt alles. »Nehmen Sie es nicht persönlich, Herr Büschelmeyer, aber absolut sichere Geschäfte sind heutzutage, nun, sagen wir einmal, selten bis nicht existent.«

Für einen Moment herrscht Stille, Manfred rutscht auf seinem kleinen Sessel nach vorn und mustert den Kalender hinter Bibers Rücken.

»Aber ich könnte Ihnen aufgrund Ihres Einkommens einen Vorschlag machen!«

»Wie sieht so etwas aus?« fragt Manfred skeptisch.

»Sie sagen mir, was Sie verdienen und welche laufenden monatlichen Ausgaben Sie haben, inklusive Auto, Wohnung und Versicherungen, und wir berechnen Ihre Möglichkeiten und bieten Ihnen ein entsprechendes Darlehen an.«

»Das hört sich toll an«, meint Manfred sarkastisch.

»Nun, ja, in Ihrem Fall, ich schätze mal, kämen wir etwa auf, na, sagen wir mal, fünfundzwanzig- bis dreißigtausend Mark.«

Manfred steht auf. »Sehr großzügig. Ich werde darüber nachdenken!«

Als Manfred die Bank verläßt, weiß er, daß er alles ganz anders machen wird.

Günther war voller Unruhe zu Hause aufgebrochen. Irgendwie hat er den Eindruck, als hinge er in der Luft, zudem hat er mörderische Kopfschmerzen. Die halbe Nacht hat er nicht geschlafen, dann Marions merkwürdige Andeutungen und jetzt auch noch dieser Schädel, der zu platzen droht. Er wird diesen idiotischen Apotheker verklagen. In Amerika hätte er sicherlich die Chance, Millionen an Schadensersatz dafür zu bekommen, daß er die Pille an der falschen Frau testen mußte.

Er ist früher in seiner Firma als sonst. Es ist noch angenehm ruhig, keine Hektik weit und breit, und er fragt sich, warum er nicht öfter früher kommt. Der Teppichboden auf dem Weg in sein Büro dämpft seine Schritte, die Zwischentür vom Sekretariat zu seinem Zimmer steht offen. Er tritt ein, ein lautes »guten Morgen« auf den Lippen, doch es bleibt ihm im Hals stecken.

Auf seinem Schreibtisch, mit dem Rücken zu ihm, sitzt, wenn auch attraktiv anzusehen, so doch völlig unpassend, seine Sekretärin und parliert englisch. Günther bleibt stehen und hört zu. Ganz offensichtlich telefoniert sie über seinen Apparat nach Amerika. Zu blöd, daß er die Sprache nicht beherrscht, denn es hätte ihn schon interessiert, was sie zu erzählen hat. Dem Anschein nach jedoch höchst Vergnügliches, denn sie gestikuliert und lacht und plaudert und lacht und gestikuliert, und nach zwei Minuten legt sie erschrocken auf, denn Günther hat ihr leicht auf die Schulter geklopft.

»Machen Sie das täglich?« fragt er, während sie mit hochrotem Kopf vom Schreibtisch rutscht und sich hastig ihr rotes Kostüm glattstreicht.

»Es«, stottert sie, »war ein Anruf für Sie, und wir sind etwas ins Plaudern gekommen!«

»Ich kann diesen Anruf überprüfen lassen. Wohin, wie lange und wieviel er gekostet hat. Aber wollen wir das so genau wissen?«

Die rote Gesichtsfarbe ist einer blassen gewichen, sie schaut betreten auf den Boden.

»Es ist«, sie hebt den Blick, »es tut mir leid. Ich bezahle Ihnen das.«

»Mit wem haben Sie denn telefoniert?«

»Mein Freund ... er ist bei der Army.«

»Schon lange?«

»Wir haben uns vor drei Jahren in New York kennengelernt.«

Günther schnaubt durch die Nase, während er um den Schreibtisch herumgeht. »Und seit dieser Zeit telefonieren Sie täglich von meinem Apparat aus? Glauben Sie, Ihr Gehalt reicht, um den Schaden wiedergutzumachen?«

Seine Sekretärin fährt sich durch ihr kurzes weißblondes Haar.

Günther läßt sich in seinen Sessel fallen. »Darüber muß ich nachdenken. Bringen Sie mir mal einen Kaffee!«

Auch Marion brüht sich gerade einen Kaffee auf, mit schaumiger Milch, ihren Guten-Morgen-Kaffee, mit dem sie immer ihren Tag beginnt, sobald Günther das Haus verlassen hat. Sie blättert den Lokalteil der Tageszeitung durch: keine weitere Notiz über diese idiotische Blitzanlage. Aber auch die Ehrung eines Kegelbruders war den Redakteuren offensichtlich keine Meldung wert. Marion blättert zum Wirtschaftsteil vor und beschließt, diesen Tag gemütlich anzugehen, zumal es nach dem Gewitter immer noch leicht regnet.

Kurz nach acht fällt ihr der zuständige Herr vom Grundbuchamt ein, der müßte heute ja eigentlich wieder im Dienst sein. Sie greift nach dem Telefon und ruft die Stadtverwaltung an. Tatsächlich, sie hat Glück und wird verbunden.

Kurzatmig erklärt ihr der Herr am anderen Ende, daß für die Auskunft über den Eigentümer eines Grundstücks ein berechtigtes Interesse vorliegen müsse.

»Das Interesse ist sehr berechtigt«, erklärt ihm Marion, »ich möchte das Grundstück kaufen.« Den Einwand, daß man dies normalerweise nicht telefonisch abhandle, überhört sie.

Schließlich erklärt der Beamte, daß er dazu im Grundbuch nachsehen müsse. Marion wertet das als Erfolg. »Ich kann warten«, sagt sie und rührt in ihrer Kaffeetasse.

Nach einer Weile wird der Hörer wieder aufgenommen. »Frau Schmidt?«

»Ja, ich bin noch dran.«

»Frau Marion Schmidt?«

»Dieselbige.«

»Gut, nach meinen Unterlagen gehört dieses Grundstück Lagebuchnummer 4377/3 Max und Bertha Dreher! Ist allerdings noch nicht der heutige Stand, das möchte ich nur vorsichtshalber hinzufügen. Ich war gestern nicht im Büro.«

Was soll das schon ausmachen, denkt Marion, bedankt sich freudig und legt auf. Max Dreher, murmelt sie und wälzt das Telefonbuch. Aha, der angrenzende Hof. Da hätte sie eigentlich von selbst draufkommen können. Soll sie anrufen? Nein, besser ist es bei solchen Leuten sicherlich, persönlich zu erscheinen. Schnell steht sie auf, um sich für diese Aufgabe zu richten.

So etwas ist Günther noch nie passiert, zumindest nicht so offen. Wer weiß, wer ihn in seiner Firma sonst noch betrügt, wer weiß, welche Gelder wohin fließen, wenn in der Buchhaltung ebenfalls ein Subjekt wie seine Sekretärin sitzt. Er spielt mit dem Gedanken, ihr zu kündigen, aber er weiß nicht, ob das als Grund ausreicht. Außerdem: bis eine Neue angelernt ist, hat er mehr Schweiß, Nerven und Geld verbraucht, als ihre kleinen Telefonate wahrscheinlich wert sind. Trotzdem wurmt es ihn, hintergangen worden zu sein. Einen Günther Schmidt hintergeht man nicht, das müßten in der Zwischenzeit eigentlich alle wissen.

Sein Telefon klingelt. Günther will in seinen Gedanken nicht gestört werden und nimmt unwillig ab.

»Ein Anruf für Sie, darf ich durchstellen?«

»Wer ist es denn?« Jetzt soll sie bloß nicht auch noch sagen, daß sie den Namen nicht richtig verstanden hat. Für heute reicht's an Unzulänglichkeiten.

»Eine Frau ...«, sie zögert, na, na, denkt Günther, »Hagen.« Es klingt erleichtert.

»Hagen?«

»Ja, mit Frau Hagen hat sie sich gemeldet.«

Günthers Herzschlag gerät aus dem Rhythmus, er greift sich automatisch an den Hemdkragen. »Stellen Sie durch!«

»Tag, Günther!«

»Guten Morgen, Linda. Es freut mich, daß du mich anrufst ...«

Günther sitzt angespannt auf seinem weichen Sessel. Kommt jetzt, nach dem Fiasko von gestern abend, die Kündigung?

»Ich wollte nur fragen, wann wir nach Paris fliegen?«

»Nach Paris?«

Sein Rückgrat spannt sich noch mehr.

»Ja, nach Paris ...«

Ihr Tonfall ist anders als sonst, weicher, entspannter.

Vielversprechender!!!

»Ja, natürlich, wann du willst!« Er spürt, wie ihm heiß wird. Ist er am Ziel? »Wo bist du?«

»Zu Hause!«

Sein Blick geht zur Uhr.

»Um die Uhrzeit? Wieso denn? Bist du krank?«

»Ich dachte, du magst vielleicht zu einem späten Frühstück kommen ...«

Spätes Frühstück? Günther sitzt noch immer kerzengerade und angespannt auf der Kante seines Ledersessels. Kann es sein? Soll es heißen? Warum so plötzlich?

Er räuspert sich. »Was soll ich mitbringen?«

»Nichts. Es ist alles hier. A-l-l-e-s!«

Das *alles* hat sie so betont, daß Günther aus seiner unbequemen Haltung heraus aufsteht und erst einmal völlig regungslos stehenbleibt. Er räuspert sich, denn darauf war er nicht gefaßt. »Ich bin gleich da!«

Manfred ist in seinem Baumarkt angekommen und verschafft sich eben ein zinsloses Darlehen. Drei der von ihm unterschriebenen Schecks in der Gesamthöhe von 182350 Mark wird er vorerst zurückhalten und auf seinen Namen umschreiben. Sobald das Geld von der Gemeinde geflossen ist, wird er die Schulden per Bareinzahlung ausgleichen. Das wird nur auffallen, wenn sich einer wirklich tief in die Bücher hängt. Und dafür wird es keinen Anlaß geben. Gutgelaunt ruft er Annemarie Roser an und teilt ihr mit, daß sie ihr Geld heute abend in Empfang nehmen kann und der Handel somit perfekt ist.

»Aber Sie haben den Vertragsentwurf noch nicht gelesen«, wendet sie ein.

»Ich werde ihn heute abend lesen, und das ist Zeit genug!« Manfred knetet vergnügt seine Hände. Endlich ist dieser Baumarkt mal zu etwas nutze. Geschäftsführer im Angestelltenverhältnis – das ist im Kreis von Unternehmern doch stets etwas wie der Hund an der Leine. Gehalten von einem, der schlauer ist. Aber jetzt wird er allen zeigen, daß er nicht der Hund, sondern der Herr ist.

Jetzt muß er nur noch ein Konto bei einer Bank eröffnen, die ihn nicht kennt, die drei Schecks und ein bißchen Eigenkapital einreichen, dann kann er das Geld abheben und ist die Nummer 1 in Römersfeld.

Linda hat beschlossen, alles über Bord zu werfen, was ihr hoch und heilig war.

Als der Wecker klingelte, schlug sie mit der flachen Hand drauf und beschloß, noch eine Stunde zu schlafen. Dann rief sie in ihrer Parfümerie an und erklärte, daß sie krank sei. Ziemlich heftige Bauchschmerzen – Grippe oder so, hoffentlich kein Blinddarm. Da sie sonst eine eher zähe Natur ist, schöpfte keiner Verdacht, sondern ihre Kolleginnen erklärten ihr mitleidsvoll die kuriosesten Heilmethoden.

Danach legte Linda eine Flasche Champagner ins Kühlfach, duschte sich, wusch die Haare und rief Günther an. Daß er sofort kommen würde, war ihr klar. Und was er sich erhoffen konnte, auch. Sie ist in der Laune, ihn zum Herzinfarkt zu treiben, ihm zu geben, was Dirk nun nie mehr bekommen würde, und nicht nur das, sondern darüber hinaus alles, was Dirk nie bekommen hat. Sie wird ihn richtig fertigmachen, bis er auf den Knien vor ihr winselt und Geldscheine kotzt, denn alle Männer sind Schweine.

Die Nacht mit Petra war Dirk gerade recht gekommen. Sie nahm sich den Kaffee und dann ihn, und es wirkte wie Balsam auf Dirks Seele. Endlich mal wieder jemand, dem er augenscheinlich genügte. Aber dann, bei Licht besehen, war Petra eben doch nicht Linda, und der Schmerz kam wieder, als Petra zur Uni fuhr.

Dirk setzte sich an den Schreibtisch, um zu arbeiten, aber seine Gedanken schweiften immer wieder ab, und schließlich ertappte er sich dabei, wie er Notizen machte. »Racheplan« hatte er breit über das Blatt geschrieben, und darunter listete er auf, womit er Günther empfindlich würde treffen können. Mit »Marion informieren« fing es an, und mit »abknallen« hörte es auf.

Jetzt aber fällt Dirk auf, daß er sich im Kreis dreht, und er denkt an seine gestrige Aktion und daran, was alles hätte passieren können, und beschließt, das Thema ein für allemal abzuhaken. Er zerknüllt das Papier und wirft es mit voller Wucht in Richtung Papierkorb. Es hat wirklich keinen Sinn, sich von Günther das Leben schwermachen zu lassen! Er greift nach seinem Hausschlüssel und steht auf. Einige Schritte werden ihm guttun, er braucht frische Luft. Und außerdem muß er sich überlegen, was er sagen soll, wenn Petra wieder anruft. Tut mir leid, es war schön, aber das war's? Oder soll er sie für den Fall hinhalten, daß ihm nochmals danach zumute ist? Er öffnet die Tür und tritt hinaus auf den Hausflur. Das wäre unfair, denkt er, und das ist nicht meine Art. Oder doch? Die Tür knallt hinter ihm zu, und er läuft schnell die Treppen hinunter.

Marion sitzt in ihrem Wagen und brütet vor sich hin. Bertha Dreher hat sie in verdreckten Gummistiefeln, speckigem Rock, fleckigem Pullover und strähnig zum Knoten aufgesteckten Haaren auf dem Hof ihres Hauses gleich unwillig abgewehrt. Das Gelände sei verkauft, und mit Dieben aus der Stadt wolle man nichts zu tun haben. Zu weiteren Sätzen war sie nicht zu bewegen, Marion war sich nicht sicher, ob die Bäuerin um diese frühe Stunde nicht vielleicht bereits alkoholisiert war. Sie blieb noch eine Weile mit ihrem Wagen stehen, denn sie hoffte auf jemanden, der ihr hätte Auskunft geben können, aber Max Dreher ließ sich nicht sehen, und Bertha warf ihr einen bösen Blick zu, bevor sie im Stall verschwand. So war sie allein, und stand, zwischen den baufälligen Scheunen, den Ställen und dem verwitterten Haupthaus mit ihrem schicken BMW-Cabrio und ihrem roséfarbenen Kleid mit den Goldknöpfen so deplaziert da, als sei sie eben von einem weit entfernten Stern auf den mit Rissen und Löchern übersäten betonierten Vorplatz gefallen.

Nun versucht sie, in ihrem Wagen einen klaren Gedanken zu fassen. Nicht möglich. Hat ihr dieser Tolpatsch vom Amt nicht eben noch erzählt, daß das Grundstück den Alten da gehöre? Ist die Frau zu dämlich und kennt ihr Eigentum nicht, oder war ihr da tatsächlich jemand um ein paar lausige Stunden zuvorgekommen?

Schließlich startet Marion ihr Auto, denn nun will sie es genau wissen. Sie wird direkt zu diesem uninformierten Menschen vom Grundbuchamt fahren und nachfragen, was da eigentlich los ist.

Günther hat einen Blick auf seinen heutigen Terminplan geworfen und geht nun zu seiner Sekretärin, die ihrem Gesichtsausdruck nach mit allem rechnet. »Ich bin die nächsten zwei oder sagen wir einmal drei Stunden nicht zu erreichen«, sagt er kurz, »verschieben Sie meine Termine!« Damit geht er zur Tür, dreht sich noch mal um und fügt generös hinzu, »naja, die Sache mit Ihrem Freund vergessen wir mal«, öffnet die Tür, geht hinaus, kehrt aber noch mal zurück: »Dafür habe ich was bei Ihnen gut! In welcher Form auch immer!« An ihrem Gesichtsausdruck sieht er, was sie denkt, aber es ist ihm egal. Von sexueller Nötigung war nicht die Rede, nur von Wiedergutmachung.

Günther rast sofort zum nächsten Blumengeschäft und kauft eine ganze Blumenvase voller Blumen, »nicht lange binden, einfach so einpacken, wie sie da steht«, und fährt gleich darauf, den Wagen mühsam bei sechzig Stundenkilometern haltend, voll brennender Ungeduld weiter in Lindas »Getto«.

Klaus kann es nicht glauben. Da regelt er gestern *die* Transaktion seines Lebens, und Günther läßt einfach den Termin absagen. Er versucht es über die Handynummer, aber da reagiert nur die Mailbox. Er sagt nur, »ruf mich dringend mal zurück«, denn er vertraut dem deutschen Telefonnetz generell keine geheimen Nachrichten an.

»Was ist? Du schaust so unwirsch?«

Regine ist hinter ihn getreten, nimmt ihm den Telefonhörer ab und massiert seinen Nacken. »War wohl ziemlich hart gestern, deine Tour?«

»Hart, aber erfolgreich!« Klaus nimmt ihre Hand und küßt sie.

Sie sind noch beim Frühstück im Wintergarten, später als sonst, deshalb hat Regine auch aufwendiger als sonst gedeckt: buntes Blümchengeschirr mit der passenden Tischdecke, einen Brotkorb voller frischer Hörnchen und verschiedenen Brötchen, selbstgemachte Marmelade, eine Käse-Wurst-Platte, frisch gepreßten Karottensaft und zur Feier des gemeinsamen geruhsamen Frühstücks zwei Omelettes mit Schinken und Pilzen. Und jetzt fallen auch die ersten Sonnenstrahlen durch das Glasdach und tauchen alles in ein warmes, fröhliches Licht. Das Gewitter hat sich endgültig verzogen, der beängstigende Hagel hat aufgehört, und auch der Regen ist vorbei. Klaus zieht Regine zu sich auf den Schoß. »Ich mache dir einen Vorschlag: Ich hole uns eine Flasche Champagner aus dem Kühlschrank, und du überlegst in der Zwischenzeit, wohin du mit mir fliegen möchtest. Ich denke an so eine hübsche kleine Städtereise, nach Mailand, Paris, Rom, Venedig oder Amsterdam, such dir was aus!«

»Ist das dein Ernst?« Sie fällt ihm um den Hals, Bobby beäugt sie, lang hingestreckt auf dem Boden, aufmerksam und stößt ein kurzes, heiseres Bellen aus.

»Ja, du, du eifersüchtiger Kerl! Schau nur her!« Klaus drückt Regine einen herzhaften Kuß auf den Mund, was Bobby mit weiterem Bellen quittiert. »Ich muß aufpassen, daß er mir nicht eines Tages den Ehering klaut«, lacht Klaus, befreit sich von Regine, tätschelt Bobby kurz den Kopf und geht in die Küche.

»Wow, Bobby, hast du das gehört? Eine Städtereise. Da legt er ja richtig los!«

Sie schwärmt ihrem Hund, der ihr aufmerksam lauscht, von Italien vor, den Kanälen in Venedig, der Mode in Mailand und der Kultur in Rom, bis ihr einfällt, daß Bobby nicht mitfliegen kann. »Wir könnten nach Paris«, tröstet sie ihn, »da können wir mit dem Wagen hin. Platz genug für alle!«

»Ich denke, du vertraust diesen Staubwedel hier deiner Bekannten Annemarie Roser an, das dürfte ja kein Problem sein.« Klaus ist hinter ihr hereingekommen, stellt die Flasche und zwei Gläser auf den Tisch.

»Ins Tierheim?« fragt Regine bestürzt.

»Back to the roots«, flachst Klaus, sieht aber an Regines Miene, daß das nicht gut ankommt. »Wir werden ihm ein Au-pair-Mädchen beschaffen«, sagt er beschwichtigend und zu Bobby, der den Kopf gehoben hat, »ein hübsches ...«

Manfred hat sich die drei Schecks und außerdem einige Blankoschecks in seine Aktentasche gesteckt und die Unterschriftenmappe mit den übrigen Schecks mit dem Hinweis ins Sekretariat gegeben, dies müsse heute noch zur Bank. Und im übrigen sei er erst heute nachmittag wieder zu sprechen. Er müsse sich unbedingt einen Konkurrenzbetrieb in Stuttgart ansehen, von dem so viel erzählt würde. Zuviel für seinen Geschmack, meint er leutselig, da müsse er jetzt einfach mal schauen, was dahinterstecke. Alle zeigen Verständnis für seine wichtige Dienstreise oder tun zumindest so, und Manfred fährt gutgelaunt los. Auf dem Weg nach Stuttgart geht er seinen Plan noch mal Schritt für Schritt durch. Eine Barentnahme ist für ihn ungefährlicher, denn sich eine Überweisung auf den eigenen Namen auszustellen wäre zu riskant. So bleibt nur zu hoffen, daß die Buchhaltung ausschließlich auf die Summen achtet und vergleicht, wieviel abgebucht wurde. Das würde bedeuten, daß er sinnvollerweise die drei Schecks auch als drei Schecks laufen läßt und nicht als Gesamtsumme abbuchen läßt. Manfred nestelt sich einen Kaugummi aus dem Papier. Anders wäre es sowieso nicht möglich, sagt er sich dabei, denn die Alte will ihre Kohle ja schon heute sehen, und eine Überweisung würde viel zu lange dauern.

Günthers weißes Hemd klebt am Rücken, obwohl er die Klimaanlage in seiner Limousine bis zum Gefrierpunkt heruntergefahren hat. Ihm spuken tausend Gedanken durch den Kopf, während er den Wagen vorsorglich in die Tiefgarage fährt.

Was, wenn er Linda völlig mißverstanden hat? Bisher schien sie ja nun nicht direkt auf der Lauer gelegen zu haben, um mit ihm ins Bett zu springen. Oder liegt es am morgendlichen Gewitter, hat der Blitz bei ihr eingeschlagen, reagiert sie auf elektrische Spannung, auf Magnetfelder, ist sie wetterfühlig, wetterwendisch, unberechenbar?

Du wirst kindisch, mein Guter, sagt sich Günther, während er mit dem riesigen Blumenstrauß zum Lift geht. Im Grunde genommen kann sie sein, was sie will, du willst sie bumsen, und du willst sie vorzeigen. Noch Hengst genug für junges Blut! Soll und kann jeder sehen. Auch wenn das im Zeitalter von Viagra kein Kriterium mehr ist. Verdammt, die hat er jetzt vergessen. Wo hat er die Packung bloß hingelegt? Aber will er sich das noch mal antun? Und was, wenn er sich jetzt wieder eine Pille einwirft und sie ganz andere Absichten hat? Soll er etwa mit einem Ständer ins Büro fahren und seinen Bonus einfordern?

Er grinst, denn die Idee des allmächtigen Chefs gefällt ihm, und eigentlich findet er es schade, daß Frauen einen eigenen Willen haben. Die Welt ist aus den Fugen geraten, seitdem es keine richtigen Führer mehr gibt. Eigentlich wäre genau er der Typ, den die Deutschen brauchen: autoritär, mit festem Willen, unbeugsam, sauber.

Aber da hält der Lift, und Günther steigt ein. Gleich ist es soweit, tätschelt er mit seiner freien linken Hand leicht seinen

Hosenladen. Mein lieber Freund, meine Spürnase sagt mir, daß wir endlich am Ziel sind.

Marion ärgert sich zu Tode. Nun ist dieser Kerl, dieser freudlose Beamte, schon wieder weg. Eine Kollegin, mit der er das Zimmer teilt, zeigt auf seinen übervollen Schreibtisch und meint bedauernd, daß unter den neuen Schriftstücken schon noch etwas liegen könnte, was in Marions Fall von Bedeutung sei, aber das sei nun mal eben leider nicht ihr Ressort. Der Kollege befinde sich in einer wichtigen Besprechung und sei erst am Nachmittag wieder zu sprechen. Und mit einem kleinen Seitenhieb fügt sie noch hinzu, daß Besucher sich normalerweise telefonisch anzumelden hätten.

»Bei einem, der nicht da ist, kann ich mich auch nicht anmelden«, schnaubt Marion, bevor sie die Tür hinter sich zuzieht. Am liebsten würde sie die Post dieses Langschläfers selbst durchsehen, sie ist sich sicher, daß sie innerhalb von fünf Minuten auf dem neuesten Stand wäre. Zögernd bleibt sie mitten auf dem langen Gang der Stadtverwaltung stehen. Und wenn sie abwartet, bis dieses Weib mal raus muß? Zur Toilette oder so? Und dann schnell hineinhuscht? Wenn sie jetzt ein Handy dabei hätte, könnte sie sie anrufen und zum Eingang bestellen. Die Zeit müßte ausreichen. Aber was würde passieren, wenn sie beim Stöbern erwischt werden würde? Worunter würde das fallen? Unbefugtes Sortieren von Amtsbriefen? Oder verbotenes Sichten geheimer Unterlagen? Hausfriedensbruch? Einbruch? Spionage? Sie verwirft diese Gedanken und geht langsam auf die breite Steintreppe und den Ausgang zu. Sie weiß zwar nicht, wer das Grundstück für wieviel Geld gekauft hat, aber wenn es Günther gewesen wäre, dann hätte er spätestens heute morgen einen Siegesschrei losgelassen. Vielleicht kann sie ja noch mitpokern, möglicherweise hält jemand ein As in den Händen, ohne es zu erkennen. Allerdings sollte sie sich für diesen Fall rüsten, denn bevor sie mitspielt, sollte sie zumindest genau wissen, wie hoch sie gehen kann. Sie sieht auf ihre Armbanduhr, noch Zeit genug, um in Ruhe bei ihrer Bank vorbeizuschauen.

Durch den Spion sieht Linda Günther kommen. Noch kannst du es dir ja überlegen, sagt sie sich. Du brauchst nicht aufzumachen, wenn du keine Lust dazu hast! Aber eigentlich hat sie schon Lust auf einen Mann, der so hartnäckig wirbt wie Günther und nicht müde wird, ihr die Welt zu Füßen zu legen. Es ist ihr Spiel, und sie hat den ersten Zug. Entschlossen öffnet sie die Tür, noch bevor er geklingelt hat. »Willkommen, Günther, schön, daß du so schnell kommen konntest«, sagt sie und tritt hinaus auf den Flur.

»Heiliges Kanonenrohr!« Günther klappt der Unterkiefer herunter, und er sieht so überrascht aus, daß Linda fast lachen muß. Aber dann legt sich der Ausdruck reiner Bewunderung auf seine Züge, und er schnalzt mit der Zunge. »Du siehst aus wie die Göttin Aphrodite, exquisit gemischt mit der Göttin Diana!« Er legt ihr seinen gewaltigen Blumenstrauß in die Arme. »Eine kleine Aufmerksamkeit aus dem Hause Schmidt!«

»Doch nicht etwa aus der Blumenvase deiner Frau?« kann sie sich nicht verkneifen zu sagen.

Aber er lacht nur und küßt sie rechts und links auf die

Wange. »Meine Frau wirst bald du sein«, flüstert er dabei, aber so leise, daß sie sich nicht sicher ist, richtig gehört zu haben. Linda dreht sich um und geht ihm voraus in ihre Wohnung. Ihr kurzer schwarzer Rock wippt um ihre langen Beine, darüber trägt sie lose ein engmaschiges schwarzes Netzhemd, das nur bis zum Bauchnabel reicht. Es ist ihr klar, daß sie die Herausforderung pur ist, aber sie will es auch sein. Heute nacht hat sie sich dafür entschieden, und jetzt will sie es wissen.

Günther grinst zufrieden, während er ihr nachgeht. Das läßt sich ja geradezu überirdisch gut an, denkt er und starrt auf ihren Rock, der beim Gehen fast bis zum Slip schwingt. Ob sie überhaupt einen anhat?

Linda geht in die Küche, nimmt einen Putzeimer, schwenkt ihn mit Wasser aus und stellt die Blumen hinein. Günther nimmt ihr das Arrangement ab und zieht die Stirn kraus. »Das habe ich vergessen, siehst du, einen Sektkühler wollte ich bringen, das heißt eigentlich zwei, denn für den Champagner brauchen wir ja auch noch einen.«

»Wie wär's mit einem Champagnerkübel und einer Blumenvase?« fragt Linda, die bereits vor dem Kühlschrank kniet und nach der Flasche angelt.

Aha, denkt Günther, das ist die erste Forderung, die sie stellt, seitdem wir uns kennen. Bisher nahm sie nur dankend an – und dies stets mit offen zur Schau getragenen Vorbehalten.

Jetzt wird der erste Wunsch laut, das heißt, das Spiel ist eröffnet.

»Kristall? Murano? Blaues Rauchglas? Oder orange? Wie hätte es die Dame gern?«

»Möglichst groß!«

Günther spürt, wie sich in seiner Hose etwas regt. Möglichst groß? Das kann sie haben!

»Ich habe da schon meine Ansprüche«, setzt sie hinzu und reicht ihm die Flasche. Leise Zweifel schleichen sich bei Günther ein. Was, wenn dieser Dirk, dieser Studentenschlaffi, stärker gebaut ist als er? Größer, dicker, härter? Er hätte diese Pille doch nehmen sollen, verdammter Idiot, der er ist. Gestern hatte er doch Atomausmaße. Aber was nützt gestern. Marion hat's wahrscheinlich nicht einmal gemerkt!

»Komm«, sagt Linda und greift nach den Gläsern, »laß uns ins Wohnzimmer gehen. Die Couch ist zwar auch nicht mehr die neueste, aber ziemlich bequem!«

Aha, die Couch, denkt Günther und geht ihr hinterher. Als nächstes wird das Auto angesprochen werden, der Handel wird klar.

Linda setzt sich hin und schaut ihn von unten herauf an. Nicht zu fassen, wie deutlich ihm seine Gedanken ins Gesicht geschrieben sind, denkt sie dabei und lächelt ihm zu. »Komm, setz dich«, sagt sie und tätschelt leicht den Sofastoff neben sich. »Machst du die Flasche auf? Wir wollen auf unseren Kurztrip nach Paris trinken. Ich freue mich jetzt schon riesig!«

Vielleicht will sie ja gar keine neue Couch, sondern steht tatsächlich auf mich, denkt Günther und setzt sich dicht neben sie. Verstehen könnte er es ja.

Marion ist sprachlos stehengeblieben. Sie glaubt, ihr Herzschlag muß aussetzen, das Blut schießt ihr bis in die Haarwurzeln, und schließlich beginnt sie zu frieren. Mit ihren neuesten Kontoauszügen in der Hand steht sie vor dem Schalter und stützt sich am Tresen ab. Nimm dich zusammen, sagt sie sich jetzt, das kann nur ein Fehler sein. Der Computer spinnt, notfalls sogar die ganze Bank. Aber eine Million verschwindet nicht so einfach. Eine Million, die sich so einfach auflöst, das gibt es ja überhaupt nicht. Sie dreht sich um, um sofort den Sachbearbeiter zu fragen oder, besser noch, direkt zum Direktor zu gehen.

Hinter ihr steht ein alter Mann, der sie offensichtlich genau beobachtet hat. »Brauchen Sie Hilfe?« fragt er. »Wissen Sie, mir geht es hier auch immer so. Die Rente ist einfach zu …«

»Kümmern Sie sich um Ihre eigenen Angelegenheiten«, herrscht Marion ihn an und steuert mit raschen Schritten auf die große gläserne Bürotür des Direktors zu. Eine Million weg! Für diesen Fehler kann sie die Bank verklagen. Was das allein an Zinsen kostet! Wenn sie das Günther erzählt, der wird wie eine Rakete losgehen!

Günther hat sich bereits nachgeschenkt und trinkt sein zweites Glas, während Linda noch an ihrem ersten nippt. Er erzählt ihr von heute morgen, aber Linda kann nichts dabei finden. »Andere Firmen müssen ihren Sekretärinnen teure Englischaufbaukurse bezahlen – siehst du, deine bildet sich von allein weiter. Sie wird für ihre guten Sprachkenntnisse eine Gehaltserhöhung verlangen!« Sie schaut ihn an und lacht dann schallend los. »Du solltest deinen Gesichtsausdruck sehen«, sagt sie schließlich.

»Na, du bist gut!« Er schüttelt den Kopf. »Das sind ja revolutionäre Ansätze! Das kann ich in meinem Büro gerade noch gebrauchen!« Linda lacht wieder, und Günther legt ihr, wie zufällig, seine Hand auf den linken Oberschenkel.

»Ich könnte eine Schulung bei dir abhalten«, Lindas Ton hat sich verändert, Günther horcht auf.

»Worin denn?« fragt er, und der Druck seiner Hand wird stärker.

»Darin!« Linda legt ihre Hand auf seine und schiebt sie ein kleines Stück höher.

Günthers Herzschlag verdoppelt sich sofort. Er hat das Zucken in ihrem Bein gespürt, für ihn ist die Aufforderung deutlich genug. Langsam tastet er sich vor. Er spürt, wie ihm heiß wird. Hoffentlich bricht ihm der Schweiß nicht aus, Schweißperlen auf der Stirn wirken wenig anregend. Lindas Hand spürt er noch immer fest auf seiner, jetzt nimmt sie sie weg und legt ihm ihr nacktes Bein quer über den Schoß. Günther schluckt trocken, er hört sein Blut rauschen. Sie trägt ein Nichts von einem Slip, das erregt ihn noch mehr, als würde sie keinen tragen. Mit fiebrigen Fingern erkundet er einen String, dahinter liegt sein Ziel, endlich ist er da, wo er von Anfang an hin wollte, er schiebt den Stoff zur Seite und tastet sich mit den Fingerspitzen durch die weiche, warme Haut hindurch. Ein leiser Seufzer zeigt ihm, daß er an der richtigen Stelle ist, er rutscht vom Sofa herunter und stimuliert Linda mit der Zunge. Er spürt ihre langen Fingernägel an seinem Kopf, hinter seinen Ohren, in seinem Nacken, ihr Becken bewegt sich immer schneller, er muß aufspringen, bevor der Zug ohne ihn abgefahren ist. Heiser sagt er: »Zieh den Slip aus«, während er an seiner Hose nestelt, die Schuhe abstreift, die Hose mitsamt seiner Unterhose ganz gegen seine

Gewohnheit auf den Boden wirft, sich auf sie legt und mit seinem edelsten Teil, Gott sei Dank hart genug, ins Glück eintaucht, während sein Mund den ihren sucht. Sein Verstand ist neben ihn getreten, er fühlt nur noch, wie alles in ihm pulsiert, wie sich alles spannt, er hört das Krachen des Glases, das er im Affekt vom Tisch gerudert haben muß, dann explodiert er – und eine Sekunde später denkt er: scheiße, zu früh!

Er fühlt sich erschlafft und schwer auf Linda liegend, rappelt sich entschuldigend auf. »War's gut für dich?« stellt er mit einem leichten Lächeln auf den Lippen die Frage, die Männer seit 1968 stellen müssen.

»Ja, es war wunderbar«, lügt Linda, wie Generationen von Frauen vor ihr schon gelogen haben.

Günther steht auf, geht in die Küche und kommt mit einer Küchenrolle zurück. »Du bist eine sagenhafte Frau«, sagt er, während er ihr das Papier hinhält. »Aber das nächste Mal machen wir das anders – ich möchte dich dabei nackt sehen und mehr Zeit haben.« Er zieht leicht an ihrem Netzhemd. »Willst du zuerst ins Bad?« Linda nickt und steht auf. Er schaut ihr nach, wie sie, bis auf ihr Hemd nackt, zur Badezimmertür geht. Sie hat genau die richtigen Wölbungen an der Hinterfront, nicht zu knabenhaft, aber auch nicht zu ausladend, fest und jung wie ein trainiertes Rennpferd. Günther gestattet sich ein stolzes Grinsen, während er sich nach den Scherben des Glases bückt. Vorsichtig sammelt er sie auf. Sinnbildlich für die zerschlagene Jungfräulichkeit, denkt er vergnügt, und streichelt kurz über seinen welk gewordenen Penis. »Gut gemacht«, lobt er ihn und fühlt sich dabei um mindestens zwanzig Jahre jünger. Ab heute beginnt sein zweites Leben. Soll sich ihm bloß keiner in den Weg stellen!

Der Direktor bestätigt Marion, was sie einfach nicht glauben will. Günther höchstpersönlich hat das Geld abgehoben. Sie sieht Datum und Unterschrift, und es besteht kein Zweifel: Er hat das Konto abgeräumt! Inklusive ihres Geldes. »Was ist mit meinen Aktien«, will sie zitternd wissen. Die Aktien wurden verkauft, das Festgeld abgehoben, mehr kann auch der Fachberater, der eilends herbeigeholt wurde, dazu nicht sagen.

Der Direktor scheint selbst überrascht. »Kann es sein, daß Ihr Mann die Bank gewechselt hat? Gab es Anlaß zu Unzufriedenheit?« Es klingt eher wie eine Drohung seinem Angestellten gegenüber und nicht wie eine Frage.

»Ich weiß es nicht«, antwortet Marion, einem Herzinfarkt nahe. Ihr schwirrt der Kopf, das holzgetäfelte Besprechungszimmer tanzt um den runden Tisch herum. Sie ringt um ihre Fassung und sagt schließlich mit einer Selbstbeherrschung, die sie sich selbst nicht zugetraut hätte: »Ich muß dazu meinen Mann befragen.« Ihre Stimme klingt eisig, und die beiden Männer stehen gleichzeitig auf, um sie zu verabschieden. Wie auf Schienen verläßt Marion das Zimmer, geht durch die Schalterhalle zum Ausgang. Sie hatte also recht. Günther setzt wegen irgendeines Geschäfts alles aufs Spiel. Ohne sie zu fragen, räumt er alles ab. Das geht zu weit; selbst wenn der Gewinn alles rechtfertigen könnte, kann er so nicht mit ihr umgehen. Nicht mit ihrem Geld! Es ist so ungeheuerlich, daß sie auch im Wagen noch immer keinen klaren Gedanken fassen kann. Ihr Puls rast, aber sonst ist sie zu keinen Emotionen fähig. Sie fühlt weder Trauer noch Wut. Was, wenn Günther aufs falsche Pferd setzt und alles verspielt? Kann von jetzt auf nachher eine ganze Welt zusammenbrechen? Sie kann, sagt sie sich und beißt die Zähne zusammen. Wenn das ihr Vater wüßte, er würde sich im Grabe umdrehen!

Linda steht unter der Dusche und überlegt. Willst du dir das wirklich antun, fragt sie sich, während sie sich wäscht. Er ist um so viele Jahre älter als du, er könnte locker dein Vater sein! Bei dem Gedanken schüttelt sie sich. Sie hat vermieden, ihn unter seinem Hemd anzufassen, weil sie weiches Fleisch abtörnend findet. Was soll das Ganze dann überhaupt? Sie ist sich selbst noch nicht auf die Spur gekommen. Warum tut sie das? Rachegedanken gegen Dirk? Die Aussicht auf »easy living«? Sie kann selbst keine Antwort darauf finden, der Weg in ihr Seelenleben scheint völlig blockiert zu sein, und ihr Unterbewußtsein verweigert die Auskunft.

Linda trocknet sich ab und will mit dem Badetuch um die Hüften hinaus. Günther kommt ihr mit einem frisch gefüllten Champagnerglas entgegen.

»Auf eine wunderschöne Zukunft, meine Schöne«, sagt er und reicht ihr das Glas. »Ab morgen wird sich alles ändern!«

Sie bleibt stehen und nimmt einen Schluck.

»Was wird sich ändern?« fragt sie mißtrauisch.

Günther macht eine allumfassende Geste. »Du wirst schon sehen!«

Lindas Augen folgen seiner Handbewegung. Meint er das

Wohnzimmer? Will er sie neu einrichten? »Gefällt dir was nicht?« fragt sie, auf der Hut.

»Mir gefällt alles wunderbar, aber es wird noch viel, viel besser!« Er senkt die Stimme. »Und wir werden auch viel, viel besser werden, wenn wir erst einmal eine ganze Nacht für uns haben!«

Was heißt denn da »wir«, denkt Linda, sagt aber nichts.

Marion hat sich so weit gefaßt, daß sie den Wagen starten kann. Sie wird Günther erst gar nicht anrufen, sie wird direkt zu ihm ins Büro fahren. Da kann er ihr gleich Rede und Antwort stehen. Sie ist lange nicht mehr dort gewesen, denn sie hat dort nichts verloren, wie Günther sie gelegentlich erinnert. Jetzt ärgert es sie, daß sie in ihrer Vertrauensseligkeit nicht wenigstens ihre Finanzsituation geklärt hat. Er konnte stets davon ausgehen, daß sie sich an ihrem gemeinsamen Konto nie vergreifen würde. Er aber nahm das offensichtlich nicht so genau. Sobald das Geld wieder da war, würde sie alles ändern!

Sie fährt schneller als sonst durch Römersfeld hindurch. Die abgesägte Radaranlage fällt ihr dabei wieder ein. Seit Günthers Geburtstag ist ihr Leben irgendwie aus dem Gleis geraten. Und dann diese Attacke heute nacht. Ohne Zärtlichkeit, fast lieblos, egoistisch. Nichts ist mehr, wie es früher war. Fast wie die Einzelteile eines Puzzles ohne Vorlage. Sie kann sie hierhin und dahin schieben, und sie ergeben trotzdem kein Bild.

Im Industriegebiet fährt Marion auf den großen Vorhof der Firma ihres Mannes. Das Gebäude ist ohne großen

Aufwand gebaut worden, funktionell, ohne schmückende Details. Die Außenwände aus Waschbetonplatten, die vorhanglosen Fensterrahmen aus dunkelbraunem Kunststoff, das Grundstück davor, Parkplatz, Auffahrt und Eingangsbereich, einfach zugeteert. Keine Blumen, kein Baum, keine Wiese, nichts. Marion dämmert, daß dieses Gebäude das Spiegelbild ihres Mannes ist. Seelenlos, schmucklos, ohne Geschmack. Wenn Günther Wärme zeigt, ist das Berechnung. Wenn er sich weltmännisch gibt, ist das oberflächlich. Hinter seiner Großmannssucht steckt eine Halbintelligenz ohne Tiefgang. Der ganze Mensch ist von niederen Instinken beherrscht – Besitz, Macht und Gier. Noch nie ist ihr das so klar geworden.

Von ihren eigenen Erkenntnissen erschüttert, braucht Marion einen Moment, bis ihr bewußt wird, daß Günthers Parkplatz leer ist. Er ist überhaupt nicht da! Wozu ist er dann heute morgen so früh aufgestanden? Findet heute dieser ominöse Termin statt? Schiebt er etwa genau in diesem Moment ihr Geld über den Tisch?

Marion steigt schnell aus und geht zur Tür. In der gläsernen Eingangstür sieht sie ihr Spiegelbild, und es kommt ihr lächerlich vor. Ein roséfarbenes Kleid mit Goldknöpfen. Ganz die ausgehaltene Ehefrau, Zeit für teure Einkäufe und Kosmetik. Sie hätte sich einen einfachen schwarzen Hosenanzug anziehen sollen, das würde auch besser zu ihrer Laune passen. Sie stürmt den langen Flur entlang und reißt, ohne anzuklopfen, die Tür zum Sekretariat ihres Mannes auf. Der Bürostuhl ist leer, die Tür zum Chefbüro geschlossen. Er wird doch wohl nicht mit dieser blonden Schlampe ..., denkt sie, gleichzeitig fällt ihr aber ein, daß er ja gar nicht da ist. Um sich zu vergewissern, reißt sie auch Günthers Tür auf. Der Raum ist leer. Immerhin.

Sie bleibt kurz unentschlossen stehen, dann beschließt sie, bei seinen Mitarbeitern nachzufragen. Selbst auf die Gefahr hin, sich bloßzustellen. Sie muß jetzt einfach wissen, wo er steckt. Sie schließt seine Bürotür hinter sich und will gerade die Tür zum Flur öffnen, als sie auffliegt.

Günthers Sekretärin steht vor ihr, einen großen Becher in der Hand, aus dem jetzt ein Schwung heißer Kaffee auf den grauen Industrieteppichboden schwappt. »Hab' ich mich erschrocken«, sagt sie, überprüft ihr kurzes, rotes Kostüm auf Flecken und wirft Marion einen vorwurfsvollen Blick zu.

Marion ignoriert ihn. »Mein Mann ist nicht da? Wo ist er?«

Die junge Frau schüttelt ihre Hand, über die offensichtlich heißer Kaffee gelaufen ist, wie ein junger Hund seine Pfote und zuckt dann, wie Marion findet, herausfordernd die Achseln. »Es kam ein Anruf, und er hatte es plötzlich sehr eilig.«

Ungehalten herrscht Marion sie an: »Sie als seine Sekretärin müssen doch wissen, wo er hin ist! Schauen Sie in seinem Terminkalender nach. Es ist dringend!«

»Da steht dieser Termin nicht drin, das kann ich Ihnen jetzt schon sagen!«

Ihr trotziger Blick macht Marion mißtrauisch. »Was soll das heißen?«

»Daß er nichts weiter gesagt hat. Nach dem Anruf ist er weggefahren. Das ist alles!«

Warum, weiß sie nicht, aber Marion hört an diesem Tag bereits zum zweitenmal alle Alarmsirenen in ihrem Kopf schrillen. »Von wem kam der Anruf?«

»Von einer Frau!« Sie hält einen Kaffeetropfen, der am unteren Becherrand hängt, mit der Fingerspitze auf.

Marion birst fast vor Ungeduld. Am liebsten hätte sie ihr den ganzen Becher über den Kopf gegossen. »Mein Gott, jetzt reden Sie doch schon! Wie lautet der Name dieser Frau?«

»Ich habe mir das nicht notiert. Tut mir leid!«

Marion überlegt. Konnte es die Sekretärin seines ominösen Geschäftspartners sein? Oder – ihr Atem stockt – hat er etwa eine Geliebte? Wozu bräuchte er dann so viel Geld? Die These, daß es jetzt gerade, in dieser Sekunde, ums große Geschäft geht, ist wahrscheinlicher. Das würde er dieser roten Ziege natürlich nicht auf die Nase binden.

Marion verabschiedet sich knapp, Stil muß sein, und beschließt, zu Manfred zu fahren. Und wenn das nichts nützt, wird sie Wetterstein persönlich fragen. Er muß schließlich wissen, was in seiner Gemeinde gespielt wird.

Und möglicherweise, denkt sie, während sie in ihren Wagen steigt, findet sie ja dort das ganze verräterische Nest.

Manfred ist erstaunt, wie leicht das geht. Er hat in einer der großen Banken im Zentrum von Stuttgart mit fünfhundert Mark Eigenkapital ein Konto eröffnet, die Schecks über 182 350 Mark eingereicht und sich von der Gesamtsumme genau einhundertachtzig Tausendmarkscheine in seine Aktentasche blättern lassen. Jetzt schlendert er mit dem Gefühl, jeder müsse ihm seinen Triumph auf den ersten Blick ansehen, die Königstraße entlang. Zu blöd, daß er es nicht feiern kann. Manfred lechzt danach, irgend jemandem erzählen zu können, was für ein Held er ist. Schließlich hat er, dank seiner

Cleverneß, eben den Baustein zum großen Geld gelegt und damit die ganze Römersfeld-möchtegern-Brigade degradiert. Und das muß er für sich behalten! Wie schade. Aber er beherrscht sich. Sobald ihm die Stadt das Grundstück abgekauft und er mit dieser Summe die Konten der drei Firmen ausgeglichen hat, wird er genug Gelegenheiten haben, sich ausgiebig auf die Schultern klopfen zu lassen. Und das werden viele sein. Genaugenommen alle, die Günther Schmidts aufgeblasene Wichtigtuerei nicht leiden können. Hämisch grinsend versinkt er in Tagträume und kostet die Vorfreude in allen Variationen aus; dann kauft er sich eine Flasche Champagner, um den Tag wenigstens zu Hause kräftig begießen zu können.

Im Auto – Aktentasche und Flasche legt er auf den Beifahrersitz – sieht er auf dem Display seines Handys, daß sein Büro angerufen hat. Bevor er startet, ruft er zurück. Marion Schmidt habe ihn besucht, wollte ihn dringend sprechen und bittet um Rückruf. Instinktiv legt Manfred seine Hand auf die Aktentasche. Was hat sie vor? War sie etwa trotz allem schneller? Er spürt, wie sein Puls zu rasen beginnt. Hektisch läßt er sich über die Vermittlungsnummer der Telekom mit dem Arbeitsamt verbinden. Erst als Annemarie Roser ihm bestätigt, daß alles beim alten bliebe, normalisiert sich sein Puls wieder, und er sinkt erleichtert in den Autositz zurück. »Können Sie den Vorgang etwas beschleunigen?« fragt er. »Ich würde das gern so schnell wie möglich durchziehen!« Er spürt Marion im Nacken sitzen und traut ihr nicht. »Der Vertrag liegt bereits bei mir. Wenn Sie mich kurz vorher anrufen, kommt der Notar schnell her, er hat seine Kanzlei hier um die Ecke.«

»Und der macht dabei keine Zicken?« Ein Notar, der zur schnellen Verfügung stehen soll, ist ihm im Leben noch nicht begegnet.

»Es ist ein Schulfreund von mir, und es ist so verabredet! Sie können also kommen, wann immer es Ihnen paßt!« So schnell wie möglich, denkt Manfred, holt tief Luft und startet den Wagen.

Linda hat sich mit Günther wieder auf die Couch gesetzt. Günther erzählt, wie er seinen Betrieb aufgebaut hat. »Von Null auf Hundert in drei Sekunden, ganz Formel 1«, grinst er und will dann wissen, was Linda beruflich so treibt.

Linda überlegt sich, was sie sagen soll. Da er sie zuerst ja für ein Model hielt, erscheint ihr ihr tatsächlicher Beruf im Vergleich dazu armselig. »Noch nicht ganz auf Hundert«, wehrt sie ab. »Aber ich komme noch dahin.«

Sie nimmt einen Schluck, um nicht weiterreden zu müssen.

»Warum hast du heute morgen denn nicht gearbeitet?« Er wirft einen demonstrativen Blick auf seine goldene Rolex.

»Ich wollte dir eine Freude machen«, erklärt sie und registriert verwundert, daß sie dabei noch nicht einmal rot wird.

»Was dir gelungen ist«, Günther grinst und tätschelt ihr Knie. »Das macht tatsächlich viel Spaß!«

Irgend etwas in seinem Blick zeigt ihr, daß er den Spaß gern fortsetzen möchte. Sie steht schnell auf. »Aber ich muß noch was tun, du hast völlig recht, sonst ist der Tag für mich gelaufen!«

Günther fährt sich mit beiden Händen über den kurzgeschorenen Schädel. »Ein paar kleine Aufgaben habe ich heute schon auch noch«, sagt er und erhebt sich schwerfällig. »Aber ich bin ja jetzt gut motiviert«, er streckt sich und dehnt sein Kreuz. »Für dich habe ich eine Kleinigkeit ins Bad gelegt. Zum Dessert, sozusagen. Oder als Aperitif fürs nächste Mal. Wie du willst!« Er küßt sie auf die Stirn. »Ich hoffe, das nächste Mal ist bald. Überleg doch mal, was du morgen vorhast ...« Er nickt ihr zu. »Und ob der Champagner noch reicht. Sonst bringe ich welchen mit. Und was anderes vielleicht auch.«

»Was anderes?« Linda legt den Kopf schief.

»Wird nicht verraten, aber wird dir Spaß machen.« Er tippt ihr gegen den Rock.

Nachdem Marion im Baumarkt hören mußte, daß Manfred frühestens am Nachmittag von einer Geschäftsreise zurück sein würde, ist ihr Zorn auf dem Siedepunkt. Er hat sie hereingelegt, er kungelt mit den anderen. Sie ärgert sich über sich selbst. Was hat sie denn auch anderes erwartet? Network nennt man wohl neudeutsch, was ihr Vater noch mit Sumpf bezeichnete. Es dürften wohl schon alle, die für dieses Geschäft wichtig sind, informiert und geschmiert sein. Sie schießt mit ihrem Wagen aus dem Baumarkt hinaus, nimmt in der Eile einen hohen Randstein mit, aber das ist ihr egal, selbst wenn die Felge jetzt Macken haben sollte. Sie ist dabei, ihre sämtlichen Prinzipien über Bord zu werfen. Sie wird auch nicht höflich klopfen und sich auch von keiner Sekretärin zurückhalten lassen. Sie wird diese elende Versammlung sprengen, selbst wenn sich Günther ihr in den Weg stellen sollte. Sie hat sich jahrelang mit Schönfärberei bei Laune gehalten, aber Selbstbetrug ist die eine Sache, Vertrauensbruch die andere. Diebstahl in der Ehe, gibt es das überhaupt?

Wütend rast sie durch Römersfeld hindurch, bei Rot über die Ampel. Die Straße ist leer, sie sieht keinen Grund zum Anhalten. Wenn sie kein Geld mehr hat, kann sie sich auch keinen Wagen leisten. Was interessiert sie da noch ein Führerschein?

Linda schaut noch vom Balkon aus zu, wie Günther aus der Tiefgarage hinausfährt, dann geht sie direkt ins Badezimmer. Einen kleinen »Aperitif« hat er ihr hingelegt, sie ist gespannt, was es ist, aber eigentlich weiß sie es schon: Geld. Sie schaut sich um, sieht aber nichts. Dann betrachtet sie die Dinge näher. Wie beim Eiersuchen zu Ostern, denkt sie; da fällt ihr eine kleine Papierecke auf, die unter ihrem Zahnputzbecher hervorlugt. Das wird es sein. Linda bleibt mit verschränkten Armen davor stehen. Was wird sie ihm als Hauptmenü wert sein? Zweihundert? Fünfhundert? Sie greift nach dem Becher und zieht einen ordentlich zusammengefalteten Schein hervor. Langsam glättet sie ihn. Tausend Mark hat er ihr hingelegt. Linda läßt sich auf den Toilettendeckel sinken. Das ist doch völlig irre, denkt sie, kein Mensch bezahlt für so eine Blitznummer tausend Mark. Was kann er bloß von ihr wollen? Ob er irgendwelche perversen Neigungen hat und sie einstimmen will? Was war das, er bringt das nächste Mal »was anderes« mit? Ja, genauso hat er es gesagt. Sie steht auf. Es wird kein nächstes Mal geben. Soll er sich die tausend Mark hinstecken, wo er sie sich hinstecken mag.

Marion hat ihren Wagen direkt im Halteverbot abgestellt und läuft nun über den gepflasterten Vorplatz zum Rathaus, das vor zehn Jahren mit viel Pomp im Renaissancestil gebaut wurde. Heute würde kein Mensch mehr eine solche Geldverschwendung befürworten, denkt Marion, während sie mit voller Kraft die große, massive Holztür aufdrückt. Hinter dem Glaskasten mit dem großen Hinweis »Empfang« sitzt niemand. Auch recht, dann muß sie keine Auskunft darüber geben, daß sie jetzt drei Männer umzubringen gedenkt. Den Oberbürgermeister himself, Manfred, den Verräter, und ihren Mann, den Betrüger. So schnell die Schrittweite ihres Kleides es zuläßt, läuft sie die Treppen hinauf. Sie braucht keinen Wegweiser, sie weiß genau, wo sie die Dreierbande findet. Das Klack-klack ihrer Absätze hallt durch den langen Flur, ihre Wut wächst mit jedem Schritt. Rechts und links befinden sich die Amtsstuben, am Ende des Ganges liegt links das Büro des Bürgermeisters, rechts das Sitzungszimmer. Kein Mensch begegnet ihr, alles ist wie ausgestorben. Das bringt sie noch mehr in Rage, denn es ist noch längst nicht Feierabend. Und dafür bezahle ich Steuern, ärgert sie sich und will die Tür des Sitzungszimmers aufreißen. Aber die Tür gibt nicht nach. Sie drückt den goldenen Griff noch einmal tiefer nach unten und stemmt sich mit ihrer Schulter dagegen, aber das Ergebnis bleibt das gleiche. Es tut sich nichts. Doch da – sie hört Stimmen aus dem Raum. Gedämpft zwar, aber da ist etwas. Sie verschanzen sich! »Aufmachen!« ruft Marion und klopft zunächst mit dem Fingerknöchel, dann mit der flachen Hand und schließlich mit der Faust gegen die Tür. Bevor es so richtig laut werden kann, hört sie, wie innen der Schlüssel langsam herumgedreht wird. Sie stößt die Tür mit einem Ruck auf. Joachim Wetterstein schaut sie erschrocken an. Also doch! »Wo ist mein Mann?« herrscht sie ihn an, ohne sich um Höflichkeitsformeln zu bemühen.

»Ihr Mann?« fragt Wetterstein verwirrt, bemüht, die Tür etwas zuzuhalten. »Ich habe nichts mit ihrem Mann!«

»Sagen Sie mir sofort, wo er ist!« Marion drückt gegen die Tür, stößt jedoch auf Widerstand.

Offensichtlich hat der Bürgermeister seinen Fuß davorgestellt. Klar, daß sie dort drin sitzen, wozu sollte er sich sonst so wehren.

»Glauben Sie mir ...«, beginnt Wetterstein beschwichtigend, aber da hat sich Marion schon gegen die Tür geworfen und Wettersteins Fuß zur Seite gefegt. Die Tür schlägt mit Schwung gegen die Innenwand, Wetterstein macht erschrokken einen Schritt zur Seite, stellt sich aber sofort wieder in den Türrahmen, als Marion jetzt an ihm vorbei in den Raum will.

»Was stellen Sie sich denn so an, wenn er nicht hier ist?« schreit sie ihn an.

»Pssst, es ist nicht nötig, daß Sie so laut werden«, besänftigend hält er sich seinen Zeigefinger an den Mund, »es gibt überhaupt kein Problem. Ich kann Ihnen versichern, daß Ihr Mann nicht da ist!«

»Warum verhalten Sie sich dann so merkwürdig?« fragt Marion und versucht, an ihm vorbei in den Sitzungsraum zu schauen.

»Ich … bin in einer Sitzung. Eine Besprechung. Aber nicht mit Ihrem …« Weiter kommt er nicht, da hat ihn Marion zur Seite geschoben und steht im Raum.

Monika Raak steht an einen der Tische gelehnt und lächelt ihr mit verschränkten Armen entgegen. »Na, zufrieden?« fragt sie ironisch.

»Wie …?« Jetzt ist es Marion, die völlig verdattert dasteht.

»Er dachte, Sie seien seine Frau!« Monika zeigt mit einer Handbewegung zu Joachim, der nun leise die Tür etwas zuzieht.

»Sind Sie jetzt beruhigt?« fragt er Marion, »wollen Sie jetzt bitte wieder gehen?«

Marion hat sich von ihrer Überraschung erholt. »Nein. Entschuldigen Sie, ich wollte natürlich nicht stören, aber gehen will ich nicht. Ich will jetzt nämlich etwas wissen!«

»Benötigen Sie mich dazu?« Monika hat sich vom Tisch gelöst. »Sonst würde ich mich gern verabschieden!«

Marion überlegt. Garantiert war Monika Raak nie so blöd gewesen, ihr Geld ihrem Mann anzuvertrauen. Auf der anderen Seite kann sie ihr den Anruf von damals nicht verzeihen. Eine Niederlage genügt.

Sie nickt. Ohne ihr die Hand zu reichen, geht Monika an ihr vorbei hinaus. Joachim Wetterstein begleitet sie, ist aber gleich darauf wieder zurück.

»Es ist nicht so, wie Sie denken!« beginnt er und schließt die Tür hinter sich.

»Bisher habe ich überhaupt nichts gedacht, aber jetzt beginne ich zu denken…«, antwortet sie mit einem Hauch von Abscheu in der Stimme.

Joachim Wetterstein schaut sie kurz und prüfend an, dann

zwingt er sich offensichtlich zu einem Lächeln. »Was kann ich denn für Sie tun? Sie sagten, Sie suchten Ihren Mann?«

Marion ist sich nicht mehr sicher, ob sie hier an der richtigen Adresse ist. Möglicherweise durchkreuzt sie sogar Günthers Pläne, wenn sie Wetterstein jetzt informiert. Aber da Günther es bisher nicht für nötig gehalten hat, sie über die wesentlichen Dinge in ihrem gemeinsamen Leben zu informieren, kann sie es auch nicht wissen. Das Risiko liegt also ganz allein auf seiner Seite.

»Sie können mich über ein gewisses Grundstück aufklären«, beginnt sie, unterbricht sich aber gleich selbst. »Wollen wir dazu nicht vielleicht in Ihr Büro?«

Er stehend an der Tür, sie mitten im Raum, das erscheint ihr für ein längeres Gespräch doch zu statisch.

»Bitte«, Joachim Wetterstein öffnet die Tür. »Ist Günther wieder an einem dicken Geschäft dran?« fragt er, neugierig geworden, während Marion an ihm vorbei hinausgeht.

»Das will ich ja eben von Ihnen wissen!«

Günther hat mit Verwunderung vernommen, daß seine Frau in seinem Büro war. »Was haben Sie ihr gesagt?« fragt er seine Sekretärin.

»Nur, daß Sie schnell wieder wegfahren mußten.«

Er steht vor ihrem Schreibtisch und schaut wütend auf sie hinunter. »Und wohin? Haben Sie ihr das auch gesagt?«

Sie zuckt mit keiner Wimper. »Wie denn? Ich wußte es doch selbst nicht!«

»Stellen Sie mir eine Verbindung her. Nach Hause! Sofort!«

Er wirft die Tür hinter sich zu und bleibt vor seinem Schreibtisch stehen. Da hört sich doch alles auf. Seine Frau spioniert ihm schon wieder nach! Er läuft zur Tür zurück. »Stopp!« herrscht er seine Sekretärin an. »Zuerst brauche ich Klaus Raak! Aber schnell!« Damit zieht er sich wieder zurück. Kurz darauf klingelt sein Telefon.

»Na endlich«, sagt Klaus, bevor er selbst etwas sagen kann. »Hast *du* meine Nachricht gehört? Ich habe schon heute morgen versucht, dich zu erreichen!«

Günther kommt gleich zur Sache. »Ist die Kohle sicher verstaut? Laufen die Geschäfte? Was machen die Verkäufe? Sag schon!«

Klaus schweigt kurz. »Brennt's irgendwo?« will er dann wissen.

»Marion war hier, und ich möchte fast wetten, sie war auf der Bank. Ich muß wissen, ob ich sie heute raussetzen kann oder ob es zu früh ist!«

»Bis sie auch nur ansatzweise kapiert hat, was da läuft, kommt sie an nichts mehr ran. Die Dinge sind im Fluß und nicht mehr aufzuhalten!«

»Das ist doch beruhigend. Immerhin eine gute Nachricht. Danke, Klaus.« Günther atmet auf und setzt sich auf die Kante seines Schreibtisches. »Wie geht's weiter? Sehen wir uns? Ich möchte gern die Details wissen!«

»Gern. Wann du willst!«

»Ich komme sofort!«

Manfred ist kurz vor Römersfeld. Er hat ordentlich Gas gegeben. Zum erstenmal in seiner Karriere als Autofahrer fällt ihm auf, wie viele auf der Autobahn im Schleichtempo links fahren und ihn dadurch aufhalten. Normalerweise gehört er eigentlich selbst zur Gruppe der gemütlich Reisenden, aber heute, da er es wirklich eilig hat, sieht er alles mit anderen Augen. Bis er die Autobahnausfahrt nach Römersfeld endlich erreicht hat, hat er gereizt drei Typen von Autofahrern ausgemacht: die einen, die ihm mit Oberlehrerverhalten signalisieren, daß hundertzwanzig Stundenkilometer schnell genug sei, und deswegen auch links fahren, wenn die rechte Spur über Kilometer frei ist, die anderen, meist ältere Herrschaften oder auch vereinzelt Frauen, die ängstlich an der linken Leitplanke kleben und sich schlichtweg nicht trauen, nach rechts auszuweichen, weil sie befürchten, in ihrem Leben nie mehr auf die linke Spur zu kommen, und schließlich die Direktorentypen, die ganz einfach darauf bestehen, daß sie das bessere, schnellere und teurere Auto fahren, bei dessen Erwerb sie selbstverständlich die linke Spur mitgekauft haben. Genervt kommt Manfred endlich in Römersfeld an.

Im Büro des Bürgermeisters ist Stille eingekehrt. Marion hat ihre Vermutungen geschildert, und jetzt sehen sich beide ungläubig an. Marion kann nicht glauben, daß an den Grundstücksspekulationen rund um das Tierheim nichts dran sein soll, und Joachim rätselt, welchen Nutzen man aus einem solchen Gerücht ziehen könnte.

»Sind Sie sicher, daß es sich um dieses Gebiet handelt? Wie kann man auf die Idee kommen, im Westen der Stadt ein Gewerbegebiet erschließen zu wollen, wenn es im Osten bereits eines gibt?« Er reibt sich nachdenklich die Stirn, und Marions Augen folgen dieser Handbewegung. Sein tiefer Haaransatz läßt der Stirn wenig Platz, die große Nase hat eine römische Krümmung, und die Lippen sind zu schmal. Schön ist er nicht, aber irgendwie wirkt er interessant. Vielleicht liegt das an seinen klaren grauen Augen, die sich jetzt auf die Tür heften, weil es dort eben geklopft hat. »Ja, bitte?«

Der Kaffee, um den er zu Anfang des Gesprächs gebeten hat, wird gebracht. Während sie ihn trinken, stellen sie abwechselnd Theorien auf, bis Marion darüber ins Grübeln kommt, was es für sie bedeuten könnte, wenn es nicht um das Tierheimgelände gehen würde. Ist es vielleicht überhaupt nie darum gegangen? Hat sie aus irgendwelchen Informationen falsche Schlüsse gezogen? Marion versucht, sich zu erinnern. Angefangen hat es mit diesem ominösen Scheck. Günther hat dem Tierschutzverein sechshundert Mark gespendet und diese Großtat auf eine gegen Klaus verlorene Wette geschoben. Und am nächsten Tag hat sie Regine beim Tierheim getroffen. Immerhin die Frau des Vermögensberaters ihres Mannes. Marion kommt nicht weiter. Es ergibt, wie üblich, kein Bild.

Auch Joachim Wetterstein grübelt. Wenn Schmidt so viel Geld abgehoben hat, wie Marion sagt, ist irgendwas zu erwarten. Möglicherweise etwas, worüber er als Oberbürgermeister Bescheid wissen sollte. Er geht die Firmen durch, die momentan an der Grenze zum Konkurs sind. Will er etwas aufkaufen? Sich vergrößern? Umsatteln? Fusionieren? Das Ganze macht einfach keinen Sinn. Möglicherweise handelt es sich aber auch gar nicht um Römersfeld, sondern um seine Geschäfte im Osten. Vielleicht muß er das Geld nachschießen, weil doch nicht alles so grandios läuft, wie er immer behauptet.

»Ich kann Ihnen wirklich nicht weiterhelfen«, sagt er

schließlich und lehnt sich in seinen Sessel zurück, »ich habe keine Ahnung, was dahinterstecken könnte!«

»Tja«, Marion versteht die Geste als Aufforderung zum Gehen, »jedenfalls danke ich, daß Sie sich Zeit genommen haben!«

Joachim Wetterstein steht auf und begleitet sie zur Tür. »Ich habe zu danken!«

Wieder allein, stellt er sich ans Fenster und denkt nach. Was könnte im Spiel sein, wenn es nicht ums große Geschäft geht? Der seltsame Anruf fällt ihm ein, als Günther einen Tag nach seiner Geburtstagsparty wegen Lindas Schminktäschchen angerufen hat. Es ist nicht seine Art, sich um so etwas zu kümmern. Aber weiter bringt ihn das auch nicht.

Er bleibt noch eine Weile stehen, und seine Gedanken verlieren sich; dann greift er nach dem Telefon. »Gut, daß ich dich erreiche«, sagt er, als auf der anderen Seite abgenommen wird. »Eine mehr als seltsame Geschichte, die mir Marion da eben erzählt hat«, und er skizziert in kurzen Abrissen das Gespräch.

»Lindas Schminktäschchen, sagst du?« Monika räumt mit der einen Hand ihre Einkäufe ein, während sie telefoniert, aber jetzt richtet sie sich auf und bleibt regungslos stehen. »Günther ruft bei dir wegen Lindas Schminktäschchen an? Hat er so etwas schon jemals getan?«

Joachim schüttelt den Kopf, sagt aber nichts dazu.

»Hast du dir in letzter Zeit mal deinen Sohn angesehen?« fragt Monika langsam.

»Was hat er damit zu tun?«

»Hast du?«

Joachim überlegt. »Ich habe ihn seit Tagen nicht gesehen!«

»Er sieht aus wie das Kätzchen am Bauch. Richi mußte ihn aus Stuttgart abholen, weil er in einer heruntergekommenen Kneipe seine Zeche nicht bezahlen konnte und seine Uhr versetzt hat!«

Joachim ist sprachlos. »Meine Frau hat mir nichts davon gesagt!«

»Auch Mütter erfahren nicht immer alles!«

Manfred ist direkt zum Arbeitsamt gefahren. Sein Gefühl sagt ihm, daß es bei diesem Geschäft um Minuten geht. Während er rückwärts einparkt, klingelt sein Handy. »Jetzt nicht«, brummt er, fährt nochmals ein Stückchen vor, um besser in die Parklücke zu kommen, und steht schließlich zu seiner Zufriedenheit exakt mittig. Es klingelt noch immer. Er nimmt es in die Hand und betrachtet das Display. Die Nummer kennt er: Marion Schmidt! Das würde der so passen! Soll sie ruhig auf die Mailbox sprechen. Sobald er den Vertrag in der Tasche hat, wird er sie mit einem Glas Champagner in der Hand zurückrufen. »Prost, Marion, wie lebt sich's als Verliererin?« wird er sagen.

Der Satz ist gut, denkt Manfred, während er aussteigt, den muß er sich merken.

Marion hat Manfred bereits im Büro die Nachricht hinterlassen, daß das »Tierheim gestorben« sei, und spricht ihm den gleichen Vers jetzt auch noch auf seinen Anrufbeantworter. Hat der Mensch ein Handy und hat es nicht dabei! Schließlich heißt das Ding ja »Handy« und nicht »Liegy«, ärgert sie sich und hinterläßt kurz ihre Nachricht: »Schade, daß ich dich nirgends erreichen kann, Manfred. Ich wollte dir nur kurz sagen, daß du deine Nachforschungen bezüglich des Tierheims einstellen kannst. Das Ganze war eine Fehleinschätzung, das Gelände ist wertloses Ackerland und bleibt es auch. Die Stadt hat kein Interesse an einem westlichen Gewerbegebiet – also alles wieder auf Anfang. Dies mit Gruß vom Oberbürgermeister, Marion.«

Diese Geschichte hat sich also erledigt, jetzt muß sie nur noch ihren Mann aufspüren und zur Rede stellen.

Manfred blättert Annemarie Roser, nachdem er in Windeseile den notariellen Kaufvertrag unterzeichnet hat und Peter Lang gleich darauf gegangen ist, mit siegessicherem Lächeln 180 000 Mark in Tausendmarkscheinen auf den Schreibtisch. Annemarie macht kleine Häufchen à zehn Scheinen, um den Überblick zu behalten. »Und die letzten zehntausend wie besprochen«, schmunzelt Manfred. »Ihre kleine Vermittlungsgebühr. Darauf sollten wir eigentlich etwas trinken!«

Annemarie schaut kurz auf, während sie die Scheine zählt: »Es ist noch nicht Dienstschluß!«

»Sagen Sie bloß, Sie haben keinen Champagner und keine Gläser da. Gibt's in einem Arbeitsamt denn nie was zu feiern?«

»Arbeitslose haben gewöhnlich weder Geld noch Grund zum Feiern!«

Manfred, sprühend vor guter Laune, grinst. »Na, na«, sagt er und versucht seine Stimme erotisch tief klingen zu lassen, »sind wir beide etwa arbeitslos? Sehen wir so aus? Sie haben eben einen guten Schnitt gemacht, und ich habe ein wertloses Grundstück gekauft«, er will sich ausschütten über seinen Witz.

Annemarie legt das Geld in einen großen Umschlag und verschließt diesen in ihrer Schreibtischschublade; dann steht sie auf. »Trotzdem, es stehen noch Menschen draußen, die warten. Darüber, daß Sie sich vorgedrängelt haben, möchte ich heute kein Wort verlieren, aber andere Leute haben auch Rechte!«

»Seien Sie doch nicht so streng«, piepst er und erhebt sich ebenfalls. »Wir werden schon noch ein Glas zusammen trinken!« Mit dieser Prophezeiung drückt er ihre Hand und geht.

Kaum ist die Tür zugefallen, wirft Annemarie die Arme hoch und dreht sich mehrere Male laut lachend im Kreise. »Wow!« jubiliert sie und verdreht dabei die Augen, »kaum zu glauben! Es ist wahr geworden!« Sie greift zum Telefon und ruft Regine an. »Die Kohle ist da«, lacht sie in den Hörer hinein. »170 000 Mark! Darauf gebe ich heute abend einen aus. Hast du Lust? Und Zeit?«

Manfred setzt sich in seinen Wagen, küßt den Vertrag und legt ihn neben sich. So, jetzt kann er in aller Seelenruhe ins Büro, und heute abend wird er richtig einen draufmachen. Sein größter Triumph wäre es, mit Günther in eine Kneipe zu gehen, eine Flasche auszugeben und erst im nachhinein zu erklären, was der Anlaß dafür war. Er grinst vor sich hin und greift nach dem Telefon. Mal schauen, ob er irgendwo zu erreichen ist. Günthers Sekretärin erklärt ihm, daß er bei seinem Vermögensberater sei. Das bringt Manfred fast zum Lachen. Die tüfteln wahrscheinlich noch an ihrem großen Coup herum, dabei hat er ihn bereits in der Tasche. In bester Laune läßt er sich über die Vermittlung mit Raaks Büro verbinden.

Günther scheint erstaunt über den Anruf, aber Manfred erklärt, daß man anders ja überhaupt nicht mehr an ihn herankomme, und er wolle doch so gern mal wieder was mit ihm trinken gehen. Wie früher. Alte Kumpels unter sich, am besten gleich heute abend. Auf seine Rechnung. Bei einem Schwaben zieht so etwas immer.

Aber Günther ist zurückhaltend. »Ich habe einfach zuviel um die Ohren, und heute abend habe ich eine größere Transaktion vor!«

Manfred feixt. Diese größere Transaktion hat er ihm eben versaut. »Schade, dann ein andermal«, sagt er und legt auf. Dann wird er eben Marion die gute Laune verderben. Das braucht er noch, bevor er losfährt. Die Mailbox fällt ihm ein, er wird sich jetzt mal kurz anhören, was sie ihm zu sagen hat und dann zum Gegenschlag ausholen. Grinsend wählt er die 3311.

Manfred hört sich ihre Nachricht dreimal an. Sein Lächeln ist erstarrt. Aber er glaubt nicht, was er da hört. Er wählt die Mailbox nochmals an. Und dann noch mal. Es hört sich so echt an. War sie tatsächlich bei Wetterstein? Oder belügt sie ihn nur?

Mit zittrigen Fingern wählt er erneut die Vermittlung. Er

vertippt sich, muß noch mal von vorn anfangen. Kurz danach hat er Günther erneut an der Strippe. »Günther«, fällt er gleich mit der Tür ins Haus, »hast du übrigens schon gehört, daß das Gelände am Tierheim zu Gewerbegebiet werden soll?« Er hält den Atem an. Jetzt muß er reagieren.

»Gewerbegebiet?« Günthers Stimme klingt unwillig. »Das ist doch nicht dein Ernst. So ein Quatsch. Wer soll denn da bauen?!«

Manfred schluckt trocken.

»Wo hast du das denn her?« will Günther wissen.

»Von jemandem, der's eigentlich wissen sollte«, sagt er mit schwankender Stimme.

»Ein ausgemachter Blödsinn ist das. Kein Mensch würde dort investieren.«

Jetzt ist es Manfred klar. Er hat seinen Kopf verspielt. Ihm muß schnellstens etwas einfallen.

»Und wenn es um ein Großprojekt ginge?« fragt er, um eine Lunte zu legen.

Günther zögert. »Was soll denn das für ein Großprojekt sein – niemand hat mehr Geld für so etwas!«

»Keine Ahnung«, Manfred überlegt krampfhaft. »Ein Flugplatz vielleicht?«

»Mach dich nicht lächerlich!«

»Krankenhaus, Altenwohnanlage, Industriepark, was weiß ich!«

Er hört Günther tief Luft holen. »Vielleicht ein Kloster?« Es hört sich an, als sei er kurz davor, den Hörer auf die Gabel zu knallen. »Was sagt denn unser Freund Wetterstein dazu?«

Manfred senkt die Stimme. »Er weiß noch von nichts!«

»Er weiß von nichts?« Günther lacht polternd los. »Der Gemeindefürst weiß von nichts, wenn sein eigener Verein ins Grüne bauen will? Komm, vergiß es!«

Günther legt auf und wirft Klaus einen skeptischen Blick zu.

»Kannst du dir vorstellen, daß das Gelände am Tierheim erschlossen werden soll?«

Klaus runzelt die Stirn. »Was soll denn dort hin?«

Günther schüttelt den Kopf. »Manfred meint, vielleicht ein Flugplatz ...«

»Flugplatz?« Klaus schaut ihn mit hochgezogenen Brauen an. »Hast du vielleicht einen Pilotenschein?«

»Nein!«

»Na also, ich auch nicht. Dann braucht Römersfeld auch keinen Flugplatz!«

Günther grinst. »Jetzt mal ernsthaft bitte!«

»Wie kommt er darauf?«

»Manfred will davon gehört haben, aber Wetterstein weiß angeblich noch von nichts!«

Klaus winkt ab. »Macht wenig Sinn. Höchstens«, er überlegt, »wenn Wetterstein davon nur deshalb nichts wissen will, weil es noch zu früh ist, um etwas wissen zu dürfen, dann könnte es ein Schnäppchen sein ...«

Günther steht auf, geht zum Wandschrank und klappt Klaus' kleine Bar herunter. »Du auch?« fragt er Klaus und greift nach der Cognacflasche.

Im Schrankspiegel sieht er Klaus zustimmend nicken. Mit zwei gut gefüllten Gläsern kehrt er an den Schreibtisch zurück und hält eines davon Klaus hin. »Und wie könnte man das herausfinden?« will er dabei wissen.

»Indem man das Grundstück kauft und abwartet!« antwortet Klaus und verzieht das Gesicht.

Manfred sitzt noch immer am selben Fleck in seinem Wagen. Er hat es noch nicht geschafft, das Auto zu starten, weil er Angst hat, vor lauter zuckender Nervenstränge an den nächsten Baum zu rasen. Alles an ihm spielt verrückt, sein Körper revoltiert und pendelt zwischen heftigen Schweißausbrüchen und Schüttelfrostanfällen hin und her. Seine einzige Hoffnung ist, daß Günther die Pille geschluckt hat. Dann würde er ihm das Gelände über einen Mittelsmann verkaufen. Im Notfall zum halben Preis.

Er packt das Lederlenkrad mit beiden Händen und schlägt mehrmals seine Stirn dagegen. Wie konnte er so blöd sein. Wie konnte das passieren. Was ist schiefgelaufen?

Dann kommt ihm ein anderer Gedanke. Er könnte sich das Geld wiederholen. Er weiß, wo es liegt. In einem Umschlag in ihrer Schreibtischschublade. Die wäre leicht aufzubrechen. Oder er könnte ihr nachgehen, sobald sie das Arbeitsamt verläßt. Heute kann sie die Scheine nicht mehr zur Bank bringen. Sie wird den Umschlag bei sich tragen, ihn mit nach Hause nehmen. Irgendwie muß er an das Geld herankommen. Und morgen ist der ganze Spuk glücklich vorbei. Er bezahlt die drei offenen Rechnungen in bar, und alles ist so, wie es war.

Langsam setzt in Römersfeld der Feierabendverkehr ein. Marion hat ihren Mann noch immer nicht aufgetrieben, Linda tigert seit Stunden in ihrer Wohnung auf und ab, und Annemarie Roser wirft einen prüfenden Blick aus dem Fenster ihres Büros. Zu ihren Füßen liegt der große Parkplatz des Arbeitsamtes, von dem jetzt mehr und mehr Autos wegfahren, gegenüber sieht sie über einige flache Häuser hinweg zum Kirchturm von Römersfeld. Dahinter tauchen die sanften Konturen der Weinberge auf, leicht verschwommen im Dunst. Sie schaut zum Himmel. Es ist zwar nicht strahlend schön, aber warm, und es sieht zumindest nicht nach Regen aus. Sie wird sich nachher mit Regine zu einem Abendspaziergang treffen und danach in irgendeinem urigen Gasthof auf die 170 000 Mark anstoßen. Die zehntausend werden ihr Geheimnis bleiben, dafür wird sie heute abend auch die Zeche bezahlen. Sie schließt ihre Schreibtischschublade auf, nimmt den Umschlag heraus, drückt ihn kurz an den Mund und steckt ihn in ihre Umhängetasche. Feierabend, jetzt geht das Leben los.

Manfred sieht sie kommen. Er sitzt noch immer in seinem Wagen, allerdings hat er ihn in eine hintere Parkplatzreihe gefahren. Einige Büsche und Bäume bieten Sichtschutz, er beobachtet Annemarie, wie sie in einen gepflegten Kleinwagen steigt. Sie hat eine gute Figur, denkt er, aber die kurzgeschnittenen Haare deuten auf zuviel Testosteron. Und auf ein Weib mit männlichen Hormonen kann er verzichten, die hat er selber. Manfred läßt den Wagen an. Einen genauen Plan hat er noch nicht, er vertraut auf seinen Einfallsreichtum in Krisensituationen. Ihm wird zur gegebenen Zeit schon das Richtige einfallen. Annemarie Roser fährt los, ohne sich groß umzuschauen. Manfred reiht sich einen Wagen hinter ihr in den

Feierabendverkehr ein und klappt die Sonnenblende hinunter. Man kann ja nie wissen.

Linda hat einen Entschluß gefaßt. Sie hat sich, nachdem sie ihre ruhelose Wanderung aufgegeben hat, mit einem weißen Blatt Papier an den Tisch gesetzt und Zahlenreihen aufgeschrieben. Eigentlich hätte sie schneller damit fertig sein können, aber sie möchte es genau vor sich sehen:

1000 DM
1000 DM
1000 DM
1000 DM
1000 DM
1000 DM

Nachdem sie eine ganze Seite dicht beschrieben hat, hört sie auf. Das wären genau 100 000 Mark. Damit könnte sie in eine andere Stadt ziehen und ein eigenes Geschäft aufmachen. Ein Sonnenstudio vielleicht oder einen Copyshop mit Schreibbüro oder irgendwas, mit dem sie unabhängig sein könnte. Sie lehnt sich in ihrem Stuhl zurück und legt die Füße auf den Tisch. Das würde aber bedeuten, daß sie Günther zumindest hundertmal ertragen müßte. Einhundertmal, das ist auch für ein Startkapital in die Selbständigkeit ziemlich heftig. Wer weiß, auf welche Ideen er noch kommt. Womöglich bringt er einen Freund mit oder so was, zuzutrauen wäre es ihm.

Sie zerknüllt das Blatt und wirft es in den Papierkorb. Blöd, daß sie mit niemandem darüber reden kann. Irena fällt ihr ein, von ihr hat sie lange nichts mehr gehört, und es wäre schön, einen ganzen Abend lang mal wieder so richtig zu quatschen. Aber Irena ist die Schwester von Richi, und Richi ist Dirks bester Freund, kaum denkbar, daß da nichts durchsickert. Und eigentlich geht es ja auch keinen was an, was sie in ihrer Freizeit treibt.

»Treibt« ist das richtige Wort, denkt sie und geht an den Kühlschrank. Vielleicht bringt sie ein Käsebrot auf andere Gedanken.

Annemarie schlängelt sich durch den Verkehr und summt vor sich hin. Sie ist glücklich. Wie schnell ihr Leben doch eine Wende genommen hat. Die zehntausend Mark wird sie anlegen und sich, wenn sie genug Urlaubstage zusammen hat, eine Weltreise leisten. Sie braucht kein neues Sofa und auch keinen größeren Wagen, sie möchte fremde Länder sehen, fremde Kulturen kennenlernen, mit fremden Menschen sprechen, sie möchte sehen, was die Erde zu bieten hat. Darauf freut sie sich jetzt schon. Sie biegt in ihr Viertel ein. Es sind Mehrfamilienhäuser, alle parallel zueinander gebaut, baulich etwas langweilig, zumal man sich auch ständig gegenseitig in die Fenster oder auf die Balkone schaut, aber gepflegt und mit einer Grünanlage, die vor fünf Jahren einen Städtepreis bekommen hat. Sie stellt ihren Wagen auf dem dazugehörenden Parkplatz ab, auf die Stellnummer 78. Das ist das einzige, worauf hier wirklich penibel geachtet wird, das heißt, auch die Mülltrennung ist ein stetiges Thema. Anfangs hatten die meisten ihren Biomüll zwar in die Biotonne geworfen, aber in Plastiktüten. Und die Konservendosen lagen ungewaschen und stinkend in den gelben Säcken, ein Schandfleck für die Anlage.

Annemarie klemmt ihre Tasche unter den Arm, schließt ihren Wagen sorgfältig ab und geht den von Büschen umgrenzten schmalen Weg entlang zu den Abfallcontainern, die seitlich an der Straße hinter einem hohen Bretterzaun versteckt sind. Das tut sie allabendlich, seitdem sie vor einem halben Jahr aus purem Zufall in der Restmülltonne vier neugeborene Kätzchen entdeckt hat.

Manfred hat seinen Wagen zwischen zwei Autos geparkt und sieht seine Chance kommen. Er schnappt die Champagnerflasche vom Beifahrersitz und geht los. Annemarie Roser läuft vor ihm, und wenn er aufpaßt, wird sie ihn nicht kommen hören. Ein dezenter Schlag auf den Hinterkopf, der schnelle Griff zur Tasche, und ab ins Auto. Es wird wie ein ganz normaler Raubüberfall aussehen, und garantiert wohnen hier ein paar Ausländer in der Nähe, da wird sofort jeder aufrichtige Deutsche Bescheid wissen, aus welcher Ecke so eine Attacke gegen eine hilflose Frau gekommen sein muß.

Manfred beobachtet Annemarie genau, während er seinen Schritt beschleunigt. Sie scheint völlig in Gedanken zu sein, und jetzt kann er auch hören, daß sie vor sich hinträllert. Gleich ist sie an der ersten Tonne. Was will sie denn da, sie hat doch überhaupt keinen Abfall in der Hand. Will sie etwa ihr Geld dort verstecken? Oder plündert sie gar fremder Leute Müll?

Noch drei Schritte, dann hat sich das Thema für ihn erledigt. Er packt die Flasche wie eine Schlagwaffe am Hals und nimmt sie eben hoch, um genügend Schwung für den Schlag zu haben, da wird er von hinten auf die Seite gestoßen und landet krachend am Bretterzaun. Ein monsterartiges Tier ist an ihm vorbeigeschossen und springt Annemarie an, die seltsamerweise überhaupt nicht erschrickt und sich auch nicht wehrt, sondern sich lachend nach ihm umdreht. Die Schnauze der Bestie ist in Annemaries Kopfhöhe. »Bobby, alter Kerl, bist du schon da? Wo ist dein Frauchen?«

Dann fällt ihr Manfred auf, der belämmert am Zaun steht, die Flasche in der Hand. »Nanu, was machen Sie denn hier?« fragt sie und lacht ihn an. »Wohnen Sie etwa auch in diesem Viertel? Na, das ist ja ein Zufall!« Sie herzt den Hund und beginnt anschließend, ohne sich weiter um Manfred zu kümmern, eine Tonne nach der anderen zu öffnen.

Manfred schaut ihr zu und überlegt. Sie hat ihn gesehen. Wenn er ihr jetzt das Geld wegnimmt, weiß sie natürlich, wer es war. Da müßte er sie schon umbringen. Aber lohnt sich das? Und was würde dann dieses Ekelpaket von Hund machen?

»Ach, da bist du!« Eine Frauenstimme hinter ihm. Jetzt ist sowieso alles zu spät. »Wir standen schon an der Tür und haben auf dich gewartet!« Er dreht den Kopf. Regine Raak, die hat ihm gerade noch gefehlt. Was macht die denn hier?

»Oh, Manfred. Das ist ja eine Überraschung!« Sie reicht ihm die Hand, verlegen drückt er sie. »Seid ihr zusammen gekommen?« Ihr Blick geht von Manfred zu Annemarie und wieder zurück.

»Nicht daß ich wüßte«, lacht Annemarie. »Er wohnt hier!«

Die Raaks wissen, wo ich wohne, denkt Manfred. Jetzt

muß dir was einfallen! »Hier??« Regine wirft ihm einen ungläubigen Blick zu.

»Nein«, er hebt langsam die Champagnerflasche, »um die Wahrheit zu sagen, ich wollte heute nachmittag mit Frau Roser auf unser Geschäft anstoßen, aber sie hatte leider keine Zeit, und jetzt bin ich hier, weil ich es nachholen wollte ...«

»So?« Annemarie mustert ihn erstaunt.

»Ja...«, Manfred zuckt verlegen mit den Schultern, was ihm in dieser Situation nicht schwerfällt. »Wenn Sie es genau wissen wollen, Sie gefallen mir eben.« Er wird auch nicht rot dabei, aber Annemarie Roser wechselt die Farbe. Das ist ihr noch nie passiert. Ein Verehrer vor den Müllcontainern.

»Ich habe Sie gar nicht kommen hören«, sagt sie offen.

»Ich war mir, ehrlich gesagt, auch überhaupt nicht sicher, ob Sie mich nicht gleich wieder wegschicken. Einerseits wollte ich Sie überraschen und andererseits dann doch nicht – ich drücke mich jetzt etwas unverständlich aus«, er schaut sie zerknirscht an, »aber können Sie das verstehen?«

»Wolltest du ihr das Geld wieder abnehmen?« Regine und Bobby mustern ihn beide mit schräg gestelltem Kopf.

»Bist du verrückt?« fährt Manfred sie an. Es ist kurz still. »Warum sollte ich so etwas tun? Und zudem«, fährt er schließlich mit einem kurzen Lachen fort, »hätte ich in diesem Fall doch wohl eine Waffe und keine Champagnerflasche dabei!«

»Ist sie wenigstens kalt?« fragt Regine und fixiert seinen Blick.

»Jetzt nicht mehr!«

Annemarie räuspert sich. »Na, dann ...«, sagt sie unentschlossen.

Bobby hat sich an Regine gedrückt, läßt Manfred dabei

aber keine Sekunde aus den Augen. Regine krault ihm den mächtigen Schädel. »Ändert das jetzt etwas an unserem Programm?« will sie von Annemarie wissen.

»Wir wollten nämlich spazierengehen«, erläutert Annemarie, worauf Manfred einen Schritt zurücktritt.

»Ich wollte mich in keiner Weise aufdrängen«, sagt er dabei, überlegt kurz, nimmt die Flasche und hält sie mit einer entschlossenen Geste Annemarie hin. »Vielleicht ein andermal. Sie können sie ja schon mal kaltstellen. Oder Sie beide können sie ja auch zusammen trinken, ganz nach Belieben.«

Annemarie bedankt sich und nickt ihm zu. »Ja, dann ...« Manfred hält beide Hände zum Gruß nach oben und geht langsam den Weg zurück zum Auto.

»Was hältst du denn *davon*?« fragt Regine und beobachtet, wie er in seinen Wagen einsteigt.

Annemarie liest das Etikett der Flasche. »Eine richtig teure Marke. Ich blick's, ehrlich gesagt, überhaupt nicht.«

Manfred startet wutschnaubend seinen Wagen. Muß diese Schlampe dazwischenkommen, dieses Flittchen von einer Ehebrecherin, die in ihrem Leben noch nichts Anständiges geleistet hat. Als ob es ein Verdienst wäre, anderen Frauen den Mann auszuspannen! Er fährt los. Am liebsten hätte er ihr und ihrem Drecksköter eine zweite Flasche über den Schädel gedonnert, da hätte es zumindest nichts geschadet. Und was ist statt dessen? Er muß davonlaufen! Er! Manfred Büschelmeyer, einsachtundsiebzig groß, achtundachtzig Kilogramm schwer, Geschäftsführer eines Baumarktes, erfolgreich, potent, muß sich angesichts zweier dahergelaufener Weiber geschlagen geben. Den nächsten, den er trifft, tritt er in den Hintern. Es kracht ohrenbetäubend, mit einem Ruck wird er nach vorn geschleudert, der Sicherheitsgurt strafft sich, wirft ihn im Sitz zurück, sein Hinterkopf schlägt hart gegen die Nackenstütze. Ohne zu wissen, was ihm geschehen ist, bleibt er mit geschlossenen Augen kurz sitzen, dann schaut er auf. Er ist einem haltenden Wagen in den Kofferraum gefahren. Das Auto hat er glatt übersehen, die Ampel auch. Wieso muß es hier in diesem elenden Viertel auch eine Fußgängerampel geben? Kein Mensch braucht hier eine Fußgängerampel! Wütend steigt er aus und geht zu dem Wagen vor ihm. Da hat er es wieder! Frau am Steuer! Zu blöd, weiterzufahren. Er schreit sie gleich durch das offene Autofenster an, aber sie reagiert gar nicht auf ihn. Sie nimmt ihr Handy und wählt, sagt kurz etwas und steigt dann aus. Sie dürfte etwa in seinem Alter sein, kurze schwarze Haare, Jeans und Jackett.

»Die Polizei kommt gleich«, meint sie, während sie sich kühl den Schaden betrachtet. Scherben liegen auf der Straße, die Vorderfront von Manfreds Wagen ist völlig demoliert, und auch der Kofferraum ihres Wagens ist stark verkürzt. »Ist wohl heute nicht Ihr Tag?« sagt sie schließlich mit spöttischer Miene zu Manfred, was ihm den Rest gibt.

Marion sitzt bereits seit einer Weile untätig zu Hause. Sie hat keine Ahnung, wo Günther sein könnte, und ihre Stimmung schwankt heftig zwischen Zorn und Angst. Sie spürt, daß sich etwas Dunkles über ihr zusammenbraut, aber sie kann es nicht einordnen. Und sie kann nicht damit umgehen. Bisher waren ihre Aufgaben klar definiert, sie hatte an Günthers Seite zu repräsentieren, ihm den Rücken zu stärken, für ihn da zu sein, ihm alle Arbeiten abzunehmen, die ihn belasten könnten, dafür zu sorgen, daß er stets tadellos angezogen aus dem Haus ging, den Friseurtermin nicht verpaßte, stets gut zu essen bekam, eine gepflegte Umgebung und einen tadellos geführten Haushalt vorfand. Für sich selbst hat sie die Rolle der disziplinierten Frau festgelegt, die mit Prinzipien durchs Leben geht und dem Mann somit eine starke Partnerin ist. Das weibliche Glück findet im Erfolg des Ehemanns statt, so wurde ihr das in ihrem Elternhaus beigebracht, und genauso hat sie es gesehen. Und sie hat die elterliche Order befolgt: Ihr Ehemann hat Erfolg, genießt allseits Ansehen und sieht zudem auch noch gut aus; somit ist ihr Glück als Frau vollkommen. Was kann sie sich mehr erhoffen?

Genauso hat sie es an Günthers sechzigstem Geburtstag noch empfunden, aus vollem Herzen sogar. Das ist erst vierzehn Tage her, doch seit kurzem scheint alles in ihrem Leben irgendwie auseinanderzulaufen, obwohl sie keinen Anhaltspunkt hat, warum und wohin.

Sie sitzt angespannt in dem großen Sessel und läßt den Blick durch das große Wohnzimmer schweifen. Lebe ich überhaupt, fragt sie sich plötzlich, aber bevor sie diesen Gedanken vertiefen kann, steht sie abrupt auf. Sie ist streng katholisch erzogen worden, und es kommt ihr wie eine Sünde vor, über sich selbst nachzudenken. Sie hat nicht im Vordergrund zu stehen, also sind Gedanken über sich selbst wie sich nackt im Spiegel zu betrachten. Der Beichtspiegel ihrer Kindheit fällt ihr ein: Ich war unschamhaft mit mir allein oder mit anderen. Marion öffnet den großen Eichenschrank, in dem sie die teuren Gläser und auch die besseren Spirituosen verstaut hat, und schenkt sich einen Cognac ein. Das hat sie um diese Uhrzeit auch noch nie getan.

Günther hat sich vergewissert, daß das Fundament für sein neues Leben stabil ist, jetzt kann er darauf aufbauen. Wenn nächste Woche dieser Mensch aus Liechtenstein zum Notartermin kommt, kann Marion froh sein, wenn er ihr nach der Scheidung freiwillig noch etwas gibt. Er verabschiedet sich bei Klaus mit einem kräftigen Händedruck unter Männern und ruft aus dem Auto sofort Linda an. »Ab morgen beginnt ein neues Leben«, sagt er, kaum daß sie den Hörer abgenommen hat.

»Wie meinst du das?« fragt sie.

»Ab morgen gehört uns beiden die Welt!«

»Ich verstehe immer noch nicht!«

Er lacht laut und amüsiert in den Hörer. »Du wirst schon sehen. Heute abend mache ich Nägel mit Köpfen! Stell schon mal den Schampus kalt!« Er schmatzt einen Kuß und legt auf.

Linda nimmt ihre Wanderung durch die Wohnung wieder auf. Seitdem Günther in *ihr* Leben eingebrochen ist, kennt sie sich selbst nicht mehr. Hat sie zwei Seiten? Oder ist sie gerade dabei, ihre Persönlichkeit zu verändern?

Klaus verläßt, ebenfalls hochzufrieden, sein Büro. Für heute ist Schluß, jetzt kann er sich etwas gönnen. Morgen wird er Günther die erste Rechnung schreiben und das Geld, sobald es eingegangen ist, bis auf den letzten Pfennig in Regines Wunschstadt ausgeben. Es soll die kleine Vorhut der Summen sein, die er für sich selbst einspielen kann, wenn er es nur geschickt genug anpackt. Und daß er die Chance tatsächlich hat, ist ihm bei dem Gespräch mit Günther eben mehr als klar geworden.

Günther, der ungekrönte König von Römersfeld, tut zwar ständig so, als wisse er in allen Bereichen des Lebens bestens Bescheid, aber auf dem finanziellen Parkett ist er noch längst nicht Meister. Bei den Winkelzügen, die Klaus vorhat, dürfte Günther bald den Überblick verloren haben. Und wer kann schon ahnen, wie Marion reagiert, wenn Günther ihr heute abend kalt lächelnd seine neue Lebensplanung auseinandersetzen wird. Immerhin kommt sie aus einer Offiziersfamilie – möglicherweise bringt sie ihn ja auf der Stelle um. Dann wäre es zwar schade um einen Freund, aber er könnte ja eine entsprechende Trauerrede halten und ansonsten dafür sorgen, daß Günthers Vermögen umgehend neuen Verwendungszwecken zugeführt wird.

Marion steht am Fenster, als Günther durch die Küche das Wohnzimmer betritt. Er kann ihr Gesicht nicht erkennen, weil sie mit dem Rücken zum Licht steht. Aber irgendwie wirkt ihre Silhouette verändert auf ihn, und Günther ahnt, daß sie ihm nicht gerade zulächeln wird. Er entschließt sich zum Angriff.

»Seit wann spionierst du mir denn nach? Ich verbitte mir das!«

Sie regt sich nicht, verschränkt nur die Arme. »Wo ist die

Million von unserem gemeinsamen Konto hingekommen?« fragt sie tonlos.

»Weg«, antwortet er kaltschnäuzig.

»Ich habe ein Recht, das zu erfahren. Es ist auch mein Geld!«

Er grinst. »Das ist doch lächerlich! Nichts davon gehört dir. Ich habe das erarbeitet, ich allein!«

Sie ist kurz still, dann sagt sie, mit einer für Günther erstaunlich festen Stimme: »Du weißt, daß das nicht wahr ist. Das Startkapital für deine Geschäfte habe ich mit in die Ehe gebracht!«

Er lacht abfällig. »Das war deine Mitgift, Marion. Überall auf der Welt bekommen junge Männer Geld dafür, wenn sie einem alten Vater die Tochter abnehmen. Mit deinem Eintritt in die Ehe ist das in meinen Besitz übergegangen. Ich weiß nicht, was du willst.«

Jetzt löst sie sich vom Fenster und kommt langsam auf ihn zu. Günther erkennt, daß sie, ungewöhnlich für ihren Stil, einen schmucklosen schwarzen Hosenanzug trägt und ihre Haare streng nach hinten gekämmt hat.

Zwei Schritte von ihm entfernt bleibt sie stehen. »Was ist los?«

»Ich werde mich von dir trennen, Marion. Das hat noch nicht einmal etwas mit dir zu tun, sondern eigentlich nur mit mir. Ein Lebensabschnitt ist vorbei, ich bin noch nicht alt, ich will noch leben, ich fange noch mal von vorn an!«

Sie schaut ihn an, und zum erstenmal fällt Günther auf, daß sie die Augen ihres Vaters hat. Genauso hart und kalt. Blauer Stahl.

»Wenn du dich von mir trennen willst«, sagt sie langsam,

Wort für Wort betonend, »dann hat das sehr wohl auch etwas mit mir zu tun!«

»Das sehe ich nicht!«

»Dann sag mir, warum? Warum so plötzlich?« Verlier jetzt bloß nicht die Fassung, sagt Marion sich und spannt die Bauchmuskeln an. Er wartet nur darauf, dich weinen zu sehen.

»Ich habe es dir bereits gesagt. Ich fange ein neues Leben an!«

»Und mich möchtest du wie einen alten Handschuh einfach ablegen!«

»Wenn du das so sehen willst ...«

Ihre Gefühle haben sie also nicht getrogen. Ihr Bauch ahnte, was der Kopf noch nicht wissen konnte. »Empfindest du diese Form einer Trennung nicht als stillos?« fragt sie in das Schweigen hinein.

»Ich hätte es dir ja auch faxen oder es dir über den Anwalt mitteilen oder es dir überhaupt nicht sagen können, so wie andere Männer das machen«, sagt er mit leichtem Schulterzucken. »Aber ich stehe hier und rede mit dir und sage dir, daß unsere Zeit abgelaufen ist. Das ist doch fair. Alles geht einmal vorbei!«

Wenn Marion eine Pistole in der Jackentasche hätte, würde sie seine Worte postwendend bestätigen. Aber sie hat keine Pistole, und er ist es auch nicht wert. Sie wendet sich von ihm ab. »Wie heißt sie?«

»Das tut nichts zur Sache!«

»Wie alt ist sie?«

»Jung genug, um Spaß zu machen!«

»Wie soll es weitergehen?«

»Du ziehst aus.«

»Wann?«

»So schnell wie möglich. Den Wagen schenke ich dir!«

»Bitte nicht zu großzügig!«

»Das ist meine Art!«

Marion stellt sich wieder vors Fenster, während Günther ohne ein weiteres Wort nach oben geht. Bisher hat sie geglaubt, in einer solchen Situation müßte einem der Boden unter den Füßen weggezogen werden, müßte man in einen Abgrund fallen, klaftertief, grundlos. Aber sie steht noch, und die Blumen bewegen sich noch leicht im Wind, und die Wolken ziehen weiter.

Eigentlich ist nichts Erschütterndes passiert. Die Welt ist nicht aus den Fugen geraten. Marion steht und schaut und staunt. Sie weint nicht einmal. Sie denkt daran, was ihr Vater dazu gesagt hätte. Aber auch das kann kein Kriterium sein, denn es ist ihr Leben.

Erst bei diesem Gedanken krampft sich plötzlich ihr Magen zusammen. Ihr Leben. Was hat sie daraus gemacht? Wie soll es weitergehen? Sie hat nur eines! Sie nimmt ihr Schlüsselbund und geht in die Garage. Sie wird zum Anwalt fahren, sie weiß, wo er privat wohnt, falls die Kanzlei schon geschlossen sein sollte. Dann fällt ihr ein, während sich das Tor automatisch öffnet, daß es nicht ihr, sondern Günthers Anwalt ist. Sie braucht einen neuen.

Am besten eine Anwältin.

Aber woher nehmen? Sie kennt keine einzige Anwältin.

Günther ist ins Badezimmer gegangen und grinst in sich hinein, als er das Garagentor hört. Das ging ja besser als gedacht. Jetzt wird sie zu unserem Anwalt hasten, und der wird sie schon richtig beraten. Danach ist sie dann völlig geliefert und wird froh sein, wenn sie ohne Schulden aus der Sache herauskommt. Denn seine Miesen, die er bald vorzuweisen hat, wird sie ja wohl nicht übernehmen wollen. Günther, du bist ein alter Fuchs, sagt er sich und dreht die Dusche auf.

Marion sitzt unentschlossen im Auto. Um jetzt auf die Suche nach einer Anwältin zu gehen, ist es zu spät. Blöderweise stehen sie ja auch nicht wie die Ärzte aufgelistet im Telefonbuch. Sie muß also zunächst einmal einen Namen haben, bevor sie Telefonnummer und Adresse herausfinden kann.

Sie geht die Reihe ihrer Bekannten durch. Monika fällt ihr ein, die hat auch schon eine Scheidung hinter sich. Aber will sie sich vor dieser Frau entlarven? Besonders sympathisch waren sie sich noch nie. Vielleicht nur deswegen, weil sie sich nie richtig kennengelernt haben? Monika spielte immer die große Geschäftsfrau, und Marion fand das widerwärtig. Der Platz der Frau war für sie, allen Emanzipationsbewegungen zum Trotz, an der Seite des Mannes.

Das hat sie jetzt davon!

Sie fährt aus der Garage hinaus in Richtung Stadt. An der Stelle der abgesägten Radaranlage steht jetzt eine neue. Wie symptomatisch für mich, denkt sie. Kaum sägt Günther die eine ab, ist bereits eine neue da. Dabei hätte ich mich fast noch selbst abgesägt. Ihre Eisensäge fällt ihr ein. Und gleich dazu ein Dutzend teuflischer Filmszenen. Oder waren es überhaupt keine Filmszenen, sondern ihre Phantasie, die sich diese Schauermärchen zurechtreimt? Die Eisensäge steht jedenfalls noch in der Garage. Gebrauchstüchtig.

Ein schönes Instrument für hintergangene Ehefrauen.

6

Monika hat sich eben die Tagesschau angesehen und sich anschließend durch sämtliche Fernsehprogramme geschaltet, um irgendwo bei einem gemütlichen Film landen zu können, als es klingelt. Nanu, sie schaut auf die Uhr. Kann höchstens eines ihrer Kinder sein. Schlüssel vergessen, typisch! Sie drückt auf den Türöffner und öffnet die Haustür einen Spaltbreit, dann geht sie direkt in die Küche. Gleich mal überprüfen, was sie ihrer Brut anbieten kann. Da hört sie ein zaghaftes Klopfen und ein »Hallooo?«. Verblüfft geht Monika zurück. Sie muß zweimal hinschauen, bevor sie es glaubt. Marion Schmidt steht in ihrer Tür, irgendwie ein bißchen verändert, nicht so streng damenhaft wie sonst, aber unverwechselbar Marion Schmidt.

»Entschuldigen Sie, Frau Raak, wenn ich einfach so hereinplatze«, sagt sie, während sie unbeweglich im Türrahmen steht, »ich habe versucht, Sie von unterwegs anzurufen, Ihre Telefonnummer aber leider nicht finden können.«

»Ich habe eine Geheimnummer, Frau Schmidt.«

»Ach ja, natürlich!«

Monika bittet ihren ungewöhnlichen Gast herein, bietet Marion am Tisch Platz an und schaltet das Fernsehgerät aus.

»Was würden Sie denn gern trinken?« fragt sie anschließend, »Wein oder Bier? Mineralwasser oder Saft?«

»Wenn ich ehrlich bin«, es ist Marion anzusehen, wie schwer es ihr fällt, »hätte ich nur gern einen Rat von Ihnen. Und ich konnte nicht bis morgen warten, weil ich«, sie sucht offensichtlich nach den richtigen Worten, »zu ungeduldig bin, zu rastlos. Ich mußte handeln!«

»Aha«, sagt Monika, noch immer unentschlossen zwischen Wohnzimmer und Küche stehend. »Warum denn?« Damit setzt sie sich, ohne Getränke geholt zu haben, Marion gegenüber auf einen Stuhl.

Marion schluckt, dann hebt sie den Blick und schaut Monika direkt in die Augen. »Ich brauche eine gute Anwältin und kenne keine. Mein Mann hat mir eben erklärt, daß er sich scheiden lassen will!«

Ein Moment lang ist es still.

»Einfach so?« fragt Monika schließlich.

»Ja, einfach so!«

In Monika schrillen sämtliche Alarmglocken. Er wird doch nicht tatsächlich wegen Linda?? Sie steht auf. »Da brauche ich einen Schnaps! Sie auch?«

Marion zögert keine Sekunde. »Ja!«

Günther ist frisch geduscht und jugendlich leger gekleidet mit einer eisgekühlten Flasche Champagner aus Marions Beständen losgefahren. Das wird heute schon gefeiert, warum sollte er bis morgen warten! Diese Nacht gehört ihm! Auf dem Weg zu Linda läßt er ständig das Telefon bei ihr läuten, aber sie geht nicht ran. Sie wird in der Badewanne sitzen und sich für ihn vorbereiten, denn ihr weiblicher Instinkt wird ihr sicherlich sagen, daß er heute noch kommt! Er macht sein Radio an und gerät mitten in ein Lied mit dem Refrain »Männer sind Schweine«. Da hört sich doch alles auf, denkt er erbost, lauscht kurz und ungläubig einigen weiteren Liedzeilen und schaltet gleich darauf den Suchlauf ein. »Solche elenden Nestbeschmutzer«, schimpft er laut, aber in dem Moment erkennt er einige Takte von »Stranger in the Night«, stoppt den Suchlauf und singt lauthals mit. Mit Frankie-Boy kann er sich identifizieren, der war, in jeder Hinsicht, ebenfalls kein Kostverächter.

Linda ahnte, daß es Günther ist, dem sie das ständig klingelnde Telefon zu verdanken hat. Er hat gesagt, er käme morgen. Damit kann sie sich arrangieren, aber nicht mit heute nacht. Diese Nacht gehört ihr, und wenn er heulend vor der Tür säße, würde das auch nichts daran ändern. Sie braucht ihre Ruhe vor dem Sturm, denn sie ist sich in der letzten Stunde darüber klar geworden, wie sie den neuen Geliebtenstatus handhaben wird. Wenn er sie so unbedingt will, wird sie ihm recht bald klarmachen können, was *sie* unbedingt will, nämlich eine Boutique in Stuttgart. Und zwar nicht auf der Secondhand-Meile, sondern im Zentrum. Joop, Gucci, Jil Sander, Thierry Mugler, von allem etwas oder eine Marke exklusiv. Er hat doch angeblich überall Verbindungen, dann kann er sie zur Abwechslung ja mal für sie spielen lassen. Auf dieser Basis läßt sich sein Altherrenkörper mit den weichen Glocken am Seil ertragen.

Linda steht am Vorhang. Lange braucht sie nicht zu warten, da sieht sie seinen Wagen in die Einfahrt einbiegen. Soll er glauben, er sei der große Held, wenn er das braucht. Aber erst ab morgen. Sie läßt sich Wasser in die Badewanne laufen und ignoriert das lange Klingeln an der Tür.

Günther überlegt. Die Blöße, zu Hause zu übernachten, kann er sich vor Marion nicht geben. Sie muß glauben, sein neues Liebesleben laufe auf Hochtouren. Er wird nach Hause fahren, schnell einen kleinen Koffer packen und dann für diese Nacht in einem Stuttgarter Hotel verschwinden. Zum Teufel, Mädchen, wo steckst du, ärgert er sich, als er den Wagen wieder startet. Wenn sie erst mal seine Frau ist, wird er ihr solche Mätzchen schon abgewöhnen. In dieser Hinsicht könnte sie von Marion ruhig was lernen.

Marion hat ihrer Seele Luft gemacht. Zuerst zögernd, dann voller Wut läßt sie heraus, was sie Günther gern an den Kopf geschleudert hätte. Ihre ständige Zurückhaltung ihm gegenüber, ihre Dienstwilligkeit, die Unterdrückung ihrer eigenen Bedürfnisse, der Druck, nie aus der Rolle fallen zu dürfen. »Und jetzt serviert er mich einfach ab. So, als wäre nie etwas gewesen, als gäbe es diese Jahre nicht! Fünfunddreißig Jahre Ehe, einfach weg!« Ihre Augen heften sich auf Monika, und plötzlich bricht der Damm. Die Tränen schießen, und sie schluchzt hemmungslos. »Wie kann ein Mensch so sein?« heult sie, und Monika reicht ihr eine Packung Papiertaschentücher.

»Weinen Sie nur, das tut gut! Das braucht die Seele, sie muß reingewaschen werden. Ich mache uns einen Tee!«

Irgendwann kommt nur noch ein trockenes Schluchzen, und schließlich hört es ganz auf. »Warum heule ich eigentlich?« fragt sie sich nach einer Weile, während Monika ihr eine Tasse mit schwarzem Tee eingießt und braunen Zucker bereitstellt. »Heule ich seinetwegen? Oder meinetwegen? Wegen der zerplatzten Illusion? Wegen des Hauses? Aus Angst vor der Zukunft? Aus Angst vor der Umwelt, den Leuten?«

»Das wäre der einzige Grund, bei dem die Angst berechtigt ist«, fällt Monika ein und rührt in ihrer Tasse.

»Die Leute?« fragt Marion und hebt fragend ihr verschwollenes Gesicht.

»Erinnern Sie sich an Günthers sechzigsten Geburtstag?«

»Wie könnte ich den vergessen«, antwortet Marion und seufzt.

»Ich vergesse ihn auch nicht!« Monika legt den Teelöffel neben ihre Tasse und schaut sie an.

»Sie? Warum? Sie waren doch gar nicht dabei!«

»Eben!« Sie läßt das Wort kurz in der Luft hängen, bevor sie es ergänzt: »Ich bin nicht eingeladen worden!«

Eine Weile ist es still. Marion betrachtet ihre Hände, die neben ihrer Tasse auf dem Tisch liegen. Dann nickt sie. »Ja, ich verstehe.« Sie schaut auf. »Ich verstehe, was Sie sagen wollen. Es war ein Fehler!«

»Es ist ein Fehler der Gesellschaft!«

»Es war mein Fehler. Wir sind die Gesellschaft!«

Es vergehen wieder einige schweigsame Minuten. »Ich möchte mich bedanken«, sagt Marion schließlich, »das Gespräch hat mir gutgetan, auch wenn sich das jetzt sehr egoistisch anhört!«

»Es war egoistisch, und es ist gut so!« Monika lächelt. »Es

gibt Frauen, die müssen erst lernen, daß sie überhaupt existieren. Wir sind nicht auf der Welt, um anderen zu dienen. Dienstleistungen gehören in die Geschäftswelt, dort werden sie bezahlt!«

»Sie sind erfrischend anders!« Marion erhebt sich langsam. »Ich bin Ihnen sehr zu Dank verpflichtet! Auch für die Adresse von Frau Kell.«

»Ich werde Frau Kell morgen früh anrufen und auf Sie vorbereiten.«

»Danke!«

Monika steht ebenfalls auf, schüttelt aber den Kopf. »Wollen Sie mit dem verheulten Gesicht nach Hause?« will sie wissen. »Gönnen Sie Ihrem Mann diesen Triumph?«

Marion fährt sich mit den Fingern tastend über das Gesicht. »Sehe ich so fürchterlich aus?«

Monika runzelt die Stirn und muß gleich darauf lachen. »Wenn Sie mich fragen, bleiben Sie besser hier. Aus rein taktischen Gründen sollten Sie Ihrem Mann in dieser Verfassung nicht unter die Augen kommen. Ich habe ein Gästezimmer und eine kleine Extradusche, die kann ich Ihnen gern anbieten. Was Sie sonst noch brauchen, werden wir gemeinsam sicherlich auftreiben!«

Anna Kell hat sich angehört, was Monika Raak ihr zu erzählen hat. Sie kennt die Schmidts, wie jeder in Römersfeld das Ehepaar Schmidt kennt. Geldgeil, karrieresüchtig, bieder. Und dazu noch einflußreich. Alles reine Fassade, symptomatisch auch ihre schneeweiße Südstaatenvilla, hinter der Intrigen, Vetternwirtschaft und Korruption stehen. Man kann sich mit Günther Schmidt anlegen und gewinnen, man kann sich mit ihm aber auch anlegen und alles verlieren. Wer weiß, was da sonst noch dranhängt. Möglicherweise eine Frage der Existenz.

Anna Kell dreht ihren Schreibtischstuhl und schaut aus dem Fenster auf das Treiben auf der Hauptstraße. Freitag, Endspurt. Ganz Römersfeld geht einkaufen, als stünde die Geldentwertung bevor. Für Anna, die lange in Berlin gelebt hat, ein faszinierendes Bild. In dieser Stadt geschieht alles mit der Regelmäßigkeit eines Uhrwerks. Jeder Tag hat seine Rituale, und am Samstag wird die kollektive Anbetung des goldenen Kalbs gepflegt. Solche Warteschlangen wie vor den beiden Autowaschanlagen von Römersfeld hat Anna noch nicht einmal beim italienischen Grenzbeamtenstreik erlebt – und da stand sie immerhin zwei Stunden. Noch bemerkenswerter findet sie allerdings, daß das frisch gewaschene Auto erst dann abgestellt werden darf, wenn die Straße am hauseigenen Rinnstein oder der numerierte Stellplatz stubenrein gefegt wurde, in einem Aufwasch mit dem Hauseingang, dem Flur und dem Balkon. Ohne Kehrwoche würde in Römersfeld sicherlich Panik ausbrechen, der sittliche und moralische Halt wäre dahin, und der Oberbürgermeister würde abgesetzt. Anna grinst und zündet sich eine Zigarette an. Sie nimmt einen tiefen Zug und lehnt sich zurück. Aber gerade weil die Römersfelder so sind, wie sie sind, könnte sie mit diesem Mandat Kopf und Kragen verlieren. Gerade jetzt, wo sie dieses Haus gekauft hat, einen Altbau mit Jugendstil-Anklängen, das sie etwas ausgefallen renovieren will. Wenn ihre Bauanträge nicht durchgehen, hat sie ihr Geld zum Fenster hinausgeworfen, und wenn die Banken den Hahn zudrehen, kann sie ihren Rucksack schnüren. Es gilt also, genau zu bedenken, ob sie sich mit Schmidt & Co. anlegen will oder nicht. Wie hat sie Monika Raak bei ihrer Scheidung von diesem Wichser, ihrem Vermögensberater, so souverän geraten? Horchen Sie auf Ihre egoistische Seite, hat sie ihr gesagt, am Schluß geht es nur um Sie. Nicht um die Gründe, nicht um die Hindernisse, die ganzen Wenn und Aber, sondern ausschließlich um Ihre Person. Haben Sie den Mut, zu sich und zu Ihrem Egoismus zu stehen. Gehen Sie aufs Ganze! Sie werden es sich danken.

Klasse, Anna, denkt sie, und was sagt dir dein ureigener gesunder Egoismus jetzt?

Laß es bleiben!

Marion ist nach Hause gefahren und hat festgestellt, daß beide Seiten ihres Bettes unberührt sind. Er hat es also tatsächlich fertiggebracht, sie bereits in der ersten Nacht zu verlassen. Ihr Herz rutscht augenblicklich in die Kniekehlen, doch Marion faßt sich schnell wieder. Nur schade, daß er so nicht merken konnte, daß sie auch nicht hier war. Möglicherweise hätte die Vision eines Liebhabers im Hintergrund sein Mütchen etwas abgekühlt. Marion setzt sich aus alter Gewohnheit ihren Guten-Morgen-Kaffee auf und sucht gleich darauf ihre Bankauszüge heraus. Sie holt einen Koffer und legt alles hinein, bevor sie in Günthers Arbeitszimmer geht und die entsprechenden Akten herausfischen will. Einige Lücken im Schrank zeigen ihr, daß er schneller war und daß es tatsächlich ernst wird. Er hat nicht die Absicht, fair zu spielen. Er will sie loswerden, mit einem BMW-Cabrio für fünfunddreißig Jahre Ehe und einem Freifahrtschein unter die Brücke. »Das werden wir ja sehen«, zischt sie durch die Zähne und ruft die Nummer an, die Monika Raak ihr gestern gegeben hat. Zwischenzeitlich dürfte die Anwältin von Monika ja informiert worden sein.

Günther hat für eine unbefriedigende Nacht im Hotel zweihundertachtzig Mark bezahlt, hat sich dafür am Frühstücksbuffet mit einer unmäßigen Völlerei gerächt und ärgert sich, während er sich in der morgendlichen Rushhour im Stop-and-go-Tempo langsam durch die Stuttgarter Innenstadt quält, nun über seinen dicken Bauch. An allem sind nur die Frauen schuld, schimpft er in Gedanken, Marion sitzt dick wie eine Matrone in seinem Haus, und Linda ist nicht zu Hause, wenn er sie braucht. Auch jetzt nicht. Er läßt das Telefon mehrmals durchläuten, doch es nimmt niemand ab. Ob sie zur Arbeit ist? Das kann sie sich in Zukunft schenken, denn wenn sie erst bei ihm wohnt, hat sie mit der Organisation von Haus und Garten genug zu tun. Und die restliche Zeit kann sie dann darauf verwenden, sich für ihn hübsch zu machen. Der Gedanke hebt seine Laune schlagartig, er freut sich auf heute abend, denn heute sind sie verabredet, und ihr schöner Körper wird ihm gehören. Während er darüber nachdenkt, fallen ihm ein paar Spielchen ein, die er gern mit ihr ausprobieren würde. An der nächsten Ampel dreht er um und fährt wieder zurück. Wo Beate Uhse ihr Geschäft hat, weiß er noch aus früheren Zeiten.

Seitdem sich Monika am frühen Morgen von Marion verabschiedet hat, überlegt sie, was sie in der Sache tun soll. Sie trinkt mit Richi einen Kaffee im Büro, während sie mit ihm einige geschäftliche Dinge bespricht. Als er in sein eigenes Büro hinübergeht, fragt sie sich, warum sie ihn nun nicht nach Dirk gefragt hat. Es gibt keinen wirklichen Grund dafür, eher die unbestimmte Befürchtung, daß sie mit ihrer Vermutung recht haben könnte. Linda ist keinem Eros Ramazzotti verfallen, der in ihrer Parfümerie ein After-shave gekauft hat, sondern Günther Schmidt ist *ihr* verfallen. Welch idiotische Geschichte, muß sich denn alles im Leben wiederholen? Oder hat Klaus seinem Freund mit seiner Tat so imponiert, daß er noch eins draufsetzen mußte? Zutrauen würde sie es ihm. Klotzen gehört zu Günthers Mentalität, und wenn er für sein Image eine Zulu-Häuptlingstocher bräuchte, würde er wahrscheinlich auch das probieren. Warum ihm noch nie jemand gesagt hat, wie aufgesetzt das wirkt? Und wie fürchterlich lächerlich? Oder wirkt es auf andere möglicherweise überhaupt nicht lächerlich und auch nicht aufgesetzt, sondern einfach nur männlich? Stark? Beneidenswert? Sie weiß es auch nicht. Anscheinend durchschaut ihn einfach keiner. Vielleicht wollen sie ihn aber auch nicht durchschauen, weil sie keinen Leithammel verlieren wollen. Aber Linda? Es schüttelt Monika, und sie geht rüber zu Richi. Er schaut vom Computer auf. »Haben wir was vergessen?« fragt er.

»Mir fiel eben dein Freund Dirk ein. Wie geht es ihm eigentlich?«

»Das wüßte ich auch gern. Ich kann ihn nur leider nirgends erreichen. Er scheint sich in Luft aufgelöst zu haben!«

»Eine neue Liebe?«

Richi lacht kurz auf. »Ich glaube eher, er knabbert noch an der alten!«

»Und was macht Linda?« fragt Monika gespannt.

»Da solltest du eher Irena fragen. Mir erzählt sie ihre Geheimnisse nicht.« Er grinst und fügt nach kurzer Pause ein anzügliches »leider« hinzu.

»Männer!« Monika schüttelt mit einem spöttischen Blick auf ihren Sohn den Kopf und verläßt sein Zimmer.

Als das Gespräch durchgestellt wird, holt Anna Kell tief Luft. Es fällt ihr nicht leicht, einer Frau wie Marion Schmidt abzusagen. Nicht weil sie Marion Schmidt ist, sondern weil sie ahnt, daß ihr Mann alles tun wird, um sie schachmatt zu setzen. Wenn sie keine persönlichen Nachteile befürchten müßte, würde ihr ein solches Duell sogar Spaß machen. Gegen einen wie Günther Schmidt anzutreten verlangt nicht nur ein fundiertes Wissen, sondern auch genug Schläue, um seine Winkelzüge zu durchschauen.

»Kell«, meldet sie sich, »guten Tag, Frau Schmidt.«

Marion erzählt ihr kurz, was sie ohnehin schon weiß, dann wartet sie gespannt auf Antwort.

»Die Akten fehlen, die Konten sind leergeräumt«, überlegt Anna laut. »Tja, das ist klassisch. Sicherlich hat er auch für seine Firmen schon etwas eingefädelt?«

Auf der anderen Seite bleibt es still.

»Frau Schmidt?«

»Ich weiß es nicht«, ihre Stimme klingt verzagt.

»Sie wissen, was es bedeutet, wenn ...«

»Dann hat er die Trennung von langer Hand geplant!«

Darauf wollte Anna überhaupt nicht hinaus, sondern auf das finanzielle Desaster. Aber Marion ist diese Tatsache schlagartig klar geworden, und dieser Betrug schmerzt sie mehr als alles andere. Sie ist kurz davor, die Fassung zu verlieren, und hat Mühe, nicht in Tränen auszubrechen.

Anna Kell denkt darüber nach. »Wie hat er seine Trennungsabsicht denn formuliert?«

Jedes Wort hat sich in Marion eingeprägt, und sie wiederholt den Dialog fast buchstabengetreu. »Sei nicht so großzügig, habe ich zu seinem Angebot gesagt«, endet sie, »was ich natürlich sarkastisch meinte.«

»Und er?«

»Ich hab' es noch genau im Ohr, er sagte: Das ist meine Art!«

Es ist tatsächlich deine Art, du korrupter Oberspießer, denkt Anna, sagt aber: »Ob wir gegen ihn gewinnen, kann ich nicht versprechen. Er ist sehr mächtig in Römersfeld und hat viele Beziehungen!«

»Das weiß ich«, sagt Marion langsam. Seltsam, daß alles, worauf sie bisher immer stolz gewesen war, sich plötzlich gegen sie selbst richtet. Dabei gab es da doch einmal den hehren Satz vom Beschützer: Er wolle sie bis zu ihrem Lebensende beschützen, hat er ihr in der Hochzeitsnacht gesagt. Und jetzt könnte er sie höchstens vor ihm selbst beschützen. Wie verrückt das Leben doch spielen kann. »Das Risiko gehe ich ein«, fügt sie hinzu. Ich habe auch keine andere Wahl, denkt sie dabei.

Anna zögert, dann nickt sie entschlossen in den Hörer. »Okay, ich auch! Ich gehe das Risiko auch ein. Sollte er gewinnen, sind wir beide Sozialfälle, ich hoffe, Sie wissen das!

Eine Chance haben wir nur, wenn Sie tatkräftig mitarbeiten!«

»O ja, das werde ich tun!« Marions Stimme gewinnt ihre Kraft zurück. »Darauf können Sie sich verlassen, Frau Kell – und danke …«

Manfred hat sich, kaum daß er aufgewacht war, wieder umgedreht und weitergeschlafen. Dann rief er irgendwann im Büro an, erklärte, daß er gestern einen Autounfall gehabt habe und infolgedessen von einem üblen Schleudertrauma geplagt werde, und legte sich gleich wieder hin. Wenn er sich das noch ein bißchen länger einredet, kann er vielleicht auch daran sterben, das wäre ihm in der momentanen Situation sowieso das Allerliebste. Auto weg, Geld weg, realer Betrug und versuchter Mord in Gedanken. Er wälzt sich hin und her. Fast hätte er die Falsche umgebracht. Was kann die kleine Roser schon dafür. In Wahrheit ist Marion Schmidt an allem schuld. Sie hat ihm diese Schuldenberge beschert. Und jetzt sitzt sie auf ihrer Kohle und lacht sich über ihn kaputt. Und er kann sehen, wie er seine Haut rettet! Er steht auf und holt sich zwei Schlaftabletten. Wenn in Römersfeld irgendeiner erfährt, daß er wertloses Gelände für 180 000 Mark gekauft hat, wird er zum Gespött der Stadt. Und wenn das einer weiterverfolgt … er darf gar nicht daran denken. Er spült die Tabletten mit einem großen Schluck Whisky direkt aus der Flasche hinunter. Bevor er genau darüber nachdenkt, möchte er alles nochmals vergessen. Vielleicht beschert ihm der Traum aber auch die Lösung.

Annemarie Roser ist so aufgekratzt wie schon lange nicht mehr. Heute nachmittag kommt ein Reporter des *Kurier* zum Tierheim und außerdem die Redakteurin des Römersfelder Anzeigenblatts, denn Regine hat Annemaries Erfolge für den Tierschutzverein direkt an die Presse weitergegeben. Richtig glauben konnte die Geschichte dort zwar keiner, aber eine Sensation witterten sie allemal. Und Tiergeschichten machen sich immer gut, besonders für die Wochenendausgabe des *Kurier*.

Joachim Wetterstein geht die Geschichte von Marion Schmidt nicht aus dem Kopf. Bei Günther dreht sich das ganze Leben ums Geschäft, er kann sich bei ihm einfach keinen privaten Hintergrund vorstellen, und das Ganze mit seinem Sohn in Verbindung zu bringen erscheint ihm geradezu verwegen. Bevor er Dirk danach fragt, möchte er sich ein eigenes Bild von der Sache gemacht haben. Er ruft seinen Baudezernenten an und bittet ihn um den Lageplan rund um das Tierheim. Wenn er weiß, wem die Grundstücke dort gehören, ist er vielleicht schlauer.

Eine Stunde später bittet er sein Sekretariat, sich mit Max Dreher verbinden zu lassen, und erfährt, daß das Grundstück an den Tierschutzverein verkauft worden sei.

»Was ist denn bloß plötzlich los?« will Max Dreher wissen. »Gestern stand eine Schmidt auf dem Hof, die schon das gleiche gefragt hat! Was ist denn an dem Grundstück so Besonderes?«

»Eigentlich nichts«, antwortet der Bürgermeister und denkt, das ist es ja gerade. Was die mit dem Grundstück wohl wollen, fragt er sich und läßt im Bauamt nachfragen, ob für diese Fläche bereits eine Nutzungsänderung beantragt worden sei. Die Antwort lautet negativ, bisher nichts bekannt. Joachim überlegt. Annemarie Roser hat für den Tierschutzverein also ein Gelände auf Verdacht gekauft. Ob sie es überhaupt für den Tierschutzverein gekauft hat? Er vertieft sich in die Besitzverhältnisse der angrenzenden Flächen. Ein Acker, zwischen dem Grundstück und dem Bauernhof liegend, gehört noch den Drehers, aber der Rest … er stockt und greift zum Telefon. Diesmal läßt er sich keine Verbindung herstellen, er wählt selbst.

Er erreicht Monika an ihrem Schreibtisch in der Firma.

»Heißt dein Vater mit Vornamen Berthold? Berthold Herzog?«

»Ja, warum?«

»Ich dachte es mir. Herzog war klar, ist ja auch dein Mädchenname, aber ich war mir nicht mehr sicher, ob dein Vater mit Vornamen Berthold heißt. Wußtest du, daß ihr am Tierheim einige Hektar Land besitzt?«

»Klar, das hat meine Mutter mit in die Ehe gebracht. Ziemlich wertloses Gelände, wenn mich nicht alles täuscht.«

»Wie kommt deine Mutter dazu?«

»Mein Großvater war damals so eine Art Großbauer hier. Mein Onkel, der eine Bruder meiner Mutter, hat den Hof übernommen, aber ziemlich heruntergewirtschaftet. Er ist schon recht alt!«

»Wie lautet der Mädchenname deiner Mutter?«

»Wieso fragst du?«

»Sag ich dir gleich!«

»Dreher.«

»Die Schwester von Max Dreher?«
»So ist es. Aber jetzt …«
»Müssen wir uns treffen! Dringend!«
»So schlimm?« fragt sie süffisant.
»Noch schlimmer!«

Linda packt in ihrer Parfümerie Ware aus und überlegt, was sie mit ihrem vielen Geld machen soll. Zu ihrer Bank bringen will sie es nicht, sie kennt die Angestellten dort und ist sich sicher, daß die sich über die ständigen Bareinzahlungen wundern würden. Sie wird sich bei einer anderen Bank, eventuell sogar in Stuttgart, ein Sparkonto einrichten und alles, was Günther ihr so zusteckt, einbezahlen. Darauf freut sie sich schon jetzt. Bleibt zu hoffen, daß Günther mit seinen sexuellen Wünschen nicht ausflippt, sondern schön auf dem Teppich bleibt und die Kost bevorzugt, die er wahrscheinlich immer bekommen hat. Hausmannskost eben.

Monika hat sich gleich auf den Weg gemacht. Es ist unverfänglicher, sich in der Stadtverwaltung zu treffen als in irgendeinem Restaurant, am Waldesrand oder gar bei ihr. Was der Oberbürgermeister macht, wird in einer Kleinstadt wie Römersfeld sehr genau beobachtet. Ein Verhältnis könnte seinen Kopf kosten, und das wollen sie beide nicht. Sie kennen sich bereits seit ihrer Schulzeit, waren in derselben Clique, mochten sich damals sehr, knutschten heimlich miteinander, machten gemeinsam Abitur und heirateten schließlich. Jeder einen anderen. Joachim hatte sich in die junge Ilse verliebt, eine Schönheit aus dem Nachbarort mit pfirsichfarbenem Teint, und Monika fand Klaus, den aufstrebenden Vermögensberater, unwiderstehlich. Mit den Jahren stellten Joachim und Monika fest, daß sie sich noch immer mochten, wogegen die Liebe zu den Partnern längst abgeflaut war. Und manchmal reden sie darüber, wie wohl alles gekommen wäre, wenn sie ihre jugendliche Zuneigung ernst genommen hätten.

Sie treffen sich im Sitzungszimmer, und Joachim schließt hinter ihnen ab.

»Es wird heute hoffentlich keine Überraschung wie gestern geben«, sagt er dazu und grinst.

»Dazu kann ich dir etwas erzählen«, deutet Monika an und schildert Joachim in Kürze den nächtlichen Überraschungsbesuch.

»Interessant«, meint Joachim. »Also läuft diese Geschichte tatsächlich auf der privaten Schiene. Hätte ich nicht gedacht! Aber trotzdem«, er senkt die Stimme, »vielleicht hat unser Freund Schmidt uns unabsichtlich auf etwas gebracht!«

»Wie meinst du das?« fragt Monika. Joachim winkt ab, um ihr anzudeuten, daß diese Sache nur sie beide etwas angehe, und rückt zwei Stühle so zurecht, daß sie sich direkt gegenüberstehen. Monika lächelt und setzt sich auf den einen. »Geht es um eine Geheimakte X?« flüstert sie im Verschwörerton.

»Es geht möglicherweise um viel Geld«, antwortet Joachim leise, und seine Mundwinkel zucken herausfordernd.

Zwei Stunden später erwacht Manfred. Tief unter seiner Daunendecke versteckt hat er komatös geschlafen und wacht jetzt mit gewaltigen Kopfschmerzen auf, ohne jedoch im Schlaf eine Lösung für seine Probleme gefunden zu haben. Ich muß mich der Sache stellen, sagt er sich schließlich und geht ins Bad, um sich zu rasieren und kalt zu duschen. Fast hätte er das Telefon überhört, aber seine laute Ansage auf dem Anrufbeantworter macht ihn aufmerksam. Manfred geht schnell in sein Wohnzimmer, um das Gespräch anzunehmen. Er hat mit dem Büro gerechnet, aber damit nicht: Es ist Monika Raak.

»Sie fühlen sich nicht wohl, wurde mir im Büro gesagt, ich nehme an, der Grund liegt in dem Grundstück am Tierheim. Sie haben für viel Geld eine wertlose Wiese und eine alte Halle gekauft. Ich kann Ihnen Ihre Kopfschmerzen nachfühlen.«

Manfred hat sich auf einen Stuhl sinken lassen. »Woher wissen Sie das?« fragt er schwach und legt sich die flache Hand auf die Stirn.

»Ich nehme an, morgen wissen es alle, denn es sind schon Journalisten am Tierheim, die eine Story aus dem sensationellen Verkauf machen wollen!«

»O nein, das ist mein Untergang!«

»Sie sagen es!«

Eine Weile bleibt es still. Dann hat sich Manfred gefaßt. »Was wollen Sie?«

»Ihnen das Gelände zu einem vernünftigen Preis abkaufen!«

»Warum?«

»Weil es meiner Familie gehörte. Max hätte es ohne familiäre Absprache gar nicht verkaufen dürfen. Weder an Frau Roser noch an sonstwen!«

»Verstehe ich nicht.«

»Max Dreher ist mein Onkel, sein Bauernhof ist das Elternhaus meiner Mutter!«

»Aha!« Und da wird es Manfred schlagartig klar. Er kann seinen Kopf aus der Schlinge ziehen. Er hat einen Doofen gefunden! »Wieviel?« will er wissen.

»Ich biete Ihnen neunzigtausend Mark.«

»Das ist die Hälfte!« fährt er entrüstet hoch.

»Die Hälfte oder überhaupt nicht«, Monikas Stimme klingt entschlossen.

»Das geht doch nicht«, protestiert Manfred, »ich habe 180 000 Mark dafür bezahlt!«

»Was soll ich da sagen«, Monika lacht leise. »Selbst schuld, Herr Büschelmeyer. Aber für mich ist es noch ärgerlicher, denn ich muß jetzt ein Gelände, das nur zehntausend Mark wert ist, für neunzigtausend Mark zurückkaufen. Das habe ich Ihrer, entschuldigen Sie, Dummheit zu verdanken. Seien Sie mir also besser dankbar, daß ich Ihnen dieses Angebot überhaupt mache! Ich kann Sie auch darauf sitzenlassen und familiäre Regungen vergessen!«

Manfred sinkt in sich zusammen.

»Ich habe da ein Problem«, gesteht er nach einer Schweigeminute, »ich brauche die restlichen neunzigtausend, sonst bin ich erledigt!«

Als Monika fünf Minuten später den Hörer auflegt, ist sie zufrieden mit sich und der Welt. Sie hätte nicht erwartet, daß Manfred so kampflos das Feld räumt. Er muß tatsächlich existenzielle Ängste ausgestanden haben. Wie verabredet, ruft Joachim kurz danach bei ihr an.

»Ich habe das Gelände«, informiert sie ihn gleich, »zum verabredeten Preis. Ich habe den Notar schon informiert, wir wickeln das heute noch ab. Du kannst den Punkt also am Dienstag auf die Tagesordnung setzen!«

Über eine Stunde lang trieb sich Günther im Geschäft von Beate Uhse herum. Jetzt, da er schon einmal da ist, möchte er auch alles sehen. Als er geht, hat er zwei Pornos gekauft, die er sich mit Linda anschauen will, um es dann genauso nachzumachen, und einen batteriebetriebenen Vibrator in einer Größe, die er auch mit drei Sexpillen nicht erreichen würde. Vielleicht mag sie das ja, so ein bißchen 69er mit Handbetrieb, denkt er lüstern, während er mit seiner Plastiktüte zum Wagen läuft.

Marion hat alles Wichtige, was sie finden konnte, zu Anna Kell in die Kanzlei getragen. Dummerweise sind die Akten über seine Firmen, Immobilien und Grundstücke entweder im Büro oder bei seinem Vermögensberater. Ob Klaus mit ihm unter einer Decke steckt? Eigentlich kann sie es sich nicht vorstellen. Ärgerlich genug, daß es bereits Freitag ist und sie übers Wochenende nichts erreichen wird. Soll sie am Wochenende im Haus bleiben? Noch mal das Gespräch mit Günther suchen? Ob er überhaupt kommen wird? Es bleibt ihr nichts anderes übrig, als abzuwarten.

Um die Zeit nicht so nutzlos verstreichen zu lassen, setzt sie sich an einen Tisch auf die Terrasse und schreibt schon mal alles auf, was ihr zu Günthers geschäftlichen Tätigkeiten einfällt. Mittendrin schweifen ihre Gedanken zu ihrem Geburtstag am Dienstag ab. Wie konnte es bloß möglich sein? Eben schlug ihr Günther zur Feier des Fünfundfünfzigsten noch das *Palace* vor, und heute will er sie bereits aus dem Haus werfen. Sie spürt, wie die Mutlosigkeit heranschleicht, und hätte sich am liebsten wie ein Kind in die Ecke gesetzt. Alles wird schon irgendwie gutgehen, sich wieder einrenken. Am liebsten würde sie die Hände vors Gesicht schlagen und sagen: Ich bin überhaupt nicht da.

Aber nach wenigen Minuten rafft sie sich auf. Sie wird ihren Geburtstag feiern, und wenn nicht mit Günther, dann eben mit ihren Bridgedamen. Sie wird eine Party schmeißen, wie sie es für sich selbst noch nie getan hat. Schmidtgerecht eben. Bloß diesmal Marion-Schmidt-Gerecht! Marion holt sich sofort das Telefon und ruft Ulrike Goedhart an.

Ihre beste Bekannte ist erstaunt, sie hat nicht mit einer Einladung zu Marions Geburtstag gerechnet. »Du feierst das doch nie?!« sagt sie.

»Aber diesmal schon!« erklärt ihr Marion. »Ein rauschendes Fest soll es werden, mit Musik und – wenn nötig – mit einem Männerstrip!«

»Männerstrip?? Du??«

»Ja, ich. Was ist daran so außergewöhnlich?«

»Na, ich weiß nicht …«

Ulrike Goedhart, Architektin und in Anbetracht der Männerwelt von Römersfeld sogar recht erfolgreich, muß lachen. »Ich gestehe dir jetzt was, Marion, und wenn du Lust hast, kannst du ja mitkommen. An deinem Geburtstag ist die ganze Clique leider schon bei einem anderen Fest.«

Die Nachricht enttäuscht Marion zunächst, aber dann beschließt sie, komme was da wolle, das Angebot anzunehmen. »Und da könnte ich mit?«

»Klar. Wir würden uns freuen – es gibt nämlich eine Riesengaudi!«

»Erklärst du mir mal …«

Marion hört zunächst nur fröhliches Gelächter. »Warst du jemals auf einer Dessousparty?« fragt Ulrike schließlich.

»Noch nie gehört. Was soll das sein?«

»Wir lassen uns auch überraschen. Greta Kremer hat eingeladen, und es kommen außer uns noch einige andere Frauen aus Römersfeld und Kirchweiler. Wer, weiß ich auch nicht. Aber sicherlich wird es schreiend komisch.«

Dessousparty. Marion hat keine Ahnung, was sich dahinter verbergen könnte. »Feiern wir in Dessous, oder wie muß ich mir das vorstellen?«

Ulrike lacht schallend. »Es ist eine Verkaufsparty. Wie Tupperware, schätze ich mal. Aber frag mich nicht, ich war auch noch nie dabei. Du nimmst Bargeld mit, falls du etwas kaufen willst, und der Abend gehört dir!«

Linda sieht die silberne Limousine vom Balkon aus in die Einfahrt zu ihrer Wohnsiedlung einbiegen. Sie steht auf und geht kurz ins Bad, um ihr Aussehen zu überprüfen. Auf dem Rückweg bleibt sie neben dem Telefon stehen und läßt ihren Blick über ihr kleines Wohnzimmer streifen. Blumen, wo sie hinsieht. In der Mittagspause war sie ins beste Römersfelder Porzellangeschäft gegangen und hat sich drei wunderschöne große Vasen ausgesucht. Für ihre Verhältnisse waren sie unerschwinglich, aber da sich ihre Verhältnisse derzeit von Tag zu Tag ändern, kaufte sie sie doch. Mit einem gewissen Stolz betrachtet sie nun das Miteinander der Farben und freut sich, wie die traumhaften Sträuße durch die Vasen noch besser zur Geltung kommen, und wartet dabei auf das Läuten des Telefons.

Kurz vorm Einfahren in die Tiefgarage ruft Günther an. »Was hast du an?« will er wissen.

Sie schaut an sich hinunter. »Es wird dir gefallen«, sagt sie mit ihrer erotischsten Stimme.

»Beschreib es!«

»Oben trage ich ein weit ausgeschnittenes Oberteil über meinen vollen Brüsten, keinen BH und unter meinem kurzen Rock ...«, die Betonwände der Tiefgarage schneiden den Funkverkehr ab. Erleichtert legt Linda auf. Soll er sich doch einfach anschauen, was sie anhat.

Kurz danach klingelt es bereits, Günther muß den Wagen direkt vor dem Lift abgestellt haben. Sie öffnet, und er holt tief Luft. »Du siehst hinreißend aus«, stellt er zufrieden fest, küßt sie und wedelt, während er an ihr vorbei in die Wohnung geht, mit zwei Tickets in der Luft. »Einmal Hamburg zum Schnuppern, hin und zurück, was hältst du davon?«

Viel. Sie war noch nie in Hamburg.

Günther stellt seinen Pilotenkoffer ab und legt die Tickets auf den Tisch.

Linda fällt ihm um den Hals. »Das ist klasse! Eine wirklich klasse Idee!«

»Ein bißchen Shopping, ein bißchen Sightseeing, ein bißchen Reeperbahn, ein bißchen Einstimmung auf Paris. Morgen früh Hinflug, Sonntag abend Rückflug. Nicht lange, aber lang genug …«, er grinst und zwickt ihr durch das Oberteil leicht in die Brustwarze.

»Riesig! Das haut mich einfach um!« Linda lacht. »Was nehme ich da mit?«

Günther faßt unter ihren Rock und drückt ihre Pobacke herzhaft. »Das Wesentliche hast du dabei. Alles andere kann man besorgen. Hast du noch was Trinkbares im Kühlschrank, bevor ich dich vernasche?«

Marion würde wahrscheinlich nicht glauben, daß das ihr Mann ist, denkt Linda, während sie zum Kühlschrank geht. »Nachschub habe ich im Auto«, hört sie ihn sagen. »Eine Kiste Champagner, eine Kiste Rotwein und eine Kiste Weißwein. Meinst du, das reicht für die nächste Woche?« Er lacht laut und stellt, als sie mit der Flasche zurückkommt, zwei Champagnergläser auf den Tisch.

»Wo hast du die denn her?« fragt sie erstaunt.

Er deutet auf seinen Pilotenkoffer und sagt geheimnisvoll: »Das ist der Giftschrank des Alchimisten.«

»Was?«

»Du wirst schon sehen!«

Im Tierheim ist allmählich wieder Ruhe eingekehrt. Daß Annemarie Roser mit dem Verkauf des Grundstücks ein so gutes Ergebnis erzielt hat, hat sich schnell herumgesprochen. Mit den Journalisten kamen auch allerhand Tierfreunde, die das Tierheim regelmäßig unterstützen oder Tiere vermitteln oder für den Tierschutz arbeiten. Plötzlich waren über zwanzig Leute zusammen, und Regine fuhr los, um Getränke und Wurstwecken zu besorgen. Am Schluß saßen viele einfach im Hof zusammen, manche auf umgekippten Kisten, andere auf alten Stühlen, die Stimmung war ausgelassen, jeder hatte einen anderen Vorschlag für das viele Geld.

»Zuerst kriegst du zurück, was du von eurem gemeinsamen Konto gemopst hast, und außerdem deine Spende«, hatte Rosemarie gleich zu Beginn zu Regine gesagt, und Regine protestierte: »Die Spende nur, wenn du dir deine eigene auch ausbezahlst!« Da kam sich Annemarie schäbig vor, und sie beichtete Regine ihre Vermittlungsprovision.

»Na und?« sagte die, »das steht dir doch zu! Aus reiner Freundschaft wird Manfred das Extra nicht bezahlt haben, da kannst du sicher sein!«

Günther hat die gefüllten Gläser ins Schlafzimmer gestellt und ist ins Bad verschwunden. Linda steht unentschlossen an der Tür zum Schlafraum. Geduscht hat sie eben erst, und was kommt, ist klar. Bloß die Details sind etwas rätselhaft. Was trägt er bloß in seinem Pilotenkoffer spazieren?

Günther kommt strahlend zurück, ein Badetuch um seinen Bauch, kleine Wassertropfen auf der Haut. »Wo steht dein Videogerät?« fragt er und schaut sich um.

»Ich habe keines!«

»Nein? Nicht möglich!« Er wirft einen Blick zum Fernseher im Wohnzimmer. »Weshalb denn nicht?«

Linda überlegt. »Ich hab' noch nie eines gebraucht«, sagt sie lahm.

»Wenn ich das gewußt hätte! Du brauchst so ein Kombigerät für das Schlafzimmer. So einen kleinen Würfel mit integriertem Videorecorder. Na, das nächste Mal«, überlegt er laut und sagt zu sich selbst: »Wenn es sich dann überhaupt noch lohnt!«

Linda ist hellhörig geworden. »Wie meinst du das?« will sie wissen.

»Nun«, er greift nach den beiden Gläsern und reicht ihr eines davon, »manches könnte sich schnell ändern. Vielleicht ziehst du bald um, dann hast du einen großen Breitwandfernseher und mehrere Videogeräte im Haus.«

»Warum sollte so etwas passieren?« Linda stößt mit ihm an.

»Wart's ab!«

Zur gleichen Zeit hat Manfred Monikas Büro mit zwiespältigen Gefühlen verlassen. Einerseits beruhigen ihn die neunzigtausend Mark in der Tasche, andererseits wird er den Gedanken nicht los, sie könne ihn über den Tisch gezogen haben. Er weiß nicht, ob er die Geschichte einfach so glauben soll. Mag schon sein, daß man das Familienerbe zusammenhält, aber zu so einem verrückten Preis? Wie sagte sie am Telefon selbst so schön, achtzigtausend Mark über Wert? Über den Rest wird er einen Kredit von ihrer Bank bekommen, das hat sie ebenfalls bereits veranlaßt. Er braucht am Montag nur noch dorthin zu gehen, und alles ist geritzt. Es erscheint ihm zu schön, um wahr zu sein. Trotzdem kann er sich mit seiner Rolle in diesem Spiel nicht so ganz anfreunden. Eine Frau, die für ihn die Fäden spinnt, das paßt ihm bei allen Vorteilen für ihn selbst doch nicht so recht.

Linda hat sich inzwischen auf die Spielchen mit Günther eingelassen. Wenn er meint, daß er Verstärkung braucht, soll er die kriegen. Sie hat nichts gegen einen Dildo, auch wenn sie bei Dirk nie auf diese Idee gekommen wäre. Solange an diesem Ersatzteil kein anderer Mann hängt, ist ihr alles recht. Mit einem wie Günther wird sie leicht fertig. Und vor allem schnell. Günther, völlig erhitzt vom atemberaubenden Liebesspiel, setzt sich auf und betrachtet Linda, die sich nun auf die Seite dreht und die Hand nach dem Glas ausstreckt. »Du hast eine göttliche Figur«, sagt er und fährt mit den Fingerkuppen ihre Taille entlang. »Wenn ich dich betrachte, könnte ich gleich wieder.«

Sie lacht und nimmt einen Schluck. »Das traue ich dir sogar zu«, sagt sie und richtet sich auf. »Aber morgen wollen wir unseren Spaß doch auch noch haben, oder nicht?«

»Worauf du dich verlassen kannst!«

Er legt sich lang aufs Bett und schaut sie von unten herauf an. »Hättest du gedacht, daß wir sexuell so gut zusammenpassen?«

»Du bist eben ein Könner!«

»Ja, danke, ich weiß. Aber du bist auch nicht schlecht!«

Wochenende in Römersfeld. Günther und Linda sind nach Stuttgart zum Flughafen gestartet, nachdem Günther frühmorgens nach Hause gekommen war, um sich einen Koffer zu packen. Marion tat, als interessiere sie das nicht, aber anschließend bearbeitete sie den Garten, um sich abzureagieren. Klaus lädt Regine zu einem Stadtbummel nach Stuttgart ein, und Monika hat sich in den Zug nach München gesetzt, um am Abend mit einer Freundin in die Oper zu gehen. Richi läßt nicht nach, Dirk zu einem Biergartenbesuch überreden zu wollen, aber der schützt sein Examen vor und vergräbt sich hinter seinen Büchern. Und Irena ist nach wie vor unterwegs.

Für Linda war es der erste Flug in ihrem Leben. Sie hat es genossen, auch wenn sie sich an Günthers Seite etwas seltsam vorkam. Sie meinte förmlich zu spüren, wie manche hinter ihren Rücken rätselten, ob sie die Tochter oder die Geliebte sei. Ein ziemlich unehrenhafter Zustand, findet sie zunächst, aber mit der Zeit wird es ihr egal. Hier kennt sie ja keiner, also spielt es auch keine Rolle.

Hamburg begeistert sie. Schon die Fahrt mit dem Taxi zum Hotel findet sie spannend. Die völlig andere Bauweise der Häuser gefällt ihr, die alten Villen mit den hohen Stuckdecken, die man durch die Fenster sehen kann, die Binnenalster mit der Fontäne in der Mitte und dem Jungfernstieg. »Hier könnte ich auch leben«, sagt sie überschwenglich und drückt spontan Günthers Hand.

»Jetzt haben wir auch Glück, das Wetter spielt mit«, schwächt er ab und bezahlt das Taxi. Sie stehen vor dem Hotel *Vier Jahreszeiten*, und bevor Linda etwas sagen kann, wird schon ihr Schlag aufgerissen. Ein Herr in Livree heißt sie willkommen. Sie schreitet neben Günther so selbstverständlich wie möglich die rot ausgelegte Treppe hinauf, doch die Pracht der Empfangshalle mit den edlen Hölzern, den wertvollen Teppichen und den Antiquitäten raubt ihr dann doch den Atem. Nie hätte sie zu träumen gewagt, daß sie jemals einen Fuß in ein solches Luxushotel setzen würde. Günther erledigt die Formalitäten und geht mit ihr zum Lift, der prompt von einem Liftboy aufgehalten wird. Linda kann es kaum glauben, es erinnert sie an den Film *Drei Männer im Schnee*, den sie genau wegen solcher Dinge so herrlich verkitscht fand. Und jetzt stellt sie fest, daß Kitsch Realität sein kann.

»Na?« fragt Günther, als sie oben den Flur entlanggehen, »zuviel versprochen?«

»Ein Traum«, bestätigt Linda, und sie meint es auch so. Vor Zimmer 516 bleibt er stehen und schließt auf. Linda geht voraus in ein helles Doppelzimmer mit einem großen Bett und Blick auf die Binnenalster. Hinter ihnen klopft es, das Gepäck ist bereits da, Günther fischt in seiner Brusttasche nach Trinkgeld. Gleich darauf sind sie allein, und Günther dreht sich mit einem vieldeutigen Lächeln zu ihr um. »Wollen wir uns erst ein bißchen entspannen, bevor wir in der Stadt bummeln?«

Am Sonntag abend, Günther und Linda sind gerade auf dem Rückflug, klingelt bei Richi das Telefon. Zu seiner Überraschung ist es Dirk, der mit ihm reden will. »Halt mich nicht für bescheuert, aber ich muß ihm eins auswischen, sonst komm' ich nicht mehr ins Gleichgewicht!«

»Wem denn? Von wem sprichst du?«

Dirk bleibt die Antwort schuldig. »Hättest du Lust auf ein Bier?« fragt er statt dessen.

»Okay, ich hole dich ab!«

Eine halbe Stunde später sitzen sie in Römersfelds einzigem Biergarten unter Dirks Lieblingskastanienbaum. Der Platz ist eben freigeworden, und Dirk hat einen regelrechten

Sprint hingelegt, um vor den anderen suchenden Gästen da zu sein. »Versprichst du mir, daß du es keinem verrätst?« will er als erstes wissen.

»Du machst es aber geheimnisvoll«, knurrt Richi und bestellt per Fingerzeig zwei Pils.

Dirk schaut sich um. Die Gartenwirtschaft ist gut besetzt, das schöne Wetter hat viele hinausgelockt, aber er sieht in unmittelbarer Nähe keine Bekannten. Das ist schon mal gut. Er lehnt sich zu Richi über den Biertisch und sagt leise, aber scharf: »Ich habe eine Wahnsinnswut, und ich muß Günther Schmidt eine reinwürgen, sonst bringe ich ihn noch um!«

»Sorry, wenn ich dir begriffsstutzig erscheine, aber wieso Günther Schmidt?« Richi legt die Vesperkarte beiseite, nach der er eben erst gegriffen hat.

Dirk spricht noch leiser, es ist fast nur noch ein Zischen: »Er hat mir Linda ausgespannt!« Man sieht ihm an, wie schwer es ihm fällt, und Richi muß sich beherrschen, sonst hätte er laut herausgelacht.

»Du machst Witze«, sagt er ungläubig.

»Zum Teufel, nein!«

Augenblicklich fallen Richi die seltsamen Anspielungen seiner Mutter ein. Wieso konnte sie das schon wissen? Oder haben Frauen tatsächlich einen Instinkt für so etwas?

»Sei mir nicht böse, ich kann's einfach nicht glauben! Was will eine Frau wie Linda mit so einem widerwärtigen Klotz wie Günther?«

»Wenn ich das wüßte, ginge es mir besser. Ehrlich, Richi, ich hab' gedacht, ich sei drüber weg, aber es war ein Trugschluß, es macht mich verrückt!«

Die beiden frisch gezapften Pils werden gebracht, und die beiden stoßen an und trinken die Gläser fast in einem Zug leer.

»Uff, das tut gut!« Beide stellen das Glas mit einem Knall hart auf den Holztisch und wischen sich den Mund mit dem Handrücken ab. Richi rülpst in seinen Oberarm hinein. »Tschuldigung«, sagt er, »das mußte jetzt sein!«

»Ich hab' Verständnis«, nickt Dirk und hält die Hand hoch für zwei weitere Pils.

Richi senkt die Stimme. »Und? Wie kam's?« will er wissen.

»Tja, wenn ich das wüßte. Zwischenzeitlich werfe ich alles durcheinander. Aber angefangen hat es mit so einem Abendessen. Sie wollte unbedingt, daß ich zu ihr komme, und hat auch gekocht und so was alles. Aber ehrlich gesagt, Richi, ich hatte keine Lust. Ich war zu faul, mich aus meiner Bude herauszubewegen, und ich habe mich eigentlich nur gefragt, warum sie das Süppchen nicht genausogut bei mir kochen kann!«

»Au, Mann«, stöhnt Richi, »ein Kardinalfehler. Sie hat sich etwas ausgedacht, sie hat etwas vorbereitet, sie hatte vielleicht weiß sonst noch was in der Planung. Sie brauchte ein Erfolgserlebnis, Mann! Was hast du ihr denn gesagt?«

»Daß ich meinen Wagen nicht finden könnte ...«, murmelt Dirk kleinlaut.

»Bist du noch zu retten? Da schwingt sich ein junger Lover auf sein Fahrrad, stellt einen neuen Marathonrekord auf, mietet ein Taxi, aber doch nicht so was. Was hat sie denn gesagt?«

»Das gleiche!«

»Das gleiche?«

»Na ja, wie du eben!«

»Und da wunderst du dich?«

»Ich wollte sie heiraten, ehrlich, Richi, lach jetzt nicht. Ich habe mir schon alles genau vorgestellt. Den Heiratsantrag am Fluß, den Champagner, die Liebesnacht ...«

»Und über die bist du nicht hinausgekommen!«

»Wie?«

»Die Liebesnacht, Mensch! Von nichts kommt nichts!«

»Bisher kam es aber immer von allein, ehrlich, und in meinem Ratgeber für Frauen steht, daß Frauen Freiräume brauchen und trotzdem gern an etwas Bekanntem festhalten, hauptsächlich aus Verlustangst. Also – was sollte da passieren?«

Das Pils wird serviert, und Richi bestellt eine Schlachtplatte dazu.

»Was passieren kann, hast du jetzt gesehen, mein Lieber. Die Regeln mit den Freiräumen hat Linda verstanden, aber die mit der Verlustangst hat sie bedauerlicherweise wohl nicht gelesen!«

»Willst du mich auf den Arm nehmen?« Es kommt so laut herausgeschossen, daß sich einige an den Nebentischen nach den beiden umschauen.

»Tut mir leid, aber du hast dir dein eigenes Grab geschaufelt! Daß ausgerechnet Günther der Totengräber ist, ist bitter, das gebe ich zu!« Er schlägt sich vor die Stirn. »Der und Linda, da dreht sich sogar mir den Magen um!«

»Ich würde ihm gern so richtig eine verpassen!«

»Er ist stärker als du!«

»Ich dachte, du wärst mein Freund!«

Richi zieht die Stirn kraus. »Wir können ja mal drüber nachdenken! Vielleicht fällt uns ja etwas ein! Aber zuerst muß ich was essen!«

Die neue Woche beginnt in Römersfeld mit einem strahlend blauen Himmel und hektischen Aktivitäten. Günther hat die Nacht in seinem Haus verbracht, weil dort seine Anzüge hängen, die gebügelten Hemden liegen und die geputzten Schuhe stehen. Und das alles braucht er für den Tag, denn er will möglichst schnell zu seinen Banken, um den Verkauf seiner Immobilie an die Liechtenstein AG vorzubereiten. Er hat im Gästezimmer übernachtet, um Marion die Grenzen aufzuzeigen, aber als er in seinem Kleiderschrank nach dem blau-weiß gestreiften Hemd mit dem Button-down-Kragen sucht, das zu dem Anzug, den er sich bereits herausgelegt hat, perfekt paßt, wird er ungehalten.

»Marion! Wo sind meine Hemden?«

»Wo sollen sie sein?« sagt sie und kommt im Morgenrock herein. Das hat es noch nie gegeben. Nicht um diese Uhrzeit.

»Na, hier sind sie nicht!« fährt er sie an.

»Warum auch?« fragt sie in gelangweiltem Ton und fährt sich mit allen zehn Fingern durch ihre ungekämmten Haare. »Oder glaubst du, Hemden können fliegen?«

»Was soll denn das heißen?«

»Nun, aus dem Wäschekorb hierher, beispielsweise. Mit Umweg über Waschmaschine und Bügeleisen. Ich gehe wieder ins Bett. Du weißt ja, wo der Kaffee steht!« Und weg ist sie.

Wutentbrannt zieht Günther ein anderes Hemd an und schwört sich, daß sie das noch schwer bedauern wird. Gleich wird er den Grundstein dafür legen.

Kaum ist er unten, entfaltet auch Marion fieberhafte Aktivität. Sie duscht in Windeseile, verzichtet auf das zeitaufwendige Zurechtfönen ihrer Dauerwellen, sondern sprüht die Haare kurzerhand nach hinten, klemmt sie hinter die Ohren, zieht sich ein bequemes Kleid an, dazu halbhohe Schuhe, und ist mit allem, was sie gesammelt und aufgeschrieben hat, auch schon zu Anna Kell unterwegs. Bei einer Bäckerei am Straßenrand hält sie an und kauft einige Croissants. Sie geht davon aus, daß bei ihrer neuen Rechtsanwältin eine Kaffeemaschine steht; so muß sie wenigstens nicht auf ihr Frühstück verzichten.

Monika sitzt zur selben Zeit bei ihrem Sohn im Büro, um die Aufträge, Termine und Strategien dieser Woche zu besprechen. »Und was ist mit dir?« will sie plötzlich, für Richi völlig unmotiviert, wissen.

»Mit mir? Wieso?« fragt er und schafft es kaum noch, sie mit seinen blauen Augen offen anzuschauen.

»Na komm!« sagt sie nur.

»Mutti, laß! Das hat nichts mit dir oder dem Geschäft zu tun! Das ist ehrlich privat!«

»Nun, gut! Ich habe dir auch etwas zu erzählen!« Sie klappt ihren Planer zu.

»Was heißt da *auch*?«

»So, wie ich es sage. *Auch!*« Sie lächelt ihm zu.

»Gut! Und was?« Mütter sind manchmal wirklich unerträglich, denkt er dabei.

»Wir werden bauen!«

»Aha!« Er schaut sie dabei an, als müsse er ernsthaft an ihrem Verstand zweifeln.

»Ein Karosseriewerk. Wir erschließen das Gewerbegebiet West. Und wir beginnen als vorderste Firma zur Zubringerstraße. Beste Lage, mein Lieber! Und ein Karosseriewerk bringt uns das Geld, das wir bisher anderen überlassen haben!« Sie räkelt sich zufrieden in ihrem Sessel.

Richi tippt sich langsam an die Stirn. »Bist du blöd? Wieso sollte dort plötzlich ein Gewerbegebiet entstehen? Das Gelände gehört doch zum Tierheim!«

Monika lacht. »Morgen ist das Gebiet als Bauerwartungsland auf der Tagesordnung der Gemeinderatssitzung. Ich habe schon Interesse geäußert und konkrete Vorschläge dazu gemacht. Wenn wir tatsächlich dort bauen können, kassiert die Stadt Gewerbesteuern. Und wir schaffen Arbeitsplätze. Es ist also auch im Interesse der Stadt!«

Richi beugt sich vor. »Im Interesse deines Bürgermeisters, meinst du!«

»Was soll denn das heißen?« Sie wirft ihm einen strafenden Blick zu.

»Hat er kein Interesse daran, wenn das Gelände zu Gewerbegebiet wird?« fragt er unschuldig.

Doch, fünfzig Prozent der Verkaufssummen fließen ihm zu, denkt Marion. Aber das ist nur gerecht, denn ohne ihn blieben sämtliche Äcker und Wiesen ihrer Familie landwirtschaftliche Nutzflächen und somit wertlos. Wenn sie jetzt gemeinsam etwas auf die Beine stellen, ist es völlig richtig, wenn sie auch beide daran verdienen.

»Klar hat er ein Interesse, er vertritt schließlich die Stadt. Und wo es für die von Nutzen ist, ist es für ihn natürlich auch«, weicht sie aus. »Er will die nächste Wahl ja schließlich wieder gewinnen!«

Richi lehnt sich zurück. »Also, wir bauen jetzt ein Karosseriewerk. Na ja, warum nicht. Dann sollten wir vielleicht mal schleunigst mit der Planung beginnen. Morgen ist Gemeinderatssitzung, und wie ich dich kenne, fängst du übermorgen zu bauen an!«

Monika lacht herzhaft. »Irgendwie bist du tatsächlich mein Sohn«, und sie zieht einige Notizen und kleine Skizzen aus ihrem Planer und legt sie auf den Tisch. »Gewisse Gedanken habe ich mir übers Wochenende wahrhaftig gemacht ...«

»Ich dachte, du warst in München in der Oper?«

»Wo kann man ungestörter über Geschäfte nachdenken als in der Oper?«

Dirk sitzt an seinem Schreibtisch und entwirft Texte. Richi hatte gestern nach der Leberwurst, der Seite Speck und den Bauernbratwürsten die zündende Idee. Und da sich Dirk, im Gegensatz zu Richi, mit Immobilien- und Grundstücksgeschäften nicht so auskennt, blättert er in verschiedenen Sachbüchern nach, schreibt auf, verwirft und formuliert neu. Schließlich ruft er Richi an. »Ich glaub', ich hab's jetzt!«

Richi schaut seiner Mutter nach, die eben sein Büro verläßt, und fordert ihn zum Vorlesen auf.

»Okay, paß auf: Guten Tag, Herr Schmidt, mein Name

ist Rainer Hoyer, und ich kaufe im Interesse der Bundesregierung geeignete Grundstücke in Berlin auf. Durch das Grundbuchamt habe ich erfahren, daß Sie der Besitzer eines der Grundstücke sind, die für unsere Zwecke in Frage kämen. Wir haben uns bereits nach dem Verkehrswert erkundigt und möchten Ihnen hiermit das Kaufangebot von 800 000 Mark machen.« Er räuspert sich kurz. »Was hältst du davon?«

»Ja«, sagt Richi gedehnt. »Und du bist sicher, daß das so stimmt?«

»Das habe ich dir doch gestern schon gesagt. Ich stand daneben, als er meinem Vater gegenüber mit diesem Grundstück geprahlt hat.«

»Nun gut! Dann versuch also dein Glück. Mach den Treffpunkt aus, und denk an deine Stimme!«

»Ja, ja, ich übe ja schon die ganze Zeit!«

Minuten später klingelt das Telefon erneut bei Richi. Richi hat eben begonnen, ein Angebot zu erstellen, und nimmt ungeduldig ab.

»Er hat mich kaum ausreden lassen, weil er in Eile war, meinte aber, das käme ihm sehr gelegen, und wir sollten uns treffen. Er wollte meine Telefonnummer in Berlin, ich habe ihm aber gesagt, daß ich unterwegs sei und wieder auf ihn zukäme!«

»Gut so! Und er hat dich nicht erkannt?«

»Da hätte er sicherlich nicht so reagiert!«

»Na, bestens! Dann läuft's ja an!«

In der Parfümerie bedient Linda gerade eine Kundin, die sich bereits die vierte Pflegeserie ausführlichst erklären läßt. Linda fühlt Ungeduld in sich aufsteigen, und sie ertappt sich dabei, wie sie darüber nachdenkt, ob sich die Frau das überhaupt leisten kann oder ob es nur eine Art Zeitvertreib ist.

»Machen Sie mir doch einen Vorschlag«, sagt ihre Kundin gerade, »denn Sie sehen ja selbst, wie meine Haut beschaffen ist.«

Linda betrachtet ihr Gesicht. »Sie haben eine Mischhaut«, stellt sie fest.

»Nein, eine Mischhaut *hatte* ich. In der Zwischenzeit ist sie eher trocken«, widerspricht die Kundin.

»Entschuldigen Sie, aber hier im Nasen- und Stirnbereich wirkt die Haut doch eher fettig. Das weist auf eine Mischhaut ...«, versucht Linda mit ihrer Analyse durchzukommen.

»Ich sage Ihnen doch, sie ist eher trocken!«

»Nun gut«, Linda dreht sich zum Regal um, »wenn es um trockene Haut geht, gibt es hier eine frische, aber reichhaltige Creme von ...«

»Da steht aber ›für die reife Haut‹ drauf. Also reif ist meine Haut doch noch nicht – mit dreißig!«

Linda hätte sie eher auf Vierzig geschätzt, aber vielleicht liegt es auch an ihren braunen Schnittlauchhaaren, die ohne jeden Schnitt auf die Schulter herunterhängen, und an ihrem schlechten Make-up, denn eigentlich hat sie ein hübsches Gesicht.

»Was verwenden Sie denn zur Zeit?«

»Nun, so eine blaue Serie – die Schrift ist eher weiß, wissen Sie, ich komme gerade nicht drauf ...«

Hinter Lindas Rücken füllt sich das Geschäft, und sie kann ihren Kolleginnen nicht helfen, weil sie bei dieser unentschlossenen Ziege hängenbleibt, die noch nicht einmal ihre eigenen Pflegeprodukte kennt.

Schließlich kommt, was Linda schon in den ersten Minuten vorausgeahnt hat.

»Ich werd's mir noch überlegen«, sagt die Frau und schaut sie bedeutungsvoll an. »Sind Sie heute nachmittag auch hier?«

»Ja!« Linda nickt ergeben.

»Gut, dann komme ich heute nachmittag vorbei!«

Noch einmal mache ich das nicht mit, denkt Linda und beginnt die vielen Tiegel, Töpfe und Flaschen wieder an ihren Platz zurückzuräumen. Aber eigentlich glaubt sie auch nicht, daß sie die Frau je wiedersehen wird.

»Das war ja ein klasse Geschäft!« spöttelt Renate, als die Kundin hinausgegangen ist.

»Das kann man wohl sagen!« ärgert sich Linda. »Außer Reden nichts gewesen!«

»Wir bräuchten eben mal wieder so einen Kunden wie den Herrn von letzter Woche. Erinnerst du dich? Der mit der großen Tüte abgezogen ist!«

»Das ist schon zwei Wochen her«, sagt Linda in Gedanken.

»Tatsächlich? Hast du aber ein gutes Gedächtnis!«

Linda denkt an Günther. Ja, der bewegt schon einiges, und das Leben an seiner Seite ist spielerisch leicht. Aber es hat auch seine Nachteile. Anscheinend hat er sich völlig in den Gedanken verrannt, mit ihr ein neues Leben anzufangen. Bis heute hat er sie aber nicht gefragt, ob sie das überhaupt will. Sie fragt sich, wie er sich selbst so sicher sein kann. Oder hat er bisher immer alles bekommen, was er sich in den Kopf gesetzt hat, und er kennt es einfach nicht anders? Frei nach dem Motto: Ein Gedanke, ein Gewinn?

Günther stößt bei seinen Banken auf keine Hindernisse. Alle kennen seinen Geschäftssinn, und alle vermuten, daß Günther mit den Verkäufen auf ein viel größeres Geschäft spekuliert und dementsprechend ein viel dickeres Ding an Land ziehen wird.

Günther ruft sofort Klaus an: »Wir haben freie Fahrt«, sagt er, »du kannst diesem Dr. Berger Bescheid geben!«

Und auch Manfred Büschelmeyer bekommt an diesem Vormittag seine Geschäfte schnell geregelt. Das Darlehen ist, nach Monika Raaks Fürsprache, kein Problem, nur die Konditionen halten Manfred etwas vom Jubeln ab. Die nächste Zeit wird er sich einschränken müssen, aber besser 90 000 Mark Verlust als 180 000, sagt er sich, um sich wenigstens ein bißchen aufzumuntern. Das Geld hat er bar auf die Konten der Firmen eingezahlt, und somit dürfte da auch keine Nachfrage mehr kommen. Er fährt in seinen Baumarkt und setzt sich aufatmend an seinen Schreibtisch. Dieses Abenteuer hat er hinter sich, und die Aufregung reicht ihm fürs erste.

Marion sitzt schon seit einer Stunde bei Anna Kell und geht die Sachverhalte mit ihr durch. »Wie kann es sein, daß Sie das Vermögen Ihres Mannes nicht kennen?« will die Rechtsanwältin schließlich von ihr wissen.

»Er wollte es einfach nicht haben, daß ich bei geschäftlichen Dingen dabei bin. Er sagte immer, das regele er schon für uns ...«

»Ja, das tut er jetzt wahrscheinlich auch gerade«, meint Anna Kell trocken.

»Wie meinen Sie das?«

»Nun, ich befürchte, daß er Ihnen in der Regelung seiner finanziellen Angelegenheiten um einen Schritt voraus ist. Bis zur Einleitung des Scheidungsverfahrens kann er noch allerhand zu Ihren Ungunsten manipulieren. Wenn er Ihnen freiwillig keine Auskunft über seine Vermögenslage geben will, müssen wir eine Auskunftsklage erheben und Ihre Ansprüche im Rahmen einer Stufenklage geltend machen.«

»O je«, Marion holt tief Luft. »Das hört sich kompliziert und vor allem langwierig an.«

»Wenn Sie anders an die Informationen herankämen, wäre es natürlich besser, da gebe ich Ihnen recht!«

»Und wenn nicht?«

»Dann wird Ihr Mann ein Vermögensverzeichnis abliefern und die Richtigkeit seiner Aufstellung eidesstattlich versichern müssen.«

»Und wie wird ermittelt, was mir nach der Scheidung von unserem Hab und Gut zusteht?«

»Ihr Vermögensstatus und sein Vermögensstatus am Anfang Ihrer Ehe werden getrennt voneinander aufgeschrieben und verglichen mit Ihrem und mit seinem Vermögen am Ende der Ehe. Die Differenz ergibt den jeweiligen Zugewinn. Derjenige von Ihnen beiden, der mehr hinzugewonnen hat – und das ist ja wohl eindeutig er –, muß dem anderen die Hälfte seines Mehrvermögens ausbezahlen. Wenn Sie also, mal theoretisch gesprochen, mit 500 000 Mark in die Ehe gekommen sind und Ihr Mann auch, und Sie haben jetzt noch 500 000 Mark, er aber drei Millionen, dann hat er 2,5 Millionen Zugewinn, und Sie haben einen Ausgleichsanspruch von 1,25 Millionen. Bei unterschiedlichen Ausgangspositionen wird das natürlich entsprechend anders gerechnet.«

»Oh, ist das kompliziert! Ich wünschte, ich hätte nie geheiratet!«

»Da sind Sie nicht die einzige!«

Marion schließt für einen Moment deprimiert die Augen. Dann gibt sie sich einen Ruck. »Ich werde ihn fragen, wie er sich das vorstellt. Dann werden wir ja sehen!«

»Aber bitte bald. Jede Sekunde zählt. Bei einem Mann vom Kaliber eines Günther Schmidt weiß man nie! Je eher wir ihm die Pläne durchkreuzen um so besser. Und sicherer!«

Als sich Marion gerade erheben will, klingelt das Telefon. Marion fragt durch Zeichensprache, ob sie raus soll, aber ihre Anwältin bedeutet ihr, sich nochmals zu setzen. Als sie auflegt, schaut sie Marion an und verzieht kurz das Gesicht.

»Ist etwas?« fragt Marion mit einer dunklen Vorahnung.

»Ja. Für die Sache ist es gut, für Sie leider schlecht!«

Marion umklammert unbewußt die Armlehnen ihres Stuhls. »Was meinen Sie damit?« fragt sie unsicher.

»Ich weiß jetzt, wer in der Mitte dieses Veitstanzes steht, den Ihr Mann momentan aufführt ...«

»Sie meinen ... seine Geliebte?« Es ist noch immer so neu und ungeheuerlich für sie, daß sie es kaum aussprechen kann.

»Ja! Eine gewisse Linda Hagen. Sagt Ihnen der Name etwas?«

»O Gott!« Marion schlägt sich die Hand vor den Mund.

»Das ist eine junge Frau, die ich zu Günthers sechzigstem Geburtstag eingeladen hatte. Zusammen mit ihrem Freund, dem Sohn des Oberbürgermeisters. Und ich habe die beiden noch bewundert, wie sie so glücklich und selbstverständlich miteinander umgegangen sind.« Marion schüttelt den Kopf. »Ich kann's nicht glauben! Sie ist doch viel zu jung!« Und nach einer Weile fragt sie: »Woher wissen Sie das?«

»Ein junger Büroangestellter von Monika Raak hat die beiden zufällig am Lufthansa-Schalter in Stuttgart gesehen, als er seinen Bruder zum Flughafen gebracht hat. Und vorhin hat er Frau Raak davon erzählt, weil er es so merkwürdig fand. Tja, so kommt das!«

»Das ist ein harter Schlag! Und irgendwie kann ich es einfach nicht glauben. Was will er denn mit so einem Mädchen!« Sie steht langsam auf und versucht ihre Haltung wiederzufinden. »Ist es nicht deprimierend, durch so ein junges Ding in die Ecke gestellt zu werden?« fragt sie dabei. »Nach so vielen Jahren? Immer war ich für ihn da. Und jetzt soll das alles plötzlich nicht mehr zählen? All die Jahre wie weggewischt? Es ist einfach ungerecht, und das ist es, was weh tut, Frau Kell, die Ungerechtigkeit. Ich habe das nicht verdient! So nicht!«

»Ich kann es Ihnen nachfühlen!«

»Wieso? Sind Sie auch geschieden?«

»Nein. Verwitwet. Mein Mann ist bei einem Autounfall ums Leben gekommen!«

Marion ist an der Tür stehengeblieben und schaut zu ihr zurück. »Da fragt man sich, was besser ist!«

Am Nachmittag ruft Marion Monika im Büro an, denn sie muß es einfach noch einmal von ihr selber hören. »Ich kann Ihnen auch meinen Jungen hier geben, der es gesehen hat«, schlägt Monika vor.

»O nein, das ist mir dann doch zu … intim«, wehrt Marion ab und kommt sich selbst blöd dabei vor. »Trotzdem, Frau Raak, Sie sollten eine Tageszeitung gründen. Irgendwie wissen Sie immer über alles Bescheid!«

Monika lacht belustigt. »Ich fasse es als Kompliment auf!«

Marion sitzt in ihrem großen Wohnzimmer, in dem sie sich plötzlich nicht mehr wohl fühlt. Alles ist zu groß und zu unpersönlich. Sie fühlt sich verloren und einsam. »Hatten Sie denn jemanden, der Ihnen über Ihre Scheidung hinweggeholfen hat?« fragt sie und entschuldigt sich gleich darauf für diese persönliche Frage.

»Da brauchen Sie sich nicht zu entschuldigen. Die Frage ist schließlich berechtigt. Ja, meine Kinder waren da! Sie haben mir sehr geholfen.«

»Tja, das habe ich eben nicht!«

»Es halten ja auch nicht alle Kinder zu ihren Müttern. Wenn sie erwachsen sind, haben sie oft andere Interessen.«

»Sie meinen …«

»Auslandsstudien und so, ja. Auto, Urlaub, was weiß ich. Im Normalfall ist die Frau finanziell nicht in der Lage …«

»Dreht sich denn alles nur ums Geld?«

»Das müssen Sie doch am besten wissen!«

Es ist kurz still, Marion schaut zum Fenster hinaus und holt tief Atem. »Ja, da haben Sie wohl recht! Geld und Macht. Das scheinen die Hauptantriebsfedern zu sein.«

»Und Sex!«

»Bitte?«

»Sie vergessen den Sex! Geld, Macht und Sex! Da stimme ich Ihnen zu!«

»Und wo bleibt die Liebe?« sinniert Marion durchs Telefon.

»Das dürfen Sie mich nicht fragen. Das gehört nicht zu meinem Ressort!« Monika lacht schon wieder. »Aber wenn Sie möchten, können Sie gern heute abend zum Abendessen zu mir kommen. So gegen acht Uhr.«

»Vielen Dank, Frau Raak, ich weiß Ihr Angebot sehr zu schätzen, aber ich habe morgen Geburtstag, und ich möchte heute einmal Bilanz ziehen, über mein Leben nachdenken. Ich brauche das, glaube ich.«

»Dafür habe ich Verständnis. Trotzdem – das Angebot steht!«

Linda hat im Feinkostgeschäft verschiedene Salate eingekauft und richtet sie in ihrer Küche auf kleinen, bunten Schüsseln fürs Abendessen an. Den Tisch auf dem Balkon hat sie mit einer neuen weißen Tischdecke verschönert, und als Günther pünktlich um acht Uhr vorfährt, trägt sie alles hinaus und legt noch ein frisches Baguette dazu. Günther trägt mit einem erwartungsvollen Grinsen einen Fernsehapparat an ihr vorbei in die Wohnung und stellt ihn mitten im Raum ab. »Das neueste Modell«, sagt er. »Hundert Hertz, flimmerfrei und mit integriertem Videorecorder. Alles andere dauert mir zu lang!«

»Was dauert dir zu lange? Verstehe ich nicht!« sagt Linda und begrüßt ihn mit einem Kuß.

»Nun«, er schaut ihr direkt in die Augen, »Marion wird demnächst ihre Sachen packen, dann ziehen wir in mein Haus!«

»Warum sollte sie das tun?«

»Weil ich mich scheiden lasse, mein Herz! Was gibt es zum Essen?«

Der Biergarten bietet im Gegensatz zu gestern jede Menge Platz, und als Richi und Dirk sich gegen halb neun dort treffen, ziehen dunkle Wolken auf.

»Schon klar! Wenn man hier schon mal ungehindert einen freien Tisch findet, kommt garantiert ein Wolkenbruch!«

»Na, was soll's!« Sie sitzen wieder unter der großen Kastanie, und Richi mustert seinen Freund. »Heute siehst du jedenfalls schon viel besser aus!«

»Es geht mir auch besser, seitdem ich weiß, daß ich diesem Schwein in die Eier treten darf!«

»Na, na, tut man so was unter Männern?«

»Er hat auf meine ja auch keine Rücksicht genommen!«

Richi lacht und bestellt zwei Bier und einmal Kässpätzle. »Hast du keinen Hunger?« fragt er Dirk, und als der keine Antwort gibt, ordert er gleich noch eine zweite Portion. »Ich lade dich ein! Keine Diskussion!«

Dirk grinst schief und schaut sich um. Einige Tische hinter ihm glaubt er Petra zu entdecken. Das müßte er Richi erst erklären, fährt ihm durchs Hirn, aber da verändert sie ihre Haltung, und Dirk erkennt, daß er sich getäuscht hat. Unwillkürlich atmet er auf, bis ihm einfällt, daß sich Petra überhaupt nicht mehr bei ihm gemeldet hat. Und das gibt ihm zu denken. Hat er jegliche Wirkung auf Frauen verloren? War er etwa so schlecht?

Er denkt darüber nach, bis Richi ihn anstößt. »He! Träumst du?«

»Ja, tatsächlich!« Dirk schüttelt den Kopf über sich selbst. »Mit Tagträumen fängt es an, dann kommen Selbstgespräche, und irgendwann weiß man nicht mehr, wie man heißt!«

»Hast du das vor?«

Dirk lacht. »Nein, natürlich nicht!« Das Pils kommt, und sie stoßen an. Nach einem tiefen Schluck kommt ihm ein anderer Gedanke: »Apropos, Richi, was ist eigentlich mit Karin? Ihr wart doch immer so unzertrennlich?«

»Stimmt. Das war wohl so. Aber Karin war mir auf die Dauer zu stressig, die hatte ständig tausend Pläne im Kopf, warf noch schneller alles um und plante neu. Da kommt kein Steinbock mit. Irgendwann habe ich kapituliert!«

»Ach nee! Du??«

»Ja, warum ich nicht?«

»Weil Männer nie kapitulieren!«

»Hast du das aus deinem sagenhaften Psychobuch?«

Dirk sagt nichts mehr und trinkt sein Glas in einem weiteren Zug aus.

»Jetzt hat sie jedenfalls einen neuen. Der ist auch Steinbock und sieht schon ganz blaß aus!«

Dirk lacht schallend. »Du verarschst mich!«

»Nein, wenn ich es dir doch sage!«

Die Kässpätzle werden serviert, und Richi bestellt dazu noch zwei Bier. Dirk will sich eine Gabel voll Teigwaren in den Mund schieben, aber der Käse zieht Fäden bis zurück in den Teller. »Das sieht bescheuert aus!« Richi will sich darüber totlachen.

»Mach's besser, du Held!« Dirk legt die Gabel auffordernd beiseite.

Richi versucht die Spätzle mitsamt den Käsefäden wie Spaghetti zu wickeln, aber das nützt auch nichts. »Okay, ich geb's zu, das können eben nur geborene Schwaben!« sagt er und zieht sich die Fäden mit den Fingern weg.

Dirk ißt grinsend weiter. Mittendrin schaut er plötzlich auf. »Wollen wir danach unseren Plan nochmals durchspielen? Ich würde das gern noch diese Woche hinter mich bringen!«

»Was heißt da du? Könntest du mal im Team denken?«

»Nur ausnahmsweise!«

»Du bist ein Volltrottel!«

Marion hatte gehofft, daß Günther wenigstens diese Nacht nach Hause kommen würde. Aber sie stellt schnell fest, daß sein kleiner Koffer verschwunden ist und auch sein Necessaire fehlt. Sie kann sich also die kleine innere Hoffnung, alles sei ein Scherz gewesen und renke sich wieder ein, aus dem Kopf schlagen. Er wird heute, in der Nacht auf ihren Geburtstag, nicht kommen und morgen voraussichtlich auch nicht. Sie wird die Dinge nüchtern angehen müssen, wenn sie das emotional packen will. »Du bist eine Offizierstochter«, sagt sie sich, geht in den Garten und setzt sich auf die warmen Steinstufen. Morgen früh wird sie sich eine generalstabsmäßige Strategie zurechtlegen, beschließt Marion und versucht daraufhin, alle Gedanken aus ihrem Kopf zu verbannen. Sie schaut in den Himmel. Es wird langsam dunkel, drohende Gewitterwolken hängen über der Stadt und nehmen auch das restliche Licht weg. Ein leichter Wind kommt auf, der Vorbote des Sturms, aber noch ist es warm und angenehm. Marion zieht die Schuhe aus und stellt ihre Füße nebeneinander auf die Steine. Die Wärme tut ihr gut. Sie betrachtet ihre Füße, und der katholische Beichtspiegel fällt ihr wieder ein. Sie hat sich ihr Leben lang viel zuwenig mit sich selbst beschäftigt. Sie hat sich auch nie selbst beobachtet, die Veränderungen der Zeit nicht mitbekommen. Jetzt ist sie fünfundfünfzig und könnte, wenn es keine Fotos gäbe, nicht sagen, wie sie mit fünfunddreißig ausgesehen oder sich gefühlt hat. Erstaunt sitzt sie da und betrachtet ihre Zehen. Nun tragen ihre Füße sie schon so lange durchs Leben, und sie hat sie sich noch niemals richtig angeschaut.

Die ersten dicken Regentropfen fallen. Es ist ein warmer Regen, und Marion hält ihm ihr Gesicht entgegen. Schließlich lehnt sie sich gegen die Steintreppen, und bleibt so, halb liegend, sitzen. Um sie herum fährt der Wind durch die Bäume, es tost und kracht, und der Himmel entlädt sich. Blitze zukken wild über den Horizont, und der Donner kommt immer näher. Sie weiß, daß sie vom Blitz erschlagen werden könnte, aber es schreckt sie nicht. Im Gegenteil. Die dichte atmosphärische Spannung, das Getöse um sie herum, der peitschende Wind und der Regen – Marion hat den Eindruck, daß sie gerade frisch geboren wird, zum erstenmal in ihrem Leben überhaupt richtig lebt. Sie wird auf *ihre* Weise in ihr fünfundfünfzigstes Lebensjahr gehen. Vielleicht gibt es Dinge, die wichtiger sind, als eine perfekte Ehefrau zu spielen. Sie lacht laut auf und wirft die Arme hoch.

Sie hat nur ein Leben. Und das gehört ihr allein.

Es klingelt gegen neun Uhr an Marions Haustür. Sie öffnet und sieht direkt in einen großen Blumenstrauß. »Das soll ich hier bei Schmidt abgeben«, sagt eine junge Frau dahinter und drückt ihr die Blumen in die Hand.

»Danke, das ist nett«, sagt Marion und vergißt vor lauter Überraschung, ihr ein Trinkgeld zu geben. Während sie hineingeht, dämmert ihr, was sie da hineinträgt. Nelken! Günther hat ihr fünfundfünfzig Nelken geschickt. Sie reißt das Kärtchen auf und überfliegt den Text. Tatsächlich, er gratuliert ihr über Fleurop zum Geburtstag und läßt ihr fünfundfünfzig Friedhofsblumen zustellen. Das ist das Letzte! Am liebsten hätte sie die Blumen direkt auf den Kompost geworfen, aber seit ihrer heutigen Nacht bringt sie es nicht übers Herz. Die Blumen können schließlich nichts für ihre Zweckentfremdung. Sie arrangiert sie in einer Vase und stellt sie ins Wohnzimmer. Vielleicht sollte sie sie trocknen. Es wäre ja denkbar, daß sie das Sträußchen eines Tages auf einen Erdhügel über ihn legen könnte.

Am Abend rüsten sich zwei kleine Grüppchen in Römersfeld. Die einen ziehen in den Gemeinderat, die anderen fahren nach Kirchweiler. Ulrike Goedhart holt Marion ab. »Na so was!« staunt Marion nach der Begrüßung, als sie Ulrikes neues Auto sieht. »Daß du von einem Zweisitzer auf einen Kombi umsteigst, hätte ich mir auch nie träumen lassen!«

»Nur, damit wir mehr Platz für die Einkäufe haben ...« Ulrike öffnet Marion die Beifahrertür.

»Ich komme mir richtig blöd vor, daß ich so etwas noch nie

gemacht habe!« entschuldigt sich Marion. »Irgendwie habe ich wohl von nix eine Ahnung!«

»Ha, es ist eine Gaudi, mehr nicht. Und daß du es gleich weißt, die Bridgedamen schenken dir ein Outfit zum Geburtstag. Du kannst dir also was Raffiniertes aussuchen!«

»Gibt's das überhaupt in meiner Größe?«

»Na, was glaubst du denn?« Ulrike steigt ein. »Gerade mit Busen sehen Dessous erst gut aus!«

Marion muß lachen. »Charmant, charmant. Wir werden ja sehen!«

Manfred Büschelmeyer hat sich in aufgekratzter Laune mit seinen Fraktionsfreunden unterhalten und verabredet, in welchem Lokal sie anschließend noch ein Bier trinken wollen. Schließlich setzen sich alle, und Manfred greift nach der Tagesordnung. Mal schauen, welche Hütte wo einen Erker kriegen soll. Er liest sorgfältig alle Punkte durch. Zunächst allgemeine Informationen, dann die Bekanntgabe der in der letzten nichtöffentlichen Sitzung gefaßten Beschlüsse, es folgt als Punkt drei die Errichtung eines Klubheims und als Punkt vier der Ankauf eines gebrauchten Feuerwehrfahrzeugs mit Drehleiter. Manfred gähnt verhalten und schaut zum Oberbürgermeister. Joachim Wetterstein scheint bester Laune zu sein, er flachst mit seinem schärfsten Kritiker, Hanns Benz; das tut er sonst nie.

Manfred liest weiter: Punkt fünf Einbau eines behindertengerechten WCs in das Vereinsheim Kirchweiler Straße 147, Punkt sechs Anpassung der Kindergartenbeiträge. Dann die Fragestunde für Bürger. Na, das wird heute aber dauern, denkt er und linst nochmals zu Wetterstein, der bereits fünf Minuten im Verzug ist. Schnell überfliegt er auch noch die Bauanträge und Bauanfragen, da stockt ihm der Atem. Er glaubt es nicht und liest es noch einmal: Antrag auf Ausweisung des Gewerbegebiets Römersfeld-West. Das kann doch schlichtweg nicht möglich sein. Gestern hieß es doch noch, das Gelände am Tierheim würde nie in irgendeiner Form entwickelt werden, völlig wertloses Gebiet, kein Gedanke daran, purer Unsinn. Hat Marion nicht noch erzählt, der OB wisse überhaupt nichts davon? Und jetzt bringt er den Antrag selbst ein? Das muß ein gewaltiger Irrtum sein! Manfred kann mit seinen Fragen nicht herausplatzen, aber er stirbt fast vor Ungeduld. Und wenn es kein Irrtum ist? Wenn das durchgeht und die Gemeinderäte die Entwicklung eines Gewerbegebiets am Tierheim gutheißen? Dann bringt er sich um. Nein, er wird besser diese Hexe Raak erschlagen, denn daß die dahintersteckt, ist ihm jetzt klar. Und diesmal kommt er nicht mit einer Champagnerflasche!

So mißmutig ist Linda noch nie zu einer Veranstaltung gefahren. Irgendwie hat sie diesmal überhaupt keine Lust, obwohl doch selbstverdientes Zusatzgeld lockt. Greta Kremer hat noch mal am Nachmittag bei ihr im Geschäft angerufen und geschwärmt, wie toll diese Runde sei. Alles Frauen mit Geld, gut drauf und gewillt, einen klasse Abend zu verleben. Besser kann die Botschaft ja eigentlich nicht sein. Linda war nach Geschäftsschluß zu der Wäscheboutique gefahren, hatte die neuesten Teile anprobiert und sie schließlich in allen Größen mitgenommen. Zusammen mit dem, was sie noch zu

Hause liegen hat, ergibt das ein ansehnliches Angebot. Sie packt, wie sonst auch, ihren tragbaren CD-Recorder ins Auto, sucht die Musiknummern zusammen, die gut zu ihren Auftritten passen, und fährt schließlich los. Günther hat sie etwas von einem Freundinnentreff erzählt, und er erklärte ihr daraufhin, das käme ihm gerade gelegen, er hätte noch vieles im Büro aufzuarbeiten.

Linda kommt rechtzeitig vor den anderen in Kirchweiler an. Greta hat den großen Eßtisch zur Präsentation der Teile mit einer hellen Tischdecke hergerichtet und den kleinen Couchtisch mit Gläsern und Kanapees bestückt. Sie freut sich auf den Abend und drückt Linda als erstes ein Glas Sekt in die Hand. »Danke, aber vor der Arbeit eigentlich nicht«, lehnt Linda ab, kommt damit aber nicht durch.

»Ich bitte Sie«, lacht Greta und füllt sich selbst schnell eines, »das lockert das Ganze doch auf. Und so genau nehmen wir das hier nicht. Es soll Spaß machen, das ist das Wichtigste!«

Das Wichtigste ist, daß es Kohle bringt, denkt Linda und stößt mit ihr an.

»Ich stelle mir auch vor, daß wir den Abend mit einem Paukenschlag beginnen!«

»Wie meinen Sie das?« fragt Linda und schaut sich nebenher heimlich um. Die gesamte Wohnzimmereinrichtung kann nicht älter als zwei Jahre sein. Der gut drei Meter lange Eßtisch mit den schmalen Edelholzstühlen, die Greta, um Platz zu schaffen, alle auf eine Seite gestellt hat, das schlanke Sofa mit den entsprechenden Cocktailsesseln, alle in Leder und in verschiedenen Farben, der exklusive Schrank, der sicherlich aus einer italienischen Nobelwerkstatt kommt, und die vielen großen Bilder in leuchtenden Farben an den gewischten Wänden. Über den Eßtisch spannt sich eine Lampe von gigantischen Ausmaßen, und auch sonst scheint ein Lichtdesigner am Werk gewesen zu sein. An manchen Tagen könnte man wirklich glauben, die Deutschen hätten massig Geld, denkt Linda. Und an anderen beschleicht einen das Gefühl, Deutschland bestünde nur noch aus Menschen knapp über der Armutsgrenze.

Dann hört sie wieder zu, aber Greta ist über den wesentlichen Punkt schon hinweggebraust. »Entschuldigen Sie, wie war das mit dem Auftakt noch, der Paukenschlag?« unterbricht sie den Redefluß ihrer Gastgeberin.

Anscheinend war das nicht Gretas erstes Glas heute, denn sie lacht, gestikuliert wild und verschüttet dabei, ohne es überhaupt zu bemerken, einen ganzen Schwall Sekt.

»Sobald alle da sind und auf ihren Plätzen sitzen, lege ich den Stones-Titel *I can't get no satisfaction* ein!«

»Aha!« Linda nickt.

»Gleichzeitig lösche ich das Licht.«

»Es ist doch noch gar nicht dunkel!«

»Ich lasse vorher natürlich die Jalousien herunter!« Greta schüttelt unwillig den Kopf. »Also, ich lösche das Licht – und bei dem ersten Refrain geht das Licht an, und Sie treten auf!«

»So.«

»Ja!« Sie zeigt auf einen großen Türbogen mit einem provisorisch befestigten knallroten Stoff. »Hinter diesem Vorhang kommen Sie hervor und tragen Ihr heißestes Dessous!«

»Normalerweise trage ich die Dessous nur, wenn es von den Damen ausdrücklich gewünscht wird.«

»Es wird ausdrücklich gewünscht!«

»Hmm!«

»Und Sie wollen doch gut verdienen, heute abend, oder nicht?«

Am liebsten hätte sie ihr den Rest ihres Sektes ins Gesicht geschüttet, aber Linda beherrscht sich. Der Lieblingsspruch ihres Vaters fällt ihr ein: »Geld macht unsympathisch«, hat er immer gesagt, wenn sich Linda über Dinge beklagte, die ihre Schulkameraden ihr voraus hatten. Damals fand sie das idiotisch, aber langsam kommt sie dahinter.

»Gut, ich komme also hinter dem Vorhang hervor.«

»Na, also«, Greta lacht wieder und mustert dabei unverhohlen ihren Körper. »Sie können sich das doch auch leisten!«

»Darum geht es gar nicht. Es gibt eben Frauen, denen ist so etwas peinlich. Die wollen keine ausgezogene Frau sehen, sondern Dessous!«

Wir sind ja schließlich nicht auf der Reeperbahn, fügt sie im stillen hinzu. Klar, was dort geboten wird, bringt sie auch. Nur diese Pärchen-Live-Show, das war ihr dann doch zu blöd, obwohl ihr Günther sofort ganz angeregt zwischen die Schenkel faßte.

Greta atmet schwer aus, so als sei Linda nicht nur begriffsstutzig, sondern bereits in einem fortgeschrittenen Stadium geistiger Umnachtung. »Meine Bekannten sind nicht so, die haben durchaus Sinn für Humor!« sagt sie mit einem leicht überheblichen Zug um den Mund.

»Ich wollte es nur zu bedenken geben … aber gut, an mir

soll's nicht liegen. Aber jetzt sollte ich die Ware auspacken, sonst wird es zu spät!«

Marion und Ulrike reden auf der Fahrt nach Kirchweiler über alles mögliche, bloß nicht über Günther. Solange Marion dazu nichts sagt, hält sich auch Ulrike heraus. Wenn Marion in all den Jahren, die sie sich nun schon kennen, ihren Geburtstag zum erstenmal nicht allein mit Günther feiert, sondern ausgeht, hat das seinen Grund. Und daß dieser Grund etwas mit ihrem Mann zu tun hat, ist für Ulrike naheliegend. Aber wenn es an der Zeit ist und Marion sich öffnen will, wird sie das schon tun. Auch so haben sie genügend Themen. Der Artikel über das Tierheim beispielsweise. Marion hat die Wochenendausgabe des *Kurier* noch ungelesen zu Hause liegen. Ihr sind die eigenen Probleme brennender erschienen als alles, was in der Zeitung hätte stehen können, aber jetzt ärgert sie sich doch. Läßt sie ein einziges Mal die Lektüre ausfallen, passiert prompt so etwas! Ulrike erzählt ihr, daß die Stadt rätselt, wer so viel Geld für dieses wertlose Grundstück hingelegt haben könnte.

»Ein Tierfreund vielleicht?« schlägt Marion vor und ruft sich die Aussage des Oberbürgermeisters ins Gedächtnis zurück. Dort bestünde garantiert kein Interesse, denn wie könne man auf die Idee kommen, im Westen von Römersfeld ein Gewerbegebiet erschließen zu wollen, wenn es im Osten bereits eines gibt?

»Ein Tierfreund?« wiederholt Ulrike ungläubig und schüttelt entschieden den Kopf. »Der hätte dem Tierschutzverein das Gelände nicht abgekauft, sondern das Geld gespendet! Wäre doch viel sinnvoller!«

»Tja, da hast du recht«, gibt Marion zu. Ärgerlich, daß sie das nicht früher gewußt hat, der Sache wäre sie sofort nachgegangen. »Kennst du übrigens einen guten Friseur?« will sie übergangslos wissen.

»Einen guten Friseur?« wiederholt Ulrike erstaunt und deutet auf das Ortsschild, an dem sie eben vorbeigefahren sind. »Wieso denn das? Du hast doch einen?«

»Ich brauche einen neuen Haarschnitt, irgendwas Frisches, Modernes. Ich muß mich verändern!«

»Wie! Hast du einen Freund?« Es kommt so herausgeschossen, daß Marion lachen muß.

»Noch nicht«, sagt sie schließlich. »Aber du kannst mir trotzdem helfen, einen Secondhandladen suche ich übrigens auch!«

Ulrike wirft ihr einen entgeisterten Blick zu. »Zum Einkaufen??«

»Nein!« Marion lacht schon wieder. »Zum *Ver*kaufen. Ich will modisch umschwenken. Schlichter, neuer, anders! Ich muß mein altes Ich ablegen!«

»Sag mal, so kenn' ich dich ja gar nicht!«

»Eben!«

Günther sitzt zur selben Zeit in seiner Firma und macht sich Notizen. Es ist ihm ganz recht, daß er mal völlig ungestört arbeiten und denken kann, denn er möchte alles im Griff behalten und keine Sekunde lang den Überblick verlieren. Am Donnerstag kommt dieser Mensch aus Berlin, Rainer Hoyer, der ihm dieses Grundstück abkaufen will. Was die Bundesregierung mit einem Grundstück in der Lage will, ist ihm zwar schleierhaft, aber es muß ja auch nicht seine Sorge sein.

Am darauffolgenden Tag wird bereits Dr. Berger aus Liechtenstein anreisen. Sie mußten den Termin um eine Stunde vorverlegen, weil der Notar nicht anders kann. Das wird zwar ziemlich hektisch, aber so geht es wenigstens Schlag auf Schlag. Am Wochenende wird er in seinem Büro aufräumen und alle wesentlichen Unterlagen verschwinden lassen, und am Montag kann er dann bereits seine Scheidung einreichen. Linda soll bloß nicht glauben, er klopfe nur Sprüche: ein Schmidt, ein Wort. Er steht auf und jagt sein Notizblatt durch den Aktenvernichter. Was er sich einmal aufgeschrieben hat, hat er im Kopf. Darauf kann er sich verlasssen.

Bei Kremers sind inzwischen alle Frauen eingetroffen. Marion ist überrascht, denn mit so vielen bekannten Gesichtern hätte sie nicht gerechnet und schon gar nicht mit Regine Raak. Sie schütteln sich die Hände, und aus der unbefangenen Art, wie Regine lacht und redet, schließt Marion, daß sie nichts weiß. Günther scheint seinen Vermögensberater noch nicht über seine Trennung informiert zu haben oder der nicht seine Frau. Wie auch immer. Sie interpretieren das elektrische Surren der heruntergehenden Jalousien als baldiges Startzeichen und setzen sich nebeneinander auf die Couch. Regine füllt sich einen kleinen Teller mit Lachskanapees und als Marion sie beiläufig fragt, wie es denn sonst so ginge, erzählt ihr Regine lachend, daß sie an dem Tierheimcoup beteiligt gewesen sei. Da könne es ihr ja nur glänzend gehen. Marion braucht einen Moment, um die Tragweite ihrer Aussage zu begreifen. Da sitzt doch tatsächlich die Information in Person neben ihr. Aber ehe sie ihre Fragen stellen kann, geht plötzlich das Licht aus, alle verstummen, und ein rockiges Intro fetzt durch den Raum. Die Boxen dröhnen, und ein Lichtkegel richtet sich auf den roten Vorhang. *I can't get no satisfaction* kreischt Mick Jagger, und der Vorhang geht auf, und heraus tritt Linda. Marion schreit auf, fährt hoch und schlägt dabei versehentlich Regine den Teller aus der Hand. Die Lachsschnitten fliegen durch die Luft, der Teller kracht gegen einige Gläser, die vom Tisch auf den Boden stürzen und auf dem Parkett zerspringen. Sekt spritzt über Schuhe, und überall sind Glassplitter. Entsetzt hastet Greta zum Lichtschalter und steht jetzt schockiert vor der Bescherung, während sich Linda und Marion sprachlos anstarren. Linda in einem Nichts von einem Dessous, gebräunt, sexy und sinnlich, und Marion mit einem Gesichtsausdruck und einer Körperhaltung, als sei sie eben dabei, die Inquisition einzuberufen. Während im Hintergrund die Stones in höchster Lautstärke toben, sind alle wie gelähmt, denn alle spüren, daß etwas Schwerwiegendes im Gange ist, aber keiner weiß, was. Linda ist instinktiv einen Schritt zurückgetreten, als wolle sie hinter dem Vorhang Schutz suchen, und Marion steht unbeweglich da, als überlege sie, ob sie Linda vernichten oder wortlos übergehen soll. Schließlich geht sie am Couchtisch entlang nach vorn in Richtung Flur, Linda keines weiteren Blickes würdigend.

Greta stürzt hinterher. »Was ist denn los?« will sie wissen.

»Nichts!« Marions Gesichtsmuskeln sind angespannt, ihr Blick ist hart. »Bitte rufen Sie mir ein Taxi, und feiern Sie weiter. Es lag nicht in meiner Absicht, die Veranstaltung zu stören!«

»Aber was ist, was ist mit dem Mädchen?«

Ulrike kommt herbeigelaufen. »Marion, ist dir nicht gut? Du siehst schrecklich aus!«

»Danke! Das baut mich doch immerhin auf!« Sie hat schon die Türklinke in der Hand.

»Wo wollen Sie denn hin?« fragt Greta.

»Hinaus. Ich warte draußen!« Sie spürt, wie alles an ihr zu zittern beginnt, sie ist kurz davor, die Nerven zu verlieren.

»Warte doch«, Ulrike hält sie am Arm fest, »ich fahre dich, wenn du gehen willst!«

»Laßt mich einfach alle in Ruhe. Und fragt nicht, warum. Feiert einfach weiter!« Damit ist sie zur Tür hinaus und steht auf der Straße. Zum erstenmal, seitdem sie versucht, mit ihrer neuen Rolle fertig zu werden und die alte Haut abzustreifen, laufen ihr die Tränen herunter. Sie merkt, daß sie ihre Tasche liegengelassen hat und weder Haustürschlüssel noch Geld für das Taxi hat, aber selbst das kann sie nicht mehr dazu bewegen, in das Haus zurückzugehen. Und wenn sie dem Taxifahrer ihren brillantenbesetzten Ehering gibt und die Verandatür einschlagen muß, es ist ihr alles egal. Mit so einer Schmach, einer solchen Verletzung hat sie nicht gerechnet. Marion läuft die Straße hinunter, dem Taxi entgegen.

Schon an der ersten Kreuzung hält ein Wagen hinter ihr, und eine Wagentür knallt. »Ich bringe Sie heim!« Marion dreht sich um. Regine Raak steht hinter ihr. »Ich habe dem Taxi abgesagt, ich finde, Sie sollten jetzt nicht allein sein!«

»Sie??« Ausgerechnet *die* Frau, die ebenfalls einer anderen den Mann ausgespannt hat, gewissermaßen das Pendant zu Linda, sagt so etwas. »Haben Sie zu Monika damals das gleiche gesagt?« fragt sie, um sie zu verletzen, um irgend jemanden für ihre Schmerzen büßen zu lassen.

»Kommen Sie«, Regine hält ihr die Wagentür auf. »Monika und Klaus hatten sich zum Zeitpunkt der Trennung völlig auseinandergelebt. Es zählte nur noch der gesellschaftliche Status! Das war anders als bei Ihnen!«

»Phh!« Marion schnaubt verächtlich. »Haben Sie jemals mit Monika darüber gesprochen? Und woher wollen Sie eigentlich wissen, wie es bei mir ist?«

»Ich habe, ehrlich gesagt, keine Ahnung. Ich will Sie eigentlich nur nach Hause fahren!«

Marion steigt langsam ein. »Meine Tasche mit meinen Schlüsseln liegt dummerweise noch auf dem Sofa, würde es Ihnen etwas ausmachen …?«

»Nein, natürlich nicht!«

Linda steht zitternd hinter dem Vorhang. Eine alptraumhafte Situation, findet sie und weiß überhaupt nicht, wie sie reagieren soll. Draußen rumort es, die Musik wurde ausgeschaltet, alle Lichter sind an, Linda sieht sich nach einem Mantel oder wenigstens einer Decke um. Sie war ja gleich dagegen gewesen, so aufzutreten. Und das dann noch vor Marion! Sie kann es nicht fassen! Für diese Situation hat Günther sicherlich auch kein Patentrezept parat. Sie sieht sich wieder im *Seerestaurant* vor Marion auf die Toilette flüchten und denkt, daß das damals schon ein Zeichen war. Linda auf der Flucht, Marion im Angriff. Aber eigentlich hält sie, Linda, alle Trümpfe in der Hand. Günther will sie und nicht Marion. Warum versteckt sie sich eigentlich? Warum geht sie nicht hinaus und grinst?

Weil sie das nicht kann. Weil Marion um so vieles älter

und für sie immer noch *die* Frau Schmidt ist und weil man vor älteren Leuten Respekt hat. So ist sie erzogen worden.

Greta Kremer kommt zu ihr hinter den Vorhang. »Sagen Sie mal, was haben Sie denn gemacht?« schnauzt sie sie an. »Frau Schmidt ist schließlich eine angesehene Frau der Gesellschaft!«

»Wieso? Habe ich ihr vielleicht unter den Rock geguckt?«

»Jetzt werden Sie bloß nicht auch noch frech! Von allein gerät eine Frau wie Marion Schmidt doch nicht so aus der Fassung!«

»In dem Ton brauchen Sie mir nicht zu kommen, Frau Kremer. Sie mögen zwar älter sein als ich, aber in Ihrem Fall ist das nicht unbedingt von Vorteil!« Linda dreht sich um und geht betont aufreizend in ihrer Spitzenunterwäsche zum Badezimmer. Sie weiß, daß ihr Körper auch von hinten wie gemeißelt wirkt, und sie kann sich denken, daß ihr Greta Kremer wütend hinterherstarrt.

Marion sitzt gefaßt neben Regine. Regine fährt aus Kirchweiler hinaus auf die Landstraße. »Ich find's nett, daß Sie mich nach Hause fahren«, sagt sie schließlich. »Das hätte ich eigentlich nicht von Ihnen erwartet!«

»Ja, Ulrike Goedhart wollte Sie fahren, aber sie fand in der Aufregung ihren Autoschlüssel nicht. Es ist für mich keine Frage!«

Marion schweigt eine Weile und schaut geradeaus auf die Landstraße. »Nun, ein paar Fragen werden Sie doch wohl schon haben …«

»Ich nehme an, es hängt mit Linda zusammen!«

»Und mit meinem Mann, ja!«

Regine überlegt, ob weitere Fragen nicht zu intim sind. Und sie ist sich ihrer merkwürdigen Rolle als Vorgängerin bewußt. Marion wird in ihr nichts anderes sehen.

»Es tut mir leid«, sagt sie schließlich.

Marion stößt ein kurzes, abgehacktes Lachen aus. »Gestern nacht habe ich mich noch dazu beglückwünscht. Aber da wußte ich auch nicht, daß ich *sie* heute treffen würde!« Und leise fügt sie hinzu: »Und das an meinem Geburtstag!«

»Das ist wirklich bitter!« bescheinigt Regine ihr und meint es auch so. »Vielleicht sollten Sie mal mit ihr reden«, schlägt sie kurz vor dem Ortsschild von Römersfeld vor.

»Haben Sie jemals mit Ihrer Vorgängerin geredet?« kontert Marion.

»Natürlich nicht!«

»Na, sehen Sie! Warum sollte ich es dann tun?«

Sie fahren langsam durch die City von Römersfeld und halten vor einer Ampel.

»Ich weiß es, ehrlich gesagt, auch nicht! In meinem Fall, meine ich. In Ihrem fände ich es besser, rein gefühlsmäßig, warum, kann ich Ihnen auch nicht sagen!«

Die Ampel schaltet auf Grün, Regine gibt Gas und konzentriert sich auf den Verkehr.

Eigentlich ist sie ja ganz nett, denkt Marion, obwohl sie gestern Monika noch ganz in Ordnung fand. Müßte sie emotional für Monika Partei ergreifen, weil sie bei ihr übernachtet und ihren Rat gesucht hat? Auf der anderen Seite hat sie sich bei ihrer Einladung zu Günthers Geburtstag ohne Skrupel für Regine entschieden und Monika übergangen.

»Ich werde darüber nachdenken. Vielleicht sind wir ja alle fehlgesteuert!«

Regine ist erstaunt. »Wie meinen Sie das?« will sie wissen.

»Nun, mit all den Expartnern und aktuellen Partnern und Status und Form. Wenn man es genau sieht, zählt doch eigentlich nur der Mensch. Oder?«

»Sie meinen, eigentlich finden Sie Linda ganz nett?«

»So habe ich das nicht gesagt«, wehrt Marion ab und ist froh, daß sie kurz vor ihrer Haustür sind, denn analysieren könnte sie ihre Aussage nicht. Vor drei Wochen hat sie Linda noch nett gefunden, das stimmt. Aber schließlich kann man ja auch eine Kobra nett finden, solange sie hinter Glas ist.

Linda ist angezogen aus dem Badezimmer zurückgekommen und möchte ihre Auslage auf dem Tisch zusammenpacken, doch die Mehrheit der Frauen ist dafür, sich den Abend durch diesen Zwischenfall nicht verderben zu lassen. Ulrike war zunächst noch im Zweifel, ob sie Marion hinterherfahren soll, aber dann dachte sie, daß Marion kein kleines Kind sei und *eine* Begleitperson vollauf genüge. Vielleicht möchte sie auch schlicht und einfach allein sein. Gemeinsam überreden sie Linda, einfach noch mal anzufangen. Der Auftakt sei schon mal grandios gewesen, und der Abend würde trotz allem ein Erfolg werden.

Zur erneuten Einstimmung trinken sie mit Linda ein Glas Sekt, löschen kichernd das Licht und warten auf ihren Auftritt. Was soll's, denkt Linda, während sie sich wieder auszieht, abzuhauen hieße, den Schwanz einzuziehen. Sie weiß natürlich, daß alle darauf brennen, den Grund für diesen Eklat zu erfahren, aber sie wird einen Teufel tun, etwas zu verraten. So viel läßt sich gar nicht verkaufen, als daß es sich lohnen könnte, die sensationslüsternen Ladys mit Schlagzeilen zu füttern.

Regine überlegt, ob sie jetzt wieder nach Kirchweiler zurückfahren oder besser nach Hause gehen soll. Sie weiß nicht, ob die Show bei Greta überhaupt weitergeht oder ob der ganze Abend nach ihrem überhasteten Aufbruch in sich zusammengefallen ist. Und zudem ist ihr, wenn sie in sich hineinhorcht, eigentlich die Lust auf Dessous vergangen. Sie wird ihren beiden Männern daheim die Freude machen, unerwartet früh aufzutauchen. Mal schauen, was sich mit der heutigen Nacht noch so alles anstellen läßt.

Monika erfährt es noch vor dem Frühstück. Edith Jürgens hat es genau bis um sieben Uhr ausgehalten, dann hat sie zum Telefon gegriffen.

»Du glaubst es nicht«, beginnt sie, kaum daß Monika abgenommen hat«, es gibt einen neuen Skandal in der Stadt! Über dich wird bald niemand mehr reden!«

»Das freut mich aber! Guten Morgen, Edith. Was gibt's denn so Aufregendes?«

Edith erzählt ihr in groben Zügen, was gestern in Kirchweiler passiert ist.

Du lieber Himmel, denkt Monika. »Hast du denn auch etwas gekauft?« will sie wissen.

»Ist das das einzige, was dich an der Sache interessiert?« fragt Edith enttäuscht.

»Nein. Warum hat denn ausgerechnet meine Nachfolgerin Frau Schmidt nach Hause gefahren?«

Edith überlegt kurz. »Warte mal, gekommen ist sie mit Ulrike – ich hab's. Ulrike hat ihren Autoschlüssel nicht gefunden, und Regine ist eingesprungen. So war's!«

»Aha!«

»Ja, und? Was glaubst du, was da abläuft?«

Monika grinst vor sich hin und bemüht sich gleichzeitig um einen gelangweilten Tonfall. »Was soll schon sein, Edith. Lindas Figur wird sie provoziert haben, wenn sie so aufgetreten ist, wie du es mir eben geschildert hast.«

»Wie??«

»Hat sie Zellulitis?«

»Nein. Natürlich nicht!«

»Na, da siehst du's!«

»Was?!?«

»Ist doch provokant für Frauen in unserem Alter. Das hätte mich auch geärgert!«

Edith zögert, und es ist zu spüren, daß sie nicht weiß, ob sie auf den Arm genommen wird oder nicht. »Na, ich dachte jedenfalls, du hättest dazu mehr zu sagen!«

»Ich bin ehrlich froh, daß ich weiter nichts verpaßt habe. Gehst du die Tage zum Golfen? Ja? Rufst du mich an?«

Kaum hat Monika aufgelegt, wählt sie neu, legt aber gleich darauf den Finger auf die Gabel. Quatsch, es ist noch zu früh, Joachim kann noch gar nicht im Büro sein. Sie setzt sich einen Kaffee auf und geht ins Badezimmer, um sich zu richten. Vor dem Spiegel, während sie die Wimpern tuscht, verzieht sich ihr Gesicht plötzlich zu einem breiten Grinsen. Sie schaut sich in die Augen und sagt ihrem Spiegelbild: »Ja, freu dich nur! Du darfst dich ruhig auch einmal freuen!« Die Stadträte haben gestern abend dem Antrag zugestimmt. Das Gewerbegebiet West wird in Angriff genommen. Wie Joachim das geschafft hat, weiß sie auch nicht. Aber sie hat alle Trümpfe in der Hand.

Manfred hat sich wieder krankgemeldet. Diesmal geht es ihm wirklich schlecht. Er liegt mit rasenden Magenschmerzen im Bett und schmiedet Mordpläne. Er muß 90 000 Mark abstottern, auf alles verzichten, weil Monika Raak ihn über den Leisten gezogen hat. Er hätte nur in aller Ruhe abwarten müssen, nur vier Tage lang, dann hätte *er* den Reibach gemacht. 190 000 Mark Gewinn einfach mal so in den Wind geschossen. Er trommelt mit den Fäusten gegen das hölzerne Rückenteil seines Bettes. Sie haben ihn alle gelinkt, alle!

Marion schwirren tausend Gedanken durch den Kopf. Sie ist früh aufgewacht und hat Mühe, sich auf eine Sache zu konzentrieren. Es kommt ihr alles so hoffnungslos vor, und ihre Aufbruchsstimmung von gestern ist völlig verflogen. Seitdem sie Linda gesehen hat, ist ihr bildhaft vor Augen geführt worden, was zählt: Jugend, Schönheit, ein sexy Körper. Sie hat nichts von dem, und das tut weh. Was soll sie also noch auf dieser Welt? Keiner will sie, keiner mag sie, keiner interessiert sich für sie. Und gebraucht wird sie auch nicht. Sie hat nicht eine einzige echte Aufgabe, seitdem Günther weg ist. Wem würde es schon auffallen, wenn sie plötzlich nicht mehr da wäre? Höchstens ihrem Gärtner, der grüßt sie manchmal von weitem.

Sie hat überhaupt keinen Appetit, und zu ihrer Zeremonie mit dem schaumigen Kaffee fehlt ihr die Lust. Selbst den Artikel über den Tierschutzverein in der Wochenendausgabe liest sie nicht. Die Zeitung liegt zusammengefaltet auf dem Tisch und interessiert sie nicht im geringsten. Irgendwie kann sie plötzlich nachfühlen, wie man aus den Gleisen geraten und ständig tiefer sinken kann. Ohne Energie, ohne Antrieb, ohne Sinn fehlt auch ihr die Kraft zum Kämpfen. Und die Kraft zum Leben. Es wäre so leicht, denkt sie. Einfach einschlafen, nicht mehr aufwachen. Alles hinter sich lassen. Und bitte keine Reinkarnation! Das könnte sie nicht ertragen!

Das Telefon rüttelt sie aus ihrer gedankenverlorenen Verfassung. Sie rafft sich auf, um hinzugehen, und meldet sich mit matter Stimme: »Ja?«

»Frau Schmidt? Hier ist Monika Raak! Die Spatzen pfeifen es von den Dächern! Haben Sie sich überlegt, was Sie in der Sache tun wollen?«

»In der Sache?«

»Ich bin im Büro!«

»Ach so. Nein, ich weiß nicht ... nichts. Was soll ich schon tun.« Sie holt tief Luft, dann dämmert ihr, was Monika eben gesagt hat. »Was war das? Die Spatzen? Wieso wissen es schon alle?«

»Ich denke mal, es waren gestern abend genug dabei ...«

»O Gott! Ich kann mich nirgends mehr sehen lassen!«

»Das habe ich damals auch gedacht. Und wissen Sie was?

Heute geht es mir prächtig! Ich treffe meine eigenen Entscheidungen!«

»Das haben Sie früher doch auch schon getan!«

»Stimmt!«

Monika lacht herzlich durchs Telefon, und Marion muß unwillkürlich mitlachen.

»Wissen Sie was? Ich komme zu Ihnen, und dann entwickeln wir eine Strategie! Ich kenne mich da aus!«

»Das würden Sie tun?«

»Aber nur, wenn's bei Ihnen einen anständigen Kaffee gibt.«

»Mit geschäumter Milch?«

»Das ist ein Wort! In zwanzig Minuten bin ich da!«

Linda hat Günther kein Wort von dem Vorfall erzählt. Sie hat glänzend verkauft, mehr als erhofft, und verhandelt in Abwesenheit von Renate gerade mit einem Vertreter, als die Glastür zur Parfümerie aufgeht und eine ihrer gestrigen Kundinnen hereinkommt.

»Ach?« tut sie erstaunt, »*hier* arbeiten Sie?« Dabei betont sie das *hier* so geringschätzig, daß sich Linda wie ertappt vorkommt.

»Entschuldigen Sie kurz«, läßt sie den Vertreter stehen. »Kann ich Ihnen helfen, Frau ... entschuldigen Sie, ich habe Ihren Namen vergessen.«

»Ach ja? Edith Jürgens. Macht nichts, Linda. Mein Mann ist entzückt über die Dessous. Aber Sie hier ... das ist ja eine Überraschung!«

»Wieso? Was arbeiten Sie denn?«

»Ich? Na, ich bitte Sie!« Sie lacht kurz und geht an Linda vorbei zu den Parfums.

Gestern kam sie ihr noch gar nicht so zickig vor, denkt Linda und läuft hinter ihr her. Ob die jetzt alle antanzen? Einmal »Schmidt-Geliebte« gucken gehen?

Monika ist bei Marion eingetroffen, sie haben sich auf die Couch gesetzt, trinken Kaffee und essen die Apfeltaschen, die Marion noch schnell aufgebacken hat. Zwischen den Bissen schildert Marion ihr in kurzen Sätzen, was sich bei Greta Kremer ereignet hat.

»Und woher wissen *Sie* es eigentlich?« will sie zum Schluß wissen.

»Römersfelds wandelndes Tagblatt heißt Edith Jürgens. Sie hat nichts anderes zu tun, ihr Mann leitet die Stadtwerke, denen kann im Leben nichts mehr passieren, und ihr ist es, wahrscheinlich aus diesem Grund, fürchterlich langweilig. Sie ist überall dabei, tanzt auf jeder Party!«

»Frau Jürgens?« Marion blickt auf. »Kenne ich. Aber bei mir war sie nie. Ich habe sie nie eingeladen!«

»Na, das wird sich jetzt bitter rächen. Ich bin sicher, daß die schon auf dem Kriegspfad ist!«

»Anscheinend habe ich wirklich alles falsch gemacht!«

»Wer nichts tut, macht keine Fehler, da gebe ich Ihnen recht. Aber das kann's ja schließlich auch nicht sein – oder?«

»Noch Kaffee?« fragt Marion und steht auf, um zur Espressomaschine zu gehen.

»Gern! Er schmeckt wirklich ausgezeichnet! Und dann

würde mich interessieren, wie Sie mit Regine Raak auskommen!«

Jetzt ist es also soweit, verdammt, denkt Marion, während sie in die Küche geht. Was soll sie jetzt sagen? Daß sie sie eigentlich ganz nett findet?

Monika ist ebenfalls aufgestanden und kommt ihr hinterher. »Was hat sie denn gestern im Auto gesagt?«

»Daß sie auch nicht versteht, warum Sie nie miteinander darüber gesprochen haben«, rutscht es ihr heraus. »Den Rat hat sie mir nämlich für Linda gegeben!«

»So? Hat sie?« staunt Monika ganz offensichtlich.

Marion muß fast lachen.

Da stehen sie, beide etwa gleichaltrig, Monika Raak schlank und mittelgroß, mit den ersten grauen Strähnen in ihrem kurzgeschnittenen dunklen Haar, und sie, größer und schwerer, auf dem Scheitelpunkt ihres Lebens, und philosophieren über die Geliebten ihrer Männer. Es ist einfach zu absurd!

»Das müssen Sie mir erzählen«, fordert Monika.

Und während der Kaffee frisch gemahlen in die Tassen läuft, versucht Marion jedes ihrer Worte wiederzugeben.

»Darauf hätte sie auch mal früher kommen können«, meint Monika schließlich und nimmt ihre Tasse in Empfang. »Dann hätte ich ihr gleich ein paar Eigenheiten meines Mannes mit auf den Weg geben können. Er schnarcht, hat Schweißfüße und Haarausfall!«

»Das hat meiner schon lange!« Sie schauen sich an und lachen prustend los.

»Aber im Ernst«, sagt Monika schließlich und tritt mit ihrer Tasse in der Hand ans Fenster. »Regine ist der Schlüssel zum Erfolg, das müssen Sie einfach sehen. Und ich schlage Ihnen vor, Sie anzurufen und hierherzubitten.«

»Und warum?«

»Weil sie vermutlich weiß, was ihr Mann gerade treibt, und damit eventuell auch, was Ihr Günther vorhat! Ich nehme doch stark an, daß er noch für ihn arbeitet. Und wenn sich daraus auch nur vage Rückschlüsse ziehen lassen, so ist das doch immerhin schon mal besser als nichts!«

»Und Sie?«

»Ich bleibe hier und spreche mit ihr. Das hätten wir längst tun sollen, darin hat sie wahrlich recht!«

Manfred hat sich aufgerafft, sich an den Wohnzimmertisch gesetzt und ein leeres Blatt Papier vor sich hingelegt. Wenn er nur lange genug darauf schaut, wird ihm schon etwas einfallen, sagt er sich, das war schon in der Schule so. Er schaut abwechselnd zur Wand, dann zum Fenster, schließlich wieder auf das Blatt. Nichts. Bewegung wird ihm guttun, überlegt er sich, geht zum Kühlschrank und holt sich ein Bier. Dabei fällt sein Blick auf den Stapel Tageszeitungen in der Altpapierecke, und eine zündende Idee treibt ihn sofort zurück an den Tisch. »Wetterstein ist bestechlich« titelt er die Überschrift, ändert sie aber gleich in »Wetterstein spielt falsch« ab. Es gefällt ihm noch immer nicht, aber er ist schließlich kein Journalist. Er wird die Redaktion anrufen, und die sollen sich selbst ihren Reim darauf machen. Er wird auf jeden Fall einen solchen Skandal auslösen, daß der Oberbürgermeister zurücktreten und diese elende Lackiererei sofort schließen muß.

Hastig blättert Manfred im Telefonbuch, ruft die Zentrale an und läßt sich mit der Lokalredaktion verbinden. Es ist eine Redakteurin dran, die er kennt, Andrea Hertzig, ein kleines graues Mäuschen mit dem Schick von vorgestern. Manfred verlangt nach dem Lokalchef. Am Nachmittag nicht da, lautet die Auskunft, erst am Abend wieder. Aber wenn es etwas fürs Blatt sei, könne auch sie weiterhelfen. Manfred bezweifelt das zwar, denn er kennt die Artikel der ehemaligen Landredakteurin, die selten den Kern einer Sache erfassen, aber da sie ihr mangelndes Begriffsvermögen stets aufs neue durch ausufernde Polemik zu überdecken weiß, könnte sie ihm sogar von Nutzen sein. Er erzählt ihr in groben Zügen, was sich in den letzten Tagen rund um das Gelände am Tierheim abgespielt hat, und grinst dann über ihre Reaktion: Genau wie er es vorausberechnet hat, ist ihr am Schluß zwar manches nicht so ganz klar, aber sie wittert die große Sensation.

Regine fährt mit gemischten Gefühlen zu Marion Schmidt. Sie hat Klaus vorsichtshalber nichts von dem Treffen mit seiner Exfrau gesagt, denn sie weiß nicht, wie er darauf reagieren würde. Wahrscheinlich völlig verständnislos. Und Bobby hat sie zu Hause gelassen, weil sie stillschweigend voraussetzt, daß es Marion so lieber ist. Sie hat ihm zum Ausgleich einen langen Abendspaziergang versprochen.

Als sie Monikas Auto in der Garagenauffahrt stehen sieht und daneben parkt, schlägt ihr Herz bis zum Hals. Warum mußt du dich auch auf so etwas einlassen, ärgert sie sich, aber ihr Finger drückt schon entschlossen auf den Klingelknopf. Sie wartet auf das Surren des Türöffners, aber Marion öffnet ihr selbst. »Ich finde es bewundernswert, daß Sie gekommen sind«, sagt sie zur Begrüßung und drückt ihre Hand.

»Ich finde es bewundernswert, daß Sie mich eingeladen haben«, entgegnet Regine mit einem leichten Lächeln, das ihre Unsicherheit übertönen soll. Sie folgt Marion, die ihr zügig vorausgeht, und sieht im Wohnzimmer Monika stehen. Mitten im Raum, mit locker herunterhängenden Armen steht sie da, als warte sie auf den Zug und nicht auf die Frau, die ihr den Mann ausgespannt hat.

Jetzt geht sie auf Regine zu und reicht ihr die Hand. »Ich finde es sehr mutig von Ihnen, daß Sie gekommen sind. Und ich finde es gut, was Sie Frau Schmidt gestern im Auto gesagt haben. Sie haben nämlich recht, wir hätten irgendwann mal miteinander reden sollen!«

Regine bleibt nicht mehr viel zu sagen, sie nickt nur und erwidert den Händedruck.

»Wo wollen wir uns hinsetzen, und was wollen Sie trinken?« Marion, ganz in der ihr vertrauten Rolle als Gastgeberin, deutet zur Couch, aber Monika schüttelt den Kopf. »Wie wäre es denn mit dem Tisch draußen? Das Wetter spielt mit, und an einem Tisch kann man schwergewichtige Themen besser erörtern!«

»Ganz die Geschäftsfrau«, stichelt Regine.

Aber Monika lächelt ihr zu. »Möglicherweise, ja. Und Sie werden auch gleich erfahren, warum!«

Linda fährt an diesem Tag ziemlich genervt nach Hause. Sie fühlt sich wie zwischen zwei Welten und hat den Eindruck, daß sie der einen gerade entwachsen, in der anderen aber noch nicht angekommen ist. Sie fühlt sich zunehmend unwohl in ihrer Haut und möchte sich gern eine Auszeit gönnen. Zwei Tage nur für sich allein, irgendwo, von ihr aus in irgendeinem Landgasthof in der Umgebung, mit Liegewiese und Fahrrädern, mit Abendessen aufs Zimmer und ungestörtem Ausschlafen.

Als sie in die Tiefgarage fährt, sieht sie Günthers Mercedes auf dem Gästeparkplatz stehen. So früh? Damit hat sie nicht gerechnet, und es paßt ihr auch nicht. Sie hätte seinem Wunsch nach einem eigenen Schlüssel nicht so schnell entsprechen sollen.

Linda erwägt, ob sie sich gleich aufs Fahrrad setzen und eine Runde drehen soll, aber ihre Kleidung ist dafür zu unpraktisch. Aber wenn sie erst nach oben geht, um sich umzuziehen, wird sie so schnell nicht mehr loskommen. Sie überlegt kurz und fährt schließlich mit dem Lift hinauf und schließt ihre Wohnungstür auf.

Günther kommt ihr, nur mit einem Badetuch um die Taille, aus dem Badezimmer entgegen. »Schön, daß du auch so früh kommst«, strahlt er zur Begrüßung, »ich habe schon auf dich gewartet!«

»Kriegst du denn nie genug?« fragt Linda, ihren Unwillen mühsam verbergend.

»Das machst alles nur du! Sei doch stolz darauf! Bei dir kann ich eben wie ein junger Hengst!« Er lacht und zeigt triumphierend auf die Schwellung unter dem Badetuch. »Alles für dich! Und ich war auch einkaufen!«

»Warst du wieder in Stuttgart?« will sie lustlos wissen.

»Und wie!« Er nimmt sie in seine feuchten Arme und küßt ihren Hals. »Du wirst staunen! Extra für dich!«

»Was ist es denn diesmal?«

»Handschellen und ein schwarzer, geiler Gummi, mit vielen dicken Noppen dran! Da freust du dich, was?« Er beißt ihr leicht in ihr Ohrläppchen. »Damit kann ich es dir gleich so richtig heiß besorgen!«

Als Regine Stunden später nach Hause fährt, tut sie das mit völlig gemischten Gefühlen. Mit Monika hat sie sich auf Anhieb verstanden, sie entdeckten auch gleich zahlreiche Gemeinsamkeiten, über die sie sich lachend ausließen. Das Vorurteil, daß man im Leben immer wieder auf den gleichen Typ abfährt, fanden die beiden bestätigt. Bei Licht besehen hätte Klaus auch gleich bei Monika bleiben können. Dann gingen sie in die Details, und Regine warf Monika vor, sie habe ihr einen völlig verkorksten Mann hinterlassen, der ihr überhaupt keine Freiräume mehr zugestehen wolle aus lauter Furcht, es könne ausarten wie bei Monika. Monika hörte amüsiert zu und schilderte ihrerseits, wie mühsam es war, nach der Scheidung einen eigenen Weg zu finden. Überall stieß sie auf Barrieren durch ihr gemeinsames Vorleben, dessen lückenlose Fortführung Klaus nun für sich und Regine in Anspruch nahm. Marion hörte gespannt zu, denn ihr war klar, daß sie aus Monikas Erzählungen nur lernen konnte.

Nachdem sie sich einigermaßen ausgesprochen hatten, kam, mit einigen belegten Broten und einer Flasche Wein, das eigentliche Thema auf den Tisch.

Nun denkt Regine, während sie fast automatisch durch Römersfeld fährt, darüber nach. Wenn es stimmt, daß Günther gerade dabei ist, sein ganzes Vermögen vor Marion verschwinden zu lassen, ist das gelinde gesagt eine Schweinerei. Marion hatte in ihrem Beisein und mit auf »laut« gestelltem Lautsprecher zuerst Günther und anschließend Klaus angerufen. Sie bat Günther in ausgesucht freundlichem Tonfall, recht bald eine Vermögensliste aufzustellen, damit eine gerechte Lösung möglich sei. Aber Günther lachte nur und erklärte ihr, zu dem Thema habe er ihr bereits alles gesagt. Den Wagen könne sie behalten, und ansonsten sei sie doch noch jung genug, um zu arbeiten. Andere täten das in ihrem Alter schließlich auch.

Klaus versuchte sich offensichtlich irgendwie aus der Affäre zu ziehen. Beide, sowohl Regine als auch Monika, hörten sofort heraus, wie unangenehm ihm Marions Fragen nach Günthers Vermögen waren. Zunächst versuchte er es mit der Schweigepflicht; nachdem Marion aber nicht locker ließ, räumte er ein, daß Günther in letzter Zeit einige herbe Verluste hätte hinnehmen müssen. Als Marion ihm rundheraus sagte, daß sie ihm kein Wort davon glaube, verabschiedete er sich rasch mit dem Hinweis, eben sei ein verspäteter Klient eingetroffen.

Fair ist das nicht, sagt Regine sich und kurze Zeit später zu Bobby, den sie zu seiner Abendrunde abholen will. Während Bobby hoch erfreut durchs Haus tollt, schaut Regine schnell in Klaus' Arbeitszimmer nach seinem Notebook. Aber es liegt nicht da, und es wäre mehr als ein glücklicher Zufall, wenn er die Daten auf seinen Computer übertragen hätte. Um sicherzugehen, schaltet sie ihn aber doch ein, kämmt die Dateinamen auf einen Hinweis auf Günther durch und holt sich auch noch seine Disketten. Nebenher behält sie durch das

Fenster die Einfahrt im Auge. Trotzdem Fehlanzeige. Es wäre zu schön gewesen, um wahr zu sein. Sie öffnet der Reihe nach die von ihm zuletzt bearbeiteten Dateien, so daß ihm beim Einschalten keine Änderung auffallen kann, und schaltet den Computer aus. Sie muß einen anderen Weg finden. »Los, Bobby, wir gehen!« ruft sie ihrem Hund zu, steckt sich eine formatierte Diskette und die Zweitschlüssel zu Klaus' Kanzlei ein. Sie will jetzt selbst wissen, was da gespielt wird. Irgendwann könnte es ihr schließlich auch so gehen …

Monika ist noch in ihre Firma gefahren, denn sie will sich wenigstens in groben Zügen darüber informieren, was während ihrer Abwesenheit gelaufen ist. Der Parkplatz ist leer, alle Eingangstüren ordnungsgemäß verschlossen. Sie läuft schnell in ihr Büro und blättert gerade die Notizen durch, die auf ihrem Schreibtisch der Wichtigkeit nach sortiert liegen, als das Telefon klingelt. Das muß um diese Uhrzeit jemand sein, der die Durchwahl kennt, denkt sie und schaut auf das Display. Keine Angabe, sie nimmt ab.

»Das glaubst du nicht! Das muß ich dir erzählen!« Joachims Stimme klingt fassungslos.

»Keine Aufregung bitte, ich hatte bereits einen reichlich aufregenden Nachmittag!«

»Trotzdem. Hör dir das an …«

»Wo bist du denn?«

»In einer Telefonzelle am Waldparkplatz. Beim Fitneßpfad.«

»Joggst du etwa?«

»Fast …«

Marion muß lachen. »Also, dann laß hören.«

Joachim erzählt ihr von seinem Telefonat am Nachmittag mit dem *Kurier* und mit welchen Phrasen ihn die Reporterin angegriffen habe.

»Und du?«

»Ich habe versucht, ihr sachlich die Aspekte aufzuzeigen, aber ich bin mir nicht sicher, ob sie es begriffen hat.«

»Wenn sie nichts begriffen hat, kann sie auch nichts schreiben, das ist schon mal nicht schlecht!«

»Das kann man nicht wissen. Es gibt Menschen, die schreiben gerade dann!«

»Hast du ihren Chef angerufen?«

»Ich wollte nicht noch mehr Wirbel machen …«

»Das solltest du aber. Er ist doch auch sonst immer dein Ansprechpartner und kennt sich aus im politischen Miteinander.«

Joachim zögert. »Vielleicht hast du recht«, räumt er schließlich ein.

Regine hat ihren kleinen Wagen um die Ecke der Kanzlei abgestellt und spaziert mit Bobby an der Leine zunächst wie zufällig vorbei. Die fünf Stellplätze vor der Kanzlei sind leer. Das hat sie um diese Uhrzeit erwartet. Sie geht noch eine Straßenecke weiter und kehrt dann um. Wo könnte Klaus sein? Noch bei einem Klienten? Und wenn er das Notebook mit sich herumträgt? Sie schließt schnell die Haustür zu dem Altbau auf und huscht die wenigen Steintreppen hinauf bis zur Eingangstür. Es sind außer der Kanzlei und einer Arztpraxis noch drei Wohnungen in dem Gebäude untergebracht, und sie möchte möglichst ungesehen hinein- und auch wieder herauskommen.

Kurze Zeit später steht sie in Klaus' Büro, weist Bobby den Platz an der Tür zu: »Schön aufpassen, aber nicht bellen, hörst du, Bobby? Nicht bellen!« und schaut sich um. Sie ist fürchterlich aufgeregt und kommt sich wie eine Einbrecherin vor. Dann entdeckt sie es. Das Notebook steht, angeschlossen an den Drucker, neben dem Computer. Anscheinend hat er grade noch daran gearbeitet. Das könnte aber auch bedeuten, daß er jeden Augenblick zurückkommt. Sie schluckt trocken, klappt das Notebook auf und schaltet es ein. »Mach schon, mach schon«, flüstert sie dem Gerät ungeduldig zu, während es surrend startet und das Programm lädt. Endlich ist es soweit, durch ein Glockenzeichen, das in Regines Ohren wie eine Alarmanlage schrillt, gibt es zu erkennen, daß sie beginnen kann. Sie öffnet die Datei und stößt im Listenfeld sofort an erster Stelle auf HOFMEISTER.WPS. Daran hat er zuletzt gearbeitet. Hofmeister? Ein Klient? Da fällt es ihr ein, es ist der Mädchenname von Marion. Sie öffnet die Datei.

Im selben Moment läßt Bobby ein dunkles Knurren vernehmen. Wie elektrisiert schaltet Regine kurzerhand ohne weitere Schritte das Notebook aus und läuft leise zu Bobby. Ganz deutlich sind Schritte zu hören, die auf die Eingangstür der Kanzlei zusteuern. An der Tür klappert es, Bobby fährt empört aus seiner Liegestellung hoch, und Regine kann sich in letzter Sekunde auf ihn werfen und ihm die Schnauze zudrücken. Sie ist kurz vor einem Herzinfarkt. Wenn jetzt Klaus reinkommt, muß sie ganz cool die Nummer mit dem Überraschungsbesuch abziehen. Und bei jedem anderen empört nach Klaus fragen. »Sei still«, flüstert sie in Bobbys Ohr, da hört sie etwas dumpf aufschlagen. Wieder Schritte, dann ist es still.

Regine bleibt noch kurz bei Bobby knien, bevor sie an die Tür schleicht. Ein großes längliches Kuvert wurde durch den Türschlitz geworfen, das ist alles.

Sie atmet tief durch, um sich wieder zu beruhigen, und läuft schnell zurück an den Schreibtisch. Deckel hoch, das Notebook erneut starten. Sie schiebt ihre Diskette ein und kopiert die ganze Datei Hofmeister. So, das hat sie schon mal. Erst jetzt schaut sie es sich genauer an. Über achtzig Seiten mit Listen und Tabellen, dazu Daten und eine Art Fahrplan. Aber sie liest vermehrt Liechtenstein und Namen, die sie nicht kennt, und auf der letzten Seite den Entwurf zu einem Vertrag, auf dem klar Günther Schmidt steht. Was ist da bloß im Gange? Sie schließt das Programm, das Notebook verabschiedet sich mit Glockenton, und Regine nimmt erleichtert die Diskette an sich. Jetzt nichts wie weg!

Minuten später steht sie schon in der nächsten Telefonzelle und versucht, Monika zu erreichen. Zu Hause scheint sie noch nicht zu sein, und in der Firma meldet sich nur der Anrufbeantworter. Kurz entschlossen fährt sie los. »Tut mir leid, Bobby, deinen Spaziergang müssen wir etwas verschieben. Aber versprochen ist versprochen! Wir gehen später!«

Dirk und Richi sitzen zur selben Zeit in Dirks Bude und legen ihren Schlachtplan zurecht. Dirk holt einen in eine Plastiktüte gewickelten Schlagstock aus seinem Schrank. »So was haben sonst nur die Bullen«, vermeldet er stolz und hält ihn hoch.

Richi will mit leichtem Widerwillen in der Stimme wissen: »Kann man so was etwa kaufen?«

»Quatsch!« Dirk läßt den Stock wie einen Golfschläger durch die Luft sausen. »Das gibt's nur mit Beziehungen!«

»Aha! Und wie sehen solche Beziehungen aus?«

»Bei uns in der Uni gibt es jede Menge Autonome. Da ist das kein Problem!«

»Das läßt mich ja hoffen«, spöttelt Richi, steht auf und geht an ihm vorbei in die kleine Küche. »Hast du Bier im Kühlschrank?«

»Klar. Jede Menge. Bring mir auch eins mit!«

Bis Richi mit den beiden Flaschen und einem Öffner zurückkommt, hat Dirk zwei abgeschnittene und an einer Seite verknotete Damenstrümpfe auf den Tisch gelegt.

»Vergiß nicht, es soll nur ein Denkzettel sein«, warnt ihn Richi. »Du sollst ihn nicht gleich umbringen!«

Dirk nimmt ihm die eine Flasche ab und öffnet sie. »Ich möchte ihn nur am Boden liegen sehen, den feinen Herrn Schmidt. In die Hose soll er sich scheißen vor Angst!«

»Ganz schön herb für einen Pazifisten!«

Dirk nimmt einen tiefen Schluck und schaut Richi danach mit hochgezogenen Augenbrauen an. »Auch ein Pfarrer darf mal seine Soutane lüften!«

»Ja, tatsächlich!« Richi nickt. »Der Vergleich überzeugt mich!«

Regine ist vor Monikas Lackiererei angekommen. Ihr Wagen steht dort, ganz wie sie es sich dachte. Jetzt muß sie nur irgendwie auf sich aufmerksam machen. Sie stellt ihren Wagen mitten in den Hof, von hier aus ist sie von allen Bürofenstern aus zu sehen, und drückt auf die Hupe. Bobby springt zu dem Krach wie besessen um den Wagen herum und bellt das Auto an, als könne er es dadurch zum Schweigen bringen. Endlich rührt sich etwas, ein Fenster wird aufgerissen, Regine erkennt Monika und winkt ihr zu. Die nickt und gibt ihr ein Zeichen, daß sie an den Haupteingang kommen soll.

Minuten später sitzen sie an Monikas Computer. »Hoffentlich arbeitet er mit Word und nicht mit so einem Exotenprogramm«, meint Monika, während sie die Diskette einschiebt.

»Da kann ich Sie beruhigen!« Regine hat sich einen Stuhl herangezogen, und sie sitzen dicht nebeneinander und blättern die Aufzeichnungen Seite für Seite durch.

»Sie sind einfach klasse!« Bei der letzten Seite angekommen, haut ihr Monika kräftig auf den Schenkel. »Vorgestern konnte ich Sie nicht ausstehen, und heute weiß ich, was ich dadurch verpaßt habe!«

Regine lacht. »Danke, mir geht's genauso!«

Monika greift zum Telefonhörer. »Die Diskette ist Gold wert. Das kann Marion überhaupt nicht aufwiegen!«

»Aber wenn Günther sie auch *so* hereinlegen will!« empört sich Regine.

»Und unser beziehungsweise Ihr Mann auch dabei hilft!«

Die beiden schauen sich an.

»Das ist schon übel«, sagt Regine nachdenklich.

»Kleiner Drecksack. Ich hab's schon immer gewußt!« Monika nickt grimmig und beginnt zu wählen.

»Ach, so schlimm ist's auch nicht«, beschwichtigt Regine, muß aber lachen, als sie Monikas Blick sieht. »Ich kann ihm ja noch nicht einmal sagen, was ich von ihm halte! Heute abend werde ich platzen, wenn er nach Hause kommt!«

Inzwischen hat Monika Verbindung. »Anna? Stell dir vor, Regine Raak, ja, ja, meine Nachfolgerin, hat Aktengeheimnisse geklaut. Ja, das Beweismittel liegt mir vor! Vergehen nach Paragraph 314 StGB? Dachte ich mir! Können wir sie jetzt verhaften lassen?«

Regine klappt der Unterkiefer herunter.

Monika lacht prustend los. »Kleiner Scherz, sorry, bot sich an. Ja, Anna, kannst du gleich in die Firma kommen? Jetzt kriegen wir den Schmidt dran! Ja, ja, Marion Schmidt rufe ich auch gleich an!«

Dirk hat sich ein Blatt Papier genommen und schreibt den Ablauf auf.

»Also, ich wiederhole. Rainer Hoyer wird mit Einbruch der Dunkelheit eintreffen, weil er vorher noch andere wichtige Termine hat und am nächsten Tag, nach dem Notartermin, gleich weiter muß. Time is money, dafür wird Günther Verständnis haben, denn das ist seine Sprache. Ihm geht es ja auch nur um Kohle!«

»Fast nur ...«, unterbricht Richi vieldeutig.

Idiot! Also der Weg vom Parkplatz zum Hotel *Sternen* geht durch diese hohen Hecken hindurch. Da müßte es um diese Uhrzeit schon ein arger Zufall sein, wenn jemand dazwischenkommt!«

»Aber ausschließen kannst du es nicht!«

»Gut, dann platzt die Story eben. Dann konnte Rainer

Hoyer aus irgendeinem Grund nicht kommen und ruft am Freitag wieder an. No problem. So oder so, wir kriegen ihn!«

»Bloß, du weißt: Schmerzen und vor allem Angst. Keine bleibenden Schäden!«

»Hältst du mich für einen Totschläger?«

»Nein, natürlich nicht! Und du rufst ihn morgen an und teilst ihm den Treffpunkt und die Uhrzeit mit?«

»Klar! Wie gehabt!«

»Sei vorsichtig!«

»Was soll's!« Dirk streckt und dehnt sein Kreuz. »Beim letzten Mal hat er mich ja auch nicht erkannt! Und ich werde ihm sagen, daß wir, wenn wir uns handelseinig geworden sind, gleich am nächsten Morgen zu seinem Notar können.«

»Und red nicht zuviel, sonst erkennt er deine Stimme noch!«

Marion ist völlig aus dem Häuschen. Sie taumelt zwischen Glück und Entsetzen. Sie ist fassungslos darüber, was Günther mit ihr vorhatte, und sie weiß auf der anderen Seite nicht, wie sie es Regine danken kann, die das vereitelt, sie vor der Armut gerettet hat. Monika hat die Seiten viermal ausdrucken lassen, in Schnellhefter gelegt und Anna Kell und Marion Schmidt bei ihrem Eintreffen in die Hände gedrückt. Jetzt sitzen sie bereits seit zwei Stunden bei Kaffee und Keksen in Monikas Besprechungszimmer, lesen die Seiten gemeinsam durch und hören sich dazu Anna Kells Analyse an. »Kommt jetzt darauf an, was Sie wollen, Frau Schmidt«, sagt sie zum Schluß. »Je nachdem, ob sie die weiche oder die harte Tour fahren wollen, gibt es damit natürlich verschiedene Möglichkeiten!« Sie klopft mit der flachen Hand auf das Dokument und schaut die Frauen eine nach der anderen an. Dann lacht sie unvermittelt los. »Es ist schon ein einmaliger Fall! Solange ich Rechtsanwältin bin, ist mir noch nie eine solche Verschwörung untergekommen!« Alle stimmen in ihr Gelächter ein.

»Stimmt!« Monika steht auf. »Darauf müßten wir eigentlich anstoßen! Denn sie bringt nicht nur Marion Schmidt ihre Rechte zurück, sondern sie hat uns alle auch zusammengebracht! Wer weiß, was daraus noch alles entsteht!«

Während Monika zum Schrank geht und Gläser holt, drückt Marion Regines Hand. »Ich werde Ihnen das nie vergessen! Sie müssen mir sagen, womit ich das wiedergutmachen kann!«

»Die Schlacht ist noch nicht geschlagen«, wehrt Regine ab, »ich befürchte, da kommt noch einiges auf uns zu!«

Noch nie hat Manfred so gespannt auf das Lokalblatt gewartet wie an diesem frühen Donnerstag morgen. Heute wird er seine Genugtuung erhalten. Das kann zwar trotzdem keine neunzigtausend Mark wert sein, aber ist zumindest Balsam für sein verletztes Ego. Er hat im Stehen, stets mit Blick auf die Straße, die dritte Tasse Kaffee getrunken, als er den Zeitungsboten endlich kommen sieht. Manfred stürzt ihm entgegen, nimmt ihm sein Exemplar ungeduldig ab und verschwindet wieder in seiner Wohnung. Auf dem Wohnzimmertisch zieht er hastig den Lokalteil aus dem Blatt und breitet ihn aus. Aufmacher schon mal nicht, schade. Hätte sich angeboten. Aber auch sonst nicht auf der ersten Seite, wie ärgerlich! Er blättert weiter, und als er beim Lokalsport und den Vereinsnachrichten angelangt ist, kann er es nicht glauben und blättert langsam, Seite für Seite, wieder zurück. Vielleicht im Hauptteil? Seite drei? Unter einem Titel wie: In Deutschland blüht die Korruption! Hastig hebt Manfred den Hauptteil auf, der in der Eile auf den Boden gefallen ist, und geht ihn Artikel für Artikel durch. Unwichtiges aus Indonesien, aus dem Kosovo und Afghanistan, dafür keine einzige Zeile aus Römersfeld. Ungläubig läßt er sich auf den Stuhl sinken. Sie hat ihn verarscht! Diese Kuh hat überhaupt nichts geschrieben!

Die ganze Stadt scheint sich plötzlich gegen ihn verschworen zu haben. Früher hätte man da noch seine Möglichkeiten gehabt. Einmal den Brunnen vergiftet, und die Angelegenheit hätte sich von selbst erledigt. Auf irgendeine Art muß er es ihnen heimzahlen.

Am späten Vormittag fährt Marion zu Anna Kell in die Kanzlei. Ihr Büro hat Anna in mediterranen Farben gestaltet, Gelb, Blau und gedämpfte Rottöne herrschen vor. Als Marion eintritt, knallt die Sonne durch das geöffnete Fenster so heiß ins Büro, daß Anna nach der Begrüßung hellgelbe Vorhänge vorzieht, die das grelle Licht sanft und weich werden lassen und sich bei jedem Windhauch bauschen. »Hier läßt es sich wirklich arbeiten«, findet Marion, und Anna erwidert, während sie hinter ihren Schreibtisch zurücktritt: »Hier läßt es sich *leben*, Frau Schmidt. Zu Hause bin ich nicht so oft! Und ich möchte mich dort wohl fühlen, wo ich mich am häufigsten aufhalte!«

»Da haben Sie allerdings recht!« Marion setzt sich hin. »Mir gefällt es in unserem Haus auch nicht mehr. Wenn alles vorbei ist, möchte ich ein kleines Haus mit etwas Garten, keinen Park mehr! Einen schönen, zugewachsenen Bauerngarten mit vielen unterschiedlichen Blumen. Ich werde alles ganz anders machen!«

»Solange man Träume hat, hat man eine Zukunft«, lächelt Anna und schlägt die Akte auf.

»Solange man eine Zukunft hat, lebt man«, ergänzt Marion und beugt sich erwartungsvoll vor.

Die Rechtsanwältin hat sich bereits eine Strategie zurechtgelegt und bespricht jede Einzelheit ausführlich mit Marion.

Schließlich lehnt sie sich zurück und zwinkert Marion zu. »Gut, daß Herr Raak ein so ordentlicher Mensch ist und uns auch seine Termine so präzise überläßt«, macht sie sich über ihn lustig. »Morgen nachmittag kommt also dieser Herr Dr. Berger. Ich denke, am wirkungsvollsten ist es wohl, wenn wir gemeinsam mit ihm eintreffen. Vierzehn Uhr in der Firma Ihres Mannes, das müßte doch zu machen sein! Und machen Sie von der Situation mit Herrn Dr. Berger, dem Notar, Ihrem Mann und den Akten doch gleich mal einen Schnappschuß. Fürs Familienalbum, versteht sich!« Sie grinst.

»Ich verstehe!« Marion nickt langsam. »Ich werde mir eine entsprechende Kamera kaufen!«

»Sie muß gut sein, klein, automatisch und mit Tele und Weitwinkel. Lassen Sie sich beraten, und üben Sie gleich schon mal.«

»Und Sie?«

»Ich erledige den Rest!«

Manfred ist sich darüber klar geworden, daß er einen starken Partner braucht. Allein scheint er dieses Problem tatsächlich nicht in den Griff zu bekommen.

Nach dem Mittagessen ist er soweit: Er ruft Günther an. Er hat Glück, Günther ist im Büro, tut aber sehr geschäftig und eilig. Manfred versucht einen Weg zu finden, Günther auf seine Seite zu bringen, ohne zuviel ausplaudern zu müssen.

»Ich ärgere mich momentan gewaltig über so ein Weib, das mir ständig auf dem Schlips herumtrampelt«, versucht er Günthers Instinkt für Männersolidarität zu wecken.

»So? Wer ist es denn?« fragt Günther, hellhörig geworden.

»Monika Raak! Die glaubt, sie sei der Gottkönig von Römersfeld!«

»So! Tut sie das?«

Manfred spürt, daß er den richtigen Ton getroffen hat. Der Status des Gottkönigs war bisher immer Günther vorbehalten gewesen.

»Wächst sie über sich hinaus?« will Günther wissen.

»Sie mischt überall mit und ist gerade dabei, so richtig abzusahnen. Hast du gehört, daß ein Gewerbegebiet West ausgewiesen werden soll ...?«

»Den Blödsinnn hast du mir doch schon einmal erzählt ...«

»Hättest du mal besser auf mich gehört, dann hättest du einen Riesenreibach machen können. Jetzt ist es nämlich durch. Und die Alte sahnt ab!«

Er spürt richtig, wie Günther Luft holt. Er hat seinen empfindlichsten Nerv getroffen. Eine Frau droht ihn in seiner Römersfelder Position als unumschränkter Herrscher und cleverster Fuchs der Stadt zu überflügeln.

»Ich konnte sie noch nie leiden, diese alte Fregatte!« sagt er, und seine Stimme klingt leise und gefährlich.

»Was könnten wir gegen sie unternehmen?« fragt Manfred händereibend.

Günther senkt seine Stimme. »Ich hätte da einiges in der Hand, Manfred. Müßte man aber vorsichtig anpacken. Wenn es von meiner Seite kommt, ist es zu offensichtlich. Wenn du das angehst und sie damit unschädlich machen kannst, ist das eine andere Sache!«

»Riskant?«

»Quatsch. Nicht für dich! Es sind ein paar geheime Informationen über sie und Herrn Wetterstein, außerdem so manches, das dank dieser Freundschaft schneller ging. Wenn das herauskommt und zum Skandal wird, kann sie einpacken!«

So viel hätte Manfred gar nicht erwartet. Haßerfüllt schließt er die Augen. Er wird sie auf dem Scheiterhaufen brennen sehen, diese Hexe. Oder er wird sie erpressen. Gegen 180 000 Mark bar auf den Tisch könnte er vielleicht mit sich reden lasssen. Oder am besten gleich runde 200 000 Mark, 20 000 Mark Schmerzensgeld müßten schon drin sein.

»Ich weiß nicht«, sagt er zurückhaltend zu Günther. »Und wenn Wetterstein wegen der Sache auch auffliegt ... hast du nicht ebenfalls ...?«

»Deswegen mußt ja auch du ran! Ich halte mich da raus, dir kann er in der Beziehung schließlich nichts anhaben!«

»Du meinst wirklich?!?«

»Wir Männer müssen doch zusammenhalten, wo kommen

wir denn sonst hin!« So wie er es sagt, klingt es wie das Losungswort eines Geheimbundes.

Manfred zögert noch immer und bewirkt das, was er vorhergesehen hat.

»Komm jetzt, Manfred, steh deinen Mann! Gib dir einen Stoß, du tust uns allen etwas Gutes! Mach sie fertig im Auftrag des Königreichs!« Günther lacht hämisch. »Frauen haben bei uns nichts zu suchen. Es sei denn im Bett!« Er lacht wieder, und Manfred gibt sich geschlagen.

»Du sagst es, auf die Matratze mit ihnen«, proletet er, und ihre Einigkeit bei diesem Thema läßt ihrer beider Herzen höher schlagen.

»Wie sollen wir es anpacken?« fragt Manfred, als sich die Rührung einigermaßen gelegt hat.

»Du kommst morgen früh, nein, halt, das ist schlecht, da habe ich schon einen Termin, nein, wir gehen zusammen zum Abendessen ins *Seerestaurant*. So um sechs, nicht zu spät, weil ich noch was vorhabe. Ich bringe dir die entsprechenden Unterlagen mit, und wir sprechen noch mal über alles. Ich muß die Sachen erst noch zusammentragen, das schaffe ich frühestens morgen nachmittag. Ich hoffe, die Zeit reicht dazu.« Er überlegt. »Bist du heute noch zu erreichen?«

Manfred nickt in den Hörer. »Ich bin mindestens bis zweiundzwanzig Uhr hier. Ich habe einiges nachzuholen, mir ist während der letzten Tage viel liegengeblieben.«

»Okay, nur für alle Fälle!« Seine Stimme senkt sich. »Und, Manfred, ganz unter uns, ich freue mich schon jetzt darauf, die kleine Schlampe am Boden zu sehen!«

Und ich erst, denkt Manfred und legt auf. Er wird ihr die Kohle abzocken und sie anschließend trotzdem fertigmachen.

Wenn das Material, das Günther gegen sie hat, tatsächlich so stark ist, wird sie sich nicht mehr wehren können. Der Gedanke befriedigt ihn so, daß er sich kurz an die Hose fassen muß.

Kaum hat Günther aufgelegt, klingelt das Telefon schon wieder. Er schaut kurz auf die Uhr, bevor er abnimmt. Eigentlich müßte er schon weg sein, seine Termine verschieben sich ins Unendliche. Diesmal ist es Rainer Hoyer, der ihm die 800 000 für sein Berliner Grundstück bringen will. Die Zeit nimmt er sich gern.

»Wir werden nochmals in Ruhe drüber reden müssen«, erweitert Günther den Spielraum.

»Gut!« antwortet der Mann aus Berlin zu seiner Überraschung. »Das dachte ich mir schon. Aber die Bundesregierung hat genug Geld, daran soll es nicht scheitern!«

So etwas hört Günther gern. Trotzdem kann er es nicht glauben. »Geld?« sagt er. »Der Bund? Seit wann denn das?«

»Nun, mit solchen Steuerzahlern wie Ihnen!«

Günther verzieht das Gesicht schmerzlich. Nicht mehr lang, denkt er. »Da haben Sie recht«, bestätigt er seinen Anrufer. »Also gut, es ist zwar verdammt spät, aber wenn es nicht anders geht … ich bin um zweiundzwanzig Uhr im *Sternen* und frage an der Rezeption nach Ihnen!«

Dirk legt auf und stößt Richi siegesgewiß an. »Na? Wie habe ich das gemacht! Easy going, was? Der latscht uns voll in die harte Rechte!«

Regine ist vor ihren quälenden Gedanken ins Tierheim geflüchtet. Dort kann sie Annemarie und den Pflegerinnen helfen, sich gleichzeitig körperlich abreagieren und ist beim Nachdenken nicht so allein. Mit Klaus am Frühstückstisch zu sitzen und ihn nicht auf seine fragwürdige Rolle ansprechen zu können hat ihr am Morgen schier den Verstand geraubt. Oft könnte sie das nicht wiederholen, und sie ist froh, daß es bald vorbei sein wird. Wenn Anna Kell und Marion Schmidt morgen früh bei den Vertragsverhandlungen erst mal plötzlich im Raum stehen, wird er sich dazu äußern müssen. So oder so.

Regine steht in einem der Hundezwinger und spritzt mit einem Gartenschlauch den Boden ab. Akribisch genau und mit hohem Druck. Ob die Begegnung morgen das Ende ihrer Ehe bedeuten wird, fragt sie sich dabei. Schließlich wird es keine Zweifel darüber geben, wo die Informationen herkamen. Sie dreht das Wasser ab, um in den nächsten Zwinger zu gehen. »Nehmt bitte die Hunde raus«, ruft sie Sonja zu. »Der hier ist fertig!« Es täte ihr leid, wenn eine Trennung die Konsequenz wäre, denn eigentlich liebt sie Klaus noch immer. Auch wenn er so offensichtlich krumme Dinger dreht. Sie rollt den Schlauch zusammen. Und irgendwie paßt das doch gar nicht zu ihm, denkt sie dabei, er ist doch kein schlechter Mensch!

Linda hat sich das neue Kleid und die neuen Schuhe angezogen, die ihr Günther in Hamburg gekauft hat, und sich so motiviert, heute etwas Besonderes zu unternehmen. Kurzerhand ruft sie die Hotline-Nummer für das Musical *Die Schöne und das Biest* in Stuttgart an und bestellt zwei Karten für den heutigen Abend. Es muß ja auf der Welt auch noch etwas anderes geben, als nur zu bumsen.

Dann versucht sie Günther zu erreichen. Im Büro ist er schon weg, sie versucht es über das Autotelefon. Er ist hocherfreut, sie zu hören, wird aber sofort nachdenklich, als sie ihm von ihrer Initiative berichtet.

»Was ist, hast du keine Lust?« fragt sie enttäuscht.

»Ein Schmidt hat immer Lust«, sagt er schneller, als er denken kann. Gleich darauf merkt er, daß er mit diesem Satz in der Falle sitzt. Wie kommt er da wieder raus?

»Ja, fein! Ich habe mich schon umgezogen, und wenn du gleich kommst, können wir ganz gemütlich zur Musical-Hall fahren und sogar noch einen Aperitif nehmen.«

»Einen Aperitif?« wiederholt er dümmlich, während er krampfhaft nach einer Möglichkeit sucht, unbeschadet aus dieser Nummer herauszukommen.

»Ja, da gibt es im selben Gebäude ein Hotel mit so einer Art Marktplatz, und dort ...«

»Ich kenne das *Copthorne*«, schneidet er ihr den Satz ab.

»Ja, prima, um so besser. Dann bis gleich, ich freu' mich ja so!« Und legt auf.

Günther starrt auf den Hörer, dann hängt er langsam auf. Er kann jetzt nicht, verdammt. Warum hat er ihr das nicht klipp und klar gesagt? Nachher geht es um 800 000 Mark, da kann er doch nicht einfach schwänzen!

Er greift nach dem Telefon. Er wird es ihr einfach sagen. Sie soll sich wieder umziehen und auf ihn warten. Es könnte spät werden.

Günther tippt die ersten Ziffern schnell ein, dann zögert

er und drückt wieder auf die Trenntaste. Das kann er nicht machen. Sie würde nicht auf ihn warten, sondern womöglich mit einem anderen gehen. Dirks Konterfei taucht vor seinem geistigen Auge auf. Er wäre der größte Esel auf Gottes weiter Erde, wenn er sie durch so eine kleine Geschichte in die Arme eines anderen triebe. Wer weiß, was der alles mit ihr anstellen würde? Sind doch alles nur geile Böcke!

Er dreht bei der nächsten Gelegenheit um und fährt schnell zurück, in Richtung »Getto«. Bei der Einfahrt zur Wohnsiedlung kommt ihm der rettende Gedanke: Manfred muß das für ihn erledigen! Günther hofft, daß er, wie angekündigt, noch im Büro ist, und ruft ihn an.

Tatsächlich, er hat Glück, Manfred nimmt ab.

»Alter Kumpel, du mußt mir einen Gefallen tun.«

»Immer zu …«

»Ich sollte mich heute abend eigentlich mit einem Mann im Hotel *Sternen* treffen, kann jetzt aber doch nicht. Natürlich könnte ich dort auch eine Nachricht hinterlassen, aber das fände ich stillos. Wenn du dort hingehst …«

»Würde ich gern, aber mein Wagen ist in Reparatur. Mir ist doch so eine Tussi hinten draufgefahren«, unterbricht er ihn.

Günther überlegt schnell, es geht um 800 000 Mark, er wird ihm ein Zuckerstückchen in den Rachen schmeißen. »Du kannst meinen haben, doch, wirklich, ohne Probleme!«

»Ich könnte doch auch ein Taxi nehmen …«

»Quatsch, ich komme schnell bei dir vorbei, ruf du mir ein Taxi, damit ich gleich wieder wegkomme!«

»Meinst du wirklich?«

Günther hört an seiner Stimme, wie er sich freut, und dreht um, kurz bevor er die Tiefgarage erreicht hat. Also wieder zurück zur Stadt!

»Du weißt ja, ich wohne direkt um die Ecke vom Baumarkt, deshalb habe ich keinen Leihwagen, brauche ich ja eigentlich ...«

»Ist doch überhaupt keine Frage, Manfred, ich bin gleich da. Wenn du nur pünktlich um zweiundzwanzig Uhr am *Sternen* bist, ist alles geritzt. Du erklärst dem Mann, Hoyer heißt er, merk dir das, Rainer Hoyer, daß wir das morgen früh ohne große Umstände erledigen werden! Ich melde mich bei ihm! Und dem Wirt sagst du, daß sein Abendessen, egal was er ißt und trinkt, auf meine Rechnung geht!«

Kaum aufgelegt, wählt Günther nochmals. »Linda«, sagt er, »mach deinen Wagen startklar. Wir fahren heute mit dem Stoppelhopser! Ich setze mich auch brav daneben und sage kein Wort!«

Klaus hat sich zu Hause in seinem Arbeitszimmer vergraben, was Regine sehr recht ist, so kommen sie sich nicht in die Quere. Wahrscheinlich brütet er über seinem morgigen Termin, denkt sie und überlegt, ob sie nachher, wenn er schläft, in seinem Notebook nachschauen soll, ob es wichtige Änderungen oder Neuerungen gibt. Um sich die Zeit zu vertreiben, schaltet sie sich durchs Fernsehprogramm und stößt auf *Kommissar Rex*. Da Bobby auch sofort höchst interessiert zuschaut, beschließt sie dabeizubleiben. Sie holt für sich Kartoffelchips und für Bobby Leckerliknochen, und so starten sie gemeinsam in einen gemütlichen Donnerstagabend.

Günther sitzt frisch geduscht und umgezogen neben Linda und fährt jetzt mit ihr durch Römersfeld in Richtung Autobahn.

Linda ist bester Laune, sie freut sich auf das Musical, aber fast noch mehr auf alles, was zu so einem Abend dazugehört, die erwartungsvolle Atmosphäre, die Einstimmung durch einen Aperitif und die vielen festlich gekleideten Menschen, die sie gern anschaut. Überhaupt findet sie es rasend spannend, andere Menschen zu beobachten. Das gefällt ihr schon an der Ampel, wenn der Gegenverkehr kommt, noch mehr aber im Straßencafé.

»Wir sollten bei Cyril eine Kleinigkeit essen«, sagt sie fröhlich zu Günther.

»Wem?« fragt er, der sich in dem kleinen Wagen etwas sonderbar vorkommt und als Beifahrer sowieso.

»Cyril! Der hat dort am Marktplatz eines der kleinen Bistros, weiß du? Karin geht dort immer hin!«

»Wer ist denn jetzt schon wieder Karin!?«

»Die Exfreundin von Richi!« lacht Linda. »Eine sehr Hübsche! Typ Jackie Kennedy!«

»So hübsch?« Günther wirft ihr nur kurz einen Blick zu, schaut aber sofort lieber wieder nach vorn auf die Straße. »Kenne ich die?«

»Ich glaube nicht«, vermutet Linda, »sie ist nicht deine Altersklasse!«

»So? Nicht? Wie alt ist sie denn?«

»Na, so um die Dreißig.«

Sie fahren eben zur Stadt hinaus, und Günther will noch etwas darauf erwidern, da fängt der Wagen plötzlich an zu stottern. Der Motor zuckt und würgt, als würde er jeden Moment ausgehen.

»Was ist denn jetzt los?« fragt Linda erschrocken.

»Hast du genug Benzin?«

Linda schaut schnell auf die Tankuhr. »Ja, halbvoll!«

»Dann ist etwas kaputt! Du mußt umdrehen, sonst bleiben wir auf der Autobahn stehen!«

Voller Angst, der Motor könne auf der Rückfahrt irgendwo ausgehen, fährt sie ruckelnd zum »Getto« zurück. Günther steigt aus. »Fahr gleich weiter zur Werkstatt, stell ihn dort ab, wirf die Schlüssel ein. Ich rufe dir ein Taxi!«

Linda ist den Tränen nah. Sie hat sich so gefreut!

Auf dem Weg nach oben in die Wohnung überlegt Günther, daß er den Termin mit Rainer Hoyer jetzt locker wahrnehmen könnte. Für ihn kommt der ratternde Zwischenfall ganz gelegen. Er versucht zunächst Manfred im Büro zu erreichen, dann zu Hause. Fehlanzeige. Wahrscheinlich macht er gerade eine Spritztour mit seinem Wagen, überlegt Günther. Einmal Römersfeld–Paris und zurück. Über sein eigenes Autotelefon kommt er nicht an ihn heran, das hat Günther vorsichtshalber ausgeschaltet, also versucht er es noch über Manfreds Handy, erreicht aber nur die Mailbox. »Ruf mich wegen unseren Zweiundzwanzig-Uhr-Termins doch nochmals unter meiner Handynummer zurück, danke, Günther.«

Mist! Er könnte sich natürlich auch im Taxi hinfahren lassen, aber wie sieht es aus, wenn sie zu zweit dort auftauchen. Wie zwei Provinzheinis, die sich nicht abstimmen können. Nein, Günther läßt sich auf das Sofa sinken. Dann machen wir uns eben einen schönen Abend. Linda wäre auch sicherlich zu enttäuscht, wenn er so spät einfach verschwinden würde. Und sein kleiner Freund auch. Günther grinst und ruft die Taxizentrale an.

Richi und Dirk haben sich rechtzeitig vor zweiundzwanzig Uhr in Position gebracht. Den Wagen haben sie abseits geparkt, ihre Ausrüstung trägt Dirk in einer kleinen Sporttasche bei sich.

Der Parkplatz ist fast leer, das Hotel scheint nicht gerade gut besucht zu sein, das ist ideal für ihr Vorhaben. Sie schreiten den Hotelweg ab, er scheint geradezu für Überfälle jeglicher Art gemacht worden zu sein.

»Ein weitsichtiger Architekt«, murmelt Richi dankbar.

Vom Hotel aus ist der Pfad dank der hohen Büsche nicht einzusehen, und selbst vom Parkplatz aus sieht man nur den Anfang des Weges, der sich unübersichtlich durch den Park zieht, bis er endlich in den großen Vorhof des Hotels mündet.

»Hoffentlich fährt er nicht direkt bis zum Hoteleingang vor«, befürchtet Dirk.

»Kann er nicht, die Schranke ist unten. Das kann er nur als Hotelgast zum Ausladen!«

»Gut!«

Sie suchen sich die Stelle aus, an der es passieren soll. Eine kurze Wegstrecke zwischen zwei Biegungen. Dirk wird ihm von hinten einen Schlag verpassen und, wenn er fällt, einen in den Magen, möglichst auf den Solarplexus, damit er zusammenklappt. Und dann wird er sagen: »Das ist für Linda, du Schwein! Ich könnte dir jetzt auch die Eier abschlagen, aber vielleicht wird das Linda irgendwann selbst tun. Ich warte auf den Tag!« Er wird ihn anspucken und gehen. Richi paßt auf, falls etwas schiefgeht.

»Und du bist dir sicher, daß sie das wert ist?« fragt Richi, bevor er sich die Strumpfmaske überzieht.

Dirk sieht ihn nur an.

»Ist ja schon gut! Mach dich fertig, es wird dunkel!«

Dirk wirft einen Blick auf seine Uhr, bevor er sich die Maske überstreift. »Zehn vor zehn. Du hast recht, es könnte bald losgehen.«

Sie hören einen Wagen kommen. Dirk schleicht zum Anfang des Weges und kommt gleich darauf zurück.

»Sein Wagen! Er ist es!«

»Sicher?«

»Wie viele silberne Mercedeslimousinen mit GS 1 gibt's in Römersfeld?«

»Na denn – los!«

Manfred hat keine Ahnung, worum es bei diesem Treffen überhaupt geht. Aber er würde sich sehr in Günther täuschen, wenn der Hintergrund nicht finanzieller Art wäre. Und wenn es um diese Uhrzeit so wichtig ist, daß der Unbekannte persönlich empfangen wird, dann muß es um viel gehen! Er hieße nicht Manfred Büschelmeyer, wenn er nicht versuchen würde, da mitzumischen. Er hat ja jetzt wunderbar Zeit, den Knaben auszuhorchen. Ein gemeinsames Abendessen, einige Pils und zur Verdauung noch ein paar Schnäpschen – Manfred hat schon ganz andere weichgekocht, und solche Großstadtwichser sind im allgemeinen nicht besonders sattelfest. Er stellt Günthers Limousine ab und steigt aus. Schöner Wagen! Das wird das erste sein, was er tun wird, sobald die Raak die Mäuse rausgerückt hat: sich den gleichen eine Nummer stärker kaufen. Und vielleicht verhilft das jetzige Treffen ja auch zu ein paar Extras! Manfred spürt, wie sein Glücksbarometer wieder steil nach oben geht.

Dirk hört mehr, daß er kommt, als daß er seinen Gegner sieht. Die Zweige der Hecke, hinter der er kauert, versperren ihm die Sicht. Als der Schatten knapp an ihm vorbei ist, springt Dirk heraus, donnert ihm den Schlagstock auf den Hinterkopf und springt sofort schlagbereit in die nächste Position, denn jetzt wird sich Günther zur Gegenwehr umdrehen, was er mit einer Breitseite in den Magen abfangen muß. Und sobald Günther zusammengeklappt am Boden liegt, wird er seinen Spruch aufsagen. Günther wird kotzen und jedesmal, wenn er Linda besteigen will, daran zurückdenken.

Aber Günther dreht sich nicht um, sondern sinkt in der Dunkelheit wortlos in sich zusammen. Ein seltsames Klatschen, als sein Gesicht auf dem Boden aufschlägt. Dirk bleibt stehen, den Schlagstock bereit, darauf gefaßt, daß Günther plötzlich nach seinen Füßen greift, aber es passiert nichts. Völlige Stille, nur die Geräusche der Nacht sind zu hören.

Da kommt Richi aus seinem Versteck hervor. »Was ist denn los?« flüstert er.

Dirk läßt langsam seinen Schlagstock sinken. »Keine Ahnung!«

»Der bewegt sich ja überhaupt nicht mehr!« Richi geht vorsichtig näher an Günther heran.

»Du!« sagt er plötzlich aufgeregt, »das ist ja überhaupt nicht Günther!« Er geht in die Hocke. »Wir haben einen Falschen erwischt!«

»Du spinnst!« Dirk geht schnell nach vorn, zum Kopf. »Es ist so verdammt dunkel zwischen den Hecken! Da kann man ja nichts erkennen!«

Richi zieht ein Feuerzeug aus der Hosentasche und macht es an. »Du gütiger Gott! Das ist Manfred Büschelmeyer!«

Dirk kniet sich neben ihm hin.

»Du, der hat die Augen offen!« Richi läßt das Feuerzeug wieder zuschnappen und schaut Dirk entgeistert an. »Dirk, der ist tot!«

»Quatsch! Das gibt es doch gar nicht!«

»Mann, wie hast du denn zugeschlagen?«

»Du hast es doch gesehen ... war überhaupt nicht wild!« Dirk schweigt. »Wieso denn der?« fragt er ratlos. »Was tut der in Günthers Wagen?«

»Und wenn Günther jetzt auch gleich kommt?«

Sie schauen sich an.

»Bist du sicher, daß er tot ist?« fragt Dirk beim Aufstehen.

»Schau dir doch bloß mal seine Augen an!«

»Nein! Das ist ... einfach zu paradox! Das glaub' ich nicht!«

»Ob du's glaubst oder nicht, wir müssen hier weg! Und zwar schnell! Und rufen von der nächsten Telefonzelle anonym den Notdienst an. Das ist das wenigste!«

In aller Frühe klingelt es bei Marion an der Haustür. Sie ist gerade im Badezimmer, denn der Termin am Nachmittag mit Günther und diesem Liechtensteiner Menschen hat sie die Nacht über sowieso nicht schlafen lassen. Sie ist viel zu aufgeregt. Marion wirft einen Blick auf die Uhr. Halb acht. Eine Expreßzustellung? Sie kann es sich nicht erklären, schlüpft in ihren Morgenmantel und geht zum Haustelefon.

»Ja, bitte?«

»Polizei. Könnten Sie uns bitte öffnen?«

Polizei? Die haben die abgesägte Blitze gefunden! Also doch! Während Marion auf den Türöffner drückt und zum Eingang geht, überlegt sie, was sie dazu sagen könnte.

Zwei Männer stehen vor der Tür, aber da sie keine Uniform tragen, ist Marion irritiert. Ein Überfall? fragt sie sich und bleibt so hinter der Tür stehen, daß die Männer sie nicht packen können.

»Wir sind von der Kriminalpolizei, Frau Schmidt, könnten wir bitte Ihren Mann sprechen?«

»Meinen Mann? Könnten Sie sich bitte ausweisen?«

Die beiden zücken ihre Dienstmarken, und Marion öffnet die Tür.

»Bitte«, sagt sie und geht ihnen voraus ins Wohnzimmer. Die Kripo wegen einer abgesägten Radaranlage, denkt sie dabei, ist das nicht ein bißchen übertrieben? Hat der Staat so viel Geld? Oder so wenig zu tun? Mitten im Raum bleibt sie stehen. »Meinen Mann?« wiederholt sie noch einmal. »Warum denn?«

»Ist er da?«

»Könnten Sie mir denn bitte mal sagen, worum es geht?«

»Kennen Sie einen Manfred Büschelmeyer?«

»Natürlich, das ist ein Bekannter meines Mannes. Geschäftsführer im Baumarkt, warum?«

»Er ist heute nacht mit schweren Kopfverletzungen aufgefunden worden. Manfred Büschelmeyer wurde niedergeschlagen.«

»Niedergeschlagen?« Augenblicklich jagen Marion hundert Gedanken gleichzeitig durch das Hirn. »Aber warum denn? Aus welchem Grund?«

»Das wissen wir eben noch nicht, Herr Büschelmeyer ist noch nicht wieder bei Bewußtsein. Deshalb sind wir ja hier!«

»Hier? Deshalb?« Sie reißt die Augen auf. »Was haben wir denn damit zu tun?«

Das »wir« kommt so automatisch, daß es ihr erst auffällt, als sie es ausgesprochen hat.

»Der Wagen Ihres Mannes ist am Tatort gefunden worden. Wir wüßten gern, wie er dorthin gekommen ist!«

»Wo soll dieser Tatort überhaupt sein?« stellt Marion die Gegenfrage.

»Vor dem Hotel *Sternen*. Genau gesagt zwischen dem Parkplatz und dem Hoteleingang, auf dem Hotelweg. Wenn Sie jetzt bitte Ihren Mann holen würden?«

»Meinen Mann? Er ist nicht da!«

»Er ist nicht da?« Die beiden Männer werfen sich einen Blick zu, als sei damit bereits alles gesagt.

»Wo ist er denn ...«

»... um diese Uhrzeit?«

»Vermutlich bei seiner Freundin!« Sie sagt es so gelassen, daß sich die beiden Männer erneut einen Blick zuwerfen.

»Das hätten Sie uns auch früher sagen können«, sagt der eine.

»Wo wohnt diese Freundin, und wie heißt sie?« fragt der andere und hat bereits einen Notizblock aus seiner Jackettasche gezogen.

»Sie heißt Linda Hagen. Wo sie wohnt, weiß ich nicht! Aber sie arbeitet in der Parfümerie in der Innenstadt – als Verkäuferin!«

Günther sitzt bereits seit einer Stunde mit Klaus Raak, Jürgen Berger und seinem Notar Walter Kalthoff in seiner Firma, und nach einigem detailreichen Hin und Her liegen jetzt drei Urkunden vor ihnen auf dem Besprechungstisch: eine über den Verkauf der Firma Schmidt Hoch-Tief an die Liechtenstein AG, die zweite über den Verkauf der Immobilie von Günther Schmidt an die Liechtenstein AG und außerdem ein notarielles Kaufangebot für die Aktien der Liechtenstein AG.

Günther hat gerade die ersten beiden Verträge unterschrieben, als hektisch geklopft und gleich darauf die Tür aufgerissen wird und seine Sekretärin mit großen Augen die Kriminalpolizei ankündigt.

»Na, hat Manfred Büschelmeyer meinen Wagen zerschmissen?« fragt Günther zur Begrüßung, denn einen anderen Grund kann er sich nicht vorstellen. Hoffentlich hat er keine Massenkarambolage ausgelöst.

»Manfred Büschelmeyer liegt schwerverletzt im Krankenhaus«, sagt der eine der Beamten und schaut sich um.

»Wie – verletzt? Wie soll ich das denn verstehen? Verkehrsunfall? Das ist ja scheußlich!« Günther steht langsam auf. »Und mein Wagen?«

»Es war kein Verkehrsunfall, er wurde niedergeschlagen.

Wir haben diesbezüglich einige Fragen an Sie und möchten Sie bitten, mit aufs Polizeipräsidium zu kommen!« sagt der zweite Beamte und fixiert Günther, als könne er sich jederzeit in Luft auflösen.

»Ich finde es zwar schrecklich, daß Manfred schwer verletzt ist, aber daß ich jetzt deswegen aufs Präsidium soll, kommt mir wirklich sehr ungelegen«, sagt Günther und weist auf die anderen drei Männer. »Kann ich nicht heute nachmittag kommen? Die Herren sind extra angereist!«

»*Herr Schmidt.* Hier geht es um schwere Körperverletzung und nicht um Geschäfte. Tut mir leid! Zudem wurden in Ihrem Wagen einige Dinge gefunden, die uns weitere Fragen aufgeben.«

Alle Augen richten sich auf Günther.

»Ist eine Luxusausstattung jetzt auch schon verboten?« fragt der angriffslustig.

»Die Filmkassette, die wir gefunden haben, gehört eigentlich in das Gehäuse einer Radaranlage und nicht in ein Handschuhfach. Und die Pillen, die daneben lagen, sind verschreibungspflichtig. Zumindest in Deutschland. Dafür können Sie uns sicherlich den Nachweis erbringen. Und möglicherweise auch dafür, wo Sie gestern nacht waren!« Er lächelt ihn übertrieben freundlich an. »Sie sehen, Herr Schmidt, wir müssen drauf bestehen, daß Sie mitkommen!«

Günther hat die Farbe gewechselt. »Soll das heißen, daß ich verhaftet bin?« fragt er und versucht es wie einen lächerlichen Scherz klingen zu lassen.

»Das werden wir sehen.«

Sie sind kaum zur Tür hinaus, als diese schon wieder aufgerissen wird. Diesmal steht Marion im Türrahmen.

»Marion!« sagt Klaus verdutzt. »Was machst du denn hier?«

»Ich habe eben meinen Mann am Polizeiauto verabschiedet. Das gehört zu den Aufgaben einer guten Ehefrau. Und was machen Sie da?«

Klaus schiebt sofort die Papiere vor sich zusammen, während Jürgen Berger und Walter Kalthoff zur Begrüßung aufstehen.

»Darf ich Ihnen auch meine beiden Begleiterinnen, Anna Kell und Regine Raak, vorstellen?«

Die beiden Frauen kommen herein und werden von den beiden Herren zuvorkommend begrüßt. Klaus rührt sich nicht vom Fleck. Er starrt Regine an, als sähe er sie soeben zum erstenmal.

»Schön, dich zu sehen, Klaus«, Marion nickt ihm freundlich zu. »Wir sind etwas später als geplant, aber es lag wohl an einer kurzfristigen Terminverschiebung.«

»Wurde Ihnen das nicht mitgeteilt?« fragt der Notar eilfertig.

»Leider nein, aber Sie können uns ja jetzt über den Stand der Dinge unterrichten.« Marion setzt sich auf den Platz ihres Mannes, Regine auf einen Stuhl schräg gegenüber von Klaus, und Anna setzt sich neben sie.

Walter Kalthoff resümiert den Ablauf der vorangegangenen Besprechung und zeigt sich äußerst bemüht darin, den Frauen alles schlüssig zu erklären.

Anna Kell liest inzwischen die Verträge, und Klaus sinkt immer mehr in sich zusammen. Das einzige, was ihn noch einigermaßen aufrecht erhält, ist die Tatsache, daß die Frauen zu spät gekommen sind. Günther hat unterschrieben, und die beiden Verträge machen ihn, Klaus, zu einem reichen Mann.

Aber Regine? Welche Rolle spielt sie bei dieser Aktion? Er vermeidet, sie anzuschauen, und er weiß nicht, wie er nachher mit ihr umgehen soll. Wie sieht sie ihn? Im Recht? Im Unrecht? Und wie sieht sie sich selbst?

Am liebsten hätte er sich mit seinen beiden Verträgen in Luft aufgelöst.

Jürgen Berger wirft etwas ein und bringt Klaus damit von seiner Grübelei weg. Er hört wieder zu.

Walter Kalthoff streicht sich gerade mit einer Hand seine vollen Haare aus der Stirn. Ratlos schaut er Berger an. »Und was ist jetzt mit dem notariellen Kaufangebot?«

Hastig antwortet Klaus: »Das halten wir zurück, bis sich die Sache mit Günther geklärt hat.«

»Och, das ist nicht nötig«, Marion lächelt ihn an. »Das machen wir.«

»Wäre mir ganz recht, dann ist die Sache geklärt«, stimmt Berger zu und schaut auf seine Uhr.

»Aber halt …« Klaus versucht zu retten, was nicht mehr zu retten ist.

Keiner beachtet ihn, Marion tippt auf das Papier. »Da muß dann allerdings *mein* Name rein!«

»Nein!« ruft Klaus aufgebracht. »Das geht doch überhaupt nicht!«

»Natürlich geht das«, unterbricht ihn Anna Kell. »Sie sind doch der alleinige Gesellschafter der Liechtenstein AG. Die Aktien laufen auf Ihren Namen und damit«, sie hält die beiden Verträge hoch, »auch der gesamte Schmidtsche Besitz. Natürlich können Sie an Marion Schmidt verkaufen. Sie können es aber auch Jürgen Berger tun lassen, wenn sie es selbst nicht ausführen wollen. Er ist als Vertretungsberechtigter schließlich sowohl für Ankäufe als auch für Verkäufe zuständig!«

Jürgen Berger nickt zustimmend. »Ohne Frage!«

»Na also!« Marion lächelt Klaus zu.

Der schüttelt vehement den Kopf. »Nein, mache ich nicht!« sagt er bestimmt. »Kommt nicht in Frage! Ich verkaufe nicht!«

Regine wirft ihm einen schiefen Blick zu.

Klaus sieht es. Und zögert.

»Na ja, vielleicht doch«, sagt er schließlich leise.

Marion schaut ihn mit einer hochgezogenen Augenbraue an und zieht das Kaufangebot zu sich herüber. »Für wieviel eigentlich?« Sie überfliegt den Text. »Ach? Für einen Schweizer Franken? Den habe ich gerade noch!«

Alle sind kurz still, dann deutet Berger Marion gegenüber eine kleine Verbeugung an. »Ja gut, wenn das so ist, dann darf ich Sie wohl zu dieser vermögenden Gesellschaft beglückwünschen! Und zu diesem vortrefflichen Kaufpreis!« Er reicht ihr die Hand. »Damit sind Sie die alleinige Aktionärin unserer AG. Darf ich Sie gleich zu unserer nächsten Aufsichtsratssitzung einladen?«

Linda war schon morgens früh bei ihrem Wagen in der Werkstatt, als die Polizei bei ihr klingelte, und erst bei ihrem Eintreffen in der Parfümerie erfährt sie, daß die Beamten auch dort nach ihr gefragt haben. Auf Renates Frage, was die Kriminalpolizei denn von ihr wollen könne, reagiert sie zunächst noch ganz gelassen. »Keine Ahnung, aber ich geh' mal eben hin. Ist ja nicht allzuweit.« Renate ist einverstanden, und Linda läuft los.

Vor Dirks Haus sieht sie Richis Cabrio im Halteverbot stehen. Das wird nicht lange gutgehen, denkt sie und geht in die nächste Telefonzelle.

Dirk nimmt sofort ab. »Sag deinem Freund, daß die Polizei an dieser Stelle keinen Spaß versteht!« Damit will sie auflegen.

»Polizei? Ist sie schon bei dir?« Dirks Stimme überschlägt sich fast.

Linda zögert. Sie hat den Hörer schon vom Ohr weggenommen, um aufzuhängen, überlegt es sich aber anders. »Warum? Was ist denn heute bloß los?«

Plötzlich ist Richi am Apparat. »Die Polizei war bei dir? Was hast du gesagt?«

»Richi! Stimmt was nicht? Was sollen denn diese Fragen?«

»Von wo aus rufst du an?«

»Hier unten, von der Straße. Ich wollte dich warnen, weil dein Wagen im Halteverbot steht!«

»Ist noch kein Ticket dran?«

»Nein, bisher nicht. Du hast Glück gehabt!«

»Mist!«

Linda schweigt verständnislos.

»Komm am besten mal hoch!« hört sie Richi wieder.

»Ich??«

»Ja! Warum nicht?«

»Ich bin unterwegs zur Kripo und muß gleich wieder arbeiten!«

Es ist kurz still am anderen Ende, dann räuspert sich Richi. »Bitte komm hoch, Linda«, sagt er mit beschwörender Stimme. »Es ist wichtig!«

Kurz darauf sitzt Linda auf Dirks ungemachtem Bett und traut ihren Ohren kaum. Was Richi und Dirk ihr da erzählen, ist mehr als abenteuerlich.

»Wieso erzählt ihr mir das?« will sie schließlich wissen, »was ist, wenn ich damit zur Polizei gehe?«

»Das ist mir eigentlich egal. Schlechter kann's mir sowieso nicht mehr gehen«, sagt Dirk, der übernächtigt und mit Bartstoppeln im Gesicht auf einem Stuhl hängt.

Linda betrachtet ihn und seufzt. Dann holt sie tief Luft. »Ich bin ehrlich gesagt fassungslos. Ich hätte euch so etwas nie zugetraut! Seid ihr wirklich sicher, daß er tot ist?«

Dirk legt seine Hände vors Gesicht. »Wir haben es beide gesehen! Ich kann mit so was nicht leben! Mit ist ganz schlecht von dem Ganzen! Und außerdem habe ich fürchterlich Angst!«

Richi und Linda werfen sich einen ratlosen Blick zu.

»Was wollt ihr denn jetzt tun?« fragt Linda nach einer Weile leise.

»Wir müssen uns gegenseitig ein Alibi verschaffen.« Richi dreht seinen Stuhl so um, daß die Rückenlehne vorn ist und er seine Arme aufstützen kann.

»Ihr beide gegenseitig?« Linda schüttelt den Kopf. »Das stimmt sogar! Am Tatort!!«

»So witzig ist das nicht!« Richi zieht seine Augenbrauen finster zusammen.

Und Dirk brummelt hinter seinen Händen hervor: »Da muß ein Mann sterben, nur weil du fremdgehst!«

Linda schlägt sich leicht an die Stirn. »Spinnst du? Habe *ich* ihn vielleicht umgebracht? Telepathie oder so was?« Sie ist laut geworden. »Ich kann auch wieder gehen!«

»Schrei noch lauter, damit die Nachbarn ebenfalls gleich Bescheid wissen«, geht Richi dazwischen.

»Er hat recht!« sagt Linda zu Dirk. »Also was ist jetzt. Habt ihr die Tatwaffe weggebracht? Schuhe weggeworfen, euch ein gescheites Alibi überlegt?«

»Ich habe gehofft, heute nacht einen Strafzettel da unten zu kriegen, dann hätte ich den Beweis, daß ich zur Tatzeit hier war. Aber diese blöde Politesse scheint ihr Interesse an mir verloren zu haben!«

Es klingelt. Alle drei schauen sich an. »Es kann nichts Besonderes sein«, meint Dirk langsam. »Vielleicht die Post!« Er stemmt sich von seinem Stuhl hoch. »So schnell kommen die nicht, das kann nicht sein!«

Dirk öffnet.

Zwei Polizisten in Uniform stehen vor ihm, Dirk erschrickt bis ins Mark. »Ist was passiert?« fragt er. »Mit meinem Vater? Meiner Mutter?«

»Es ist etwas passiert, aber nicht mit Ihren Eltern. Dürfen wir eintreten?«

Dirk geht voraus und verzieht das Gesicht, als sie ins Zimmer kommen.

»Dürften wir Ihre Personalien erfahren?« fragt der eine Beamte und schaut zuerst Richi, dann Linda an.

»Richard Raak«, sagt Richi einfach.

Der eine Beamte wirft dem anderen einen Blick zu, der schüttelt den Kopf.

»Herr Raak, wenn es Ihnen nichts ausmacht, könnten Sie

uns bitte mit Herrn Wetterstein allein lassen? Sie stehen nicht auf unserer Liste!«

»Auf Ihrer Liste? Dürfte ich denn erfahren, worum es geht?« fragt Dirk forsch. »Das hört sich ja wie ein Verhör an.«

»Nur eine Befragung, Herr Wetterstein. Und wer sind Sie, bitte?« wendet er sich an Linda.

»Linda Hagen!« Die beiden schauen sich an, der eine nickt. »Das trifft sich ja sehr gut! Sie können bleiben!«

Richi steht langsam auf. »Darf ich nicht wissen, was los ist?« fragt er.

»Sie sind nicht betroffen, Herr Raak. Es geht hierbei nur um einen engeren Kreis von Personen. Sie gehören nicht dazu!«

»Ja denn«, Richi wirft Dirk einen hilflosen Blick zu und verabschiedet sich.

»Herr Wetterstein, der Name Manfred Büschelmeyer ist Ihnen ein Begriff?«

Dirk nickt und fällt in sich zusammen.

»Manfred Büschelmeyer ist gestern nacht in der Nähe des Hotel *Sternen* überfallen und schwer verletzt worden!«

Dirk blickt überrascht auf. »Verletzt?« fragt er.

»Ja, durch einen Schlag auf seinen Hinterkopf!«

Dirk hört kaum noch zu, was die Beamten ihm weiter erzählen. Er ist kein Mörder, das ist die beste Nachricht seines Lebens.

»Und deshalb sind Sie hier?« schaltet sich Linda verwundert ein.

»Ja«, erklärt der eine Beamte und schaut sie an. »Deshalb ist es auch ganz gut, daß Sie gleich dabei sind, Frau Hagen. Günther Schmidt behauptet nämlich, daß es sich um eine Verwechslung gehandelt haben müsse. Manfred Büschelmeyer sollte Günther Schmidt bei einem Termin um zweiundzwanzig Uhr im Hotel *Sternen* vertreten. Für diese Theorie spricht, daß dieser Herr Hoyer, den Günther Schmidt zu diesem Zeitpunkt im Hotel *Sternen* hätte treffen sollen, dort nicht bekannt ist. Ob es einen solchen Herrn überhaupt gibt, wird derzeit recherchiert. Herr Schmidt vermutet, daß es ein Racheakt gegen ihn selbst hätte werden sollen und es aus Versehen den Falschen getroffen hat. Der Hauptverdächtige sind seiner Meinung nach Sie, Herr Wetterstein, weil er Ihnen, ich wiederhole Schmidts Worte, die Freundin ausgespannt hat. Ich möchte Sie, bevor Sie etwas sagen, darauf aufmerksam machen, daß Sie keine Aussage machen müssen!«

»Irgendwann muß ich sie ja doch machen! Und außerdem ist es ein völliger Unsinn. Ich schlage doch keinen nieder, nur weil er auf meine Freundin scharf ist!«

»Wo waren Sie gestern nacht?«

»Hier«, sagt Dirk und verschränkt die Arme.

»Gibt es dafür Zeugen?«

Dirk zuckt unsicher die Achseln. »Ja ...«, beginnt er, und Linda fährt fort: »Mich!« Sie stellt sich neben Dirk.

»Sie?«

Der eine Beamte schiebt seine Mütze in den Nacken und schaut sie offensichtlich erstaunt an. »Das verwundert mich doch sehr, denn Günther Schmidt hat sie als seine Entlastungszeugin angegeben. Deswegen haben wir Sie auch gesucht. Denn wenn Sie das bestätigt hätten, wäre der Verdacht gegen Günther Schmidt hinfällig!«

»Und warum wird Günther Schmidt überhaupt verdächtigt?« fragt Dirk dazwischen.

»Nun, sein Wagen am Tatort und ein Anruf von Schmidt auf Büschelmeyers Handy, daß sie sich um zweiundzwanzig Uhr am Tatort treffen wollten.« Er wirft Linda einen ungläubigen Blick zu. »Aber, daß Sie ...«

»Was hat er denn gesagt?« Linda wirft ihre Haare zurück.

»Er behauptet, Sie seien die Nacht über zusammengewesen!«

»Die letzte nicht! Da war ich hier! Wir haben uns wieder versöhnt!«

Der Beamte schiebt die Mütze nach vorn. »Tja, da sieht die Sache wieder anders aus!«

»Sie wissen, daß Sie sich mit einer Falschaussage strafbar machen?« fragt sein Kollege.

»Es ist keine Falschaussage!«

»Dann bitte ich Sie beide, heute noch fürs Protokoll aufs Revier zu kommen!«

Marion, Regine und Anna stehen auf dem Parkplatz vor der Firma Schmidt Hoch-Tief und zwingen sich dazu, nicht in Freudenschreie auszubrechen. »Wartet, bis Kalthoff und Berger weg sind«, flüstert Marion, übers ganze Gesicht grinsend.

Sie winken den beiden zu, wie sie in ihre Autos einsteigen. Dann erscheint Klaus unter der Eingangstür.

Er bleibt stehen und schaut zu Regine.

»Na, ich denke, wir beide haben jetzt einiges zu besprechen«, sagt Regine zu den beiden Frauen.

»Kommen Sie nachher?« fragt Marion.
»Zu Monika?«
»Ja, das denke ich. Und heute abend lade ich Sie alle ins *Seerestaurant* ein. Zur Siegesfeier!«
Regine lacht. »Das war wahrlich ein Sieg, Frau Schmidt!«
»Nun, ohne Sie ...«
Regine winkt ab und geht auf ihren Mann zu. »Wir sehen uns später«, ruft sie.
»Nun gut. Da bin ich ja gespannt!« Anna wiegt den Kopf bedenklich.
»Spekulieren Sie auf einen neuen Fall?« nimmt Marion sie auf den Arm.
»Nun ...«, Anna zuckt die Schultern.
»Sollte es so sein, dürfte eines klar sein, Frau Kell ...«
»Ja? Was denn?«
»Regine Raaks Rechnungen gehen alle an mich!«
»In Ordnung.« Anna schmunzelt und beobachtet gemeinsam mit Marion, wie Regine Klaus leicht am Ärmel faßt und mit ihm zum Auto geht.
»Lassen wir uns überraschen!« Marion steigt in ihren Wagen. »Sehen wir uns nachher auch bei Monika Raak?«
»Klar!«
»Gut, ich geh' nur noch rasch eine Kleinigkeit dafür einkaufen!«
Marion schlägt die Tür zu. Jetzt ist sie allein mit sich und ihren Gefühlen. Aber glauben kann sie es immer noch nicht. Günther ist draußen aus dem Spiel. Kann das möglich sein? Der große, starke Günther? Besitzlos, von der Polizei abgeführt?
Hüte dich vor Mitleid, sagt sie sich. Diese weibliche Tu-

gend kannst du dir gleich abschminken! Marion startet den Motor und lacht laut heraus. Ich werde ihm sagen, daß er seinen Wagen behalten darf. Weil Großzügigkeit einfach in meiner Natur liegt.

Linda hat die beiden Polizisten zur Tür begleitet. Als sie zurückkommt, lehnt Dirk am Türrahmen.

»Sag mal …«, beginnt er, doch sie legt ihm den Zeigefinger auf den Mund.

»Es ist eben so. Letztendlich sehe ich lieber Günther im Knast als dich! Auch wenn du ein widerlicher Kerl bist!«

Dirk nimmt sie in die Arme und lehnt seinen Kopf an ihren. Dann sinkt er mit ihr auf den Fußboden. »Ich bin völlig fertig, ich war krank vor Eifersucht, und ich freue mich überirdisch, daß dieser Kerl nicht tot ist und daß du zu mir hältst, obwohl ich es überhaupt nicht verstehen kann!«

Linda lehnt ihren Kopf an seine Schulter. »Günther findet einen Weg, um aus der Sache wieder herauszukommen. Bloß du – dein ganzes Leben wäre kaputt! Damit wäre niemandem gedient, auch Manfred Büschelmeyer nicht!«

Dirk streichelt ihr Haar. »Trotzdem. Ich könnte mich umbringen, weil ich mich aus idiotischen Emotionen heraus, aus purer Rache an einem Menschen vergriffen habe, wo ich doch eigentlich ein eingeschworener Pazifist bin. Ich kapier' überhaupt nicht, was in mich gefahren ist! Ich sollte mich stellen, dann ginge es mir besser!«

Linda fegt unwillig seine Hand weg.

»Red doch nicht so einen Blödsinn. Ich denke, es geht dir

glänzend. Du hast doch eine neue Freundin, was soll also das Gefasel mit dem Racheakt? Das ist doch völlig schizophren!«

Dirk schaut sie groß an. »Wie kommst du denn auf so was?«

»Jetzt streit's bloß nicht ab! Kürzlich hat ein Mädchen bei dir übernachtet! Eine Dunkelhaarige, noch nicht einmal besonders hübsch!«

Dirk setzt sich auf, so daß er ihr in die Augen schauen kann. »Und woher weißt du das so genau, wenn ich fragen darf?«

»Ich saß auf der Treppe!«

»Also doch!« Er schlägt sich auf den Oberschenkel.

»Was soll das heißen: also doch?«

»Ich habe dich gerochen! Ich schwör's, plötzlich habe ich dich gerochen und an eine übersinnliche Wahrnehmung geglaubt!«

»Die übersinnliche Wahrnehmung hätte dir am liebsten etwas über den Schädel gezogen!«

Beide schweigen erschrocken, dann seufzt Dirk und streicht sich über seine Bartstoppeln. »Und was soll nun aus uns werden?«

Linda dreht sich zu ihm um und stößt dabei mit dem Fuß gegen den übervollen Papierkorb. Der fällt um und verstreut einen Teil seines Inhalts über den Boden. Linda wischt die nächstliegenden Papierknäuel schnell mit der Hand zurück, hält kurz inne und holt eines davon wieder zurück. Mit einem Ruck richtet sie sich auf. »Ihr müßt total bescheuert sein«, sagt sie kopfschüttelnd und streicht ein schlecht zusammengeknülltes Blatt glatt.

»Ablauf«, liest sie vor. »Rainer Hoyer trifft um zweiundzwanzig Uhr ein ...« Sie schaut Dirk an. »Das wirfst du einfach so in den Papierkorb? Ich wette, dieses Mordinstrument liegt auch noch im Schrank!«

Dirk rappelt sich auf und setzt sich neben sie. Er verzieht das Gesicht.

Linda schüttelt den Kopf. »Mann, wenn du dich so blöd anstellst, kann ich dir bald auch nicht mehr helfen! Laß die Sachen bloß verschwinden, bevor die mit einem Hausdurchsuchungsbefehl hier anrücken. Und die Schuhe auch, hörst du, die von dir *und* Richi!« Sie steht auf und streicht ihren Rock glatt. »Dirk, du mußt dich jetzt wirklich gewaltig zusammenreißen, wenn du nicht drankommen willst. Und ich wegen Falschaussage noch dazu! Kümmere dich um deinen Kram und komm in die Parfümerie, wenn du alles im Griff hast!«

Sie schaut auf ihn hinunter. »Und was uns beide betrifft, ist das eine Frage des *Willens*. Ich, beispielsweise, *will* leben. Und zwar so, wie ich als Frau Schmidt gelebt hätte. Und du solltest mir das bieten *wollen*. Also solltest du möglichst bald irgendwie auf die Füße kommen, mein Lieber. Von nichts kommt nichts!« Sie lacht über seinen verdutzten Gesichtsausdruck und hält beide Hände hoch. »Du kannst dir ja überlegen, ob du das *willst*.« Langsam geht sie rückwärts zur Tür, behält Dirk dabei fest im Auge. »Ich werde heute abend um acht Uhr dreimal kurz hintereinander bei dir klingeln. Wenn du willst, machst du auf. Wirklich willst, versteht sich. Wenn nicht, dann nicht. Ich zwinge dich zu nichts ...«

Linda wirft ihm eine Kußhand zu, huscht zur Tür hinaus

und geht schnell die Treppen hinunter. Mal abwarten, was draus wird, denkt sie, süß ist er ja schon. Auf dem Trottoir wirft sie einen Blick auf die Uhr. Verdammt, es ist später geworden als beabsichtigt. Hoffentlich war im Geschäft nicht zuviel los, und hoffentlich meckert Renate nicht.

Sie läuft schnell über die Straße, da quietschen Bremsen. Erschrocken dreht sie sich um. Ein dunkelblaues BMW-Cabrio. Eine Frau am Steuer. Sie will sich gerade mit einem Handzeichen für ihre Unachtsamkeit entschuldigen, da erkennt sie Marion. Kurz entschlossen reißt sie die Beifahrertür auf. »Darf ich kurz mit Ihnen reden, Frau Schmidt?«

Marion trägt einen schlichten grauen Hosenanzug und wirkt wenig geschockt. »Bitte«, sagt sie und zeigt auf den Sitz. Während Linda rasch einsteigt, erklärt ihr Marion mit einem leichten Lächeln: »Günther ist verhaftet worden. Wissen Sie das schon? Was machen Sie jetzt ohne ihn?«

»Das fragen Sie mich?!?« Linda ist völlig fassungslos.

Marion fährt an den Straßenrand, macht den Motor aus und schaut Linda freundlich an. »Ja, wen denn sonst? Sie sind doch jetzt mit ihm zusammen ...«

»Aber, ehrlich, Frau Schmidt, mir tut ja alles so leid ... auch diese Sache da in Kirchweiler. Es war mir fürchterlich unangenehm. Ich bin wirklich froh, daß ich Sie hier treffe, ich hätte Sie sonst angerufen! Ich möchte Ihnen Ihren Mann wieder zurückgeben!«

»Was?« Marion schaut sie an, als sei sie von allen guten Geistern verlassen.

»Ehrlich! Ich habe ein falsches Spiel getrieben, ich geb's zu! Ich habe mich einfach blenden lassen, von allem – den Geschenken, den Reisen, dem Leben, dem Champagner, einfach von allem. Und Sie haben gelitten! Es tut mir wahnsinnig leid!«

»Ich möchte ihn überhaupt nicht zurück!«

»Sie möchten … was??«

»Nein, danke, Linda. Sie haben mir die Augen geöffnet, und wenn es nicht Sie gewesen wären, wäre es eine andere gewesen. Er hat mich nie geliebt, er hat mich für seine Zwecke gebraucht. Jetzt hat er Sie gebraucht, so ist eben das Schicksal!«

»Das sehen Sie *so*??«

»Ja, wirklich, das sehe ich so! Das können Sie mir glauben! Ich habe all die vielen Jahre nichts hinterfragt, nichts gefordert, nichts begriffen! Ich saß jahrelang in einem Gefängnis aus Rollen und Pflichten und konnte nicht ausbrechen. Jetzt ist er dran!«

»Mit dem Gefängnis?«

Marion lacht kurz und trocken. »Warum nicht? Keine Sorge, der fällt wieder auf die Füße.«

Monika telefoniert gerade mit dem Städtischen Krankenhaus, als Anna Kell angemeldet wird.

»Soll reinkommen«, sagt sie, ohne das Telefonat zu unterbrechen. Sie nickt Anna zu und stellt das Telefon auf »laut«.

»… hat er alles in allem Glück gehabt. Er hat ein Hirnödem, was bedeutet, daß das Hirn geschwollen ist. Er ist kurz aus seiner Bewußtlosigkeit aufgewacht, hat Dinge gesagt, die man nicht ernst nehmen kann, und wurde von uns gleich in ein künstliches Koma versetzt …«

»Künstliches Koma?« unterbricht Monika und fordert Anna mit einer Handbewegung auf, sich hinzusetzen.

»Ja, das Gehirn muß abschwellen, und das tut es am besten in vollständiger Ruhe. Deshalb!«

»Aha. Also nicht lebensbedrohend das Ganze?«

»So wie es jetzt aussieht, würde ich sagen, nein!«

Anna gibt ihr ein Zeichen, Monika versteht. »Was hat Manfred denn gesagt?«

Ein dunkles Lachen kommt aus dem Lautsprecher. »Er will dir Geld geben, Moni. Ausgerechnet! Völlig unverständlicher Quatsch. Also warte, wörtlich war das etwa so: Und geben Sie Frau Raak die neunzigtausend Mark, die ich ihr noch schulde! Blödsinn. Oder kannst du was damit anfangen? Schuldet er dir neunzigtausend Mark?«

Monika verkneift sich ein Lachen. »Vielleicht der anderen Frau Raak?«

»Meinst du?«

»Nun, vielleicht hat er ja jetzt eine Meise und will pausenlos Geld verschenken? Das wäre mal ein neuer Zug an Manfred Büschelmeyer ...«

»Wenn er so viel hat, warum nicht – aber Moni, ich muß los. Bin spät dran!«

»Moni«? fragt Anna und lächelt leise, nachdem Monika aufgelegt hat.

»Mein Bruder ...«, sie zuckt entschuldigend die Achseln.

Anna Kell lacht. »Es geht doch nichts über eine gute Familie!«

Es klopft schon wieder, nacheinander kommen Regine und Marion herein. Marion balanciert ein in Folie eingeschlagenes Silbertablett, Regine trägt eine Kühlbox.

»Was gibt das?« fragt Monika.

»Die Siegesfeier! Das heißt, die Vorsiegesfeier, denn richtig feiern werden wir heute abend im *Seerestaurant.* Hat es Ihnen Anna Kell schon gesagt?«

»Wir sind noch nicht dazu gekommen«, entschuldigt sich Anna und erzählt, während sie gemeinsam die Platte richten, eine Flasche auspacken und gleich öffnen und Teller und Gläser holen, von dem Gespräch mit Monikas Bruder.

»Stimmt«, nickt Marion, während sie die Gläser füllt. »Er ist Chefarzt der Chirurgie. Ich kenne ihn. Ein guter Typ. Warum ist der eigentlich nicht verheiratet?«

»Es kann sich nicht entscheiden«, Monika macht eine wegwerfende Handbewegung. »Und zudem bildet er sich ständig weiter, ist noch öfter unterwegs und hat an meinem Beispiel gesehen, daß man auf eine Ehe auch gut verzichten kann!«

»Aha!« sagt Marion.

»Vielleicht ist er ja auch ganz einfach schwul?« fragt Regine, und alle lachen.

»Oder der richtige Mann für Linda«, fällt Marion ein und schildert kurz ihre Begegnung von vorhin.

»Der arme Günther«, bedauert Regine und wischt sich theatralisch über ein Auge. »Von allen guten Geistern verlassen!!«

»Und Klaus?« will Monika neugierig wissen.

»Hat Angst, daß ich mich scheiden lasse ...«

»Und?« kommt es von allen dreien wie aus der Pistole geschossen.

Regine muß lachen. »Tendenz: Gespräch ja, Scheidung nein!« Als sie die Blicke der anderen sieht, sagt sie mit einem

Seitenblick zu Anna grinsend: »Kostet ja auch schließlich Geld, so was!«

»Womit wir beim Thema wären«, Marion hebt die Hand. »Aber erst, wenn wir auf unseren Triumph angestoßen und sich jeder eine Schnitte genommen hat!«

Alle kommen der Aufforderung mit lauten Trinksprüchen nach, nehmen sich eine Schnitte vom Tablett und schauen sie dann erwartungsvoll an.

Marion faltet die Hände. »Ich werfe das jetzt einfach mal so in den Raum«, beginnt sie. »Wir können was draus machen oder auch nicht.«

»Schießen Sie los«, sagt Monika gespannt und beißt in ihre Krabbenschnitte.

»Ich denke, wir schwingen uns zu *den* Unternehmerinnen von Römersfeld auf«, sagt Marion, jedes einzelne Wort betonend, zu Monika. »Wir bauen zusammen ein Werk, das zu diesem hier paßt!«

»Da hätte ich schon was«, nickt Monika. »Ich werde im zukünftigen Gewerbegebiet West ein Karosseriewerk bauen. Wußten Sie das nicht?«

»Nein, ich bin derzeit nicht so auf dem laufenden, aber das würde wunderbar passen! Wenn Sie mich lassen, steige ich mit meinem Geld in Ihre Projekte ein, vielleicht kommen ja noch welche dazu, und wir mischen das neue Gewerbegebiet auf! Ihr Know-how und mein Kapital und umgekehrt!«

»Hört sich toll an«, sagt Regine begeistert.

»Ja, das finde ich so auf den ersten Gedanken eigentlich auch«, Monika legt den Kopf schief, nickt dann leicht und hebt das Glas. Die anderen tun es ihr nach.

»*M-o-m-e-n-t*«, Marion schaut Regine an. »Ohne Sie hätte ich nichts mehr. Denn jeder unserer Schritte wäre zu spät gekommen, und wahrscheinlich wären wir Günther auch nie auf die Schliche gekommen. So möchte ich Ihnen ein Privatkonto von 500 000 Mark einrichten, das Sie aber am besten vor jedem Mann geheimhalten sollten. Und wenn Sie darüber hinaus was tun wollen, haben wir sicherlich einen Firstclass-Job für Sie!«

»Was?!« Regine verschluckt sich an ihrer Schnitte und hustet sich die Seele aus dem Leib.

Anna schlägt ihr leicht auf den Rücken.

»Aber …«, beginnt sie, sobald sie wieder Luft hat.

Doch Marion schneidet ihr das Wort ab. »Es ist mir ein Herzenswunsch, daß Sie es annehmen. Und gemessen an dem, was Sie für mich getan haben, ist es noch viel zuwenig!«

Regine läßt sich fassungslos in den nächsten Sessel plumpsen und schnellt gleich darauf wieder hoch. »Ich werde mich fürs Tierheim einsetzen! Mit Annemarie Roser zusammen macht mir das Spaß, und wir können sicherlich was bewegen!«

Damit wirbelt sie durch den Raum zu Marion, drückt ihr einen Kuß auf die Wange, und ausgelassen wirbelt sie weiter.

»Und Anna wird unsere Haus-und-Hof-Anwältin«, schlägt Monika ungerührt vor.

Marion hält sich lachend die Wange und nickt. »Da dürften Sie bis in alle Ewigkeit ausgesorgt haben!«

»Ein wunderbares Angebot! Vielen Dank!« Anna Kell hebt ihr Glas hoch und hält es in die Runde. »Dann wollen wir jetzt doch mal einen Toast auf das neue Römersfeld aussprechen ...«

»Was heißt hier Römersfeld«, unterbricht sie Monika, »wir benennen es um in Römerinnenfeld!«

SERIE PIPER

Gaby Hauptmann

Suche impotenten Mann fürs Leben

Roman. 431 Seiten. SP3110

»Mit Charme und Sprachwitz wird der Kampf der Geschlechter in eine sinnliche Komödie verwandelt.«
Schweizer Illustrierte

Eine Handvoll Männlichkeit

Roman. 397 Seiten. SP 3111

Das kann doch nicht alles gewesen sein. Meint Günther, wohlsituiert und aus den besten Kreisen. Am Abend seines sechzigsten Geburtstages faßt er einen nachhaltigen Beschluß: Eine neue Frau muß her!

Die Lüge im Bett

Roman. 363 Seiten. SP 3112

Mit leichter Hand und sprühendem Witz schickt Gaby Hauptmann ihre hellwache und erfrischend durchtriebene Heldin Nina in einen Dschungel der Gefühle.

Nur ein toter Mann ist ein guter Mann

Roman. 379 Seiten. SP 3113

Gaby Hauptmann hat eine listige, rabenschwarze Kriminalkomödie geschrieben: einen frechen und hinterhältigen Roman über eine Witwe, die eine Ehe lang im Schatten ihres mächtigen Mannes stand.

Frauenhand auf Männerpo

und andere Geschichten.
228 Seiten. SP 3114